古代广西山水散文发展简史

吴建冰 著

上海大学出版社
·上海·

图书在版编目(CIP)数据

古代广西山水散文发展简史/吴建冰著.—上海：上海大学出版社，2020.4
ISBN 978-7-5671-3729-5

Ⅰ.①古… Ⅱ.①吴… Ⅲ.①古典散文－文学史－广西 Ⅳ.①I207.62

中国版本图书馆CIP数据核字(2020)第048045号

策　划　农雪玲
责任编辑　农雪玲
封面设计　缪炎栩
技术编辑　金　鑫　钱宇坤

古代广西山水散文发展简史

吴建冰　著

上海大学出版社出版发行
(上海市上大路99号　邮政编码200444)
(http://www.shupress.cn　发行热线 021-66135112)
出版人　戴骏豪

*

南京展望文化发展有限公司排版
江阴金马印刷有限公司印刷　各地新华书店经销
开本710mm×1000mm　1/16　印张18.75　字数234千
2020年4月第1版　2020年4月第1次印刷
ISBN 978-7-5671-3729-5/I·558　定价　45.00元

目 录

绪 论 ·· 1

第一章　唐以前的广西山水散文 ································ 4

第二章　唐五代广西山水散文的发展 ························· 9
 第一节　唐五代广西山水文学发展的背景 ············· 9
 第二节　唐初广西散文中的山水片段 ·················· 20
 第三节　唐代外来官员及幕僚的山水散文 ············ 26
 第四节　晚唐广西山水风物志及其他 ·················· 51
 第五节　唐五代广西山水散文的特征 ·················· 56

第三章　宋元时期广西山水散文的发展 ····················· 61
 第一节　宋元时期广西山水文学发展的背景 ········· 61
 第二节　宋元时期寓桂地方官员的山水散文 ········· 70
 第三节　宋元时期广西贬谪官员的山水散文 ········· 105
 第四节　宋元时期旅桂文人的山水散文 ··············· 114

第五节　宋元时期其他广西山水散文 ⋯⋯⋯⋯⋯⋯⋯⋯⋯ 117
第六节　宋元时期广西山水散文的特征 ⋯⋯⋯⋯⋯⋯⋯ 123

第四章　明代广西山水散文的发展 ⋯⋯⋯⋯⋯⋯⋯⋯⋯⋯ 127
第一节　明代广西山水散文发展的背景 ⋯⋯⋯⋯⋯⋯⋯ 127
第二节　明代广西籍作家的山水散文 ⋯⋯⋯⋯⋯⋯⋯⋯ 136
第三节　明代广西流寓作家的山水散文 ⋯⋯⋯⋯⋯⋯⋯ 147
第四节　明代地理学家的广西山水散文 ⋯⋯⋯⋯⋯⋯⋯ 171
第五节　明代广西山水散文的特征 ⋯⋯⋯⋯⋯⋯⋯⋯⋯ 181

第五章　清代广西山水散文的发展 ⋯⋯⋯⋯⋯⋯⋯⋯⋯⋯ 185
第一节　清代广西山水散文发展的背景 ⋯⋯⋯⋯⋯⋯⋯ 185
第二节　清代广西籍作家的山水散文 ⋯⋯⋯⋯⋯⋯⋯⋯ 195
第三节　清代广西流寓作家的山水散文 ⋯⋯⋯⋯⋯⋯⋯ 228
第四节　清代粤西笔记中的山水散文 ⋯⋯⋯⋯⋯⋯⋯⋯ 247
第五节　清代越南使臣燕行文献中的广西山水散文 ⋯⋯ 262
第六节　清代广西山水散文的特征 ⋯⋯⋯⋯⋯⋯⋯⋯⋯ 278

参考文献 ⋯⋯⋯⋯⋯⋯⋯⋯⋯⋯⋯⋯⋯⋯⋯⋯⋯⋯⋯⋯⋯ 284

后　记 ⋯⋯⋯⋯⋯⋯⋯⋯⋯⋯⋯⋯⋯⋯⋯⋯⋯⋯⋯⋯⋯⋯ 293

绪　　论

　　绿水青山自古以来就是中国文人魂牵梦萦的地方,山水构筑了中国文人的精神人格,一代又一代的文人在自然山水中感受着人生的悲喜忧欢,感受着个体生命与大自然的圆融交合,文人们以山水审美实践着他们所信奉的处世哲学。文人赋予了山水更高层次的意义,他们创作了大量的山水诗和山水文,形成了中国古代延绵不绝的山水文学景观。山水文学如同中国文学中的一股清流,缓缓流淌,它张扬了中国文人的才情,也赋予了中国山水独特的神韵。在山水文学中,山水散文相对山水诗发展稍后,但其描绘的山水景观更为细致,情感表达也更明晰。古代山水散文中的游记文学更是为人传诵千古,是中国山水文学成就的代表之一。

　　广西壮族自治区简称"桂",古称"粤西",地处五岭以南,自然资源丰富,岩溶地貌广布,形成山清水秀、洞奇石美的自然景观,另外北部湾又为广西增添了海洋风情。广西古为百越之地,少数民族众多,与越南接壤,边境线漫长,是中国的南疆,地理和文化上都相对处于边缘。唐以后,中央朝廷逐渐对岭南地区进行开发,中原士人或因贬谪、或因入幕、或因任官、或因行旅等各种原因来到广西。古代广西的文化在中原人眼中是落后的,但奇山秀水却排解了他们因落入蛮荒感受到的落寞、忧愁的情绪,安抚了他们的心灵,广西的秀丽山水最先进入了文人的视线,他们纵情山水后常常会诉之笔端。从唐至清中原文人来到广西后创作了大量的山水散文,构成了广西山水文学的主流。自唐以后,随着中原文化教育在广西的渐进,广西本地也渐渐涌现出了接受中原汉文化影响的文人,他们用自己的眼光看广西的山水,用家园的心态和故土的感情来书写广西山水,抒发故乡情怀,也创作了不少山水散文。流寓文人和本土文人共同构筑了古代广西山水散文发展史。

　　散文作为一种文体在中国古代几乎与诗歌同步产生,但"散文"一词的使用却是比较晚的事。宋代罗大经《鹤林玉露》中说:"四六特拘对耳,其立意措词,贵于浑融有味,与散文同。"[1]这是文献中最早出现的"散文"一词,这里的"散文"是指与骈文相对的散体文。陈柱《中国散文史》说:"骈文散文两名,至清而始盛,近年尤甚。……而现代所用散文之名,则大抵与韵文对立,其领域则凡有韵之诗赋词曲,与有声律之骈文,皆不得入内;与昔之谊同古文,得包辞赋颂赞之类,其广狭不侔矣。"[2]也有认为散文作为文体的命名是现代才确定的,认为以用韵之文和不用韵之文作为是否为散文的标准,是模糊了散文的外延,"韵文中除了诗歌之外,辞赋、颂赞、箴铭、碑志、哀祭五类文体中许多作品恰恰也是散文"[3]。在文体范畴上,本书所用散文的范畴为后一种,即除却诗、词、小说、戏曲之外的文章,包括骈文。从内容上,本书研究的古代广西山水散文,主要是指涉及了古代广西山川、岩洞、园林、寺观、祠庙、风物、气候、风俗、游观揽胜等的散体文章,包括赋、山川记、游记、宫室记、桥梁记、杂事记、祠庙碑

---

[1] [宋]罗大经撰,王瑞来点校.鹤林玉露[M].甲编卷二.北京:中华书局,1983:27.
[2] 陈柱.中国散文史[M].上海:上海书店,1984:1-3.
[3] 朱世英、方道、刘国华.中国散文学通论[M].合肥:安徽教育出版社,1995:287.

文、寺观碑文、赠行序、杂事序、论、说、考、辨、题跋、铭等文体,从更宽泛的范围来理解山水文学,就是包括了全篇写山水的散文和记事、写景、抒情的散文,既包括专写山水之文,也包括写景散见,并言及其他的散文。

第一章　唐以前的广西山水散文

一、古代山水文学的发展

"山川之美,古来共谈",对山水的爱好和欣赏在中国源远流长,《诗经》《论语》《庄子》《楚辞》中都有了初步、零星的对山水自然的描绘,汉代则出现了一些描摹山水的赋,自先秦以来文士所崇尚的漫游之风也让自然山水进入了文人的视野之中。中国文化两大源头的儒家和道家都有亲近山水的表达,反映人与自然山水的关系。如《论语·雍也》中有:"知者乐水,仁者乐山。知者动,仁者静。知者乐,仁者寿。"[1]把水和山的自然属性与人的精神品德进行了比附,凸显了知者的灵动和仁者的胸襟,开创了中国古代最早的对自然山水的审美方式,但从美学角度看,这种以山水比德的审美方式具有明显的功利性,因而不被认为是真正的山水审美意识。道家美学的核心为"道","道"就是自然,山水文学与道家有较早较深的渊源关系,山水诗源头一为玄言诗,一为游仙诗,玄言诗阐发

---

[1] [宋]朱熹撰. 论语集注[M]. 济南:齐鲁书社,1992:57.

以《老子》《庄子》《周易》为主的"三玄",游仙诗受道教文化影响,道教虽然不能等同道家,但道教基本上是以道家思想为依托而发展的本土宗教。魏晋之前,儒家比德占统治地位,美善等同,从山水中体验人格之美,道家以逍遥游之精神感悟山水、超脱于生命获得审美自由。虽然有了儒家和道家对待山水的不同审美方式与态度,由此形成了后代士人对山水的审美定势,对后世的山水文学的形成和兴盛有重要作用,但还未真正形成山水文学,南朝萧统所编《文选》的分类中也不见有"山水"一类。一般公认的山水文学的兴起是在魏晋南北朝时期,山水文学包括了山水诗和山水散文,黄侃《文心雕龙札记》中说:"他若灵运山水,开诗家之新境,柳州八记,称记体之擅场,并皆得自穷幽揽胜之功,假于风物湖山之助。林峦多态,任才士之品题,川岳无私,呈宝藏于文苑。所谓取不尽而用不竭者,其此之谓乎?"[①]这是对《文心雕龙·物色》中"若乃山林皋壤,实文思之奥府"的注解,他认为以谢灵运为代表的山水诗、以柳宗元为代表的游记都应属于受自然山水之助的山水文学。刘勰在《文心雕龙·物色》中云:"自近代以来,文贵形似,窥情风景之上,钻貌草木之中。吟咏所发,志惟深远;体物为妙,功在密附。故巧言切状,如印之印泥,不加雕削,而曲写毫芥;故能瞻言而见貌,即字而知时也。"[②]也说明了此期文学作品对山水描摹的特点。山水诗兴起于刘宋时期,因开启了诗歌之新境而备受关注。而除了山水诗外,山水散文在魏晋南北朝时期也因人们对自然山水的游赏而出现了。如一些纪行赋和游览赋以其铺排的优势对景物进行描绘,并将行游、写景和抒情融合在一起。另外由于山水游赏之风的盛行,应用性的文体"书"也被用于模山范水,在书信中写山水如赵至的《与嵇茂齐书》、鲍照的《登大雷岸与妹书》、陶弘景的《答谢中

---

① 黄侃.文心雕龙札记[M].长沙:岳麓书社,2013:134.
② [南朝梁]刘勰,[清]黄叔琳注,[清]纪昀评,李详补注,刘咸炘阐说,戚良德辑校.文心雕龙[M].上海:上海古籍出版社,2015:264-265.

书书》、吴均的《与朱元思书》等。"序"这样的文体也承担了描绘大自然美景的任务,比较有名的如王羲之的《兰亭集序》、慧远的《庐山诸道人游石门诗序》、陶渊明的《游斜川诗序》等。此外刘宋时期的谢灵运作的《游名山志》被称为最初的游记,虽然全文已经不存,只在《初学记》及《太平御览》里还有只言片语,但可见谢灵运时代已是山水散文与山水诗并行了。"记"体散文是后世描摹山水的游记兴盛的先行,魏晋南北朝时期如晋袁崧的《宜都山川记》、罗含的《湘中记》、刘宋盛弘之的《荆州记》、孔晔的《会稽记》,北魏郦道元《水经注》等地记作品的兴起也表明山水散文在此期已经出现。王立群认为此期以地记为代表的山水散文的成熟度甚至超过了此期的山水诗,表现在地记作者将自然山水作为独立的审美对象加以关注,创造出了一批生动鲜明的山水形象,以崭新的语言描绘自然山水,展示出多种山水描写的手法。晋宋时期中国的山水诗和山水文沿着两条不同的道路演进成熟,山水诗脱胎于带有浓厚哲理色彩的玄言诗,山水文脱胎于带有地理色彩的中国古方志前身的地记。①

但总的来说山水文学的兴盛应该从唐代算起,唐代以后山水诗和山水散文都有极大发展。魏晋时期,山水诗较受世人关注,达到了一定的水平,山水诗在此时期的兴起是"东汉后期起两百年间广大封建文人偏离儒家文化,趋奉老庄文化而导致心灵蜕变的艺术结晶"②。在魏晋以来山水散文兴起和山水描绘技巧发展的基础上,唐代山水散文逐渐兴盛并到达了一个高峰,中唐以后山水散文的兴盛是文人再次回归儒家文化的体现。

二、唐以前广西山水散文的发展

古代广西山水文学最早可从颜延之为始安郡(今广西桂林)太守时

---

① 王立群.晋宋地记与山水散文[J].文学遗产,1990(1):58.
② 章尚正.中国山水文学研究[M].上海:学林出版社,1997:46.

在独秀峰留下的"未若独秀者,峨峨孚邑间"算起,但只存有残句,在唐代郑叔齐的《新开石岩记》中保存下来。就散文而言,广西唐以前的散文无论是数量还是文学成就都较中原地区落后,且多为应用性的文章,山水散文更是不见流传。郦道元《水经注》以河流为主,描绘了中国秀美山川和人文景观,被认为是魏晋南北朝时期山水散文的集锦,"引其河流一千二百五十二",其记载中涉及广西河流的有卷三十六《存水》《温水》,卷三十七《浪水》,卷三十八《湘水》《漓水》,卷四十《斤江水》《江以南至日南郡二十水》等。存水发源于贵州独山,在荔浦流入广西,到河池成为金城江,东流为龙江,到柳州注入柳江;温水为今广西南盘江;浪水为西江;湘水为湘江,漓水为漓江;斤江水大概为今广西凭祥以北的平而、水口诸河。① 这些可看作唐以前的广西山水散文。由于郦道元所处的时代南北分裂,身处北方的郦道元对北方诸水经过实地考察,多较确切,但其本人并未到过南方地区,《水经注》中多数南方的河流都非他本人亲自考察,而是借鉴群书,通过对历史、地理、山水文学材料的对比、分析而取舍引用,因而多有错误,不过因郦道元的文笔深峭、绚烂,而获得了世人的青睐,在文学史上获得了极高地位。

《水经注》卷三十八称湘水、漓水均出自始安县阳海山(今广西桂林灵川海阳山),清代陈澧《水经注西南诸水考》:"郦道元生处北朝,其注《水经》,北方诸水,大致精确,至西南诸水,则几乎无一不误。"②清代全州人唐一飞在考漓水源流时,称郦道元"案头检书,不遑考究川源分派",因而《水经注》中关于湘漓同源之说是错误的。郦道元虽然未能找到湘水、漓水的真正源头,但其对当时无人重视的南朝边陲地区的水系的关注的态度,仍是值得尊重的,且保存了当时不少有价值的资料,对后世影响也

---

① 陈桥驿.《水经注》记载的广西河流[J].广西民族学院学报(哲学社会科学版),1998(1):90-93.
② [清]陈澧.陈澧集(伍)[M].上海:上海古籍出版社,2008:450.

极大。郦道元在文中提到了弹丸溪,又引出了桂林弹丸山,还提到山上有洞,深不可测,这几处即今之灵剑溪、七星山和七星岩。他写漓江流经处两岸的青山,如阳朔山水:

> 漓水又东南流,入熙平县,径羊濑山,山临漓水,石间有色类羊。又东南径鸡濑山,山带漓水,石色状鸡,故二山以物象受名矣。[①]

在阳朔所见的山体"石间有色类羊""石色状鸡"为岩溶地貌山的外观色带,是山崖峭壁上沿渗水带生长的藻类生物死亡后钙化形成的深深浅浅的山崖色带,"山带漓水"是峰丛洼地的特色。《水经注》以记载河道水系为主,其中也顺道描绘了水流经过之处的自然景观和人文景观。

唐以后,随着岭南地区的开发和经营,中原人入桂后发现了广西山水之美,广西山水散文在这一背景下渐渐有了起色,山水散文兴起。所以古代广西山水散文发展的脉络也是从唐代开始的。

---

① [北魏] 郦道元著,陈桥驿校证. 水经注校证[M]. 北京: 中华书局,2014: 899.

第二章　唐五代广西山水散文的发展

第一节　唐五代广西山水文学发展的背景

唐五代广西山水散文的主要作品集中于唐代，五代的广西山水散文作品很少，因此本节所论广西山水文学的发展背景主要是在唐代。唐代整个中国的山水文学有了很大的进步，此期广西山水散文的发展与唐代文化的大背景密切相关。

一、唐代文人远游风尚盛行

唐代文人远行、游览的行为风尚为山水文学创作提供了审美经验。

由于人们控制自然能力的限制，唐以前人们的远行有政治、军事、经济、文化等各种各样的目的，多为功利性的出行，对异地自然环境更多地是持有恐惧心理，即便关注山水也是充满了怀念故土的思乡之情。随着时代的发展，交通的便捷，人们改变环境和控制危险的能力得到提升，在特定范围和情境之下旅行、游览成为风尚。东晋后士人游赏山水从功利性向审美性转化，但"从山水游赏扩大到漫游,并且成为一时风尚,则是到唐代才开始的"①。唐代国力强大,幅员辽阔,交通发达,驿传制度已经十分完善和快捷,陆路和水路交通沟通东西南北,通往四夷和域外的交通也很发达。便利通畅的交通有利于人们出行和远游。唐代的漫游之风大盛,文人游赏山水,在自然山水中陶冶情操,增广见闻,还有因功名而为的宦游。唐代文化环境开放,文人气质中充满了以往朝代难见的豪迈,文人对功名的渴慕也超过以往任何时代。而文人入仕的途径也很多,如科举考试、被举荐、入幕府都可以成为入仕的有效途径。唐代科举考试使得寒士阶层崛起,中下层知识分子找到了通往仕途的道路。而唐代的科举考试又十分重视士人的声望,所以通过漫游的方式结交名流、以文投谒、展示才华、提高声望,这几乎成为文人科考的必经之路。为了实现政治理想,就得读万卷书、行万里路,在这种背景之下唐代文人游宴、郊游之风盛行。有些文人通过隐居方式寻求入仕的终南捷径,而隐居又往往在名山之中,又或者通过入幕府求得被举荐。唐代文人还出行边塞,由于多充当幕府文职,有较充裕的时间欣赏边塞风光。另外,魏晋以后南方的山水不断改变着文人的审美感受,江南以秀为美的山水形成了与北方山水截然不同的审美风格,成为文人山水文学的最佳描述对象,为后来岭南山水美的发现和开拓提供了审美经验。唐以前"山水文学的舞台是江南地区,尤其以长江到洞庭湖周围的中游地区为中心。但到了唐朝,继续往南推移,从湖南的潇湘流域到五岭及其以南的广东、广西,后来岭南地区成为其中心"②。唐代中原人虽然对岭南地区还是充满了环境危险的想象,但从唐代开始岭南地区山水之美也渐入士人眼中,发掘出了其与江南山水的不同,使其成为山水文学表现的对象。总之,唐代尚游之风为唐代文人提供了不少游赏山水的经验,而由北方到江南、由江南而岭南的山水美的不断发现,促成了山水文学的繁荣。

---

① 袁行霈.中国文学史(第二卷)[M].北京:高等教育出版社,2012:170.
② [日]户崎哲彦.唐代岭南文学与石刻考[M].北京:中华书局,2014:4-5.

二、唐代山水文学地理发生变化

唐统治者对岭南地区的开发与经营使得山水文学地理发生了变化,山水欣赏对象从之前的江南地区向岭南地区迁移。唐朝对岭南地区的开发与中国古代经济重心的南移有关。中国古代经济重心的南移始于唐五代而终于两宋①,唐代经济中心由北向南的转移在学界已从自然环境的变化、安史之乱的破坏、人口的迁徙等角度得到不断论证,经济重心南移是一个循序渐进的过程,"唐玄宗时代经济重心尚在北方,然而也正是在唐玄宗时代,经济重心开始逐渐向南方倾斜,安史乱后,倾斜度日益加深,经济重心终于南移长江流域"②。安史之乱后江南地区成为经济文化的重心,但南方广大地区的发展是不平衡的。经济重心的南移,也牵动着岭南地区的开发,唐时岭南道的开发还是落后于江南地区,但岭南地区从统治角度看具有一定的重要性,是唐统治者不可忽视的。《新唐书·地理志》中"岭南道韶州始兴"条有:"有大庾岭新路,开元十七年,诏张九龄开。"③白寿彝认为在唐代国内交通线路新开的7条道路中,以大庾岭山道为最要④。据张九龄《开大庾岭路记》所言:"以载则曾不容轨,以运则负之以背。而海外诸国,日以通商,齿革羽毛之殷,鱼盐蜃蛤之利,上足以备府库之用,下足以赡江淮之求。"⑤这条通往岭南的要道过去通行是极其不便的,因为岭南位置的重要,大庾岭这条山道的开通,使得中原往岭南的交通更为便利。安史之乱后,丝绸之路不再畅通,海上丝绸之路成为重要的对外贸易途径,而广州海外贸易极为繁荣,成为岭南

---

① 郑学檬、陈衍德. 略论唐宋时期自然环境的变化对经济重心南移的影响[J]. 厦门大学学报(哲社版),1991(4):104.
② 唐长孺. 魏晋南北朝隋唐史三论——中国封建社会的形成和时期的变化[M]. 武汉:武汉大学出版社,1992:345.
③ [宋]欧阳修、宋祁撰. 新唐书[M]. 北京:中华书局,1975:1096.
④ 白寿彝. 中国交通史[M]. 武汉:武汉大学出版社,2012:86.
⑤ [清]董诰等编. 全唐文 1[M]. 卷二九一,太原:山西教育出版社,2002:1756.

大都会。大庾岭自唐以来,一直作为国际性商路,在岭南经济发展和国际经济文化交流中起到了重要作用。唐以前岭南联系内地的交通从桂州路向东移,桂州路由于岭南西部政治经济地位的低下日益衰落。① 在开发岭南的同时,统治者也意识到了岭南道东西之间明显发展不平衡,统治管理方式也应有所不同。岭南西道地远偏僻,开发程度低,少数民族众多,事端不断,用兵多费财物,所以唐统治者对岭南的开发和管理十分用心。唐咸通三年(862)五月,敕:"岭南分为五管,诚已多年。居常之时,同资御捍,有事之际,要别改张。邕州西接南蛮,深据黄洞,控两江之犷俗,居数道之游民,比以委人太轻,军威不振,境连内地,不并海南。宜分岭南为东、西道节度观察处置等使,以广州为岭南东道,邕州为岭南西道,别择良吏,付以节旄。其所管八州,俗无耕桑,地极边远,近罹盗扰,尤甚凋残。将盛藩垣,宜添州县。宜割桂州管内龚州、象州,容州管内藤州、岩州,并隶岭南西道收管。"②由唐初的岭南道到后来的岭南东道和岭南西道的分化是统治者管理岭南的策略,以便满足加强边防的需要。

唐朝对于岭南西道的开发主要从开化较早、接近中原的桂州开始,逐步向西推进。主要表现为几点:

第一,便利交通、兴建城邑。

唐时广西地区的交通已经四通八达,东西南北畅通无阻,便利的交通是岭南西道逐渐开发的见证,也有利于进一步开发岭南西道。北部桂州路是岭南地区北上的要道,也是安南及岭南西道地区与中原联系的重要交通路线。南部有容州线,由容州南下,经过鬼门关可至海南,西南经白州沿南流江可至廉州。西部邕州线由邕州西出南诏,《岭表录异》中有"夷人通商于邕州石溪口,至今为之獠市"③,说明当时此道上是民族间经

---

① 蔡良军.唐宋岭南联系内地交通线路的变迁与该地区经济重心的转移[J].中国社会经济史研究,1992(3):36、38.
② [后晋]刘昫撰.旧唐书[M].北京:中华书局,1975:652.
③ [唐]刘恂撰.岭表录异[M].北京:中华书局,1985:4.

济交流的节点。另外,据《旧唐书·地理志》,唐贞观十二年(638)修复了隋朝刘方始开的瀼州路,"行达交趾,开拓夷獠",贞观十三年(639)开辟了牂牁道,"经西赵,出邕州,以通交、桂"①,成为当时的"买马路"。还在交通要道上修设驿站,如桂州驿、丹霄驿、新林驿、望秦驿等②。在水路交通方面,灵渠秦汉时为中原入岭南的最佳路径,但后来衰落,《新唐书》记载灵渠"引漓水,故秦史禄所凿,后废。宝历初,观察使李渤立斗门十八以通漕,俄又废。咸通九年,刺史鱼孟威以石为铧堤,亘四十里,植大门为斗门,至十八重,乃通巨舟"③。还新筑了桂柳运河,沟通了桂江和柳江,便利了桂州到柳州的交通。据《新唐书·地理志》卷四十三上临桂条记载,武则天长寿元年(692)在临桂筑相思埭,"分相思水使东西流。又东南有回涛堤,以捍桂水,贞元十四年筑"④。通过桂江,又可连接湘江。关于相思埭在唐代的使用情况,文献记载甚少,这条运河是否为当时交通要道不得而知,更有可能在唐代相思埭主要为灌溉之用⑤,无论出于何种目的,相思埭的开凿也显示了当时唐朝对桂管的开发,为清以后相思埭运河的频繁使用打下了基础。唐代广西地区交通的便利,提高了广西的可进入性,有利于广西山水被中原人士发现。

随着对岭南西道逐步开发,广西在唐代形成了桂州、柳州、邕州、容州等一些重要的城市。其中桂州以其重要的地理位置和历史积淀成为广西的政治军事中心。从唐人对桂州的描述:"南临天池,东枕沧溟,西驰牂牁,北走洞庭,地方三千里,带甲数万卒,实五府一都会矣"⑥,"地连五岭,川束三江。直千里之奥区,杂夷风之阜壤,静则可理,动而难安。

---

① [宋]司马光编著,[元]胡三省音注,标点资治通鉴小组点校.资治通鉴[M].北京:中华书局,1956:6148.
② 由于未见唐代广西驿站统计的文献,主要参见钟文典主编.广西通史(第一卷)[M].南宁:广西人民出版社,1999:192.
③ [宋]欧阳修,宋祁撰.新唐书[M].北京:中华书局,1975:1105-1106.
④ [宋]欧阳修,宋祁撰.新唐书[M].北京:中华书局,1975:1105.
⑤ 钟乃元.唐宋粤西地域文化与诗歌研究[M].北京:民族出版社,2012:220.
⑥ [清]董浩等编.全唐文3[M].卷三七六,太原:山西教育出版社,2002:2263.

思得长才,以绥裔俗"①,可见其地理位置之重要。唐武德四年(621)将隋朝始安郡改桂州,设桂州总管府,武德七年(624),改桂州总管府为桂州都督府,开耀元年(681),改置桂州经略使,治所均设桂州,成为唐王朝对广西统治的北部中心。②唐代对桂州城的营建主要有3次。第一次是唐初武德四年(621)开始,在桂州为官的李靖开始兴建衙城,也就是子城,据嘉靖版《广西通志》记载:"桂林子城在漓江西,周三里十八步,高一丈二尺,唐李靖筑有门四:南曰腾仙,东曰东江,西旧揭靖江军额,而南曰顺庆旧揭桂州额。"③北宋桂州知府余靖平定侬智高后又修筑了外城的6个门。唐初的修筑奠定了桂州城基础。第二次修筑是唐宣宗大中年间蔡袭在子城基础上扩大了外城,"周三十里,高一丈二尺……有门八曰怀威、曰肃清、曰朝京、曰阳亭、曰通波、曰伏波、曰龙堂、曰洗马"④,外城的规模较之前大了很多。第三次是唐光启年间都督陈可环所筑"夹城"。《桂林风土记》中有对夹城的描述:"从子城西北角,二百步北上抵伏波山。缘江南下抵子城逍遥楼,周回六七里。光启年中,前政陈太保可环创造。三分之二是诸营展力,日役万人,不时而就。增崇气色,殿若长城。南北行旅,皆集于此。"⑤子城主要是官府衙门所在地,外城主要居住的是老百姓,而夹城为主要的商业街区。3次修筑桂州城,使得唐代的桂州成为岭南都会,桂州由此成为中原人适应广西自然环境和文化的缓冲地带,加之桂州自然山水确实美不胜收,是广西最能容纳中原士人的地方,中原士人开始欣赏广西山水也是从桂州开始,因而桂州城的兴建是唐代广西山水美被发现和欣赏的基础。

---

① 李希泌主编.唐大诏令集补编(上册)[M].上海:上海古籍出版社,2003:518.
② 钟文典主编.广西通史(第一卷)[M].南宁:广西人民出版社,1999:193.
③ 北京图书馆藏明嘉靖刻蓝印本.四库全书存目丛书·史部 第一八七册[M].济南:齐鲁书社,1996:464.
④ 北京图书馆藏明嘉靖刻蓝印本.四库全书存目丛书·史部 第一八七册[M].济南:齐鲁书社,1996:464.
⑤ [唐]莫休符.桂林风土记[M].北京:中华书局,1985:5.

第二，对岭南西道官员的委派成为管理岭南西道的重要策略之一，通过委派官员将岭南西道纳入中央集权中。

当时岭南西道的治所在邕州，唐朝还在岭南西道设置了邕、桂、容三管，直接派官员掌管所辖地区的军政事务。唐朝在少数民族地区设置羁縻州，"其大者为都督府，以其首领为都督、刺史，皆得世袭。虽贡赋版籍，多不上户部"①。前期唐统治者对岭南地区的统治稍宽松，对少数民族地区实行羁縻制，在岭南设置了92个羁縻州，下设各县，分别隶属桂州都督府、邕州都督府和安南都督府。羁縻制度是当时中央朝廷对少数民族地区的管理方式，任用地方少数民族首领为官管理地方，维护地方安宁，并对少数民族内部事务放手，按照民族传统进行治理。羁縻制的推行，既确保了少数民族首领的原有地位、利益和传统权威，也维持了边疆民族地区的稳定，同时为朝廷对岭南的开发和经营提供了基础。

随着唐朝国力的日益强盛和对南方叛乱的平定，唐王朝也逐步通过选官任官将岭南西道纳入中央集权之中。由于岭南西道为极偏远之地，北方人多不愿来此为官，因此对岭南西道的派官有大概有3种方式，一是五品以上重要官员直接由朝廷委派，二是通过"南选"的方式选用六到九品的地方官员，三是贬谪官员。其中南选是唐朝选官制推及岭南的重要方式，是开发岭南的渐进步伐。《新唐书·选举志》中有："至于铨选，其制不一。……高宗上元二年，以岭南五管、黔中都督府得即任土人，而官或非其才，乃遣郎官御史为选补使，谓之'南选'。"②南选是由唐王朝派选五品以上的选补使、监察御史到岭南主持选官。《唐会要》卷七十五《选举下·南选》中有："上元三年八月七日敕，桂、广、交、黔等州都督府，比来所奏拟土人首领，任官简择，未甚得所。自今以后，宜准旧制，四年一度，差强明清正五品以上官，充使选补，仍令御史同往注拟。其有应任

---

① [宋]欧阳修、宋祁撰.新唐书[M].北京：中华书局，1975：1119.
② [宋]欧阳修、宋祁撰.新唐书[M].北京：中华书局，1975：1180.

五品以上官者，委使人共所管督府，相知具条景行艺能，政术堪称所职之状，奏闻。……其岭南选补史，仍移桂州安置。"①可见南选是对原来土人首领任官简择的改变，是将岭南官员纳入中央王朝管理的一步。南选主要选的是五品以下的地方官员，而桂州是岭南南选的中心。桂州是岭南西道最早开化的地方，唐时已渐成五府都会，且地理位置极其重要，唐朝对岭南西道的开发以桂州为据点确是有原因的。南选制度将广西纳入中原文化体系，有助于唐代广西地区文化水平的提升，使得广西本土文人渐渐增多。南选制度是统治者经营岭南的策略之一。另外还有大量流官、贬官客观上促进了岭南西道的文化对于中原文化的接入。唐代岭南是流贬官员的主要地，若左降官、责授正员官、量移官、流官均被视作贬官②。据唐晓涛考证唐代岭西贬官人数为103人次，流人137人次，而桂管的贬官占了唐贬岭西人数的大半以上，且贬官在桂管可考官员中占有相当大的比例，不少担任州刺史之类的地方要职③。唐代贬官在广西兴办学校，发展教育，对广西地区的中原文化传播起到了不可忽视的作用。

二、唐代贬谪文化繁荣了广西山水文学

随着中原统治者对岭南地区的开发与经营，来到广西的贬谪官员也在增多，他们来到广西之后发现了迥异于中原、江南的山水美景，在其贬谪或供职之地将当地的山水美景反映在文学作品中，拓展了山水文学表现的领域，加上贬谪和远离中心所给他们带来的特殊心态，也促成了唐代山水文学和广西山水文学的繁荣与成熟。

贬谪源头虽早，但到唐代贬谪较之前朝更频繁，被贬人数更多，打击面更广、打击更沉重。"中唐是贬官最盛的时期，而南方则是唐王朝流贬

---

① 王溥撰.唐会要[M].北京：中华书局，1955：1369.
② 尚永亮.唐五代逐臣与贬谪文学研究[M].武汉：武汉大学出版社，2007：9-10.
③ 唐晓涛.唐代桂管地区贬官人数考析[J].学术论坛，2003(2)：112.

官员的主要地区。在南方诸道,岭南道、江南西、东道和山南东道因其荒远偏僻,更是处置贬官的首选之地。"①中唐后正好是山水散文的成熟时期,此时柳宗元的记体山水散文堪称山水文学的经典,韩愈《柳子厚墓志铭》中有:"然子厚斥不久,穷不极,虽有出于人,其文学辞章,必不能自力,以致必传于后如今,无疑也。"韩愈已看出了若不是"斥不久,穷不极",则无法促成柳宗元的文学成就。柳宗元笔下山水游记实为骚体,多写骚人感受,不只模山范水,而是借物写心,主观色彩极为浓厚,颇有迁客骚人的不平之气。②长期的贬谪生活,对于柳宗元文学创作是有所裨益的,从他的文章中能见其洞悉人情世故,思想也达到相当的深度,他的"骚客之心"使其山水散文情景交融,令人回味无穷。

唐代文人被贬南荒之地是被迫离开中心,多带着被抽离感和理想无法施展而失意伤怀的感情。与以往游览之地为较成熟的山水之地不同的是,唐代被贬谪的文人多是被贬到蛮荒落后的岭南地区,出于自身对被贬谪的耻辱、精神痛苦和对未开发之地环境的极其不熟悉、不适应,产生了复杂的感情。李德辉《唐代交通与文学》中将贬谪文人心态表述为"怨"与"恋"的矛盾,表现为含冤负屈的怨恨、被放逐蛮荒之地的悲怨和对失去的美好事物、熟悉环境的依恋等。③怨和恋使得逐臣从心理上排斥异文化,如韩愈所说:"常惧染蛮夷,失平生好乐。"④担心被同化为异族,所以拒绝与文化差异极大的蛮荒之地的人进行交流而选择了在山水中释放。这种特殊的情感与贬谪地独特的自然山水交相辉映,形成了全新的局面,地理偏远而文化落后的岭南地区深藏着秀美山水与才华横溢又被投闲置散的贬谪官员有着某种相似之处,使得贬谪官员在奇山秀水中找到了一些精神慰藉,山水之美与被放逐的心态融为一体,这一心理

---

① 尚永亮. 唐五代逐臣与贬谪文学研究[M]. 武汉:武汉大学出版社,2007:50.
② 郭预衡. 中国散文史(中)[M]. 上海:上海古籍出版社,2002:242-243.
③ 李德辉. 唐代交通与文学[M]. 长沙:湖南人民出版社,2003:292-299.
④ [清]彭定求编. 全唐诗·答柳柳州食虾蟆[M]. 北京:中华书局,1960:3828.

过程如同人的本质力量对象化,贬谪官员在岭南山水中对象化后产生了审美效果。此时山水是蕴含着作者情感精神的生命体,浓郁的个人情感注入山水之中,使山水散文具有很强的文学性。贬谪的经历增加了文章的深度,在自然山水和情感交织中,主客体融为一体,其山水文学作品自然也能感染无数人。比如《新唐书》记柳宗元:"既窜斥,地又荒疠,因自放山泽间,其堙厄感郁,一寓诸文,仿离骚数十篇,读者咸感悲恻。"①唐代的山水散文正是在这样的背景下大放异彩。

四、中唐以后古文运动的兴起和文体变化为记体山水散文开辟了大道

唐代山水文学与前相比的不同,表现在出现了两个新倾向:一是与地域的变化相伴随的自然美的变化;二是与文学风尚相伴随的文体上的变化②。自然美景的审美从江南移到了岭南的变化前已论述,以下是对中唐后文体变革对山水文学兴盛的影响的分析。

古代的文体内涵丰富,"既指文学体裁,也指不同体制、样式的作品所具有的某种相对稳定的独特风貌,是文学体裁自身的一种规定性"③。可以说中国古代的文体是一种文章体制、语体、体式、体性等所呈现出来的风格。从中国古代文论对文体分类和特征的描述中可以看出,每一种文体都具有自身的审美风格和表现手法。唐代是中国古代散文变化较明显的时期,从唐初骈文盛行到中唐古文兴盛,再到晚唐骈文复兴,而山水散文的发展也与唐代文体的变化相伴。中唐的古文运动使文体发生了变化,散体文章成为山水文学实践的重要文体,唐代山水散文在"记"这种文体中焕发了生命。

---

① [宋] 欧阳修、宋祁撰. 新唐书[M]. 北京:中华书局,1975:5132.
② [日] 户崎哲彦. 唐代岭南文学与石刻考[M]. 北京:中华书局,2014:4.
③ 吴承学. 中国古代文体形态研究[M]. 广州:中山大学出版社,2002:322.

早期的记体文主叙事,在发展过程中出现了叙事后的议论,人们认为记体的正宗是以记事为主,在叙事之后略作议论结束的文章,并以唐代韩愈和柳宗元的相关作品作为记体的正体。柳宗元的游记作品不仅有记叙、议论,还有强烈的感情抒发,成了后世游记散文作家学习的标准。

值得注意的是,中唐古文运动是儒家的复兴,其旗帜人物韩愈、柳宗元都以文明道,"道"是尧舜孔子之道,儒家思想根深蒂固。而柳宗元在尊儒的同时并不辟佛老,"宗元将'道',既本于儒家经典,也有取于佛老之学,这是一种新的儒学观点……宗元许多文章就是在这样的思想下写出来的"[①]。所以其山水文学是受儒、释、道共同的影响,"儒"的山水、人世、人格的审美模式使山水散文具有深刻而充实的思想性,"释"的山水、生灭、空灵的审美趣味美化了山水散文的艺术精神,"道"的山水、人生、超越的审美自由激活了山水散文的生命。因此与魏晋时期的山水文学相比,中唐高峰时期的山水散文更具有深度,既是山水文学回归儒家的体现,也是中国古代文人儒家入世和道家出世矛盾心态的体现。

综上所述,唐代山水文学的发展与漫游风尚、统治者对岭南的开发和经营、官员贬谪及文体变化等因素有关。唐代山水散文的最鼎盛时期与唐代贬谪官员人数的增多、文体变革获得突破性进展的时期几乎是同步的,都是中唐以后,说明了它们之间内在的联系。广西山水散文是在唐代山水文学兴盛的背景下发展起来的。

唐代的广西文化发展相对于中原地区还比较落后,留下的山水散文作品数量也不多,但与前代相比有了很大的进展。从初唐到晚唐,随着中原南下士人的文化参与,散文的创作也有了长足进展,一些知名文人

---

① 郭预衡.中国散文史(中)[M].上海:上海古籍出版社,2002:233.

如宋子问、张九龄、任华、于邵、元结、柳宗元、李渤、吴武陵、李商隐在广西留下的相关作品,代表了唐代广西山水散文的成就。此时广西本土文人虽然留下的山水散文作品不多,但也显示出中原文化对广西文化的影响。此外,晚唐莫休符《桂林风土记》成为广西地区最早的记录山水、风情的专书。

第二节　唐初广西散文中的山水片段

初唐时期,广西山水散文流传作品零落稀少,没有完整的山水散文传世。表现广西山水的片段,主要有本地少数民族文人韦敬办的《澄州无虞县六合坚固大宅颂》(以下简称《大宅颂》)和韦敬一的《智城洞碑》。除了这两篇作品以碑文流传下来,还有流贬之臣宋之问的《在桂州与修史学士吴兢书》留存。

一、唐初广西壮族文人的山水片段

(一) 作者身份

唐初壮族文人的山水片段主要体现在《大宅颂》和《智城洞碑》两块碑文中。韦敬办《大宅颂》和韦敬一《智城洞碑》是现已发现的岭南地区最早的两块唐碑。《大宅颂》刻于唐高宗永淳元年(682),《智城洞碑》刻于大周万岁通天二年(697),碑文中有对广西山水的描述,可以算是较早的广西山水散文。从两块碑上的"澄州无虞县清泰乡都万里六合坚固大宅颂""岭南大首领鹣州都云县令骑都尉四品子韦敬办制""廖州大首领左钤卫金谷府长上左果毅都尉捡校廖州刺史"看,有澄州、鹣州、廖州之谓。《旧唐书·地理志》中"澄州"条记:"武德四年,平萧铣,置南方州,领无虞、琅邪、思干、上林、止绿、贺水、岭方七县。贞观五年,以上林、止绿、琅邪、岭方属宾州。八年,改南方州为澄州。"①关于"鹣州",民国黄诚沅纂《上林县志》根据《太平寰宇记》所载唐先天二年(713)所置邕州所管羁縻州有鹣州,考证应为"鹣州"②,但《大宅颂》所刻年代为永淳元年(682),比羁縻州鹣州所置之年早了30余年,仍可作疑。而廖州之名史籍不载③,清人陈寿祺《左海文集》卷三《唐韦敬辨智城碑考》云:"廖州之名籍无征,以碑文证之,其叙智城之胜曰:澄江东逝,林麓西屯,澄江在上林县南二里,澄州以此名,澄江源出大名山,山之上林洞在上林县西,距智城山相望数十里,则廖州即澄州明矣。……智城在上林,而碑以为廖州之名,岂伪周复析澄州置廖州,而史失之耶。"④黄诚沅也说:"新旧唐书地理志俱有澄州而无廖州,此殆武后所改,厥后仍复故名。"因而虽然根据史料记载这些地名似乎还有些出入,但基本可以认定为澄州、鹣州、廖州为同一地方。

  关于碑文的作者身份,综合各种史料文献的记载可以做一些推测。关于韦敬办、韦敬一生平事迹未发现文献记录,根据地方民间传说和方志,有韦将军征蛮有功,聚族居住于此,乡人还立庙祭祀韦将军,而韦将军即韦厥⑤。一般认可韦氏一族为韦厥之后。王象之《舆地纪胜》中上林人物中记:"韦厥,汉韦元成之裔,唐武德七年,持节压伏生蛮,开拓化外,诏领澄州刺史,后隐于智诚洞,公与诸子皆封侯庙食,为庙者九。"⑥祝融《方舆胜览》也有如此记载。韦敬办、韦敬辨、韦敬一应为其子或孙。还有认为韦厥疑为宋人捏造的人物,是宋代统治南方少数民族的需要,其根据为《舆地纪胜》中记载的韦厥于武德七年(624)为澄州刺史,而武德

---

① [后晋]刘昫撰.旧唐书[M].北京:中华书局,1975:1733.
② [民国]杨盟等修,黄诚沅纂.上林县志[M].1934年铅印本影印.台北:成文出版社,1968:920.
③ [民国]杨盟等修,黄诚沅纂.上林县志[M].1934年铅印本影印.台北:成文出版社,1968:921.
④ [清]陈寿祺.左海文集[O].卷三,清刻本.
⑤ 明万历十五年(1587)郭棐《宾州志》、清光绪二年(1876)徐衡绅《上林县志》都有记载智城庙、通真庙、胜业寺祭祀韦厥。
⑥ [宋]王象之.舆地纪胜(四)[M].北京:中华书局,1992:3407.

七年并不称澄州,而为南方州;说其后隐于智诚洞,武德年间也未有智城。除《舆地纪胜》等个别宋代文献外,唐高祖派韦厥到岭南开拓化外不见任何史籍记载,碑文石刻也没提及韦厥。① 而《大宅颂》中的"维我宗祧,昔居京兆,流派南邑……"也可能是韦氏提升自己的一种方式。但可以推断,韦氏一族在当地势力很大,而且世袭了几代,在唐初成了势力较大的地方溪洞豪族。"韦氏以廖州大首领为本周刺史者,按唐书选举志:肃宗上元二年,以岭南五管、黔中都督府,得即任土人为官。……自唐初至中叶咸以本土之人镇抚蛮方,敬辨殆韦厥子孙。"②黄诚沅根据唐代官职志推论韦敬办"结衔而又不著所封县邑者,盖其父曾为刺史尔,非其爵也。说见随园随笔,首领即群蛮渠酋之号,乃敬办所自称,非出朝命者"③。这其中可能有一个历史过程,就是唐初至唐中叶,岭南地区选官是直接任用溪洞豪族首领为刺史、县令。在韦敬办、韦敬辨、韦敬一的时代,应该还是直接任用土人首领,形成了世袭传统,成为地方势力颇大的溪洞豪族。唐统治者对其的管理是松散或是顾及不到的,所以这些官职称谓也有可能是韦氏沿袭传统而来的,是"任官简择,未甚得所"的,后来随着唐对岭南统治的加强,渐渐希望改掉弊端,才开始考虑岭南地区选官实行南选。所以《大宅颂》和《智城洞碑》的作者应是唐初澄州认同汉文化、受到了汉文化影响的壮族豪族,也是集民族首领与地方州县行政长官于一身的地方豪族。

(二)《大宅颂》与《智城洞碑》中的山水描绘

《大宅颂》和《智城洞碑》的碑文主旨大概都是歌颂豪族势力之强大,希望韦氏一族能长久永固、"永世保无残",但两块碑的碑文都描绘了广西山水风物,可从山水散文的角度来看。韦敬办《大宅颂》碑文由序、颂、

---

① 详见石丽璠.上林唐碑和历史民俗文化若干问题的研究——兼论上林发展旅游业的对策与思考[D].桂林:广西师范大学民俗学专业硕士论文,2005:16.
② [清]陈寿祺.左海文集[O].卷三,清刻本.
③ [民国]杨盟等修,黄诚沅纂.上林县志[M].1934年铅印本影印,台北:成文出版社,1968:921.

诗组成,在此仅取散文部分的序而论。其序为骈体,历来对其文学评价不高,认为"文殊鄙俚"①"幼稚而随意"②,对澄州山水的描绘也比较简单,如烘托地理位置之好:"一人所守,即万夫莫当",涉及景物的仅有:"才之所多,未乏南山之有。若池之流,岂不保全之祚者欤!"③即使是加上后面诗作中的山水之辞,山水之美描绘得也很不充分,整篇文章也显得粗糙。而韦敬一的《智城洞碑》晚了16年,从文学角度看大大胜于《大宅颂》。《智城洞碑》碑文由序和铭构成,序文可称为标准、精美的骈体文。其中有对智城山水景物的大段描写,是如今可见的描写广西山水最早的散文片段:

> 然则智城山者,廖州之山名也。直上千万仞,周流数十里。昂昂焉,写嵩、岱之真容;隐隐焉,括蓬、壶之雅趣。丹崖硌崿,掩朝彩以飞光;玄岫厥巇,含暮烟而孕影。攒峰竦峭,棨碧盖以舒莲;骇壑澄渊,纫黄兴而涌镜。悬岩坠石,奔羊伏虎之形;落涧翻波,挂挂鹤生虹之势。幽溪积阻,绝岸峥嵘;灵卉森罗,嘉禾充仞。疏藤引吹,声含中散之弦;密筱承风,影倾步兵之钵。灵芝挺秀,葛川所以登游;芳桂蘩生,王孙以之忘返。珍禽瑞兽,接翼连踪;穴居木栖,晨趣昏啸。歌莺啭响绵蛮,成玉管之声;舞蝶翻空飘飏,乱琼妆之粉。尔乃郊原秋变;城邑春移。木落而天朗气清;花飞而时和景淑。则有丹丘之侣,玄圃之宾,飞羽盖于天垂,拖霓裳于云路。缤纷鹤驾,影散缑山之麓;仿佛龙舆,□□□□之水。兼乃悬瓢荷筱之士,离群弃代之人,或击壤以自娱,时耦耕而尽性。清琴响亮,韵雅调于菱歌;浊酒沦漪,烈芳香于荸席。实乃灵仙之窟宅,贤哲之攸居。复涧连

---

① [民国] 杨盟等修,黄诚沅纂. 上林县志[M].1934年铅印本影印,台北:成文出版社,1968:768.
② 欧阳若修. 壮族文学史[M]. 南宁:广西人民出版社,1986:375.
③ 本段引文综合参考了广西民族研究所编. 广西少数民族地区石刻碑文集[C]. 南宁:广西人民出版社1982:1;欧阳若修. 壮族文学史[M]. 南宁:广西人民出版社,1986:372.

山,真名胜境。重峦掩映氤氲,吐元气之精;叠嶂纥纷泱轧,纳苍黄之色。壮而更壮,寔地险之不逾;坚之又坚,信丘陵之作固矣。

……

周回四面,悉愈雕镂;绝壁千寻,皆同刊削。前临沃壤,凤粟与蝉稻芬敷;后迩崇隅,碧雾与翠微兼暎。澄江东逝,波开濯锦之花;林麓西屯,倏结成帷之叶。傍连短峤,往往如陴;斜对孤岑,行行类阙。①

可谓是极尽溢美之词来赞美智城山水,对智城山水之描绘层次分明、虚实相间,刻画细腻生动,读之如见到一幅色彩丰富、生动鲜明的澄州山水图,其写景状物已经达到了较高的水平。后人对《智城洞碑》之文评价也很高,如清人陈寿祺评价:"敬一文词尔雅,讵独与并韶之词藻(见《通鉴》)、韦白云之淹通(见《一统志》)并耀南徼与?抑以侪诸四杰、十八学士之伦,奚多让焉。嗟乎!僻壤遐荒乃有贞珉巨丽,一洗猺獞之陋。"② 有学者认为其全然不像出自广西壮族人之手,从骈体文看,其典故、语言之运用都达到了极高的水准,"就是放到王渤等人的集子中也毫不逊色,可以说是初唐时期骈文的重要作品"③。这出自壮族文人之手的《智城洞碑》受到南北朝文风影响明显,极有可能当时壮族地区的韦氏豪族是由北方迁入南方的大族经过数世而发展成了壮族首领,汉人变壮族,本身有汉文化基础;也有可能其对汉文化的认同是来自上层统治者对汉化较深的豪族委以重任而形成他们对汉文化风尚的跟随。无论如何,从《智城洞碑》可看到汉文化对广西地区的影响是十分久远的。

---

① 本段引文综合参考了广西民族研究所编.广西少数民族地区石刻碑文集[C].南宁:广西人民出版社,1982:2-3;[日]户崎哲彦.唐代岭南文学与石刻考[M].北京:中华书局,2014:319-321.
② [清]陈寿祺.左海文集[O].卷三,清刻本.
③ 莫道才.从上林唐碑《大宅颂》和《智城洞碑》看唐代中原文化对岭南民族地区文化的影响[J].民族文学研究,2005(4):7.

二、宋之问的山水片段散文

唐初入桂文人中描写广西山水的有宋之问《在桂州与修史学士吴兢书》。宋之问为唐初著名文人,以诗闻名,与沈佺期并称为"沈宋"。武周时期,宋之问奉承媚附,曾攀附张易之兄弟,后又依附武三思等,陷入了统治集团内部争权夺利的旋涡之中。宋之问曾三次被贬,两次流落岭南,而最后一次被贬钦州,并赐死。达时倾附献媚,穷时焦灼为自己开脱,所以宋之问的人品历来不被认可。《旧唐书》卷一百九十《列传第一百四十·文苑》中记:"睿宗即位,以之问尝附张易之、武三思,配徙钦州。先天中,赐死于徙所。之问再被窜谪,经途江、岭,所有篇咏,传布远近。友人武平一为之纂集,成十卷,传于代。"①而其流钦州的具体路线和赐死"徙所"是何处,由于材料不足,无确切之说。陶敏认为宋之问被赐死的"徙所"应该在桂州,当时钦州隶属桂州,赐死桂州说得过去。另外据《旧唐书·周利贞传》和《新唐书·宋之问传》都有宋之问被赐死于桂州的记载。陶敏还认为宋之问流钦州后,因其在桂州有宅,曾有较长的一段时间居住在桂州,依附都督王晙,并留下了大量诗文。② 宋之问主要以诗歌闻名,其文收入《全唐文》有2卷35篇,多为应酬之作,历来认为其文"囿于时习,气无奇类",其在桂州所作的仅有1篇,即《在桂州与修史学士吴兢书》,大约作于唐景云二年(711)秋冬,大概是被贬钦州后一年和赐死徙所的前一年。此文为给史学家吴兢的一封信,该文的目的并非写桂州山水,主要是通过写信给吴兢表达希望自己父亲的事迹载入史册,更重要的是希望吴兢能够对其陷入险境的遭遇有所帮助,所以文中有为自己开脱的文辞。文章一开头便是对自己身处之境的恶劣情形加以渲染,广西山水在他笔下变成了一幅可怖的景象:

---

① [后晋]刘昫撰.旧唐书[M].北京:中华书局,1975:5025-5026.
② 陶敏.宋之问卒于桂州考[J].文学遗产,2000(2):125-127.

>拙自谋卫,降黜炎荒。杳寻魑魅之途,远在雕题之国。飓风摇木,饥鼬宵鸣,毒瘴横天,悲鸢昼落。心凭神理,实冀生还;关号鬼门,常忧死别。事未瞑目,岂在微身。①

将当时世人对广西的恐怖印象全付诸文字,将广西称为炎荒、魑魅之途和雕题之国,四处荒凉、山神鬼怪作乱,看到的自然尽是凶险之象:"飓风摇木""饥鼬宵鸣""毒瘴横天""悲鸢昼落",鬼门关就是通往地狱之门,完全没有欣赏山水的态度。当时宋之问居住的桂州,自然环境应该不至于如此恶劣,经济文化发展虽然比不上北方和江南地区,但也是广西地区开发较早的地方,是岭西地区的政治、文化和军事重镇,也不至于如此落后不堪。此处山水被描绘成这样,一是中原人形成的对岭南地区,特别是广西地区的印象已经根深蒂固,二是由于作者被流贬的经历,其心中早已惶恐凄然,所以自然景物才是如此可怖。

宋之问《在桂州与修史学士吴兢书》是其生命后期之文,历来认为与其之前侍从宴游之文的文风相比有很大的不同,大概经历人生大落,远谪南荒,生命遭到威胁,难免深切往复,流露激越顿挫、激昂慷慨之气,痛切之情呼之欲出。其中写广西自然环境的笔墨虽然带着厌恶的情绪,但也可算是唐初中原士人对广西山水态度的见证。

第三节 唐代外来官员及幕僚的山水散文

唐代统治者逐渐开发岭南,不少中原士人被派到广西任官,这些官员及其幕僚领略到广西山水之美,在开发和营建广西山水的同时写下了

---

① [唐]沈佺期、宋之问撰,陶敏、易淑琼校注.沈佺期宋之问集校注[M].北京:中华书局,2011:710.

不少山水散文作品。

一、《邕州柳中丞作马退山茅亭记》

盛唐至中唐时期的《邕州柳中丞作马退山茅亭记》（以下简称为《马退山茅亭记》）是最早专写广西山水的记体散文。因其文同时出现在柳宗元《柳河东集》和孤独及《毘陵集》，作者归属问题自宋代以来便争论不休，南宋时期王应麟便指出："柳文多有非子厚之文者，《马退山茅亭记》见于孤独及集。"①但由于柳宗元名气远大于孤独及，认可柳宗元所作颇多，茅坤《唐宋八大家文钞》将此文归于柳宗元，渐被人们默认。清代王士禛《香祖笔记》卷五、何焯《义门读书记》卷三十六皆认为是孤独及作可能性大，陈景云《柳集点勘》考证"辛卯岁邕州未有缺守，不当复有试官"，若是柳宗元之作，"仲兄"则为柳宽，而柳宽卒于辛卯八月与亭作于十月有矛盾。而《四库全书总目提要》卷一五〇集部、别集类三《毘陵集》提要和《四库全书简明目录》卷十五皆认为《马退山茅亭记》实为柳宗元作，误入及集。姚范《援鹑堂笔记》卷四十三认为作者非柳宗元，但也不肯定为孤独及作，说此记为俗笔。直到现在关于《马退山茅亭记》的归属问题还在争论，莫衷一是，作者存疑。就其创作年代看，文中"岁在辛卯"，若为孤独及作，辛卯年应为唐天宝十年（751），若为柳宗元所作，应为元和六年（811），但这两个时间与其作者经历都有冲突。元和六年（811）柳宗元在永州司马任上；天宝十年（751）据孤独及诗作《古函谷关铭》"岁在大火，余适下阳"，下阳在今山西，可推孤独及此年正远游山西。而唐元和六年（811）邕州无柳姓刺史，唐天宝十年（751）邕州刺史姓名不详，就不能排除有柳氏的可能，因此定在天宝十年（751）所作较妥。②有学者倾向于此篇记为孤独及所作，认为"辛卯"应为"癸卯"，是干支有误，孤独及诗

---

① 王应麟撰，翁元圻注.困学纪闻（下）[M].北京：商务印书馆，1935：1031-1032.
② 张明非主编.广西古代诗文发展史（下卷）[M].桂林：广西师范大学出版社，2012：29-30.

作《初晴抱琴登马退山对酒望远醉后作》写在癸卯岁,即唐广德元年(763),判断此文极有可能写于癸卯岁①。《马退山茅亭记》作者存疑,创作时间暂定为天宝十年(751)或广德元年(763),但从其题目中"柳中丞"可看出作者是来自中原的官员。

该篇文章描绘的景物是邕州的马退山,开篇简单写了于马退山之阳作茅亭,并指出由于自然环境的优势,此亭无须修饰,可取其原貌,"以白云为藩篱,碧山为屏风"。然后着重写马退山之景:

> 是山崒然起于莽苍之中,驰奔云矗,亘数十百里,尾蟠荒陬,首注大溪,诸山来朝,势若星拱,苍翠诡状,绮绾绣错。盖天钟秀于是,不限于遐裔也。然以壤接荒服,俗参夷徼,周王之马迹不至,谢公之屐齿不及,岩径萧条,登探者以为叹。②

凸显马退山之高大、苍翠、充满野趣,与周围环境相比显得十分突出,而如此出类拔萃之美景却是"以壤接荒服,俗参夷徼",两者形成了鲜明对比,由此赞美了马退山虽然藏于蛮荒之地,人迹罕至、萧条如此,但无法遮住其自然美的风光。

接下来写此地虽为蛮荒之乡,但经过治理达到"人和",自然美景与社会环境的和谐,为建亭游览创造了条件:

> 每风止雨收,烟霞澄鲜,辄角巾鹿裘,率昆弟友生冠者五六人,步山椒而登焉。于是手挥丝桐,目送还云,西山爽气,在我襟袖,八极万类,揽不盈掌。③

---

① 刘鹏.再论《马退山茅亭记》非柳宗元作[J].湖南科技学院学报,2012(3):19-20.
② [唐]柳宗元撰,尹占华、韩文奇校注.柳宗元集校注[M].北京:中华书局,2013:1794-1795.
③ [唐]柳宗元撰,尹占华、韩文奇校注.柳宗元集校注[M].北京:中华书局,2013:1795.

写雨后初晴,率众人登上山顶所见万千气象的情形。登山游览的过程虽然只有短短几句话,却让人如亲临其境,登临送目,感受马退山自然景物之变幻,人在其中自然神清气爽。

结尾"美不自美,因人而彰"成为这篇山水散文的点睛之笔。从整篇文章来看,自然美不需要通过人为修饰而彰显,但是要通过人来发现、通过人而彰显的,而人必须有修养、懂欣赏并且达到一定的水准,才可能让山水因此闻名。虽然此文被评价"文无新意",但其处在唐代山水游记散文的成熟期之前,用如此简练的散文笔法将叙事、写景、抒情、议论面面俱到地呈现,已初具记体散文的文体风貌,也称得上是广西山水散文的佳作了。

二、元结、任华、郑叔齐、于邵的山水散文

(一)元结在广西创作的山水散文

元结生活在唐朝由盛渐衰的时期,经历了安史之乱,是当时著名的文人。其诗文皆享有盛誉,所写文章质而不野、简古高洁,很有特点,其中山水游记散文也为后人称道,被称为古代山水散文之开拓者。唐广德元年(763)和大历元年(766)元结曾两次授道州刺史,大历三年(768)调赴容州,任容州刺史加授容州都督充本管经略使。后因忧母老身病,不堪远行,进《让容州表》,乞停所授,大历四年(769)再次上表请辞,因而元结在广西为官时间并不长。元结任容州刺史,时容州为西原夷张侯、夏永攻陷后,前后经略使皆寄理藤州,或寄梧州。[①] 所以元结任容州刺史的驻节处为梧州。元结在广西停留时间不如在道州长,且忧心忡忡、归心似箭,其闻名的山水散文都是在道州留下的,广西山水散文作品仅见在梧州时所写的《冰泉铭并序》,收入《全唐文》卷三八二。《冰泉铭并序》写

---

① 孙望.元次山年谱[M].上海:古典文学出版社,1957:9.

梧州的一道泉水,文章简短,由序和铭组成,体现其文简古澹远的风格:

  苍梧郡城东二三里,有泉焉。出在郭中,清而甘,寒若冰。在盛暑之候,苍梧之人得救渴。泉与火山相对,故命之曰冰泉,以变旧俗。铭曰:火山无火,冰泉无冰。惟彼泉源,甘寒可徵。铸金磨石,篆刻此铭。置之泉上,彰厥后生。①

虽然篇幅短小,无法与其在道州所写的山水游记相比,但也颇能见出元结为文之风貌。欧阳修《集古录·元结窊尊铭跋尾》云:"次山喜名之士也,其所有为,惟恐不异于人,所以自传于后世者,亦惟恐不奇而无以动人之耳目也。视其辞翰,可以知矣。"②《唐元结阳华岩铭跋尾》云:"元结,好奇之士也。其所居山水,必自名之,惟恐不奇。"③《冰泉铭并序》这短短的序和铭,交代了冰泉地理位置、特点及命名,对冰泉的描绘极少,但能抓住冰泉"清""甘""寒""冰"的特点。以"冰"与"火"和"泉"与"山"之对比为泉命名,冰火两重天的巨大反差确实是动人耳目、绝妙奇巧,体现了元结好奇之特点。文中间写道"救渴""变俗",与元结山水散文以纪胜为旨、以仁政为怀、以论政为主是一脉相承的。

  (二)任华在广西创作的山水散文

  任华,唐史无传,从已有的文献看,任华倾慕李白,曾与杜甫、高适有交往。任华为人旷达狂放,仕途不顺,曾两度任职于桂管观察使幕府④,其中大历年后期在李昌巙幕府任职基本可以认定,还有一次任职时间及任谁的幕府尚无可靠材料证实,暂且存疑,但不可否认任华在桂林寓居

---

① [唐]元结.元次山集[M].北京中华书局,1960:157.
② [宋]欧阳修.欧阳修全集[M].北京:中华书局,2001:2239.
③ [宋]欧阳修.欧阳修全集[M].北京:中华书局,2001:2239.
④ 任华,唐史无传,关于其在桂林的时间和来桂林的次数,学术界尚有分歧,但基本认定其两度在桂管幕府任职,而对其大历末期(766—779)任职李昌巙幕府也没异议,本书在此不做考证。

时间很长。任华名气不大、作品不多,但作诗为文颇具特色,其文24篇录入《全唐文》,其中约10篇是在桂所作。这些文章中可算作山水散文的主要有几篇赠行序的作品,风格清新爽俊、旷达洒脱、气度不凡。任华的赠行序作品。写景绘色准确抓住了桂林山水的特色,且将人生感慨融入其中,抒发与友人的惜别之情真挚动人,可谓景、情、文融为一体,颇具感染力。

《桂林送前使判官苏侍郎归上都序》《送李审秀才归湖南序》《重送李审却赴广州序》《送祖评事赴黔府李中丞使幕序》《送宗判官归滑台序》是其代表作。这些赠行序作品中描绘的桂林山水表现了作者对其的熟悉程度和欣赏之情。

《桂林送前使判官苏侍郎归上都序》先写了桂林地理位置和政治地位的重要性,称其为"五府一都会",将桂林城作了整体的概述,而后又对万里之别的景色作了设想:

> 因登高把酒,南望千峰,白云离披,横在山畔,与我畴昔所见,岂有异乎?①

虽然写的不是眼前景,但"千峰""白云"是此地景的反向投射,想象的风景之异引出了"北归"之心。

《送李审秀才归湖南序》文章简洁,但令人回味悠长,描绘了众君子为李审饯行的场景:

> 碧峰巉巉,出于柏梢,有如虎牙,夹天而立。加以白日欲落,挂在岩半,横照滩水,月带微明。②

---

① [清]董浩等编.全唐文3[M].卷三七六,太原:山西教育出版社,2002:2263.
② [清]董浩等编.全唐文3[M].卷三七六,太原:山西教育出版社,2002:2264.

这段景物描写寥寥数笔,却使人有如亲临其境,画面鲜明而充满离别之感:傍晚时分,日刚落,月刚升,滩水返照落日,在桂林碧峰之间送走相见恨晚的朋友。山水之间的离别虽然难免伤情,却又富于诗情画意,也冲淡了离别的不舍和悲伤。

《送祖评事赴黔府李中丞使幕序》中也有在桂林饯别场景的描绘:

舜亭峨峨,凭槛窥鼋鼍之窟,酹酒滴鱼龙之背。金石丝竹,虽有秦声;青山白云,恨非吾土。①

这段对桂林山水的描写有形、有声、有色,加上凭栏、酹酒的动态行为,描绘出了一幅立体的风景图,而后与"恨非吾土"之情自然融合。

任华最为人称道的是《送宗判官归滑台序》,此文已经初见对桂林山水总特点的概括:

霜天如扫,低向朱崖,加以尖山万里,平地卓立,黑是铁色,锐如笔锋。复有阳江、桂江,略军城而南走,喷入沧海,横浸三山。则中朝群公,岂知遐荒之外有如是山水?②

桂林山峰的形态、色彩、特色,桂林江水的形态都如在眼前。万重山峰平地而起,漓江、桃花江绕城而流,是一幅水绕山环的桂林奇山秀水图景。"会而离,离而会……人生几何?而倏聚忽散,辽复若此,抑知己难遇,亦复何辞!"体现了作者对知己宗衮友情的珍惜,此文还将"大丈夫志在四方"的人生态度和对遐荒之外山水的品赏熔为一炉,情景难分。"忘我尚可,岂得忘此山水哉!"表面上说的是如此山水佳地确不可忘,实际

---

① [清]董浩等编. 全唐文 3[M]. 卷三七六,太原:山西教育出版社,2002:2262.
② [清]董浩等编. 全唐文 3[M]. 卷三七六,太原:山西教育出版社,2002:2263.

上是将时空阻隔、知己不聚、生命有限而志向高远、有四方志却落入蛮荒等人生矛盾再次凝聚与升华,情感达到了高潮而止。此文自然清新,情感真挚,如信手拈来,写离别聚散而无伤情之感,同时又不失豪迈旷达的风范,是唐代广西山水散文中的佳品。

(三)郑叔齐的广西山水散文

郑叔齐,生平不详,大概为唐德宗年间人,建中年间(780—783)任桂林监察御史里行,是资历较浅的非正式官员。《独秀山新开室记》建中元年(780)八月二十八日记,刻于桂林独秀峰读书岩口,《全唐文》卷五百三十一、清代汪森《粤西文载》卷十九录此文。《独秀山新开室记》中记录了大历年间任桂管观察使的御史中丞李昌夔在桂兴建学校、开发独秀山下岩洞的经过,文中写独秀峰之景具体而准确:

> 城之西北维有山曰独秀,宋颜延之尝守兹郡,赋诗云:"未若独秀者,峨峨郭邑间。"嘉名之得,盖肇于此。不藉不倚,不骞不崩,临百雉而特立,扶重霄而直上。仙挹石髓,结而为膏;神凿嵌窦,呀而为室。①

引用颜延之的诗句"未若独秀者,峨峨郭邑间",不仅保留下了广西最早的山水诗句,也很形象地表达了独秀峰的形势、方位、名字由来。而后"不藉不倚,不骞不崩,临百雉而特立,扶重霄而直上。仙挹石髓,结而为膏;神凿嵌窦,呀而为室"对独秀山进行了更细致的描绘,抓住了独秀山孤峰独立、拔地而起的形态和独秀山岩溶地貌的特点。"囷而外廉,隘以傍达,立则艮其背,行则踬其腓"②是最早写桂林岩洞的句子,虽然不如后来写广西岩洞的词句那么琳琅满目,但也形象地描绘了独秀山石室未

---

① [清]董浩等编.全唐文 4[M].卷五三一,太原:山西教育出版社,2002:3186.
② [清]董浩等编.全唐文 4[M].卷五三一,太原:山西教育出版社,2002:3186.

开发时的原始状貌。在叙事、写景后,文章贯穿着美景掩于荒蛮无人知晓的感叹,抒发知己难遇的感情。这篇山水散文在形式上有骈散结合的特点,写景用骈句,抒情、议论用散句,散句的大量使用反映了当时古文影响逐步扩大的趋势。①

(四)于邵在广西创作的山水散文

于邵,字相门,唐代宗、德宗时代人,天宝末年进士登科,授崇文馆校书郎,任起居郎,曾任巴州刺史。大历十四年(779)入朝为谏议大夫,知制诰,再迁礼部侍郎,建中二年(781)贬为桂州刺史。于邵在桂林停留时间较长,据孟祥娟考证,于邵自建中二年(781)四月贬桂州,至贞元二年(786)仍在贬所②。于邵为文之名,在"当时大诏令",《全唐文》辑录其文章7卷,其中贬桂州时所作17篇,多是宴游饯别场合的序文,少有涉及广西山水,如《九日陪廉使卢端公宴东楼序》《晚秋陪卢御游石桥序》《送房判官巡南海序》《送卢判官之梧州郑判官之昭州序》《送李校书归江西序》《送贾中允之襄阳序》《送刘协律序》《送锐上人游罗浮山序》等。

这些散文中有泛写景色而不显广西特色的,如《九日陪廉使卢端公宴东楼序》中"大合宾佐,高张郡楼,红尘发地,青山坰牧,连天涨海,来接苍梧,凭高而翠霭转微,送远而白雁看没"③,《送卢判官之梧州郑判官之昭州序》中"云岫座中,烟花雨后,爱时景之可共,怅高帆之不留"④。有记游写景的,如《晚秋陪卢御游石桥序》写在桂州闲暇与卢岳及众人游墟落中的石桥,在桥下观望"徒观夫挂长虹以飞来,陵半霄而势去,下空如豁,纤萝不生,上顶为帷,佳木蓁秀:不可得而总载也。以为本于融结,庸可自然,资于造化,力役不及明矣。东极大水,北走长安,罗郭雉堞,如示诸

---

① 张明非主编.广西古代诗文发展史(下卷)[M].桂林:广西师范大学出版社,2012:40.
② 孟祥娟.于邵生平考[J].天中学刊,2013(1):99.
③ [清]董浩等编.全唐文 3[M].卷四二六,太原:山西教育出版社,2002:2576.
④ [清]董浩等编.全唐文 3[M].卷四二八,太原:山西教育出版社,2002:2584.

掌。大田多稼,宜乎有秋,群山积翠以回合,好鸟追飞而上下"①。还有写桂州气候物产、将季节特色融进山水之笔中的,如《送李校书归江西序》中"大火之交,南秋可畏,其歊如蒸,其华转鲜,昏霾而禽鸟欲绝,曦赫而薄铄无措,易练不足以御流汗,并燎不足以敌炎氛"②,《送贾中允之襄阳序》中"累卜胜饯,屡邀醉心。虽云蒸雾毒,犹胜炎风;而疏桐衰柳,亦傍秋色"③,《送房判官巡南海序》中"南天不寒,四气争暑,黄柑未摘,卢橘又花"④,《送刘协律序》中"零桂虽秋,凉风未至,江山缅邈,言出东路,帆席悠悠,指途南海"⑤,《送锐上人游罗浮山序》"十月良月,晴天爱景,密叶弥茂,繁花不寒。群山壁立而合沓百蛮,长江海连而澎湃万里,搜奇索异,可驻行舟。怀哉胜游,不愧相送"⑥,凸显了广西秋季干燥炎热、秋色宜人,冬季天气不寒、树木常青、繁花不落的特点。

三、柳宗元在广西创作的山水散文

柳宗元所处的时代,正值唐朝陷入衰落的时期,有志之士希望通过政治革新、复兴儒学使王朝得以中兴。与兴复古之道相伴随的是文体文风的变革,古文运动由此促发。朝政革新伴随着复杂的政治斗争,朝政改革失败后很多与之相关的人因此遭打击被贬谪,广西地区仍是此期中原贬官的聚集之地,作为贬臣的古文名家的到来,给广西散文带来了光彩。韩愈、柳宗元为中唐古文运动的领袖人物,韩愈未到过广西,但写过有关广西的文章,而柳宗元贬为柳州刺史,最后死在柳州,是与广西发生过真实的人地关系的散文大家。柳宗元的记体山水散文使唐代山水文学得以开拓,历来认为子厚善记山水,经他的书写,山水便得风流。虽然

---

① [清]董浩等编.全唐文 3[M].卷四二六,太原:山西教育出版社,2002:2577.
② [清]董浩等编.全唐文 3[M].卷四二七,太原:山西教育出版社,2002:2580.
③ [清]董浩等编.全唐文 3[M].卷四二七,太原:山西教育出版社,2002:2579.
④ [清]董浩等编.全唐文 3[M].卷四二七,太原:山西教育出版社,2002:2583.
⑤ [清]董浩等编.全唐文 3[M].卷四二七,太原:山西教育出版社,2002:2580.
⑥ [清]董浩等编.全唐文 3[M].卷四二八,太原:山西教育出版社,2002:2588.

柳宗元在广西停留4年，留下的记体山水散文数量不多，仅有3篇，且成就也不及永州时期所作，但对广西山水散文是有重要影响的，可以代表唐代广西山水散文的最高成就。

柳宗元曾与韩愈、刘禹锡同官，后结识了王叔文。据《旧唐书·柳宗元传》中记载，顺宗即位，王叔文等人当权，特别看重柳宗元，柳宗元参与了王叔文集团的革新活动。宪宗即位后，王叔文集团俱贬，柳宗元为邵州刺史，在道，再贬永州司马，元和十年（815）被召回京，又例移为柳州刺史，官职虽然高于永州司马，但地方更偏远。这带给柳宗元无尽的绝望，广西的山水在他看来是囚山牢水，渐染了蛮俗，因此他所写的山水文学别有一番风味。柳宗元流传于世的散文作品共100多篇，自元和十年（815）任柳州刺史至元和十四年（819）于柳州辞世，4年时间在粤西所留下的散文70多篇。① 可见在广西期间柳宗元散文创作也并未懈怠，且任柳州刺史后，"其文思益深"②，但山水散文却并不多。在永州期间柳宗元"蕴骚人之郁悼，写情叙事，动必以文。为骚文十数篇，览之者为之凄恻"③。在永州时柳宗元的山水游记散文成为中国古代游记散文的标准。而任柳州刺史时期，柳宗元却是为地方做了不少好事，改革陋俗、兴办教育、挖井种树，造福一方，政治抱负在柳州得到小范围的实现。所以章士钊认为柳宗元在柳州仅留两篇记山水之文，"此并非子厚到柳后游兴顿减，或柳可游之地不如永也。寻子厚以司马莅永，而司马闲员，不直接任民事，以故得任性广事游览，至莅柳则不然。刺史亲民之官，子厚认地小亦足为国，而己以三黜不展，隐隐有终焉之志，因而不避劳怨，尽力民事，以是出游时少，文字亦相与阒然无闻。存记两首，大抵登录地理、用备参稽之作"④。也有不少人认为柳宗元在柳州时期的山水散文虽然简洁、平

---

① 张明非主编.广西古代诗文发展史（下卷）[M].桂林：广西师范大学出版社，2012：59.
② 钱基博.中国文学史（上）[M].上海：上海古籍出版社，2011：358.
③ ［后晋］刘昫撰.旧唐书[M].北京：中华书局，1975：4214.
④ 章士钊.柳文指要（上卷）[M].上海：文汇出版社，2000：677.

淡，但已经达到了很高的境界，如宋代陈长方用《庄子》中纪渻子养斗鸡的典故来比喻，称柳文"在中朝时方虚骄而恃气，永州以后尤听影响，至柳州后望之似木鸡矣"，意为柳文到了后期已经可做到不受外物左右，从容自持，情感和技巧都因有所控制而恰到好处，是大智若愚、大巧如拙，因而无敌。张蜀蕙也认为，"到了柳州，柳宗元的书写变得平淡，代而为之的是一种了解，情感不再激越。……环境依然险恶，但是在永州所描述的屈子情怀与主体性山水消失了"①。

《柳州山水近治可游者记》创作年代不可考，但不出元和十年(815)至元和十四年(819)柳宗元任柳州刺史的这段时间。这是柳文中篇幅最长的山水散文，风格与永州时所记的山水游记有所不同，稍显奇特。与柳宗元永州时期山水游记的不同处在于，第一，将柳州的可游之山水全部集中于一篇文章中来写，"永州一拳一勺皆有一记，入柳止此篇"②。此文多处写山水如背石山、龙壁、甄山、驾鹤山、屏山、四姥山、仙弈山、石鱼山、雷山、峨山、浔水、雷水、峨水，还有无名的山和无名的泉水，除仙弈山稍详细，其余都是寥寥几笔，显得简洁而平淡、波澜不惊。第二，文章结构独特，不立间架，却也有线索可寻，且详略得当，山水不断涌出，读之有琳琅满目之美感。孙琮指出："一篇无起无收，无照无应，逐段记去，仿佛昌黎《画记》。中间叙石穴一段，最为出色。"③沈德潜云："体似太史公《天官书》，句似郦道元《水经注》，零零杂杂不立间架，不用联络照应，真奇作也。"④高步瀛引汪武曹云："零零碎碎叙去，而其中自有线索，打成一片，此天下奇文也。"⑤第三，着重对柳州可游之山水进行了白描，详略得当，却能抓住景物的特征。如背石山"夹道崭然"、甄山"上下若一"、驾鹤山

---

① 张蜀蕙.现实经验与文本经验的南方——柳宗元贬谪作品中的疆界空间[A].唐代文学研究(第十一辑)[C].桂林：广西师范大学出版社，2006：606-621.
② [唐] 柳宗元撰，尹占华、韩文奇校注.柳宗元集校注[M].北京：中华书局，2013：1953.
③ [唐] 柳宗元撰，尹占华、韩文奇校注.柳宗元集校注[M].北京：中华书局，2013：1952-1953.
④ [唐] 柳宗元撰，尹占华、韩文奇校注.柳宗元集校注[M].北京：中华书局，2013：1953.
⑤ [唐] 柳宗元撰，尹占华、韩文奇校注.柳宗元集校注[M].北京：中华书局，2013：1954.

"壮耸环立"、屏山"正方而崇"、四姥山"独立不倚"、石鱼山"形如立鱼",都形象而生动地描绘出山的特点。又如仙弈山洞穴的描写更是精彩绝伦,准确描绘出了仙奕山和石鱼山洞穴七窍玲珑的特点,让人目不暇接,仿如跟随入洞。再如写雷山、雷水时对其形貌的描写较少,着重写水蒸成云、云作雷雨的动态过程中雷山、雷水的变幻,加上侧面写人们祭祀雷神的虔诚,以此渲染出山水的神秘色彩。浦起龙评价"不著一点姿色,从是记山水真手段"①。第四,作者感情和议论刻意淡出文中,主体出位保留了景物真实原貌,同时文中点到山、水、洞、穴、鸟、鱼,又有意无意地为读者绘出动态山水画,看似朴素,但留白处更加使人浮想联翩。明代茅坤评价此文"全是叙事,不着一句议论感慨,却澹宕风雅"②。

柳宗元以记山水的方式来铭刻和再现山水空间,体现山水与个人的关系。在永州时期他所营造的山水空间总伴随着他个人的喜怒哀怨,山水都沾染着情绪的起伏,而《柳州山水近治可游者记》里,在山水空间与人的关系中人的感情已经藏到了幕后。而细读之也会发现在"登录地理"的同时已经渗入了他个人的体验,并表现出将个人体验赋予一种历史真实感的努力,"努力使一种短暂有限的个人感受转变为一种恒久无限的历史真实"③。恰如经历了"看山是山,看水是水;看山不是山,看水不是水;看山还是山,看水还是水"的人生三重境界后,洞悉世情,对世界、人生和自身有了更清晰的认识,面对凡事总总,自是一笑而过,所以返璞归真,看山还是山,看水还是水。

《柳州东亭记》作于元和十二年(817)九月,柳宗元在柳州城南一处被弃用的荒地上建了一个馆驿建筑,称之为"东亭"。柳州东亭现今已废,但从《柳州东亭记》可见当时的风光,其园林景观的营建、人为寒暑调

---

① [唐]柳宗元撰,尹占华、韩文奇校注.柳宗元集校注[M].北京:中华书局,2013:1953.
② [唐]柳宗元撰,尹占华、韩文奇校注.柳宗元集校注[M].北京:中华书局,2013:1952.
③ 杨朗.在风景与地理之间——柳宗元《柳州山水近治可游者记》[J].文史知识,2014(4):54.

节的趣味与合理的建筑布局、优美的自然环境,确实让人"忘乎人间"。

该篇文章结构清晰,大致可以分成 4 个部分:首先写了柳州南面城门附近有一块废弃之地,杂草丛生,是饲养牲畜和毒蛇聚集的地方,人不可居。其次写了如何对这块弃地进行了开发:"披刬蘙疏,树以竹箭松桂桧柏杉,易为堂亭,峭为杠梁。"清理各种杂物,将土地整平,种上各种树木,建堂亭,再用峭石做横跨建筑物之间的桥梁,借用四周山水环境入景。再次细写了建亭筑室:"乃取馆之北宇,右辟之以为夕室;取传置之东宇,左辟之以为朝室;又北辟之以为阴室;作屋于北牖下以为阳室;作斯亭于中以为中室。"建了夕室、朝室、阴室、阳室、中室。最后写根据不同房间的朝向、采光、通风的要素之别与四时变化,可选取不同的房间居住,晨昏各取其趣。"朝室以夕居之,夕室以朝居之,中室日中而居之,阴室以违温风焉,阳室以违凄风焉。若无寒暑也,则朝夕复其号。"此段描写既充满了趣味又体现了柳宗元合理利用建筑协调柳州气候带来的影响的建亭智慧。王文濡评价此文"得弃地而新之,辟亭作室,位置得宜,以见事在人为。弃地之不终于弃,而己则永沦为弃人,此中有无限感慨"①。

《桂州裴中丞作訾家洲亭记》据文安礼《柳先生年谱》作于元和十四年(819),据施子愉《柳宗元年谱》作于元和十三年(818)。訾家洲是桂林漓江上的一个浮洲。该篇文章是柳宗元受上级之命而作,需写些赞美以便取悦上级,因此,这篇文章与在柳州的两篇游记又有不同。裴中丞是当时桂州刺史、桂管观察使裴行立,柳宗元在《上裴行立中丞撰訾家洲记启》中说道:"右伏奉处分,令撰訾家洲亭记:伏以境之殊尤者,必待才之绝妙,以极其辞。今是亭之胜,甲于天下,而猥顾鄙陋,使之为记。伏受严命,不敢固让,退自揣度,惕然汗流。"②可见柳宗元是在上级的命令下

---

① [唐]柳宗元撰,尹占华、韩文奇校注.柳宗元集校注[M].北京:中华书局,2013:1943.
② [唐]柳宗元撰,尹占华、韩文奇校注.柳宗元集校注[M].北京:中华书局,2013:2304.

作此文,其词有出于谦虚之语,也有担心表现不出訾家洲亭的胜景而有负嘱托的惶恐。所以写这篇山水散文时柳宗元"窃观物象""窃伏详忖",担心模拟不出胜景,以此心态来作文,文思、结构、语言都应是经过了深思熟虑的。

文章开头先总述了桂州山水的特色:

> 大凡以观游名于代者,不过视于一方,其或傍达左右,则以为特异。至若不骛远,不陵危,环山洄江,四出如一,夸奇竞秀,咸不相让,遍行天下者,唯是得之。
>
> 桂州多灵山,发地峭坚,林立四野。①

除了说到桂州灵山林立四野和环江洄江的特色外,更可贵的是从中可看出柳宗元是最早提出桂林山水城市特色的:"至若不骛远,不陵危,环山洄江,四出如一,夸奇竞秀,咸不相让,遍行天下者,惟是得之。"这是一幅景在城中、城在景中的和美山水城市图卷,第一次总结出了桂林山水近至城中,出色景观并不在远离人居的偏僻乡野处,并且四出如一,与城市很好地融合在一起,这是其他地方无法比拟的。

接着先对裴公在桂州的政绩作了一番评论,又对訾家洲的开发经过作了叙述。大致是说裴公于元和十二年(817)到桂任职,总管27州的军政大事,任官一年便政绩明显、人民富庶,又正值天子平定了淮西叛乱、安定了黄河以北地区,告天下诸侯之时,裴公也举行庆贺活动,并于同僚登上訾家洲游玩。裴公深感此地风光被世人所忽略,于是出重金买下訾家洲后除荒草、砍杂木,精心规划后营建了精致的园林。此段写景十分出彩,是文章的精华:

---

① [唐]柳宗元撰,尹占华、韩文奇校注.柳宗元集校注[M].北京:中华书局,2013:1785-1786.

> 忽然若飘浮上腾,以临云气,万山面内,重江束隘,联岚含辉,旋视其宜,常所未睹,倏然互见,以为飞舞奔走,与游者偕来。①

将訾家洲描绘成了仙境一般,山、水、云、岚等所有美景似乎都为给人更好的观赏而飞舞奔走、集聚一处,人在其中与美景也融为一体,十分生动。

文中还写了在訾家洲进行的园林营造,可以看到中国古典造园艺术中对景、框景、添景、借景、漏景等景观组合手法。如南燕亭、被崇轩形成对景,左飞阁、右闲馆形成对景;比舟为梁是添景;苞漓山、涵龙宫是借景;蓄在亭内是框景;而"隙则抗月槛于回溪,出风榭于篁中"是漏景,最显出中国古代审美趣味。这部分写景也是变幻无穷、形容尽致。

最后一部分的议论似乎又与文首相互呼应,且这段议论的层次也很值得玩味。孙琮云:"一篇前后俱以游观,只在目前,自相呼应,创为奇论。"②自古以来人们认为胜景都在人迹罕至的深山穷谷,发现它们的人都会居功自傲。但像訾家洲这样的情况十分特殊,明明是在车马、行人每日经过的繁华之地,却还是被人遗忘,遭到忽略,能在人们习以为常、熟视无睹的环境中发现别人不能发现的美,远比发现深山穷谷之美要更高一等,其心思眼光的深远独到是旁人不及的。所以美景被发现必须具备3个条件:一是良好的周围环境;二是真美的景观;三是独到的慧眼。桂州相对于中原是属于偏远的地方,而訾家洲在桂州的中心地带,这样独特的空间层次,也让人联想到了作者落入蛮荒后怀才不遇之叹。

历来对柳宗元《桂州裴中丞作訾家洲亭记》评价不一。茅坤评价此文:"地之胜固奇峭,文亦称之。"③何焯《义门读书记》中说:"此是妆点虚

---

① [唐]柳宗元撰,尹占华、韩文奇校注.柳宗元集校注[M].北京:中华书局,2013:1786.
② [唐]柳宗元撰,尹占华、韩文奇校注.柳宗元集校注[M].北京:中华书局,2013:1794.
③ [唐]柳宗元撰,尹占华、韩文奇校注.柳宗元集校注[M].北京:中华书局,2013:1793-1794.

景,苦乏生气。"①章士钊也指出:"文多点染,与境并不相称。"②孙琮却是十分赞赏中间写景将洲外之景借入洲内,"便见得虽在目前,自具无限名胜,令人倾倒不置也"③,认为此文自是小中见大,虚景也美。在文章风格上,茅坤说:"文中句法,不免齐、梁体。"④沈德潜《唐宋八家文读本》卷八称这篇散文"齐梁汉京,合为一手"。⑤ 章士钊并不同意茅坤所言,说出自己的见解:"须知游观之作,自别有其体裁,文之至者,齐、梁未必非,文与境不叶,即汉、魏亦未必是。"⑥对文中一些写景之句还是赞赏的。总的来说,这篇山水散文结构完整,前后呼应,叙事、写景、议论都有独特之处,景物描绘虚实结合,将园林审美艺术融入其中,也很具美感。

四、李渤、李涉、吴武陵、韦宗卿的山水散文

(一)李渤、李涉兄弟在广西创作的山水散文

李渤(773—831),字濬之,陇西成纪(今甘肃天水)人,后移居洛阳。少时励志文学,不从科举,曾与兄李涉隐居庐山和嵩山。后经韩愈劝说出山为官,先后任国著作郎、右补阙、库部员外郎、考功员外郎、虔州刺史、江州刺史、谏议大夫、给事中等,宝历元年(825)因直谏,任桂州刺史兼御史中丞,充任桂管都防御观察使。《旧唐书·李渤传》言"渤孤贞力行,操尚不苟合"⑦,《新唐书》也说其"孤操自将,不苟合于世"⑧,想见李渤为人正直,品德高尚,不趋炎附势,为官体恤百姓、为民请命。他任桂州刺史后也为当地作了不少贡献,如《临桂县志》云:"渤

---

① [唐]柳宗元撰,尹占华、韩文奇校注.柳宗元集校注[M].北京:中华书局,2013:1794.
② 章士钊.柳文指要(上卷)[M].上海:文汇出版社,2000:628.
③ [唐]柳宗元撰,尹占华、韩文奇校注.柳宗元集校注[M].北京:中华书局,2013:1794.
④ 章士钊.柳文指要(上卷)[M].上海:文汇出版社,2000:628.
⑤ [清]沈德潜选评,于石校注.唐宋八家文读本(上)[M].合肥:安徽文艺出版社,1998:276.
⑥ 章士钊.柳文指要(上卷)[M].上海:文汇出版社,2000:628.
⑦ [后晋]刘昫撰.旧唐书[M].北京:中华书局,1975:4442.
⑧ [宋]欧阳修、宋祁撰.新唐书[M].北京:中华书局,1975:4286.

在桂,奏立常平仓,民利便之。"①他向皇帝上奏开设常平仓,稳定粮价,减轻了民众负担,还疏浚灵渠,解决了行船和农田灌溉的问题。另外,李渤在桂还开发了南溪山和隐山,使之成为桂林重要的游览胜地,特别是隐山在唐宋以后都有很大的影响。李渤在桂时间多久还有争议,新旧唐书皆言其在桂两年,但与其在桂林留下的石刻的时间有矛盾。综合李渤任桂州刺史的时间可知,李渤于宝历元年(825)出任桂州刺史,宝历二年(826)作《南溪诗并序》刻于南溪山玄岩洞前上方,大和元年(827)作《留别隐山》刻于隐山北牖洞口东壁,大和二年(828)十一月十三日作《留别南溪》②,因此他是在桂林停留了 4 年时间。李渤在桂期间留下了 3 首山水诗,分别刻在南溪山和隐山,还有 3 篇散文,其中《南溪诗并序》中序的部分可视为广西山水散文。

《南溪诗并序》收录于明代贺复征所编《文章辨体汇选》卷三百五十九、清代汪森《粤西文载》卷五十一,题为《南溪白龙洞序》,清代金鉷等修纂的《广西通志》卷一〇九中,题为《南溪记》,而该文摩崖石刻现在桂林南溪山玄岩洞口处,至今碑文完整可辨,这篇诗序可看作是记,《文章辨体汇选》将其归为记体序。文章先交代了南溪山的位置,渲染了周围山水田园、春光无限的美景。如:

> 桂水漓山,右汇阳江,数里余得南溪口。溪左屏外,崖巘斗丽争高。其孕翠曳烟,逦迤如画。左连幽墅,园田鸡犬,疑非人间。③

然后着重写了南溪山的"二洞九室":白龙洞、玄岩洞、丹室、夕室、

---

① [清]蔡呈韶等修,胡虔等纂.临桂县志[M].清嘉庆七年修光绪六年补刊本影印,台北:成文出版社,1967:424.
② 桂林文物管理委员会编.桂林石刻(上)[C].桂林:内部选编,1977:16.
③ [清]汪森编辑,黄盛陆校点.粤西文载校点(第四册)[M].卷五十一,李渤.南溪白龙洞序,南宁:广西人民出版社,1990:34.

仙窟及六室,将洞室内的奇异岩溶溶洞景观描摹得很细致,从不同的角度看到不同的形态:"如伞如釜,如栾栌支撑,如莲蔓藻井","似帘似帏,似松偃竹袅,似海荡云惊",让人眼花缭乱而迷不可纪。最后简短地写了"发潜敞深,隮危宅胜,既翼之以亭榭,又韵之以松竹"的景观开发的活动。这篇山水散文篇幅不长,将南溪山洞外山明水秀、环境幽雅,洞内奇幻多姿及开发过程简要而明晰地展现出来,层次分明,风格清新,也可算是广西山水散文中的佳作。

李涉,号清溪子,为李渤之长兄。早年与弟李渤同隐庐山,后出山作幕僚。唐宪宗时,曾任太子通事舍人,后贬峡州为司仓参军,大和年间为太学博士,复以事贬康州(今广东肇庆),途经桂林,游南溪山,写下了《南溪玄岩铭并序》,与李渤《南溪诗并序》刻在同一块摩崖上,此文收入《全唐文》卷六百九十三。

文章由序和铭组成,序主叙事,铭主写景抒情。序先对南溪玄岩不为人所知感到奇怪,再说其弟李渤天性爱好山水之游,在出仕于桂后,用一年时间治乡野之病,已见成效,第二年便开始在此寻幽搜奇,发现了隐山和玄岩。再说自己途经桂林,游览玄岩的经过。铭的部分先写了南溪山的形态:"桂之有山,潜灵亿年。拔地腾霄,戟列刀攒。"①再描写了玄岩的景观:"岩之有洞,窈窕郁盘。虎挂龙悬,形状万端。威驰杳冥,仰踏巉岏。玉落磬坠,幽声昼寒。"②巴陵地道与之相比只是小有洞天。最后发出在这山岩之下,一壶酒、一曲琴便"可以穷年"的感慨,此处桂林的山水与文人的旷达自适相得益彰,情景交融,触发游人情思。

(二)吴武陵在广西创作的山水散文

吴武陵(?—834),信州贵溪(今江西贵溪)人,宝历元年(825)入

---

① [清]董浩等编.全唐文 5[M].卷六九三,太原:山西教育出版社,2002:4196.
② [清]董浩等编.全唐文 5[M].卷六九三,太原:山西教育出版社,2002:4196.

桂管观察使李渤幕府,《全唐文》存其文 6 篇。他在桂两年留下 3 篇山水散文,分别为《新开隐山记》《隐山游记》《阳朔县厅壁题名》。

《新开隐山记》收入《全唐文》卷七百十八、《粤西文载》卷十九。此文作于宝历元年(825)三月,比李渤《南溪诗并序》早一年,是唐代广西山水散文中篇幅较长的一篇。开篇先交代了李渤"物宁而后志适",在公务之余备马西行,记述了李渤发现隐山的经过。接着十分详细地描绘了隐山六洞之景,移步换景、井然有序,让人也跟着进入隐山六洞,探其究竟。刻画景物后,又叙述了李渤开发隐山的过程:为山、泉、溪、潭、洞一一命名,还节省俸禄、精选材料、选工匠建亭,使得隐山的景观更为优美,环境更宜人,成了当地宴游的好去处。

文中极尽描摹之词,刻画出岩溶洞穴钟乳石的状貌形态:

坦平如室,室内清缥若绘,积乳旁溜,凝如壮士,上负横石,奋怒若活。乘高西上,有石窗,凌窗下望,千山如指。

……

乳穗骈垂,击之铿然金玉声。堂间有石,方如棋局,即界之以弈,俙然不知柯之烂矣。自堂北出四步,直西二筵,南入小峡,过峡得内峒。

东有石室,妙如刻画。顶上方井,弱翠轻渌,便如藻绣。

……

自峒南下,仰瞩东崖,有凝乳如楼如阁,如人形,如兽状,暗然不知造物者之所变化也。

……

俯行三十步,左右壁有控钟乳,或垂或滴。其极有石室,正如禅庵,多白蝙蝠。出小峒北上二十步,又得列石,色犹西峒,东西壁下有石数十枚,其面砥平,间有凹镈琴荐,厥状甚怪。

......

> 北上山顶,盘曲五百步。石状如牛如马,如熊如罴,剑者鼓者,笙竽者,埙篪者,不可名状。①

如此细致地刻画景物在唐代是不多见的,不同于之前山水散文记山水的片段描写,与柳宗元抒情状物的山水散文游记及客观冷静的地记作品也有所不同。穷形尽态地描摹物象,同时有引人入胜的趣味,这篇文章是广西山水散文中很有特色的游记佳作,为后世隐山成为桂林著名游览胜地作了铺垫,后人因读之而增加了游隐山六洞的兴趣。

《隐山游记》见于桂林石刻,属于题记,所以短小精悍,与《新开隐山记》相比篇幅较为短小,大致记录了李渤开发隐山的前因、隐山洞景的情形和共游诸人的姓名。其中提到"山有四洞",比后来的隐山六洞少了两洞,推测此题记大概要比《新开隐山记》要早些。"水石清拔,幽然有真趣",虽然写景状物不及《新开隐山记》详尽,但简明清新,能融叙事、绘景、抒情、议论、记录于一体,可算是精致的桂林山水小品。

《阳朔县厅壁题名》作于宝历二年(826),是吴武陵出使番禺,途经阳朔时作,收入《全唐文》卷七百十八、《粤西文载》卷四十二。"厅壁记"是唐代流行的一种文体,主要是指书写或镌刻在官府墙壁上的文章。唐代的《封氏闻见记》卷五《壁记》说,"朝廷百司诸厅,皆有壁记,叙官秩创置及迁授始末"②,因此"厅壁记"如同官吏任职期间的档案,记叙历任官员的姓名、经历、政绩,用以纪念或供后任官员参考学习。《阳朔县厅壁题名》先写山水,再赞官员,结合地域风物来写厅壁记,在唐代的厅壁记中也算是很有特色的。除了对阳朔县县令李湜的政绩加以赞美外,写阳朔之景十分出色:

---

① [清]董诰等编. 全唐文 5[M]. 卷七一八,太原:山西教育出版社,2002:4356.
② 转引自傅璇琮. 唐翰林学士传论·二[M]. 沈阳:辽海出版社,2005:6.

> 群山发海峤,顿伏腾走数千里而北,又发衡巫,千余里而南,咸会于阳朔。朔经四百里,孤崖绝巘,森耸骈植,类三峰九疑,析成天柱者,凡数百里,如楼通天,如阙凌霄,如修竿,如高旗,如人而怒,如马而欢,如阵将合,如战将散,难乎其状也。而又漓江荔水,罗织其下。蛇龟猿鹤,焯耀万怪。[①]

桂林之山,行到阳朔山最奇,文中将阳朔的奇山"孤崖绝巘,森耸骈植"、漓江环绕群山的特点写得准确到位,又写阳朔地势险峻而重要,山水可游,而无论是官员、商贩还是平民百姓都是依山而居,一幅人与山水和谐共处的图景。这是最早对桂林阳朔山水进行描绘的文章,从中也能见到当时阳朔的风俗。

(三)韦宗卿的《隐山六洞记》

韦宗卿也有一篇写隐山六洞的散文,即《隐山六洞记》。

韦宗卿,生平不详,如何来桂、在桂任何职、与李渤关系都无确切可考的文献,据金铁等修撰的《广西通志》卷四十六据《旧志》言其为李渤客,"日随渤宴游,选胜探幽"。其作品仅存《隐山六洞记》,收入《全唐文》卷六百九十五、《粤西文载》卷十九。

此文篇幅、旨趣可与吴武陵《新开隐山记》相媲美,文中赞美李渤开发美景之功,写隐山位置风水之好,自然引出了神仙都愿意停留的六洞。韦宗卿游六洞的顺序大概与吴武陵不同,从南华洞开始,"登山自西,举趾维左,首至于南华洞",以夕阳洞结束,"自洞西去,至夕阳,出西山,复人寰。六洞之能事毕矣",游踪明晰,其游览过程中描摹状物也曲尽其详,不胜枚举。此文与《新开隐山记》除了游踪不同外,还有一些特点,如以当地传说来应景,比如说白石盘里的水可以用来治

---

① [清]董浩等编.全唐文5[M].卷七一八,太原:山西教育出版社,2002:4356.

病,用当地传说解释白雀洞的名字:"郡人有获白雀来献者,雪毛霜羽,赪觜红趾,且旌雀瑞,因志峒名";又比如说嘉莲洞的名字由来是因为正好在此时进献了莲心,也显得十分有趣。这些地方用民间传说和真实事件使游记富有人情味而显得更为生动。而吴武陵对六洞的命名只是一笔带过,并不详述。此文还体现出了唐人游赏山水之风趣,如"峒口狭隘,侧身稍通,摩脐夹耳,可以方之",按着肚子,夹紧耳朵方能通过,倒是可以让人变得正直,读之趣味盎然。又如"从此更下,有玄潭,其深莫测。潭东西岩上有一石楼,高低可二三尺。自下而望,如妆点成楼。楼南有二石,相去才数尺,被服如人状,意若就楼而看者。玄潭泫澄,水色如墨,见者神竦,方暑生寒。乃作阁道架潭,瞬息疾过"①,此处也把游览过程中看到危险之景后快速通过的紧张感写活了。另外,文中描绘了当地人与景物和谐相处的情景,"池因山麓,不资人力,高深背向,缭绕萦回。五六里间,方舟荡漾,靡微风,镜清波,棹女唱,榜人歌,羽族载依,凫鹭翔泳,鳞介是宅,鱼鳖唅喁,野女依丛,游丝转空,蘋末风清,荷底水红;奠者取,饥者采,与人同利,恨斯池之不大也"②,其中多少带有当地的风俗。

五、晚唐外来官员的山水散文

(一)元晦的叠彩山诸记

元晦,生卒年不详,河南洛阳人,元稹之从子,饶州刺史元洪之子,大约生活在唐敬宗至唐武宗时期。历任吏部郎中、谏议大夫、御史中丞,会昌二年(842)至会昌五年(845)出任御史中丞桂管观察使,官终散骑常侍。明代张鸣凤《桂胜》记载元晦在桂时亲自开发了桂林叠彩山并为之命名,开发宝积山并建一亭,将漓山改名为仪山。《全唐文》

---

① [清]董诰等编.全唐文5[M].卷六九五,太原:山西教育出版社,2002:4209.
② [清]董诰等编.全唐文5[M].卷六九五,太原:山西教育出版社,2002:4209-4210.

卷七百二十一收录元晦文两篇,皆为桂林叠彩山之记。另外,桂林石刻中据张鸣凤《桂胜》卷三记载,有《干越山记》,文多剥落不可读。推测为元晦作。叠彩山由明月峰、四望山、于越峰①共同组成,《叠彩山记》《四望山记》《干越山记》写的都是叠彩山之景,篇幅都很短小。

《叠彩山记》收入《全唐文》卷七百二十一,摩崖石刻于会昌四年(844)刻于桂林叠彩山风洞:

> 按《图经》曰:"山以石文横布,彩翠相间,若叠彩然,故以为名。"东至二里许,枕压桂水,其西岩有石门,中有石像,故曰"福庭"。又门阴构齐云亭,迥在西北,旷视天表,想望归途,北人游此,多轸乡思。②

文章短小,但成为叠彩山名字的来源。

《四望山记》收入《全唐文》卷七百二十一,石刻也在叠彩山:

> 山名"四望",故亭为"销忧"。亭之前后,绵络山腹,皆溪梁危磴。由西而北,复东上叠彩石崖,至福庭石门,约三十余步。③

《干越山记》,石刻在叠彩山,据张鸣凤《桂胜》录:

> 直渚之北,有虚楹钓榭。由此三径,各趋所抵。左指山隈,右向之僧舍为写真堂。北凿山径,由东崖茅斋,经栖真洞而北。史记云:秦并诸侯,以百越之地为桂林郡。吴遣步骘征南,克有干越。④

---

① "干越山"今称为"于越峰",为文献理解之误。
② [清] 董浩等编. 全唐文 5[M]. 卷七二一,太原:山西教育出版社,2002:4377.
③ [清] 董浩等编. 全唐文 5[M]. 卷七二一,太原:山西教育出版社,2002:4377.
④ [明] 张鸣凤著,杜海军、闫春点校. 桂胜 桂故[M]. 桂胜卷九,北京:中华书局,2016:153-154.

这几篇山水散文文字简单,记录了元晦对桂林叠彩山的开发,他发现并爱上了叠彩山,还给山命名,十分贴切。"旷视天表,想望归途""四望""销忧",文字间透露出了希望北归的思乡之情。

(二)鱼孟威的《桂州重修灵渠记》

鱼孟威,生卒年不详,唐咸通九年(868)从黔南移镇桂州,任桂管观察使,《粤西文载》记载:"时李渤所浚水道尽废,孟威大为经理,且哀羡财,标善价,雇傭值,功成而民不扰。"①当时离此前桂州刺史李渤疏浚灵渠已过43年,渠道严重湮圮,舟楫往来十分艰难。于是鱼孟威主持修浚灵渠,铧堤都用巨石堆积,延长至40里,陡门都用竖木排列,曾至十八重,历时一年多,竣工后灵渠"防陒既定,渠遂汹涌,虽百斛大舸,一夫可涉"②。桂林后人感念其对灵渠修浚之功,列为修渠"四贤"之一,入四贤祠供奉。

《桂州重修灵渠记》作于咸通十一年(870),收入《全唐文》卷八〇四。开篇点出灵渠的地理位置及与漓江的关系,提到灵渠修筑者史禄、疏浚者马援等人的功绩。接着指出再次修浚的原因是年久失修,李渤虽然重为疏引,以利行舟,"然当时主役吏,不能协公心。尚或杂束筱为偃,间散木为门。不历多年,又闻湮圮"③。再写了修浚灵渠的经过,最后抒情,草木无情但"人称万物之灵,擅百岁之寿,安可不利于人哉",④建议经常加以修浚,以利民生。

这篇散文虽然没有过多的对漓江、灵渠景物的描绘,重在写灵渠作为水利工程的历史与现实,却是最早专写广西之水的散文。灵渠沟通漓江与湘江,唐以前是中原入岭南的重要通道,唐以后逐渐衰落,鱼孟威对

---

① [清]汪森编辑,黄盛陆校点.粤西文载校点(第四册)[M].卷六十二,名宦小传一百三十二则:鱼孟威,南宁:广西人民出版社,1990:362.
② [清]董浩等编.全唐文6[M].卷八〇四,太原:山西教育出版社,2002:4978.
③ [清]董浩等编.全唐文6[M].卷八〇四,太原:山西教育出版社,2002:4977.
④ [清]董浩等编.全唐文6[M].卷八〇四,太原:山西教育出版社,2002:4978.

灵渠的修浚，使得灵渠舟行方便，而灵渠一带山水宜人，因而也方便了后世人们的游赏活动。

第四节　晚唐广西山水风物志及其他

晚唐出现了专门记录岭南地理风物的著作，有刘恂的《岭表录异》、段公路的《北户录》和莫休符的《桂林风土记》。此类著作专记一地之地理、历史沿革及风物，其中《岭表录异》和《北户录》都是其作者在广东任官时所作，书中地域范围包括整个岭南地区，以粤东为主，亦记录了粤西（今广西）的部分地区；而《北户录》主要记岭南物产，猎奇色彩浓厚，较少涉及山水。《桂林风土记》的地域范围仅为桂林，是广西第一部专属风物志的山水散文作品。

一、刘恂《岭表录异》

刘恂，生卒年不详，史书无传，大概为唐昭宗时（889—904）人，光化年间出任广州司马，后因"官满，上京扰攘，遂居南海"，潜心于岭南风物。其所作《岭表录异》，为粤东舆地之书，大约成书于五代时期。原书已佚，传世的版本主要是清乾隆十九年（1754）武英殿聚珍本和《四库全书》辑出本，鲁迅先生以25种典籍为依据对此书进行注释。《四库全书总目提要》评价《岭表录异》"其书记载博赡，而文章古雅。……为历来考据家所资引证"[①]。

《岭表录异》又称《岭表录》《岭表录异记》或《岭南录异》，"录异"主要指岭南风俗与北方中原相异而记录。刘恂在广州任职，其间亲赴广西梧

---

① [清]纪昀等.四库全书总目提要[M].卷七十,史部二十六,地理类三,石家庄:河北人民出版社,2000:1891.

州、容州、廉州、邕州等地进行实地考察,完善了岭南风物之广西一地的记述。此书多以猎奇之笔记山水,如写广西梧州的火山:

梧州对岸西火山,山形高下大小,如桂林独秀山。山下有澄潭,水深无极。其火每三五夜一见于山顶。每至一更初火起,匝其顶如野烧之状,食顷而息。或言其下水中有宝珠,光照于上如火。上有荔枝,四月先熟。以其地热,故谓之火山也。①

又如描绘博白的绿珠井,通过传说增加了景物的神秘:

绿珠井,在白州双角山下。昔梁氏之女有容貌,石季伦为交趾采访使,以珍珠三斛买之。梁氏之居,旧井存焉。耆老者传云:汲饮此水者,生女必多美丽。里闾有识者以美色无益于时,遂以巨石镇之。尔后虽时有产女端丽,则七窍四肢多不完全,异哉!②

此类描绘还有廉州的珠池。
另有写物产时提及广西山水的,如:

全义岭之西南有盘龙山,山有乳洞,斜贯一溪,号为灵水溪。溪内有鱼,皆修尾、四足,丹其腹,游泳自若。渔人不敢捕之。③

全义县即今桂林灵川,此处主要写一种奇特的鱼,顺带写到了乳洞和灵水溪。

---

① [唐]刘恂著,鲁迅校勘.岭表录异[M].广州:广东人民出版社,1993:4.
② [唐]刘恂著,鲁迅校勘.岭表录异[M].广州:广东人民出版社,1993:4-5.
③ [唐]刘恂著,鲁迅校勘.岭表录异[M].广州:广东人民出版社,1993:28.

总之，《岭表录异》主要记录珍奇的山水、草木、鱼虫、鸟兽和风土人情，以记广东为主，亦有对广西部分地区风物的记述。

二、莫休符《桂林风土记》

莫休符，生平不详，据明代张鸣凤《桂胜》记："休符，封州开建人。序前自列官位，所至银青光禄大夫、检校左散骑常侍、使持节融州诸军事、守融州刺史、御史大夫。"①清代汪森《粤西文载》卷六十二"莫休符条"云："封州开建人。光化间，官容州刺史。以桂林事迹阙然无闻，因退居粗录见闻，曰《桂林风土记》。"②清代郝玉麟等纂修的《广东通志》卷四十四"肇庆府莫宣卿条"有："其族人休符，受知郑愚，为融州刺史权知春州，尝著《桂林风土记》。"从这些材料可推测莫休符大概是广东封州开建人，曾在咸通初桂管观察使郑愚幕府中任职，官至融州刺史，退官后居住于桂州，作《桂林风土记》。融州治所为今广西融水，唐初为桂州置，实为古桂林郡地，因此此书所记地域范围大致为当时桂管观察使所辖地。

《桂林风土记》是最早的有关桂林历史地理和风土人情的风物志，记录了桂林山川、名胜、古迹、城市、名人轶事。《新唐书·艺文志》录其3卷，现仅存1卷，编入《四库全书》。从现存的1卷看，内容大半为桂林山川名胜，如舜祠、双女冢、伏波庙、东观、越亭、岩光亭、訾家洲、漓山、尧山庙、东出亭、碧浔亭、拜表亭、夹城、独秀峰、欧阳都护冢、海阳山、会仙里、隐仙亭、灵渠、甘岩、张天师道陵宅、样牁水、如锦潭、仙人山、迁莺坊府郭、开元寺震井、延龄寺圣像等。这些山川名胜包括了桂州所管辖的全义县（今广西桂林兴安）、贺州（今广西贺州）、象州武仙（今广西来宾武宣）、羁縻州宜州（今广西河池宜州）及后来在地理中消失了的岩州。《新

---

① [明]张鸣凤著，杜海军、闫春点校. 桂胜 桂故[M]. 桂故卷三，北京：中华书局，2016：278-279.
② [清]汪森编辑，黄盛陆校点. 粤西文载校点（第四册）[M]. 卷六十二，名宦小传一百三十二则：莫休符. 南宁：广西人民出版社，1990：364.

唐书·地理志》云:"岩州常乐郡,下。调露二年(680)析横、贵二州置,以岩冈之北,因为名。"《旧唐书·懿宗纪》有咸通三年(862)五月敕:"宜割桂州管内龚州、象州,容州管内藤州、岩州,并隶岭南西道收管。"可见当时岩州曾属容州,据郭声波考证,唐代的岩州在今广西贵港市木梓镇①,似乎与《桂林风土记》中所说岩州出入较大。但可见《桂林风土记》所记范围不仅限于桂州城,而是包括了桂管的很大一部分地区。

《桂林风土记》中记山水之文可以分为3类:一是类似地志,纯记录自然山水的,只做简单的交代,如甘亭、𰀀𭅈水;二是简单记山水名胜,并融入传说和前人之事及诗文的,如漓山、会仙里、如锦潭、仙人山、越亭、岩光亭、訾家洲、独秀峰、海阳山、舜祠、双女冢、伏波庙、东出亭、碧浔亭、拜表亭、隐仙亭、灵渠等;三是类似游记的,写得较详细,如东观、越亭、隐仙亭等。

《东观》是写景最多的一篇,其中写道:

> 观在府郭三里,隔长河,其东南皆崇山巨壑,绿竹青松,崆峒幽奇,登临险巇,不可名状。有石门似公府之状而隘。汇烛行五十步有洞穴,坦平如球场,可容千百人。如此者八九所,约略相似,皆有清泉渌水,乳液葩浆,怪石嵌空,龙盘虎踞,引烛缘涉,竟日而还,终莫能际。②

东观是指桂林七星山,其穴为栖霞洞。该篇描述了对东观的整体景观感受:"崇山巨壑,绿竹青松,崆峒幽奇,登临险巇,不可名状。"然后写了举着火把游栖霞洞的情形,写洞内宽阔平坦、清泉绿水、钟乳琼浆、无法穷尽的奇异景观。最后为了形容洞之深远还引用传说,说有人预穷其尽头,却感觉走到漓江之下,头顶上听到游人划船的声音;又听说栖霞洞

---

① 郭声波.试解岩州失踪之谜——唐五代岭南道岩州、常乐州地理考[J].中国边疆史地研究,2000(3):17.
② [唐]莫休符.桂林风土记[M].北京:中华书局,1985:2.

可以直通九嶷山，看似充满了神秘色彩，又好像确有其事，引人入胜；又以诗文记游，凸显文字的典雅。

《桂林风土记》中山水文的最大特点是多以本地传说入文，增加了可读性。比如除了东观外，还记舜祠有传说："今每遇岁旱，张旗震鼓，请雨多应。中有大鱼，遇洪水泛下，至府东门。河际有亭容巨舫，往往载起，然终不为人之害。"①訾家洲里有传说："洲每经大水，不曾淹浸，相承言其浮也。"漓山里有传说："古老相传，龙朔中，曾降天使，投龙于此。今每岁旱，请雨潭中，多有应。"②尧山庙里有传说："天将降雨，则云雾四起，逡巡风雨互至。每岁农耕候雨，辄以尧山云卜期。"③会仙里有传说："旧有群仙于此，辂轩羽驾，遍于碧空，竟日而去。"④如锦潭中有传说："近岁有人伐潭边巨木，树倒入潭中，逡巡沈没，莫知所在。潭中时闻音乐，如大府广筵，移时而止。"⑤开元寺震井中有传说："属暑月，以食余熟羊脾悬井中，逡巡雷震暴作，羊肉置于隙地，而烟气薰灼。犬不食，蚁不附。至今僧俗众言井有龙至云。"⑥欧阳都护冢里有运土投江后土流下变成訾家洲的传说，延龄寺圣像里有卢舍那佛古像的传说。民间传说融入山水之中，虽然有一些神秘色彩，却能增加读者的兴趣，让人觉得山水也沾上了灵气，强调了桂林山水不仅秀而且灵。

《桂林风土记》中的山水文还有喜以诗入文的特点，写到东观、越亭、訾家洲、碧浔亭、欧阳都护冢、隐仙亭时都引用了前人诗歌，使得文字变得典雅、充满韵味。另外，《桂林风土记》还记载了唐代桂州城市景观，如子城、夹城、迁莺坊府郭，是研究唐代桂州城很好的材料。

总之，《桂林风土记》对后世广西山水散文影响颇大，明代张鸣凤《桂

---

① ［唐］莫休符.桂林风土记[M].北京：中华书局，1985：1.
② ［唐］莫休符.桂林风土记[M].北京：中华书局，1985：3.
③ ［唐］莫休符.桂林风土记[M].北京：中华书局，1985：4.
④ ［唐］莫休符.桂林风土记[M].北京：中华书局，1985：6.
⑤ ［唐］莫休符.桂林风土记[M].北京：中华书局，1985：8.
⑥ ［唐］莫休符.桂林风土记[M].北京：中华书局，1985：9.

胜》中曾大量引用该书内容。

三、五代广西山水散文

五代广西山水散文很少,仅见南汉大宝二年(959)容州太守刘崇远《新开宴石山记》,其中描绘博白宴石山之景:"西枕清波,南连翠□,晓则轻云簇白,昼则远树攒青。石罅泉喷,点点而斜飞皓雪,□□花秀,丛丛而密缀红□。左纡右迴,前龟后鹤。蔬足果足,松寒竹寒。"①将宴石山之优美环境点染得如同仙境。

另外唐五代摩崖石刻题记有10余条,简单记录游览之事。

第五节 唐五代广西山水散文的特征

唐代随着中央朝廷对岭南的经营和开发,中原文士因任官、贬谪等原因进入广西,南北文化的差异激发了他们认识广西山水的兴趣,广西山水的自然美也激起了他们用中原文化的审美习惯欣赏广西山水的兴致。唐代广西山水散文正体现了中原文人初识广西山水之美。

第一,开始仔细观察广西山水,在山水散文中对景物的描摹从印象到泛化,从泛化到具体,从具体到细致。

初唐时,山水散文中对粤西自然的描绘多为印象式的,如宋之问《在桂州与修史学士吴兢书》中"飓风摇木,饥鼬宵鸣,毒瘴横天,悲鸢昼落",一幅未开化的、环境恶劣的自然图景,这是当时人们对广西最常有的印象。一方面由于宋之问作为流官心中悲伤和绝望,根本无心欣赏或仔细观察广西自然风光,另一方面也是由于广西当地人对作为生活家园的自

---

① [清]吴兰修撰.南汉金石志[M].北京:中华书局,1985:15.

然山水之美熟视无睹,自然山水不是其审美对象,他们并不精心营造景观供人欣赏,而且唐初中央王朝对广西的开发程度尚浅,无法提供人们南来观赏山水景物的各种条件。所以初唐对广西山水的描绘多为印象式的或泛化的,并无具体的描绘。到了盛唐时期的《邕州柳中丞作马退山茅亭记》已有了对马退山的描绘:"是山崒然起于莽苍之中,驰奔云矗,亘数十百里,尾蟠荒陬,首注大溪,诸山来朝,势若星拱,苍翠诡状,绮绾绣错。"风雨之后烟霞澄鲜,登上山顶"目送还云,西山爽气",此中既具有泛化之景,也有对马退山具体的景物描写。中唐以后广西山水散文开始繁荣,具体的景物描写也渐渐增多。元结写梧州冰泉,郑叔齐写桂林独秀峰,柳宗元写柳州东亭、柳州诸山及桂林訾家洲,李渤、李涉兄弟写桂林南溪山,吴武陵、韦宗卿写桂林隐山,元晦写叠彩山都是写具体的山水景观。关于山水景物的描写在自然美的形、色、声等形态方面刻画得越来越细致。

第二,开始出现一些对于广西山水总特征的概括,"甲天下"的美誉开始传播。

随着中原文人对广西的渐渐熟悉和欣赏,开始出现从宏观上对广西山水特色的归纳和概括。如对桂林山水的特征概括,"千山环野立,一水抱城流",山水相依,山因水而动,水因山而秀。韦宗卿《隐山六洞记》中写登上隐山山顶所见:"桂江属望,萦纡若带,越岭遐眺,点簇如黛。"且山水与城市紧密相依,景在城中,城在景中,任华《送宗判官归滑台序》中已开始有了对桂林山水特色的描述:

> 加以尖山万里,平地卓立,黑是铁色,锐如笔锋。复有阳江、桂江,略军城而南走,喷入沧海,横浸三山。则中朝群公,岂知遐荒之外有如是山水?①

---
① [清]董诰等编. 全唐文 3[M]. 卷三七六,太原:山西教育出版社,2002:2263.

这段对桂林山水宏观的描述不仅有桂林诸山，还使漓江和桃花江也进入了文学中，且将山水和军城的关系也表述了出来。

柳宗元《桂州裴中丞作訾家洲亭记》不仅概括出了桂林山水环绕的特点，还点出了桂林山水美景就是在城市之中，不需骛远，不需陵危，而且是四出如一的，訾家洲本来就是当地百姓的居所。

又如吴武陵《阳朔县厅壁题名》不仅对阳朔群山和漓江、荔水环绕的特征进行了概括，还表现出了阳朔老百姓与山水相依共处的居住形式。

这些都表现出桂林山水不仅仅是可供欣赏的景观，更不一般的是美丽山水与城市融为一体、山水是与平民百姓息息相关的生活资源，这是天下美景中十分罕见的。而这些景观因为处于远离中原的岭南地区，所以有"中朝群公，岂知遐荒之外有如是山水"和"古今莫能知"的感叹。

在与广西山水的接触中，中原文人开始对它进行赞美，而最具有影响力的要算柳宗元。户崎哲彦认为"桂林山水甲天下"的这一评价很大程度上是来源于柳宗元，是将其《桂州裴中丞作訾家洲亭记》中"遍行天下者，唯是得之"和《上裴行立中丞撰訾家洲亭记启》中"今是亭之胜，甲于天下，而猥顾鄙陋，使之为记"的评论换成七言诗的话而成[①]。柳宗元的这些评价也表明了"天下第一名胜"从江南移到了岭南地区[②]。而这些美誉是广西山水为人所认识和欣赏的证明。

第三，唐代广西山水散文已经开始注意挖掘山水的人文因素。

《邕州柳中丞作马退山茅亭记》中有"美不自美，因人而彰"，历来人们从美学角度来解释这句话，认为唐人的自然审美观表现出鲜明的人类自我意识，物象之美取决于人的主观意识，是典型的人化自然的美学观[③]。但结合上下文来理解，作者要表达的大概有两层意思，一是自然美

---

① ［日］户崎哲彦.岭南文学与石刻考[M].北京：中华书局，2014：73.
② ［日］户崎哲彦.岭南文学与石刻考[M].北京：中华书局，2014：5.
③ 王志清."美不自美"：中唐诗美的人化自然特征[J].江淮论坛，2014(6)：131.

景需要被发现,二是自然美景因有名人士而闻名于世,因而这句话具有人文因素和文化内涵。人文在自然山水中是不断累积的,广西由于开发时间晚,地方偏远,本来就人迹罕至,所以人文的东西是较少的,中唐后名家的到来为广西山水的人文积累做出了贡献。从郑叔齐《新开石岩记》开始就有了注重山水的人文痕迹,写独秀峰时提及了与之相关的名人,有刘宋时期的始安郡太守颜延之和大历中桂管观察使李昌夔。到晚唐莫休符《桂林风土记》中记桂林山水风物更多地提及了与之相关的名人及轶事,如虞舜南巡、舜妃寻帝、伏波将军马援行迹,前政张固重阳节和诗,元晦开发叠彩山,柳宗元为裴行立作亭记,前政陈可环建夹城,李渤开发隐山,皇甫湜、吴武陵撰碑等,几乎是每记一处都要找出与前人前事的联系,且引用大量诗作和民间传说,增加了桂林山水的人文气质。

第四,唐代广西山水散文还具有其他一些特征,如描写对象所处地域、作家身份。唐代的广西山水散文的描写对象所处的地域集中在受中原文化影响较多的地区,主要是唐中央王朝在广西设置的桂、邕、容三管的治所和重要城市,如桂州、邕州、柳州、梧州等城市,其中以桂州为最。桂州是唐王朝统治经营广西的中间地带,在政治、经济、军事、文化上都具有重要的地位,因而桂州山水是广西山水中开发最早的,唐代广西山水散文大部分写的都是桂州山水。就作家身份来说,唐代广西山水散文的作者以因各种原因流入广西的中原名士文人为主,但也出现了个别广西本土的少数民族贵族文人。"世情贱目,俗态无心,故兹山接城郭之间,亿万斯年,石不能言,人未称焉",这是中原文人对广西本地人对山水的态度的评价,可知本地人很少以欣赏、审美的态度对待本地山水,所以即便有些本籍的文人,如广西地区最早的状元赵观文、梁嵩,也未有以本地山水为题材作文的。但韦敬办《大宅颂》和韦敬一《智城碑》则是个例外,作者不仅体现了对中原汉文化的认同,还对自己的生存空间大为赞赏。特别是《智城碑》以本地人对朝夕相处的景物的熟悉写出了更真切的独特的景物感受,如"尔乃郊原秋变,城邑春移,木落而天朗气清,花飞而时和景淑",户崎哲彦认为在秋季感到清朗快乐是因为上林属于热带,四时之中秋季最宜人,这"木落而天朗气清"是本地人对本地气候的熟悉而来的独特感受①。

第四,唐代广西山水散文虽然作品不多,但对宋代以后的广西山水散文的影响较大。

唐代广西山水散文中所描绘的山水成为宋以后山水描绘对象的基础,一批山水名胜名声初显。唐代广西山水散文中对山水的评价对后世影响极大,比如柳宗元对訾家洲亭所作的"甲天下"的评价,对"桂林山水甲天下"名句的形成有重要的影响。在山水散文的写法上,唐代最早进行了广西山水与北方山水的比较,韦宗卿《隐山六洞记》就提道:"天作南北,星斗辨之,地分方夏,山川间之。其土殊,其镇异。故磅礴博厚,隐嶙郁崒;连冈走峰,千里一息;秦之山也。发地干霄,上为嶕峣,攒空交映,积为崇岭;越之山也。"②说北方的山多是地势磅礴,高大雄伟,峰峦叠嶂,连绵千里,而南方的山则是拔地而起,插入云霄,山峰高耸,山石累积成崇山峻岭。柳宗元在《桂州裴中丞作訾家洲亭记》里也有比较:"大凡以观游名于代者,不过视于一方,其或傍达左右,则以为特异。至若不骛远,不陵危,环山洄江,四出如一,夸奇竞秀,咸不相让,遍行天下者,唯是得之。"柳宗元对比出两个特点,一是一般的风景名胜虽然风景优美,但都在离城很远的偏僻地方,而桂林不一样,景就在城中;二是一般的风景名胜都只在某一方面较出色,而桂林的美景随处可见,争奇竞秀,遍及四周。虽然这些比较还不够细致也不算系统,但对后世是有启示作用的。宋以后对广西山水的特点进一步的探讨也是在唐代广西山水散文的基础展开的,比如范成大就对桂林山水与其他地方山水作了细致的比较,不能不说也受到了唐人的一定影响。

---

① [日]户崎哲彦.岭南文学与石刻考[M].北京:中华书局,2014:404.
② [清]董浩等编.全唐文5[M].卷六九五,太原:山西教育出版社,2002:4209.

第三章 宋元时期广西山水散文的发展

第一节 宋元时期广西山水文学发展的背景

宋元时期广西山水散文的主要作品和成就集中在两宋,元代广西散文作品非常少,山水散文作品更少,仅存于一些石刻上。因此本节主要是叙述宋代广西山水文化发展的背景。

一、宋代文人成为游览审美的主体

宋代是我国古代旅游的发展时期,随着商品经济的发展,大众游览活动日渐兴盛,如《梦粱录》中提道:"贫者亦解质借兑,带妻挟子,竟日嬉游,不醉不归,此邦风俗从古而然,至今亦不改也。"[①]《乐善录》中则有:"治平改元五月二十八日,于道旁遇一老妪,携一竹杖,擎青布囊,龙钟不能行,盖关

---

① [宋]吴自牧.梦粱录[O].卷二,清学津讨原本.

中人,因游礼峨眉山,至此偶感疾也。"①这说明宋代中下层的平民百姓参加了游览活动,旅游者的年龄涵盖了从少年到老年,性别构成有男也有女。欧阳修的诗中就常有女性旅游者的身影:"看花游女不知丑,古装野态争花红。"②又有:"东津渌水南山色,梦寐襄阳二十年。顾我百忧今白首,羡君千骑若等仙。花开汉女游堤上,人看仙翁拥道边。"③另外旅游者的职业身份也是多样化的,有士大夫、商人、农民、军人、宗教人士等,这些都说明了宋代旅游的普及范围很广。④而文人士大夫是宋代旅游群体中的主体,由于文人游览往往付诸文字,以文载游,所以是游览活动中审美的主体。

宋代文人中旅游名家比比皆是,欧阳修、王安石、苏轼、邵雍、黄庭坚、范成大、陆游、朱熹、吕祖谦、周必大等都是宋代爱好游山玩水的名家,在他们的诗文中展现出了对游山玩水的热情和迷恋。如王安石说:"某少时固尝从长者游而乐之,以为溪山之佳,虽异州,乐也。"⑤足见王安石少年爱游,以游为乐事。又如南宋著名理学家吕祖谦有《卧游录》,其弟子王深源称:"太史东莱先生,晚岁卧家,深居一室,若与世相忘,而其周览山川,收拾人物之意,未能已也。因有感于宗少文卧游之语,每遇昔人记载人境之胜,辄命门人随手笔之,而目之曰《卧游录》。"⑥可见其即便身体不能实践,也不忘游览之心。在宋代大众游览之风盛行、文人士大夫成为游览审美主体、游览名家大量涌现的情形之下,宋代的山水散文较之前代更加繁荣了。

广西地区的游览活动也是如此。谌世龙研究宋代桂林石刻,称现存宋代桂林石刻共498件,其中以题名、题诗、题记、题榜为主的山水纪游石刻占了绝大部分,从石刻作者成分看,有外来人士和本土人士、有帝王

---

① [宋]李昌龄.乐善录[O].卷八,续古逸书丛景宋刻本.
② [宋]欧阳修著,李逸安点校.欧阳修全集[M].卷二,丰乐亭小饮,北京:中华书局,2001:53.
③ [宋]欧阳修著,李逸安点校.欧阳修全集[M].卷五七,奉寄襄阳张学士兄,北京:中华书局,2001:824.
④ 王福鑫.宋代旅游研究[M].保定:河北大学出版社,2007:8-9.
⑤ [宋]王安石.临川先生文集[O].卷八十三,大中祥符观新修九曜阁记,四部丛刊景明嘉靖本.
⑥ 吕祖谦.卧游录(及其他四种)[M].北京:中华书局,1985:序.

将相和农夫工匠、有男有女、有老有少、有僧有道,有文人墨客也有略识文字者,又以文人士大夫为最多①。

二、宋代广西风俗受中原影响,可进入性增强

宋结束分裂局面统一岭南后,当时广西属广南道,《宋史》地理志记载:"开宝四年平广南,得州六十。"②其中包括了现今的广东和广西的大部分地区,元丰年间又析出了广南东路和广南西路:"大观元年,别置黔南路。三年,并黔南入广西,以广西黔南为名,四年仍旧为广西南路。"③当时的黔南路划出了融州、柳州、宜州等地,以融州为帅府,后复归广南西路。"广西"作为广南西路的简称出现,形成独立而稳定的行政区域,经济文化得到进一步发展。

唐宋以来,广西的风俗都被认为是落后的,比如《宋史》记广西的风俗:"大率民婚嫁、丧葬、衣服多不合礼。尚淫祀,杀人祭鬼。"④宋初,中原统治者开始对广西地区的落后习俗进行改革,如雍熙二年(985)闰八月,宋朝申令"禁邕管杀人祭鬼"⑤。淳化元年(990)八月,又重申禁止岭南等地杀人祭鬼⑥。广西宋代学校教育文化教育方面得益于当时进入广西的中原官员、文人也得到发展,明人苏濬说广西的学校教育"至宋益斌斌矣"⑦。南宋著名理学家张栻在桂期间传播理学,祭祀先贤、毁淫祀、维护

---

① 谌世龙.桂林石刻所见桂林宋代山水游览活动[J].中共桂林市党校学报,2011(3):74.
② [元]脱脱撰,中华书局编辑部点校.宋史[M].卷八十五,志第三十八,地理一,北京:中华书局,1985:2094.
③ [元]脱脱撰,中华书局编辑部点校.宋史[M].卷八十五,志第三十八,地理一,北京:中华书局,1985:2095.
④ [元]脱脱撰,中华书局编辑部点校.宋史[M].卷九十,志第四十三,地理六,北京:中华书局,1985:2248.
⑤ [元]脱脱撰,中华书局编辑部点校.宋史[M].卷五,本纪第五,太宗二,北京:中华书局,1985:76.
⑥ [元]脱脱撰,中华书局编辑部点校.宋史[M].卷五,本纪第五,太宗二,北京:中华书局,1985:85.
⑦ [清]汪森编辑,黄盛陆校点.粤西文载校点(第四册)[M].卷五十二,苏濬.学校志序,南宁:广西人民出版社,1990:84.

道统,兴办学校、教人为善,影响很大,颇见成效。清人汪森说广西风俗今类中州,"盖由张栻、吕祖谦之道化被于桂;范祖禹、邹浩之正气行乎昭;柳宗元之文著于柳;冯京、黄庭坚之德动乎宜;二陈、三士之经启乎梧;谷永之恩、陆续之儒播乎邕"①,他提到的很多人物都是宋代的。另外宋代中原移民也对广西风俗产生影响。宋代北人南迁增多,特别是南宋以后,北方战乱频繁,经济文化重心继续南移,很多中原汉人移居广西地区,形成了民族融合。宋元时期,大量汉族民众迁入桂林,桂林地位上升为西南都会,并成为名扬天下的旅游名城。②"宋代由于一姓一族为单位人群从岭外大量入居,少数民族汉化或他迁,形成汉移民地域集中分布格局。以地缘为基础的民系代替原先以血缘为基础的氏族,最终导致民系的形成,在珠江三角洲和西江地区地域上联成一片的即为广府系。"③有一部分广府人就在广西的东部、南部的一些地区定居。宋代侬智高起义被镇压后,广西成了宋王朝在南方屯兵戍边的重点地区,宋朝驻军及其家属成集团式地分布在广西,后来形成了广西汉族平话人的核心。④ 南宋时期北人迁入广西容州的特别多,如宋代李伯纪《道经容州》诗有:"得归归未得,滞留绣江边。感慨伤春望,侨居多北人。"宋代王象之《舆地纪胜》卷一百四中记容州风俗形胜云:"渡江以来北客避地留家者众,俗化一变,今衣冠礼度并同中州。"⑤可见北人的迁移对广西的文化有很大影响,在一定的区域里,风俗渐同中原。广西对中原文化的认同也加强了,中原人更愿意留在此地,对景观的游赏更加容易,对待广西的风物心态也逐渐平和。

　　北人南迁、广西的风俗渐化、广西可进入性的增强,都为宋代广西游

---

① [清]汪森编辑,黄盛陆校点.粤西文载校点(第一册)[M]粤西通载发凡.南宁:广西人民出版社,1990:7.
② 钟文典.桂林通史[M].桂林广西师范大学出版社,2008:50、81.
③ 司徒尚纪.岭南历史人文地理——广府、客家、福佬民系比较研究[M].广州:中山大学出版社,2001:29.
④ 徐杰舜.雪球——汉民族的人类学分析[M].上海:上海人民出版社,1999:70、121、223.
⑤ [宋]王象之撰.舆地纪胜(四)[M].卷一百四,北京:中华书局,1992:3197-3198.

览活动和山水散文的繁荣提供了基础。

三、宋代以桂州城为代表的山水景观园林的大范围营建，是广西山水散文繁荣的前提

广西山水景观经过唐代的开发和诗文传播，形成了一批以桂州（今桂林）为中心的山水名胜，"山水甲天下"的美名也传播四方。唐宋以来桂州城的政治地位也不断提升，从唐人眼中的"五府之都会"，到宋代为广南西路治所，进而成为西南都会，《宋史》记载："大观元年（1107）闰十月乙未，升桂州为大都督府。"[①]宋代府州置都督府分大都督府、中都督府、下都督府3个等级，桂州从下都督府升为大都督府。因南宋开国皇帝赵构登基前也潜于此，任靖江军节度使，桂州于绍兴三年（1133）二月丁亥朔，升桂州为靖江府[②]，等级更高，可见当时中央王朝对它的重视。宋代广西的山水景观开发和园林建设也在继续，如曾公岩的开发和释迦寺、千山观的兴建。另外，宋人有爱舟游山水之风尚，宋人发现桂州城山有余而水不足，所以在桂州城的水上大做文章。在桂州城中心处的独秀峰附近有两条唐宋两代修城池保留下来的护城河，宋代在桂州城南开凿了为军事防御所用的护城河南阳江，于城西南引入阳江水，东入漓江。宋崇宁年间王祖道开凿了朝宗渠，"宋人于城北当道穿渠，使其流东接漓江，西入西湖，达于阳江，用补形胜之所不及"[③]。南宋桂林人张仲宇《桂林盛事记》中有记载："汇子癸之流，以注辛戌，环城有水，如血脉之萦一身。"[④]后范成大、方信儒多次修浚，形成了沟通漓江和阳江、直达西湖的

---

① [元]脱脱撰,中华书局编辑部点校.宋史[M].卷二十,本纪第二十,徽宗二,北京：中华书局,1985：379.
② [元]脱脱撰,中华书局编辑部点校.宋史[M].卷二十七,本纪第二十七,高宗四,北京：中华书局,1985：503.
③ [明]张鸣凤著,杜海军,闫春点校.桂胜 桂故[M].卷十六,北京：中华书局,2016：243.
④ [清]汪森编辑,黄盛陆等校点.粤西文载校点(第三册)[M].卷三十六,张仲宇.桂林盛事记,南宁：广西人民出版社,1990：77.

水域。桂州城西有西湖,唐代李渤开发隐山时据吴武陵《新开隐山记》中已说到有隐山所侵入的水域有"江海趣",但未见"西湖"之名;到了宋代此水域淤塞,到乾道四年(1168)靖江知府张维开始对之进行疏浚,在南宋鲍同《复西湖记》中桂州"西湖"之名首次出现,成为全国有名的西湖之一。淳熙元年(1174)范成大引漓水入西湖,湖面也扩到了700多亩,形成了"胜赏甲于东南"的舟游胜景。桂州城东有著名的漓江南北而流。据南宋末刻于鹦鹉山的《靖江府城池图》,宋代在桂州城兴建的环城可游的水系,水流形成了几环:外环,东为漓江、小东江、灵剑溪,西为阳江、西湖、西壕塘、清塘、芳莲池,南为阳江、阳塘,北为朝宗渠;中环,东为漓江,西为西壕塘,南为阳塘,北为华景塘;内环,东为漓江,西为古西壕塘,南为阳塘,北是一条沟渠。① 宋代桂州城已是河流湖塘相连,桂州成为"千峰环野立,一水抱城流"的真正意义上的山水城市正是从宋代开始的,水上游览活动也是到了宋代才成为游人游赏的普遍方式。

宋代桂州城的繁荣,桂州山水园林景观的进一步大范围营建及山水城市的形成,成为宋代广西山水散文繁荣的前提。

四、官员贬谪,名家入桂,广西山水散文创作主体形成

宋代可谓是内忧外患的动荡朝代,在内党派间政治斗争之激烈、持续时间之久、打击文人官员之多、打击政敌之残酷前所罕见,在外虽然统一了中原和南方,但并未收尽汉唐故地,北方少数民族政权如辽、金、西夏随时威胁着宋朝的安危。

北宋新旧党争,交替执政,在几十年的争斗中,新党占了上风,牵连了元祐文人群体,其受贬谪的痛苦较之唐代有过之而无不及,"高官一贬再贬,直至成为散官;散官一贬再贬,直至除名羁管,无官可贬。数年之

---

① 罗桂江主编.解读桂林两江四湖[M].桂林:漓江出版社,2009:8.

内,职位一降再降,甚至一年之内,几度被贬。从居住到安置,从安置再到编管、羁管,行动越来越不自由,直至身同囚犯"①。还因文字狱获罪,不敢作文。不仅如此,宋徽宗时,蔡京为相,迫害元祐党人,对一些已故的元祐党人也不放过,《宋史》记载"时元祐群臣贬窜死徙略尽,京犹未慊意,命等其罪状,首以司马光,目曰奸党,刻石文德殿门,又自书为大碑,遍班郡国。……凡名在两籍者三百九人,皆锢其子孙不得官京师及近甸。"②崇宁元年(1102)至四年(1105)3次列元祐党名单,刻《元祐党籍碑》立全国各州县,意在让元祐文人遗臭万年,还牵连其子孙后代。这个群体中的苏轼、黄庭坚、秦观、范祖禹、邹浩都曾贬谪岭南,与广西发生过真实的人地关系,刻元祐党籍碑时苏轼、秦观、范祖禹都已经故去,黄庭坚此间被"除名,羁管宜州",崇宁三年(1104)"三苏"与"苏门四学士"文集被毁,黄庭坚也在其中。崇宁四年(1105)全国各州县立元祐党籍碑,黄庭坚在宜州,"党禁甚严,亲知绝迹",只有少数官员敢与之来往,生活拮据到向人借米,其孤独痛苦可想而知。邹浩在崇宁二年(1103)二次除名,羁管昭州,至崇宁四年(1105)离开,其诗文中也表现出无法还乡还朝的痛苦。北宋元祐文人所创造的中国古代贬谪文学上的新特色,"主要体现为一种因党争被贬而反思人生、自觉退避社会的人生悲剧,以及对此悲剧的表层淡化和深层沉潜。……更多表现为人生的适意和真实生命的把握……随遇而安,表现为顺适和超然"③。这些著名的元祐文人在广西停留的时间虽然不算太长,而且因担心文字惹祸,在广西的散文创作不多,但其中为数不多的山水散文也能体现出他们贬谪的心境与洒脱的气度。北宋来桂名人还有柳开、曹辅,也都留下了山水散文。南宋又

---

① 尚永亮,钱建状.贬谪文化在北宋的演进及其文学影响——以元祐贬谪文人群体为论述中心[J].中华文史论丛,2010(3):192.
② [元] 脱脱撰,中华书局编辑部点校.宋史[M].卷四百七十二,列传二百三十一,奸臣二,蔡京,北京:中华书局,1985:13724.
③ 尚永亮.贬谪文化与贬谪文学——以中唐元和五大士人之贬及其创作为中心[M].兰州:兰州大学出版社,2003:10-11.

有大批中原名士入桂为官,如范成大、张孝祥、张栻、周去非、罗大经等,这些中原名人留下不少山水散文,提升了宋广西山水散文的水准。

五、理学影响山水散文的创作

宋代尚文轻武,文人专注于哲学思想,创造出了丰富的精神世界,在儒、释、道融合的基础上,创立了理学。在中国思想文化史上,宋代理学是对传统儒学的重构,它以"理"为宇宙最高本体,以儒家礼法、伦理理想为核心,以实现理想人格为人生终极目的,是一种以儒学为主体,吸收和改造释、道哲学,凸显道德价值绝对化的基本导向和准宗教化的"精神性",囊括三教思想精粹而建立起来的伦理本体论,是一种对中国封建社会后期文化的发展产生深远影响的思想体系。理学家以道德匡世、拯救人心为学术使命,以整顿社会秩序和重立道德规范为己任,注重立身处世的道德自励,并以言传身教开导后学,从而体现出伦理范世的强烈使命感。理学大师如朱熹等注重知行合一,倡导读万卷书、行万里路,将治学与游赏山水结合起来,在自然中认证思想。理学在宋代影响极大,不仅是理学大师,一般文人也深受影响,在爱好游赏山水之时也注重发现山水的理趣,可见宋代理学对宋代山水文学的影响颇深。宋代山水散文也凸显了理学背景的影响,"宋代文人以前所未有的哲理性和思辨性的目光关注自然,审视人生,以写景、纪游与议论、说理巧妙结合,在山水中宣泄抑郁,在山水中寻求理趣,使游记散文不仅仅是感悟起兴的情感表现,更是当下对所写事物和人生底蕴的洞见慧识"[1]。如曾巩、王安石、苏轼等最善在山水中找理趣,他们的山水文学中明显带有理学的影响。

理学在广西的传播主要是通过学校教育、入桂官员、贬谪之士、科举世家、移民等途径进行,但历代理学之士的传播作用更突出,其中张栻、

---

[1] 梅新林.中国游记文学史[M].上海:学林出版社,2004:121.

詹体仁、廖德明、王阳明、李绂、唐鉴等是传播主体①。特别是张栻对广西文化影响更大，他在知靖江府后，以理学思想指导行政实践，通过祭祀先贤、兴办学校、刻书等方式传播理学，理学的传播使广西风俗渐化，本土文人增多，文化认同增强，人们游赏的心态平和。张栻在桂期间的文学创作也体现了理学思想，虽然作为理学家的张栻不主张为文，但在广西也作了好几篇优秀的山水散文。宋代其他作家在广西创作的山水散文也在不同程度上体现了理学思想的影响，使山水散文具有时代的特色。

六、笔记风物志、日记体山水散文流行

宋代国力不强但学术十分发达，宋代笔记文体在数量和质量上都大大超过了前代，"宋代封建经济有所发展，学术文化有新的成就；宋代尚文轻武，文学之士，著述极富，史学发达，专著之外，继以杂史笔记应有尽有；雕板大量应用，活字板新发明，对书籍流传和保存起决定性的作用"②。笔记方志在宋代特别繁荣，吕叔湘在《笔记文选读》中选入的9种笔记中有7种为宋代笔记，他说："随笔之体肇始魏晋，而宋人最擅胜场……或写人情，或述物理，或记一时之谐谑，或叙一地之风土，多半是和实际人生直接打交道的文字。"③叙一地之风土的笔记即风物志笔记，其中记述了各地的山水名胜。宋代此类风物志笔记十分发达，著名的有孟元老《东京梦华录》十卷、吴自牧《梦粱录》二十卷、周密《武林旧事》十卷、西湖老人《繁胜录》、耐得翁《都城纪胜》、范成大《桂海虞衡志》、周去非《岭外代答》等。这些风物志笔记都是记某一处的山水名胜、气候物产、风俗奇闻等，其中不乏描写山水的散文作品，并且已有不少将山水与民俗结合，丰富了山水散文的书写内容。范成大《桂海虞衡志》、周去非

---

① 孙先英.宋明理学在广西的传播及其对少数民族文化的影响[M].北京：中国社会科学出版社，201：绪论.
② 柴德赓.史籍举要[M].北京：北京出版社，1982：125.
③ 吕叔湘选注.笔记文选读[M].上海：上海古典文学出版社，1956：序.

《岭外代答》是继唐代莫休符《桂林风土记》后中原文士记广西山川风物的笔记，其中有不少纪游的文情并茂的山水散文，被称为"广西旅游的百科全书和旅行辞典"，对后世影响颇大。

宋代笔记繁荣的背景之下，日记体山水游记也开始成熟繁盛。唐代李翱《来南录》写从长安出发南下至广州的行程，被认为是后世日记体游记散文的先声，是我国古代现存最早的完整的旅行日记[①]，但这种纪游的体裁在唐代并不流行。宋代日记体的山水游记才开始繁盛起来。宋代单篇日记体游记有谢绛《游嵩山寄梅殿丞书》、张栻《南岳游山唱酬序》、王质《游东林山水记》、吕祖谦《入越记》、方凤《金华游录》，长篇日记体游记有欧阳修《于役志》、陆游《入蜀记》、范成大《揽辔录》《骖鸾录》《吴船录》、周必大《归庐陵日记》《泛舟游山录》《乾道壬辰南归录》[②]。由于在篇幅上可长可短，在纪游上可写景、录闻、考证，在表现方法上可记叙、描写、抒情、议论，所以日记体游记是用以纪游的较好的文体。宋代的日记体游记散文与广西有关的是范成大《骖鸾录》，记的是其从江苏出发到广西一路的行程和途中所见所闻所游，在长途跋涉后从全州、兴安入境桂林，虽然当中记广西行程的只有几篇，但也可算是宋代广西日记体游记散文。

风物志笔记和日记体游记散文丰富了宋代广西山水散文的体裁，也表现出宋代广西山水散文的时代特征。

第二节　宋元时期寓桂地方官员的山水散文

宋元时期广西山水散文的作家大多数是中原寓桂官员，他们或是朝

---

① 王立群.中国古代山水游记研究[M].北京：中国社会科学出版社，2012：132-133.
② 据王雨容.宋代日记体游记文体研究[D].桂林：广西师范大学中国古代文学专业硕士论文，2007：3-4.

廷派官,或是贬谪官员。本节专写非流贬的广西地方官员,他们来到广西为地方的经济、文化和教育的发展做出了很大贡献,其间也不乏游历山水之间,写下山水散文。

一、北宋寓桂地方官员的山水散文

(一)柳开在广西的山水散文

柳开(947—1000),北宋初著名古文家。因称"齐扬雄而肩韩愈",原名为肩愈,字绍元,有继承韩柳之意,后又改名为开,字仲涂,自号东郊野夫,又号补亡先生,大名(今河北大名)人。柳开出生于后晋显赫家族,经历过五代之乱,身上留着五代尚武的习气,流露出了豪横之气。《宋史》卷四四〇《文苑二》称其"幼颖异,有胆勇"①。宋开宝六年(973)科举中第,取得进士,历任州、军长官,殿中侍御史,晚年连守数州,皆有政绩。在文学方面,为宋初古文运动的先导,宋初古文作者有"高(高锡)、梁(梁周翰)、柳(柳开)、范(范杲)"之并称,以柳开影响最大,有《河东先生集》。柳开反对宋初文风,提倡古道和古文,尚孔子、孟子、杨雄、韩愈之道与文。但其古文创作评价不高,《宋史·儒林传》说:"国初,杨亿、刘筠犹袭唐人声律之体,柳开、穆修志欲变古而力弗逮。"②认为柳开的古文成就并不理想。柳开在《应责》中提出:"古文者,非在词涩言苦,使人难读诵之;在于古其理,高其意,随言短长,应变作制,同古人之行事,是谓古文也。"但后人却认为其古文有枯涩之病,王士禛就说:"然予读开《河东集》,但觉苦涩,初无好处,岂能言之而不能行耶?"③认为其文章创作赶不上文学理论。但不论如何,柳开对宋初奢华文风的转变是有积极影响的。

---

① [元]脱脱撰,中华书局编辑部点校.宋史[M].卷四百四十,列传第一百九十九,文苑二,柳开,北京:中华书局,1985:13023.
② [元]脱脱撰,中华书局编辑部点校.宋史[M].卷四三十九,列传第一百九十八,文苑一,北京:中华书局,1985:12997.
③ [清]王士禛撰,靳斯仁点校.池北偶谈[M].卷十七,谈艺七,柳开论文,北京:中华书局,1982:410.

雍熙四年(987),柳开为宁边军知军,雍熙五年(988)在河北前线设计防敌未果,据《柳肩吾墓志铭》记载,"害赵者构开,及京,知全州",柳开因受赵昌言牵连出知全州。在全州柳开与全州之西溪洞粟氏部落斗智斗勇,最后粟氏归附,"并族而出,不月余,悉偕老幼至"①,获得皇帝赐三万钱。据《粤西文载》记柳开在全州之北"得泉石之胜,筑堂山椒,率士人讲读其间。邦人名曰'柳山',以志爱云"②。柳开还在全州城北二里购买土地,修书院以开化地方,成为全州第一座书院③。可见柳开对全州教育文化的影响颇大。《宋史·文苑柳开传》记载柳开于"淳化初,移知桂州"④,他在桂州任知州期间,有《湘漓二水说》《玄风洞铭》《桂州延龄寺西峰僧咸整新堂铭并序》等散文作品存世。

《湘漓二水说》是柳开于淳化元年(990)从全州坐船沿湘江至漓江到达桂州城所作,在这之前湘水和漓水名字的来源并未有文字记载,此文中柳开对湘江和漓江名字的来源提出了自己的见解,认为湘江、漓江本是同源之水,同发源于海阳山(在今桂林灵川县海洋乡境内),兴安灵渠分水岭将二水南北分流;而后他对湘水、漓水之名提出了看法,对湘漓二水的名字由来作了详细的分析,两水同源而又"相离",在"相"和"离"字旁各加水成"湘"和"漓";关于为何北流的为湘江而南流的为漓江,他也做了一番说明,认为湘江在北方,湘江流入中原,而漓江南流,流入夷地,北方为水之主,也为尊,中原贵于夷地,所以流入北方之水先用了"湘"字为名,而南流之水紧随其后,名为"漓",他还进一步说明了二水之名是取类、假借,也是根据相近意义和因果关系而来的。虽然柳开在其所处的时代,由于科学认识的局限,对湘江和漓江二水的发源认识并不够准确,

---

① [宋]李焘.续资治通鉴长篇(第3册)[M].卷二十八,北京:中华书局,1980:642.
② [清]汪森编辑,黄盛陆等校点.粤西文载校点(第四册)[M].卷六十二,名宦小传一百三十二则:柳开,南宁:广西人民出版社,1990:367.
③ 张明非主编.广西古代诗文发展史(下卷)[M].桂林:广西师范大学出版社,2012:103.
④ [元]脱脱撰,中华书局编辑部点校.宋史[M].卷四百四十,列传第一百九十九,文苑二,柳开,北京:中华书局,1985:13025.

但此文在来由释讲上是很清楚的。柳开反对宋初文坛华奢之风,认为写文章应避免涩词苦言,在形式上要随言短长,行文要晓畅明白,在《湘漓二水说》中可见其古文主张的实践。

《玄风洞铭并序》作于淳化元年(990),文章由序和铭组成,序说明缘由,铭主写景抒情。序中说道:"出桂城东,抵庆林观,背山下有洞出风,淳化元年,开知州事,往避秋暑。"玄风洞是桂林七星山中的一个岩洞,此岩洞冬暖夏凉,特别在炎热季节凉风阵阵,是当地人避暑的佳地。铭中对玄风洞的特点作了描述:

  桂东丛峰,洞穴空通。凄肌森襟,没骨浸心。莹雪若洁,凝冰若冽。暑宇苦燠,周陬流毒。其何如斯,为能安之。岭山峨峨,岭水汤汤。亘古绵今,气炎土荒。物爽迩情,候乖朔节。夏雨多凉,秋旱多热。春裘冬扇,朝顺夕变。反侧无恒,夭疠相仍。我来洞中,百虑时穷。脩然自释,忘归终日。勒铭岩石,用纪罔极。①

此处说了玄风洞的位置、形态、特点:洞在七星山的峰丛之中,空而通,从中散发出阵阵沁心入脾的凉风。也说出了桂州气候的特点:夏季下雨很凉爽,而秋季干燥炎热,气候变化无常。最后几句表达了在玄风洞乘凉让人忘忧,久久不舍离去的感受。

(二)梅挚、李师中、刘谊的山水散文

1. 梅挚的《五瘴说》

梅挚(997—1061)②,字公仪,成都新繁(今四川新都)人,是北宋中期的良吏,宋仁宗天圣五年(1027)中进士,曾任大理评事、殿中侍御史、天

---

① [清]汪森编辑,黄盛陆等校点.粤西文载校点(第四册)[M].卷六十,柳开.玄风洞铭并序,南宁:广西人民出版社,1990:298.
② 据耿纪平考证,见耿纪平.北宋士人梅挚的生平创作与交游[J].南阳师范学院学报(社会科学版),2006(7):75.

章阁待制、龙图阁学士、龙谏议大夫；并先后任蓝田知县、苏州通判、开封府判官、陕西都转运使，以及昭州、滑州、杭州知州等。景祐元年(1034)，出知昭州，在昭州"文章政事，卓然有声"①，作《五瘴说》。昭州被认为是当时瘴气最甚之地，《五瘴说》主要是借用令人闻之害怕的广西瘴气引出当时官场上的各种腐败现象，其中涉及广西风物的是"瘴"。瘴气看不见摸不着，又能置人于死地，对瘴气无法控制的状态加重了人们对它的恐惧。文章开头说明了瘴气形成、人受其影响的原因：

濒海之地，岭表之区，皆有瘴焉。何则？冈峦重复之势，日月回薄之所，靡不蒸郁，人或不支，缘间以生疾，有自来矣。②

点出了广西山峦重叠、山林郁密，郁闷湿热之气无法散去，形成了致人之病的瘴气。接下来又说瘴气并不是唯一使中原来此地的人致病的原因，也与人自身的身体状况有关，然后说"阴阳风雨晦明，此其常也。且二气之大，生育万物，各遂其宜。焉有异于南北而戕人乎？盖人自暴自残之耳"，说明了北人对南方的瘴气过于敏感，并不如人们想象的那么可怕。真正可怕的是租赋之瘴、刑狱之瘴、饮食之瘴、货财之瘴和帷薄之瘴这五瘴。这表现出了梅挚为官的清正廉洁，对后来为官者起到了警示作用。虽然这并不是一篇纯写山水的文章，但从文中对广西山川气候的描述看，梅挚对广西风物气候是有深入了解的。

2. 李师中的山水散文

李师中(1013—1078)，字诚之，楚邱(今山东曹县)人，后徙居郓城(今山东郓城)。少年时以上书为父辩无罪闻名，后进士及第，知敷政县，

---

① [清]谢昆启修，[清]胡虔纂，广西师范大学历史系中国历史文献研究室点校.广西通志[M].南宁：广西人民出版社，1988：6252.
② [清]汪森编辑，黄盛陆等校点.粤西文载校点(第四册)[M].卷五十八，梅挚.五瘴说.南宁：广西人民出版社，1990：248.

权主观经略司文字,宋仁宗嘉祐三年(1058)九月,出任提点广西刑狱,嘉祐七年(1062)离开。他在广西任职4年时间,修浚灵渠、劝农敦民、鼓励农耕、奏罢马军、弹劾肖注、安定南疆,为广西发展做了不少有益之事,《宋史·李师中传》载:"边人化其德,多画象立祠以事,称为桂州李大夫,不敢名。"广西纪念李师中所修祠中称其为太岁神,影响直至清代,可见广西人尊敬和爱戴李师中的程度。李师中文学修养极高,诗文著述颇丰,但流传下来的不多。在散文创作方面,《全宋文》收录其文21篇,其中9篇是作于广西的,涉及山水的散文有《华景洞题名》《重修灵渠记》《蒙亭记》等。《华景洞题名》仅为题同游华景洞人之名。《重修灵渠记》记载了李师中任职后发动百姓重新修浚灵渠之事。《蒙亭记》是其广西山水散文中的代表之作,作于嘉祐七年(1062)八月二十日,为应知桂州岭南路经略安抚吴君之邀为桂林伏波山新建的蒙亭所作之文:

> 桂林天下之胜处,兹山水又称其尤,而在城一隅,荒秽不治,若无人知者。数千百年间,岂天秘地藏,不以示人?意必有仁智者,然后能乐,盖性情自得之也。
>
> 经略吴君尝为谏官,以言事罢不复,遂来殿方。既安边静民,而后及此,师中览而壮之。又因斯民之乐,名其亭而系以诗,诗曰:"凡物之蒙,在人亦昧。既有见焉,其迹难晦。斯亭之成,景物来会。江山之胜,相与无际。凫鹭在水,或在于浔。中洲蒲莲,迤逦静深。岩壑沉沉,云气长阴。自公以暇,来燕来临,同民之乐,而无醉饱之心。"①

文章开篇说桂林山水虽好却无人知晓,只有仁者智者能发现并以之

---

① [清]汪森编辑,黄盛陆等校点. 粤西文载校点(第二册)[M].卷三十,李师中.蒙亭记,南宁:广西人民出版社,1990:371-372.

为乐,又用诗揭示蒙亭之意:"凡物之蒙,在人亦昧。既有见焉,其迹难晦。"也将伏波山处的胜景概括出来:"斯亭之成,景物来会。江山之胜,相与无际。凫鹥在水,或在于浔。中洲蒲莲,迤逦静深。岩壑沉沉,云气长阴。"以文记事议论、以诗写景也是此文的特色。

3. 刘谊的《曾公岩记》

刘谊,字宜父,号三茅翁,宋长兴(今浙江长兴)人。英宗治平四年(1067)进士,官通直郎、光禄寺丞等,曾任江山(今浙江江山)县丞、提举江南西路常平,元丰元年(1078)任广南西路管勾常平。在桂期间常与曾布游山玩水,有诗文、题名见于桂林冷水岩、龙隐岩、雉山岩、叠彩山风洞、还珠洞、水月洞等摩崖石刻。还到过阳朔、融水、柳州、北流等地游玩,有摩崖题记。其中散文有《曾公岩记》,曾公岩即桂林普陀山冷水岩,为元丰元年(1078)任广南西路经略安抚使的曾布开发,遂以曾公岩名之。此文刻于桂林普陀山冷水岩,作于元丰元年(1078)九月,文首交代曾布帅桂南方无事、民和岁丰,有闲暇时间访寻山水之胜。接着记曾布带领群僚游风洞时发现了一个岩洞并开发岩洞的经过。再用桂林白龙洞、叠彩岩、龙隐岩这些唐代以来人们游览较多的地方进行比较,认为"斯岩之景,亦冠绝矣",发出了如此美景从未被发现十分遗憾的感慨,再引唐人所说佳境是天造之、地藏之,只有等有些人来了才显露出来,实为对开辟者曾布的称赞,可见此文沿用了唐代广西山水散文中开发山水的主题。此文"行文迂徐和缓,委婉道来,不夸不饰,是一篇非常平实,却又耐人咀嚼的散文"①。

(三)孙览、黄邦彦、周刊、李彦弼等人的山水散文

1. 孙览的山水散文

孙览(1043—1101),字传师,宋高邮(今江苏高邮)人,孙觉之弟,治

---

① 张明非主编.广西古代诗文发展史(下卷)[M].桂林:广西师范大学出版社,2012:126.

平二年(1065)进士,知尉氏县,神宗时授司农主簿,哲宗时迁户部侍郎,后以龙图阁学士知太原,为人耿直,屡遭黜削,曾历知河南、永兴,徙成都,辞不行,降为宝文阁待制。元祐五年(1090)任桂州太守,在桂期间游览桂林山水,所作山水散文有载入《粤西文载》的《五咏堂记》及桂林雉山石刻《孙览谭掞等七人雉山题名》。《孙览谭掞等七人雉山题名》刻于元祐六年(1091)三月二十四日,记录了孙览等七人自逍遥楼出桂江,泛舟至雉山观岩洞的经过,以及雨天无法登山而众人折回逍遥楼喝酒聚会的事。《五咏堂记》记独秀山下的五咏堂,先写了独秀山在千山环秀的桂林城独树一帜,山如冠冕,又与周围的建筑相得益彰,使游者忘归。接着写读书岩"萧爽虚凉,坐却烦暑",且有颜延之增加了文化内涵。再写了李昌崾、郑叔齐对独秀山的开发和记录,称郑叔齐文字猥陋,这一评价有失公允,可能只是孙览对郑叔齐只记李昌崾事迹而脱落颜延之的事迹不太满意。然后就对颜延之《五君咏》加以评述,最后以颜延之的遭遇对比自身,发出"士之负才不羁而趋世尤疎者,其大足以杀身灭宗,次或流离困挫,不能自保者,踵相蹑也"的议论。

2. 黄邦彦的山水散文

黄邦彦,宋元祐三年(1088)进士,绍圣年间以河中府曹参军充广南西路经略安抚司管勾机宜文字。在桂期间于绍圣三年(1096)留下山水散文《重修蒙亭记》,刻石于桂林伏波山还珠洞,《粤西文载》载入此文。此文距李师中《蒙亭记》已过35年左右,比后者篇幅要长,对景物描写更为细致。文中记载当时吴公所建蒙亭已经堙废,仅存遗迹,先说广西经略安抚使胡宗回公务之余游历山水并无特别之处,又将李师中《蒙亭记》找出加以对比,找到原来蒙亭的位置。其写伏波山的位置和四周环境:

岩在大城内府治墉之东北隅,縣府东北墉循江而下,绕百步转而趋乎茂林翠竹之间,有径寂然以幽。出径循山而转,石门岈张,磴道侧欹,迤逦趣下,如在壶中,却立仰视,压乎江水之湄,沉乎□全之阴,有峰兀然以高。峰面东北,屃颜崒嶂,石崖曲拳,倒荫下覆,神仙窟宅,俯临渊波。①

将伏波山曲径通幽、山随路转、如壶中天地的环境和山峰兀然而起、山中有洞、半插江水的形态描摹得十分真切。然后又用了4个排比句将重建蒙亭前后作了对比,有极强的说服力,也极有语言气势,更重要的是突出了重修蒙亭后山水更美和人们在此间与山水和谐共生的愉悦:"朱甍翚飞,碧檐云齐,左右绮疏,掀豁洞达,开户而长江来,卷帘而青山入,迎朝曦于前楹,延夕景于后轩。……冠盖追飞,士女笑嬉,马嘶林间,人息木阴,清歌激越,碧天云凝,鼓吹间作,山谷响答……"又把伏波山晴天和雨后初晴不同的天气情况下的山景、水景等景物变化用文字点点画出,十分贴切到位,美不胜收,读之如同身临其境,赏心悦目,让人也与作者一般不愿离去。文章最后,是对蒙亭的"蒙"与"显"的辩证关系进行了说明,由亭及人发出议论:"夫物之理,无常显,亦无常蒙。然惟显为能蒙,而有蒙斯有显也。"

3. 周刊的山水散文

周刊,生平不详,宋哲宗元符年间,曾任广南西路经略安抚司管勾机宜文字,在桂期间有山水散文《释迦寺碑》载入《粤西文载》。释迦寺在桂林月牙山龙隐岩处,于宋神宗熙宁年间(1068—1077)创建,历朝屡修屡圮,现已不复。《释迦寺碑》开头对龙隐岩之景大加赞美:

桂林四郊多灵山,山多岩穴,韬奇竞秀,随处可喜。然而远水者病枯,近水者病迫,或郁缘伛偻,而后可窥;或列炬引绳,而后敢入。

---

① 杜海军.桂林石刻总集辑校(上)[M].北京:中华书局,2013:80.

其有摆落幽偏,跨峤全巧,骋步纵目,而一境之美赴焉。则龙隐岩于桂林为第一。①

十分准确地抓住了龙隐岩的特点:龙隐岩不需要弯腰缩身,举着火把就可以进入,近水而无逼迫感,幽静偏僻又恰到好处,还可以纵目观望美景,所以周刊认为它是桂林岩洞中的第一。又写龙隐岩、释迦寺的位置,描写龙隐洞的蜿蜒态势如卧龙遗迹,洞内钟乳石丰富,泉水常年不绝,又与建水相依,"山色清润秀发,凛凛逼人",写出了龙隐岩景物秀美而有风骨的特点。在惊奇于这样的山水间竟然有破败的寺庙没人发现后,引出了元符二年(1099)时为龙图阁学士知桂州兼广南西路经略安抚使的程节修复释迦寺,三年修建两阁并为之命名的始末,对程节重新兴盛龙隐岩和修复释迦寺的功绩大加赞颂。"轻裘缓带,蜡屐锦囊。从宾僚,走厨传,雍容谈笑,揽山水之清辉",表现出了人与山水相处融合的愉悦。文末说柳宗元为裴中丞作《訾家洲亭记》、吴武陵为李渤作《新开隐山记》,两文中提到的景物都已经荒废,而对龙隐岩胜景与天地共长充满了信心。由于是应上级之邀而作此文,多少也有夸大之词,但总体而言此文写景详尽、准确、传神,较有文采。

4. 李彦弼的山水散文

李彦弼,生卒年不详,字端臣,又字仲宣,宋代庐陵(今江西吉安)人,宋哲宗元祐六年(1091)进士,建中靖国元年(1101)开始,历任桂州教授、推官、通判、代知府等。李彦弼在桂时间大概15年,先后与广南西路经略安抚使程节、程邻父子共事,在桂林留下多处摩崖石刻,山水散文有《湘南楼记》《八桂堂记》。

《湘南楼记》是刻于逍遥楼石碑之后的碑阴文。关于湘南楼与逍遥

---

① [清]汪森编辑,黄盛陆等校点.粤西文载校点(第三册)[M].卷四十一,周刊.释迦寺碑,南宁:广西人民出版社,1990:208-209.

楼的关系存疑,明代张鸣凤有"宋改逍遥曰湘南"之语,明代曹学佺《广西名胜志》卷一有"东楼之北有楼曰逍遥……宋崇宁改为湘南楼"①之言,又清代雍正版《广西通志》有"逍遥楼……宋崇宁元年,安抚使程节重建,改曰'湘南',李彦弼记"②之说,然而李彦弼在《湘南楼记》中丝毫未提将逍遥楼改名为湘南楼之事。之后南宋李曾伯《重修湘南楼记》也不提逍遥楼,且范成大诗文中分别提到了"逍遥楼"和"湘南楼",所以湘南楼与逍遥楼疑非同一座楼。③ 但从文字上看,湘南楼也是在漓江西岸临江的地方。此碑文是宋徽宗崇宁元年(1102)四月所刻,记录了程节筹集资金,兴建湘南楼并为之命名的经过,文中不乏对程节的歌功颂德,但也有大量颇佳的景物描绘,比如:

兹楼揭蘖轮齿,压百雉之纤余;爽豁空濛,睇千里之超忽;平开七星之秀峰,旁搴八桂之远赟;前横漓江之风漪,后涌官府之云屋。环以群山,叠众皱而昂孤骞,若神腾而鬼趡,若波骇而龙惊,兹亦胜概之绝伦者矣。④

写出了湘南楼的宏伟气势,登临湘南楼观景,前有七星山、八桂之远山和漓江水,后有城邑为靠,在城市的中心而能见到观景。又如:

今湘南之景,骏骋雄张,环辏城郭,而云烟之变化,风月之朝昏,千态万状,惟公以一楼临之。倚槛转瞬之顷,尽得于眉睫之间,则虽

---

① [清] 曹学佺撰.广西名胜志[O].卷一,桂林府,明崇祯刻大明一统名胜志本.
② [清] 金铁.广西通志[O].卷四十四,清文渊阁四库全书本.
③ 秦冬发."逍遥楼"与"湘南楼"释疑[N].桂林日报,2013-12-19(7).
④ [清] 汪森编辑,黄盛陆等校点.粤西文载校点(第二册)[M].卷三十,李彦弼.湘南楼记,南宁:广西人民出版社,1990:376.

使造物欲韬光匿奇,秘藏而惜之,乌可得哉?①

桂山、漓水皆在眉睫,景色之美毕现眼前。总之,《湘南楼记》是一篇文辞宏阔绮丽的山水散文,记录了湘南楼曾经的恢宏和壮阔之美。

另一篇《八桂堂记》文辞华美流溢,记录了程节在"兰皋芜原,陂陀轩霍"处筑囿为堂,种植丹桂,兴建山水园林并命名为"八桂堂"之事,其中写了八桂堂的位置和景色:

> 独秀屹其孤,伏波嶪其伟。前缭以平湖,为菰蒲菡萏之境;中辟以广庭,为车骑乐舞之场;右峙迎曦,以宾朝暾;左开待月,以呼夕魄;山川满目,桃李成蹊。铺迟日以采蘩,激光风而转蕙。而封植丹桂为苍苍之林,散蟾窟之天馨,飘薄于几席之间,是为八桂堂也。轮吸清漪,筒奔迅注,泛兰舟而载雕舫,环嘉宾而算醇醪,是为流桂泉也。凿芳沼而耸中洲,叩浅栏而数游鳞,倏然有濠上之趣,不减惠庄之真,是为知鱼阁也。因冈为台,凭高徙倚。蘸波影于檐楹,潄滩声于眉宇。而峻以青琼,荡空而嬉,士女喧咽,心醉物华,不知珥堕而簪遗,是为熙春台也。②

其中可见八桂堂后来成为人们游赏的胜地,文人雅士、平民百姓都乐此不疲。文末对程节之功进行赞颂,让人们在享受美景之余不忘程公之恩。

5. 其他寓桂官员的山水散文

侯彭老,生卒年不详,字思孺,号醒翁,宋衡山人,大观年间(1107—

---

① [清]汪森编辑,黄盛陆等校点.粤西文载校点(第二册)[M].卷三十,李彦弼.湘南楼记,南宁:广西人民出版社,1990:376.
② [清]汪森编辑,黄盛陆等校点.粤西文载校点(第二册)[M].卷三十,李彦弼.八桂堂记,南宁:广西人民出版社,1990:374.

1110)进士。大观四年(1110)在广南西路经略安抚使程邻府中任职,绍兴三年(1133)任藤州知州,后弃官隐居南岳衡山狮子岩。其在桂山水散文有《程公岩记》,载入《粤西文载》。程公岩为桂林屏风山屏风岩,《程公岩记》文首即写了屏风山的位置、形态及特点:

> 自湘南楼渡重江而东,林坰旷然,距水五里,有山如屏,俨然高峙,若环群峰而主之。其中卷然虚广而邃深,幽岩天成,仙居神护。凡数百步,贯彻山之阴,高明爽垲,下视七星山,若导于前,西顾洲渚城邑,可以指数。盖龙隐栖霞之所蕴蓄,与夫转魁傲云之所铺写,是皆兼而有之。备具众美,冠于天南,虽使造物者更复运意,不可增损。①

程公岩就在屏风山的山腹之中,舒广而深邃,从此登上山顶,可见桂林山城之景,含蓄柔和、雄伟壮观兼而有之,侯彭老认为这里是天南之冠,是不可改变的。屏风岩是崇宁初程节开发的,此文作于大观四年(1110)八月,此时程节已经辞世,以"程公岩"命名之,是桂人对他开发屏风岩的感谢以及对程节功德的肯定,景物如昔而人已不在,触景生情,从侧面反映出了程节对桂人的影响。文中又写程节之子程邻继任父亲之职,忠义文武亦如程公,主要表达的是"是岩托公以久者,当与召茇同一而语,又非特若羊公之岘山而已"。

唐铎,生平不详,宋宣和年间为临桂县令。靖康元年(1126)六月和七月分别在桂林伏波山还珠洞、桂林清秀山留下摩崖石刻《开辟伏波山岩洞记》和《新修清秀岩记》。前者简单记下了开辟伏波山还珠洞的原因;后者记开发桂林清秀岩,文稍详细,文中说"桂林多胜致,其废于榛棘

---

① [清]汪森编辑,黄盛陆等校点.粤西文载校点(第二册)[M].卷十九,侯彭老.程公岩记,南宁:广西人民出版社,1990:93.

者十八九,斯洞以远,尤不获葺",桂林胜景多藏于榛棘之处,后写经开发后的清秀岩幽奇秀美,让人耳目一新。

二、南宋寓桂地方官的山水散文

南宋以后,随着北人南迁和以桂州为代表的广西城市地位提升,本土文人的涌现、流寓文人入桂心态的改变都促成了山水散文的繁荣。其中,文学家范成大、张孝祥和理学家张栻都在桂留下了著名的山水散文作品。

(一)吴元美的《勾漏山宝圭洞天十洞记并序》

吴元美,生卒年不详,福州(今福建福州)人,宣和六年(1124)进士。绍兴中,为福州安抚司机宜,有文名,曾作《夏二子传赋》,被人告讦时宰,"又谓其家亭号'潜光',有心于党李,堂名'商隐',无意于事秦。秦桧恶之,编管容州"①。吴元美在容州期间,很多当地士人求学于他,他去世后,容州人为纪念他建勾漏书院。吴元美曾游览勾漏洞,作《勾漏山宝圭洞天十洞记并序》,流传于今。

《勾漏山宝圭洞天十洞记并序》载于《粤西文载》卷十九,其序总写勾漏洞的地位、位置、特点。从容县西南至鬼门关有三处被列入天下三十六洞天的岩洞,而勾漏洞在古铜州,特点是勾曲穿漏,因此得名。吴元美给予勾漏洞很高的评价:"予足迹半天下,所阅名山多矣。卓绝雄杰,鲜或俪此者。"称勾漏洞如"乾坤之容,日月之光",是绘画无法企及的。后分写了灵宝观、宝圭洞、白沙洞、韬真观、玉虚洞、巫山寨、玉田洞、普照岩、独秀岩、金龟山十洞。《白沙洞》写得较详细,认为"勾漏甲于天下,而此洞为勾漏第一",并把洞中的景观描摹得十分细致,曲尽形容之妙:

---

① [清]谢昆启修,[清]胡虔纂,广西师范大学历史系中国历史文献研究室点校.广西通志[M].南宁:广西人民出版社,1988:6450.

仰睇之，如崩云，如飞幄，如栋梁，如榱桷。俯盼之，如惊湍、如怒涛、如畦畎、如丘阿、如鼎俎、如笾豆祝敔笙竽之为礼乐器者，如弧矢刀刃剑、戈矛甲胄之为兵戎具者，如杵臼犁轴、瓶罂瓮盎为农庶家所费用者，如塔像台案、幢幡钟磬为僧道居所严设者，如齐缟、吴纻、霜缣、雾縠，其文彩铺张于桅架，如赵璧、楚璞、圆环、方块，其雕琢堆叠于府藏，其朴如黄桴土鼓，其奇怪如神鬼形状。千巅万壑，不可殚尽。或考击之，则锵然如洪钟，轰然如震雷，历然如长风吼众籁，泠然如飞瀑泻谷，令人神思飞扬，形容不逮。①

(二)张孝祥、张维、鲍同等人的广西山水散文

1. 张孝祥的山水散文

张孝祥(1132—1169)，字安国，号于湖居士，宋历阳乌江(今安徽和县乌江镇)人，后寓居芜湖。绍兴二十四年(1154)状元及第，历官中书舍人、朝散大夫、行宫留守。先后除抚州、建康、静江、潭洲、荆湖等地知府兼经略安抚使，颇有政绩。在文学上能诗善文，尤工乐府，是南宋著名的词人，也精于书法。有《于湖居士文集》《于湖先生长短句》流传于世。隆兴二年(1164)十一月被弹劾落职，于乾道元年(1165)复集英殿修撰，除知静江府，领广南西路经略安抚使，是年五月初启程赴桂林，至七月中旬到达桂林。乾道二年(1166)六月上旬离任东归，在桂任职大概一年时间，公务之余游历桂林南溪山、中隐山、真山观、超然亭、伏波山还珠洞、清秀山、象山水月洞等，留下摩崖石刻10多件，诗文皆有流传，其中可称为山水散文的有《桂林刘真人赞并跋》《朝阳亭记》《千山观记》等。

张孝祥虽然不以文闻名，但其文也具有特色。《桂林刘真人赞并跋》是张孝祥到达桂林后，于乾道元年(1165)九月上旬与众人游览南溪山刘

---

① [清]汪森编辑，黄盛陆等校点.粤西文载校点(第二册)[M].卷十九，吴元美.白沙洞记，南宁：广西人民出版社，1990：80-81.

仙岩所作,有摩崖石刻和《广西通志·金石略一》《粤西文载》《桂胜》《于湖居士文集》等版本,各版本的文、题稍有不同。该文的文体为赞,主要是颂扬北宋时期著名桂林籍道士刘仲远,"河目甚口,须髯怒张",描摹刘仲远仙风道骨的相貌可谓惟妙惟肖,如画在眼前,并抒发"山高谷深,变化成空,一笑相从,惟我与公"①的感叹。文后有跋说张孝祥"尝为山水游,岂快目于玉簪罗带之奇",说明了张孝祥是在游览刘仙岩看到刘仙图像后书写赞文。

《朝阳亭记》是张孝祥为桂林象山水月洞的朝阳亭取名而作的记,亭已毁,此文有摩崖石刻,刻于象山水月洞内,《于湖居士文集》收入此文题为《游朝阳岩记》。此文前面交代乾道二年(1166)上巳与张维等人游象山水月洞,张维赏景不舍离去,僧人了元会意,在面对群山、俯瞰漓江的登临佳处建了一座亭子。而五月重游时,因正值桂林涨水季节,水涨后,朝阳的光线射进亭子的窗户,水中倒影交织,阵阵清风拂来,引发给亭子取名之思,于是给亭子取名为"朝阳"。文章虽然不长,但景物描绘甚佳,如"水潦方张,朝日在牖,下凌倒影,凉风四集"②,尽得山水之风采。

《千山观记》是张孝祥在桂林西峰超然亭故基建千山观而记之,篇幅短小,开篇点出"桂林山水之胜甲东南",又指出桂林西峰更得山水之胜,十分凝练而准确地道出了千山景致的特点:"高爽闳达,放目万里;晦明风雨,各有态度。"③

2. 张维的山水散文

张维(1113—1181),字公言、仲钦,又字振刚,宋延平(今福建南平)人,绍兴八年(1138)中进士,历任贺州司理参军、汀州军事推官、龙溪县丞、左宣教郎、闽县知县、建康府通判、当涂县太守,乾道元年(1165)任广

---

① [宋] 张孝祥著,徐鹏校点.于湖居士文集[M].上海:上海古籍出版社,2009:156.
② [宋] 张孝祥著,徐鹏校点.于湖居士文集[M].上海:上海古籍出版社,2009:136.
③ [宋] 张孝祥著,徐鹏校点.于湖居士文集[M].上海:上海古籍出版社,2009:136.

西南路提点刑狱公事,乾道二年(1166)四月代张孝祥知静江府、广南西路经略安抚使,乾道七年(1171)为江南东路计度转运副使。张维与张孝祥颇有交情,在桂林经常同游、唱和,张孝祥离桂北归,张维在水月洞为之饯行。张维在桂留下的山水散文有《张公洞记》《开潜洞记》《刘仙岩题记》《清秀山题记》等。

《张公洞记》在桂林中隐山下洞有摩崖石刻,文载入《粤西文载》卷十九。此文记载了张维同张孝祥发现桂林中隐山佛岩下人们无暇顾及的一个山洞并为之命名的事。宋初,桂林西湖水位下降,张维曾于乾道四年(1168)正月,对桂林西湖进行人工疏浚,恢复了西湖昔日风光。《开潜洞记》记载了此事及七月开潜洞之事。《刘仙岩题记》摩崖石刻存于桂林南溪山刘仙岩,记录了乾道元年(1165)张维、张孝祥等6人会庆节在西山资庆寺祝圣寿,饭后登超然亭以及游中隐岩、白龙洞、刘仙岩之事。《清秀山题记》摩崖石刻在桂林清秀山,记乾道二年(1166)与张孝祥等人游桂林青秀山之事。

3. 鲍同的《西湖记》

鲍同,宋遂昌(今浙江遂昌)人,绍兴八年(1138)进士,曾为临安府学教授,乾道五年(1169)出任广南西路靖江府通判。《西湖记》是其在桂所作的散文,文中所指西湖为桂林城西的蒙溪,曾是桂林的胜景,有"天下西湖三十六,以桂林西湖为大"之说,唐代吴武陵、韦宗卿曾分别有《隐山记》《六洞记》记载盛况,但其年久废为田。此文交代前因后记录了张维疏浚西湖,按《隐山记》《六洞记》二记中的描述恢复西湖胜景之事:

> 乃相所从泄,作斗门以闸之。未几水遂盈衍澶漫,若潭若池。横径将数十亩,望之,苍茫皎澈,千峰影落,霁色秋清、景物辉煌,转盼若新。然吴记以为溪而云作亭牖北,夹溪潭之间,韦记以为池,而云北牖洞口有田砥平,可施栏槛。以知昔时犹有浅陆,水所不及之

处,而今洪深之汇矣。其中流平,沙隆出波面如岛屿,因筑亭其上,命之曰"瀛洲"。植卉艺竹,映带远近,南闸招提、西隐山为亭,每游览,则忆家山,因命之曰"怀归"。北依茂林,俯流为阁,用老杜"湖水林风"之句,命之曰"湘清"。放船集贤,于是乎在。环山循趾,引水疏渠,缭绕萦回,索奇讨幽,得新洞二,命曰"北潜"、"南潜"。又为亭于其阳,直西命之曰"望昆"。是皆出乎六洞之外,发前人之遗逸,增往牒之未载。遂使西湖胜概,倏然如立尘寰之表。江浙所称,亦未能远过焉。①

写出了西湖疏浚后的新景象,在隐山六洞之外,又发现了北潜、南潜二洞,并进行了园林建设,为之命名,认为通过了园林营建,桂林之西湖立刻换了新颜,已经能与杭州西湖不相上下了。

(三)范成大的山水散文

范成大(1126—1193),字至能②,号石湖居士,吴郡(今江苏苏州)人。南宋著名的田园诗人,与杨万里、陆游、尤袤并称为南宋"中兴四大诗人"。范成大也是著名的地理学家和旅行家,其文名虽不及诗名,但也十分有特色,如日记体游记《骖鸾录》《吴船录》都是我国古代日记体游记的代表。

范成大生于两宋之际,长于南宋初,绍兴二十四年(1154)中进士,授户曹,监和剂局。隆兴元年(1163)迁正字,累迁著作佐郎,乾道二年(1166)除吏部郎官。言者论其超躐,罢,奉祠归里。乾道三年(1167)出知处州,乾道五年(1169)升为礼部员外郎,乾道六年(1170)任假资政殿大学士,出使金国递交国书,不卑不亢,辞气慷慨,虽然所请之事未果,但

---

① [清]汪森编辑,黄盛陆等校点.粤西文载校点(第二册)[M].卷十九,鲍同.西湖记,南宁:广西人民出版社,1990:89.
② 于北山.范成大年谱[M].上海:上海古籍出版社,2006:1.

全节而归。乾道八年(1172),范成大奉命出任广西经略安抚使,于当年十二月七日自吴郡沿着水路赴桂林,边行边游,有日记体游记《骖鸾录》,于乾道九年(1173)三月十日入桂林府城接任,在桂两年多,于淳熙二年(1175)调任四川。范成大在桂任职期间为民兴利除弊,改革盐法和马政,颇有政绩,但对广西影响最大的还是文化上的。范成大在桂期间游历广西山水,体验广西风俗,留下了著名的南宋广西博物志《桂海虞衡志》,言及广西山水、风物、习俗,对后世影响极大,其中《桂海虞衡志序》和《志岩洞》不失为广西山水散文的名篇。另外其自苏州前往桂林赴任途中所作日记体游记《骖鸾录》也有部分为广西山水散文。此外范成大在桂期间还有《桂林中秋赋并序》《屏风岩铭并序》《复水月洞铭并序》《碧虚铭并序》,这些都是著名的广西山水散文。

《桂林中秋赋并序》作于范成大到任桂林的第一年的中秋所作:

登湘南以独夜兮,挹訾州之横烟;绛宵艳其光景兮,涌冰镜于苍巅。怅旻宇之佳节兮,并四者其良难;矧吾生之漂泊兮,寄蘧庐于八埏。九得秋而九徙兮,靡一枝之能安。上瀛洲而瀑饮兮,当作噩之初元;旋水宿于垂虹兮,滉金碧之浮天;刻后期而竞爽兮,忽鼍画之沧湾;既戊子而守括兮,摘少微于楼栏;丑寓直于玉堂兮,听宫漏之清圆;再西风而北征兮,胡笳咽于夜阑;迨返旆之期月兮,放苕霅之归船。幸故岁之还吴兮,带夕晖而灌园。甘土偶之遇雨兮,就一丘而考盘。今又飘飘而桂海兮,宾望舒于南躔。……谁识为此驱逐兮,岂不坐夫微官!知明年之何处兮? 莞一笑而无眠。①

作者登上了湘南楼,独自感受漓江的中秋夜,不仅描绘了漓江月夜

---

① [宋]范成大著,富寿荪标校.范石湖集[M].上海:上海古籍出版社,2006:457-458.

之凄清的景色,还表达了作者四处奔波,"叹此生之役役"的情感,将桂林中秋的夜景和情感融为一体,浑然天成。

《屏风岩铭并序》是范成大游屏风岩而作,有桂林屏风山摩崖石刻,序写屏风岩高大通明的特点:

> 凡洞穴皆幽暗偪仄,秉烛而游。唯屏风岩高广壁立,如康庄大厦,廷纳晖景,内外昭彻。石湖居士名之曰"空明之洞"。由磴道数十级出小石穴,山川城郭,恍然无际。乃作观台,是名"壶天"。①

作者将屏风岩与其他岩洞作了比较后,又将它比作一壶,"壶中天"本是道教的故事,在此又将佛教尘刹的无量世界联系起来,表达的是人们想到的和看到的、小与大、有限与无限都有可能颠倒转化,所以要摒除杂念、心不散乱、专注一境来欣赏这壶中天地所蕴含的大千世界。最后说要广施给游者这个道理,懂得以小见大、有限容纳无限的审美趣味。

《复水月洞铭并序》是范成大与前任张孝祥关于桂林象山水月洞洞名之争的一场笔墨官司。由序与铭组成,序点明了水月洞的位置与特点,并说明复"水月洞"之名的原因:

> 水月洞,剡漓山之麓。梁空。踞江。春水时至,湍流贯之。石门正圆,如满月样。光景穿映,望之皎然。名宾其实旧矣。近岁,或以一时燕私,更其号为"朝阳",邦人弗从。且隐山东洞,既曰"朝阳"矣,不应相重。②

---

① [清]汪森编辑,黄盛陆等校点.粤西文载校点(第四册)[M].卷六十,范成大.屏风岩铭并序,南宁:广西人民出版社,1990:303.
② [清]汪森编辑,黄盛陆等校点.粤西文载校点(第四册)[M].卷六十,范成大.复水月洞铭并序,南宁:广西人民出版社,1990:302.

张孝祥曾将水月洞改名为"朝阳洞",范成大在此文中指出"朝阳"为名的不妥,要复"水月"之名,并为之铭。铭表现了作者对水月洞景色的赞美:

> 有嵌屏颜,中淙涨湍,水清石寒。圆魂在上,终古弗爽,如月斯望。漓山之英,漓江之灵,复其嘉名。范子作颂,勒于龙梴,水月之洞。①

此篇对水月洞所处位置、洞之形态、江水与水月洞的交融穿映描写得十分真切,称水月洞为"漓山之英""漓江之灵"。

《碧虚铭并序》中的序写了唐代郑冠卿于栖霞洞遇日华、月华二仙之事,以其诗"不缘过去行方便,安得今朝会碧虚"中"碧虚"为名并铭之。

《桂海虞衡志》是范成大作于四川赴任的途中,以留念桂林之游,"追记其登临之处于风物土宜"。"桂海"指以桂林为主的广西部分地区,"虞衡"最早出自《周礼》,为管理山林川泽的官职,从书名可见此为范成大在桂为官时所游、所见、所闻的有关广西山林川泽的书。《桂海虞衡志序》是《桂海虞衡志》的序篇,主要是交代写《桂海虞衡志》的缘由。文章有作者参照前人对桂林的印象提出的初到桂林的感受:"既至郡,则风气清淑,果如所闻;而岩岫之奇绝,习俗之淳古,府治之雄胜,又有过所闻者。"他也能与当地老百姓很好地相处,"余既不鄙夷其民,而民亦矜余之拙而信其诚",也表达了对桂林喜爱和不舍离去之情。

《志岩洞》是《桂海虞衡志》13篇之首,列举了桂林读书岩、伏波岩、叠彩岩、白龙洞、刘仙岩、华景洞、水月洞、龙隐洞、龙隐岩、雉岩、立鱼峰、栖霞洞、元风洞、曾公洞、屏风岩、隐山六洞、佛子岩、北潜洞、南潜洞、虚秀

---

① [清]汪森编辑,黄盛陆等校点.粤西文载校点(第四册)[M].卷六十,范成大.复水月洞铭并序,南宁:广西人民出版社,1990:302.

洞,兴安乳洞,阳朔绣山、罗汉、白鹤、华盖、明珠五洞,容州都峤三洞天,融州真仙洞等广西等岩洞。《志岩洞》的前言部分对广西山水给予了很高的评价:

> 余尝评桂山之奇,宜为天下第一。士大夫落南者少,往往不知,而闻者亦不能信。余生东吴,而北抚幽蓟,南宅交广,西使岷峨之下。三方皆走万里,所至无不登览。太行、常山、衡岳、庐阜,皆崇高雄厚,虽有诸峰之名,政尔魁然大山,峰云者,盖强名之。其最号奇秀,莫如池之九华,歙之黄山,括之仙都,温之雁荡,夔之巫峡。此天下同称之者。然皆数峰而止耳。又在荒绝僻远之濒,非几杖间可得。且所以能拔乎其萃者,必因重冈复岭之势,盘亘而起,其发也有自来。桂之千峰,皆旁无延缘,悉自平地,崭然特立,玉笋瑶簪,森列无际,其怪且多如此,诚当为天下第一。①

从唐代就流传了关于桂林山水天下第一的说法,柳宗元也曾对桂州的山水特点进行了概括,但世人都以为有夸大之嫌。范成大更进一层,以亲临者的姿态多方比较各地名山的特点,真切而细致地总结出桂林之山与其他地方之山的不同,所以文章得出桂山为天下第一的结论,虽然也是在前人基础上的总结,但似乎少了人云亦云的成分,显得十分有说服力。

《骖鸾录》是范成大乾道八年(1172)接到朝廷任命后,从江苏前往广西途中所记的途中日记,文末说"骖鸾"是取自韩愈《送桂州严大夫》"远胜登仙去,飞鸾不假骖"中的诗意,将桂林之行看作到达仙境;而说"若其风土之详,则有《桂海虞衡志》焉"则可看出此书可能如《桂海虞衡志》一样是后来追忆而作或是经过后来的修改润色。范成大从乾道八年

---

① [宋]范成大著,胡起望、覃光广校注.桂海虞衡志辑佚校注[M].成都:四川民族出版社,1986:4.

(1172)十二月出发,至乾道九年(1173)二月底到达广西,《骖鸾录》中二月底以后的日记都可看作是广西山水散文。范成大于二月底到达全州,进入湘山寺,游盘石山、玉髓泉。他入桂林界时众人惊叹山水之美,并与湖南山水进行了比较后叹与之相见恨晚,他又将途中所见广西奇异的嚼槟榔之俗记下:

  然自湖南尽处,赤土小山,绵延无已;至湘,山虽佳,然村落蹊隧,犹嫌口狭,少夷坦。甫入桂林界,平野豁开,两旁各数里,石峰森峭,罗列左右,如排衙。引而南,同行皆动心骇目,相与指示夸叹,又谓来游之晚。夹道高枫古柳,道涂大逵,如安肃故疆,及燕山外城,都会所有,自不凡也。泊大通驿道上时见鲜色之点,凝渍可恶,意谓刲羊豕者异过所滴,然亦怪何其多也。忽悟此必食槟榔者所唾,徐究之,果然。①

而后至兴安,过严关、秦城,至滑石铺龙思泉,至灵川、灵渠,泊八桂堂,入城交府事,再叹"郡治前后万峰环列,与天无际"的风景之美。

(四)张栻的山水散文

张栻(1133—1180),字敬夫、钦夫,号南轩,世称南轩先生,南宋汉州绵竹(今四川绵竹)人,为南宋著名宰相、抗金将领张浚之子。他是南宋著名的理学家、文学家和政治家,南宋湖湘学派的重要人物,宋代理学史上的核心人物之一,与朱熹、吕祖谦并称为"东南三贤",陈亮称他为"一世学者宗师",朱熹称他"天资甚高,闻道甚早,其学之所就,既足以名一世",有《南轩集》流传于世。张栻于绍兴八年(1138)随落职的张浚到湖南永州居住。绍兴十六年(1146)随父谪居连州(今广东连州)。绍兴二十年至绍兴三十年(1150—1160)随父移居永州(今湖南永州)。绍兴三

---

① [宋]范成大.骖鸾录[M].北京:中华书局,1985:16.

十一年(1161),张栻拜入胡宏之门,为胡宏赏识,传授孔子仁义之说与二程理学思想。张栻曾在淳熙二年(1175)二月至淳熙五年(1178)五月知靖江府兼广南西路经略安抚使,在桂3年多,通过传播理学影响当时的广西文化,主要表现在:以理学思想指导行政实践,以"安静不扰民之政"进行地方治理,改革时弊,处理好与少数民族的关系;祭祀理学先贤,宣传道统;兴办学校教育,改革陋俗,传播理学;刻印理学大师的书籍来传播理学思想。张栻的理学传播对广西文化产生了很大的影响,使得中原文化认同在广西得到了加强。张栻也是南宋有名的爱游之士,在桂林任官之初到桂林城北的虞山拜了舜帝,并按照规制重新修建了虞帝庙,亲自整理了虞山的韶音洞,建南薰亭,将理学旨趣融入桂林山水,在广西留下《韶音洞记》《南楼记》《尧山漓江二坛记》《水月洞题记》《冷水岩题记》《留别城东诸岩记》等山水散文。

《韶音洞记》作于淳熙四年(1177),不见于《南轩先生文集》,桂林虞山韶音洞口有摩崖石刻,已被损坏一半,文见《粤西文载》《桂胜》。

> 由虞祠之后不十步,至虞山下,有石门可窥入。其中,则虚明以长,仰而视之,石去人仅尺许,色青润可爱。睨其旁,蹲踞蜿蜒如虎、豹、龙、蛇者皆是也。行其中十许步,望北牖,清江正横于前。出其处,则下临深渊,所谓皇泽湾也。始,栻既新帝之祠,得新安朱熹为之记,命工人度山之崖,磨而镌之。偶发石而得斯洞。……
>
> 洞之深凡十有三丈,广二丈有奇。牖之外少西,有地隆然而高,为台可钓。明年秋,又于洞之左得小丘,平旷爽垲,江出于旁。凡桂之山,瑰奇杰出者悉献其状。作亭于上,名之曰"南薰亭"。于是祠之前后,皆有览观之美。来拜祠下者,已事而退,又得以从容而游息焉。①

---

① [清]汪森编辑,黄盛陆等校点.粤西文载校点(第二册)[M].卷十九,张栻.韶音洞记,南宁:广西人民出版社,1990:91.

此文记录了张栻发现并修整韶音洞的经过,并抒发了对舜帝之德的赞美之情。文章开头介绍了韶音洞的位置、洞内之景和洞外之景,接着笔锋一转,说如何发现和开发、命名韶音洞。又写了建南薰亭的过程,使得此地不仅可以拜虞帝祠,还可以成为人们游玩的胜地。最后是对舜帝功德的赞美。"将文章景物描写与事件的过程记录穿插进行,避免了呆板,使行文赋予了波澜,增加了文章的美感与趣味性。"①这篇散文层次分明,构思巧妙,景物描绘到位。

《南楼记》作于淳熙五年(1178),见《南轩先生文集》卷十一、《粤西文载》卷三十一。此文记录了詹仪之将广西转运判官所治便厅之前的旧楼进行翻新的过程,"辟暗郁为光明,变荒秽为整治",赞美詹仪之"能因其故而损益,不宿劳、不重费,不出户亭而得美观"的智慧,得出了"物之通塞,固有其时……而时固存乎人哉"的道理。文章开头将旧楼与新楼的对比通过作者感受的对比表现出来,显得别出心裁,引人入胜:

广西转运判官所治便厅之前,故有楼,栖官府之文书,郁而不治,予每睨而病之。他日过之,则焕然一新矣。……倚槛而观,凡四旁之嘉花美木悉献其状,而遥岑寸碧,挺然屋山之隅。楼之下为堂,堂之前为亭,皆幽野有趣。②

对南楼的描绘从外到内,从在外仰视到登楼俯瞰,不仅看到南楼与周围环境的和谐,还发现了南楼与楼下之堂、堂前之亭环环相扣的巧妙和其中天人合一的境界。接着通过詹仪之之口进一步了解在原来旧楼的基础上并没费时费力费钱,而是因势利导将其翻新,表现出了智慧,引出了要抒发的感慨和要表明的道理。

---

① 张明非主编. 广西古代诗文发展史(下卷)[M]. 桂林:广西师范大学出版社,2012:120.
② [宋]张栻撰,邓洪波校点. 张栻集[M]. 长沙:岳麓书社,2009:588-589.

《尧山漓江二坛记》是给尧山、漓江筑坛祭祀的记体文。张栻在广西桂林"按其图籍,览其山川"发现了尧山、漓江的不凡之处。尧山位于桂林东北部,因有时有尧帝庙而得名。张栻观其山,发现了此山与桂林众山的不同,与漓江的配合,显示出在桂林的令人景仰的价值所在:

> 所谓尧山者,蟠踞于东,气象杰出。环城之山,大抵皆石,而兹山独以壤,天将雨则云气先冒其巅。山之麓故有唐帝庙,山因以得名。而漓江逶迤,自城之北转而东以达于南,清洁可鉴,其源发于兴安,与湘江同本而异派,故谓之漓,而以水媲之,凡境内之水皆汇焉。以是知尧山、漓江为吾土之望,其余莫能班也。①

《尧山漓江二坛记》将桂林尧山和漓江视为神灵所附之地,描绘出尧山与桂林诸山的不同,先说天将雨时云雾缭绕及山间有唐帝庙,再说漓江清澈如镜,境内河流都汇入其中,告诉人们尧山漓江就是这片土地上声望所在,所以选择在叠彩山下正对着尧山的漓江上建坛以祭祀,"对筑二坛,以奉祀事,为屋三楹于坛之下,以避风雨,其外则绕以崇垣,逾时而告成"。淳熙二年(1175)二月丁酉,作者率僚吏躬祭其上以祈,祭毕感慨万千,希望通过建坛告知境内百姓和以后来此地做官的人,让他们知道祭祀山川之神的宗旨。虽然建坛祭祀的是山川之神,但从文中,也能感受到尧山之所以成为桂林土地之望,除了与其下雨前云雾缭绕有神灵之气外,也与山之麓有唐帝庙有关,唐帝庙即是尧帝庙。

《水月洞题记》《冷水岩题记》是张栻与众人游览桂林山水留下的摩崖石刻,以记游览之事为主,写景精练。《水月洞题记》是记张栻与郑少

---

① [宋]张栻撰,邓洪波校点.张栻集[M].长沙:岳麓书社,2009:574.

融、赵养民二人于淳熙二年(1175)中秋之夜舟游水月洞之事,"天宇清旷,月色佳甚"表现了象山水月之美景。《冷水岩题记》是记淳熙五年(1178)张栻即将离开桂林北归,与周椿及追随而来的12人留别水东诸岩的事。

(五)周去非的《岭外代答》

周去非,字直夫,南宋时浙江永嘉(今浙江温州)人。曾为张栻的弟子,隆兴元年(1163)年考取进士。据杨武泉考证,周去非在广西大概有6年时间,于乾道九年(1173)任钦州教授,淳熙间(1174—1178)任广南西路桂林通判,后又复任钦州教授①。周去非《宋史》无传,地方史志、碑传关于周去非的资料也难见其详,仅以《岭外代答》10卷最能代表其名声。《岭外代答》分地理、风土、物产、边帅、法制等20门共294条,记录了当时广西的山水、古迹、物产、习俗,成为研究宋代广西社会历史的重要文献。原书已经佚失,后从《永乐大典》录出编入《知不足斋丛书》。《岭外代答序》中自称写此书是因"应酬倦矣,有复文仆,用以代答",一般而言将《岭外代答》看作是史志笔记或是地理方志,其中《地理门》《风土门》《古迹门》中的文章也可作山水散文看。

《地理门》共22篇,除去写当时属于广南西路的海南的黎母山、三合流外还有20篇是广西山水散文。《地理门》基本是遵循总分的顺序来写,从山到水,先从总体上介绍广西地理如《百粤故地》《并边》《广西省并州》,再到总体介绍广西之山,如《五岭》《湖广诸山》,然后具体介绍广西之山,如《桂山》《象山》《桂林岩洞》《灵岩》《罗丛岩》;再总写广西水如《广西水经》,又分写《牂牁河》《灵渠》《癸水》《龙门》《天威遥》《天分遥》《象鼻砂》《天涯海角》《潮》。写桂林山的《桂山》是在前人的描绘和现实的对比中说出了自己的看法:

---

① [宋]周去非著,杨武泉校注.岭外代答校注[M].北京:中华书局,2012:前言.

雁山屡游矣,桂山得雁山之秀,雁山不若桂山之多。若置诸大龙湫、龙鼻泉之侧,则雄伟之气亡矣。桂山之高,曾不及雁山之半,故无尊雄之势,谓可与相颉颃者过矣。乃若阳朔诸山,唯新林铺左右十里内极可赏爱,青山绿水,团栾映带,烟霏不敛,空翠扑人,面面相属。人住其间,真住莲花心也。桂林负郭诸山,颇不及耳。夫其尖翠特立,无不拔地而起,绵延数百里,望之不见首尾,亦云盛哉!①

将黄庭坚和沈彬诗中对桂山的描述与现实进行了对比,认为桂林的山比不上雁荡的雄伟,"桂岭连城如雁荡"似乎有些言过其实,但看出了阳朔群山的可爱之处,"碧莲峰里住人家"确实是名副其实。《桂林岩洞》中引范成大、韩愈、柳宗元对桂林山的评价,认为确非欺人之谈。《灵岩》中比较了桂林及附近的各有水之岩洞,引出了灵川灵岩,将灵岩为人所不识而感到可惜,写出了灵岩中水的特色:

是岩也,大江洞其腹,水阔二十丈,深当倍之。……即其洞口,水面阽阽,正将枕山不可得入者。舟子击水伏而进,仰视洞顶,与水面相去才丈余。水与洞顶,皆平如掌。舟入渐深,楫声隐隐震洞,固已骇人心目,人声一发,山水皆应,大音叱咤,洞虚裂。……是江也,西通猺洞,日泻良材,贯岩而下,水深不可施篙,撑拄岩顶而后得出。②

此篇写出了灵岩的独特,比如水与洞顶的奇特,洞与水共振的声音,人们游灵岩的特别方式,由于水深,舟撑岩顶而行的游法是以往广西岩洞的游法中从未有过的;也写出了灵岩的神秘,"水色沉碧,雄深严静",

---

① [宋]周去非著,杨武泉校注.岭外代答校注[M].北京:中华书局,2012:15.
② [宋]周去非著,杨武泉校注.岭外代答校注[M].北京:中华书局,2012:19.

人置身其间如有神灵护佑。

《罗丛岩》也颇显特色,如同游记一般,从洞内到洞外,让人身临其境地感受到了罗丛岩石钟乳的恢宏之势和洞外怡人之景。

《地理门》中写广西之水的除了漓江、灵渠等江河之外,还写了广西的海域水景。如海上水道《天分遥》写的是钦州龙门七十二径,文中说了天分遥是因水分二川而得名;海上礁石《象鼻砂》,写了其规模、位置及形象如象鼻而得名;《天涯海角》写了钦州、廉州分别有天涯亭、海角亭及钦州海潮,记录了广西除了岩溶山水外的海域景观。

《风土门》中记广西气候的有《广右风气》《雪雹》《瘴地》等,写广西本土建筑的有《居室》《巢居》等。《古迹门》中记广西古迹的有《秦城》《绿珠井》《古富州》《铜柱》《陟屺寺》《交阯》《冰井火山》等。

(六)梁安世、方信孺、李曾伯等人的山水散文

1. 梁安世的山水散文

梁安世(1136—?),字次张,号远堂,宋括苍(今浙江丽水)人,绍兴二十四年(1154)进士,知衡山。淳熙四年(1177)出知韶州,淳熙六年(1179)任广南西路转运使,在桂期间,足迹遍及桂林七星岩、冷水岩、弹子岩、留春岩、龙隐岩、伏波山等处,多有诗文、题记、题名留于桂林山水间,有《乳床赋》《弹子岩题记》《冷水岩题记》《龙隐洞题记》等。

《乳床赋》是梁安世留在桂林普陀山留春岩上的摩崖石刻,刻于淳熙八年(1181),石刻如今几近损毁,仅剩10余字,后据原拓本重刻存于桂海碑林,《粤西文载》卷一收入此文。《乳床赋》是赋体文,将桂林岩洞钟乳石写得文采斐然:

或击斯钟,或振斯裘,或莲斯葩,或笋斯抽,或胡而龙,或脊而牛,或象之嗅,或鼋之浮,或麟其角,或马其驺,或跃而鱼,或攀而猴,或粲金星,或罗珍馐,或肺而支,或臂而瘤,或釜之隆,或囊之投,或

溜而塍,或叠而丘,或凿圭窦,或层岑楼,或贾犀贝,或农锄櫌,或士冠缨,或兵兜鍪,或上下而相续,或中阙而未周。①

梁安世对洞中钟乳石的奇姿异态倍加赞赏,并分析了钟乳石的形成过程,提出石钟乳形成是千万年洞内水滴石长结果的独到见解,被认为是最早有关石钟乳形成的科学见解。《乳床赋》是宋代写岩洞最细致的一篇,更可贵的是梁安世在仔细观察到大自然鬼斧神工般的钟乳石后又得到了点拨:

吾将灰心槁质,屏颜畔岸,兀坐嵌岩之侧,观融液之流转。自分及丈,十百而羡,高低联属,柱擎台建,小留侯济北之遇,玩蓬莱六鳌之抃。俾磨崖刻画之子孙,当语之以老人大父之贵贱。虽盖倾而舆穿,戴一姓字奄甸。倪谓瘴乡不可久居,夫岂知处夷险而其志不变者邪!②

悟出人生道理,愉悦、满足、超脱世俗,情、理、景、文交融一体,感人至深。

《弹子岩题记》在淳熙七年(1180)刻于桂林普陀山弹子岩。此题记文字不多,却写得清新怡人,先说弹子岩与别处岩洞不同的是"宽平从步之适……岩前有地百余亩,水竹窈窕,环以远山",且有"经略眉山刘公焞始买地为圃,隔桥筑亭。仰观岩石,如坐冷泉对飞来诸峰,遂为桂林胜游之最",营造出了优美的赏景环境。然后记录了淳熙庚子中秋日与友人"会于灵隐亭,登舟贯龙隐,得雨甚凉,沂流酌癸水亭上,醉荷香而归"之乐。

---

① [清]汪森编辑,黄盛陆等校点.粤西文载校点(第一册)[M].卷一,梁安世.乳床赋,南宁:广西人民出版社,1990:7.
② [清]汪森编辑,黄盛陆等校点.粤西文载校点(第一册)[M].卷一,梁安世.乳床赋,南宁:广西人民出版社,1990:8.

2. 方信孺的山水散文

方信孺(1177—1222),字孚若,号好庵,兴化军莆田县(今福建莆田)人,南宋名臣,曾为广南西路转运判官。嘉定六年(1213)春,方信孺出任广南西路提点刑狱,嘉定十年(1217)三月七日,方信孺游兴安乳洞,离开桂林。《粤西文载》说方信孺"视事之暇,娱游水时,政简刑清,所至不扰"①。他钟情于桂林山水,"故于桂诸山,探赏屡徧,制文赋诗,曾不停思,然亦往往有宕逸之气。"②留下摩崖石刻20多处,可谓桂林石刻第一人。他在桂所写的山水散文有《修朝宗渠记》《碧桂山林铭并序》《碧瑶坛铭并序》《中隐山题记》《宝积山题记》《北牖洞题记》《还珠洞题记》《华景洞题记》《七星岩题记》《琴潭岩题记》等。

《修朝宗渠记》记录了方信孺修复古渠之事。朝宗渠是桂林城西人工渠道,北宋崇宁年间王祖道开凿,后来有所淤塞,范成大在淳熙元年(1174)修复朝宗渠,周去非《岭外代答·癸水》中有:"昔于城东北角,沟漓水绕城而西,复南,东合于漓。厥后居民壅之,沟遂废。范石湖帅桂,乃浚斯沟,涟漪如带。"③方信孺于嘉定年间(大概在1213—1217年之间),再次修筑朝宗渠。张鸣凤《桂胜》中也特别记载了方信孺修渠一事:"方公信孺至,又为缮筑。然今湮塞已尽,土人至以朦胧桥呼之。近岁于桥旁掘得石记,其文曰:嘉定□年□月提举河渠公务方信孺脩复古渠,筑渠闸二,石堰一,灵溪之水大至,略城而西,达于阳江。"④

《碧桂山林铭并序》所记之事是方信孺在嘉定七年(1214)夏秋之间,于桂林西山选风景佳处建了楼宇并为之命名为"碧桂山林",意以之作为一家人隐居终老之所,"愿奉母慈、持妻子,遂与隐者沦朝夕于此山中"。

---

① [清]汪森编辑,黄盛陆等校点.粤西文载校点(第四册)[M].卷六十三,名宦小传一百五十九则:方信孺,南宁:广西人民出版社,1990:400.
② [明]张鸣凤著,杜海军、闫春点校.桂胜 桂故[M].桂故卷五,北京:中华书局,2016:309.
③ [宋]周去非著,杨武泉校注.岭外代答校注[M].北京:中华书局,2012:29.
④ [明]张鸣凤著,杜海军、闫春点校.桂胜 桂故[M].桂胜卷十六,北京:中华书局,2016:243.

序的部分先是描绘了此处优美的环境：

> 桂府稍西五里,吞蒙溪,吐阳江,是为西湖。鱼峰、隐山相拱揖。大凡游观之胜,俱敛避下风。右鱼峰一□,有古精蓝最胜处。丰林灵泉,层□髣沸。水石之奇奇怪怪,如虎豹之仰伏,凤鸾之翔集,不可以名纪枚计。又有如台榭者,斩然颓精蓝而中立。①

方信孺十分热爱此处之景,对它赞誉有加。建好后的馆宇,"有堂有奥,爱居爱处。且面势端豁,与千山观相襟带。目力所加,山川城廓,毫发不能遁。前所谓最胜处,今皆居掌握中孚"②,馆宇与优美的山水融为一体,想见人居于此美景中十分惬意。铭的部分更是表达了方信孺对它的喜爱之情,汲泉水、餐烟霞、弹素琴,可见桂林山水之境正是契合了古代文人风雅生活的需求。

《碧瑶坛铭并序》又名《为张自明作碧瑶坛铭并序》(《粤西文载》题名),是《碧桂山林铭并序》的后续之作。修筑了"碧桂山林"后,方信孺与宜州知州张自明共登绝顶,"以为碧瑶坛,抉奇剔秘于斯",作《碧瑶坛铭并序》,描绘了两人在如此美好的山水间的惬意:"或坐而弈,或倚而哦。布席而饮,植杖而歌。上天星辰,大地山河。伊俯仰间,可蹴可摩。"③表现出了山水林泉之乐。

《中隐山题记》《宝积山题记》《北牗洞题记》《还珠洞题记》《华景洞题记》《七星岩题记》《琴潭岩题记》是方信孺游览景致后留下的石刻题记,其中《琴潭岩题记》称琴潭水石为诸岩之冠,再观周围的美景不舍离去,

---

① [清] 汪森编辑,黄盛陆等校点.粤西文载校点(第四册)[M].卷六十,方信孺.碧桂山林铭并序,南宁:广西人民出版社,1990:303.
② [清] 汪森编辑,黄盛陆等校点.粤西文载校点(第四册)[M].卷六十,方信孺.碧桂山林铭并序,南宁:广西人民出版社,1990:304.
③ [清] 汪森编辑,黄盛陆等校点.粤西文载校点(第四册)[M].卷六十,方信孺.为张自明作碧瑶坛铭并序,南宁:广西人民出版社,1990:304.

表达了他对桂林山水喜爱至极。

3. 李曾伯的山水散文

李曾伯,字长孺,号可斋,南宋河南河内(今河南沁阳)人,后寓居嘉兴(今浙江嘉兴),为李邦彦之孙。曾于淳祐九年(1249)任靖江府知府、广南西路经略安抚使兼转运使,淳祐十年(1250)离桂。宝祐五年(1257)再次入桂任广南制置使,移治静江,景定元年(1260)落职解官。李曾伯两度帅桂,对桂林山水十分热爱,在桂公务之余游览了桂林山水,留下多处题刻,并保护、修缮前人古迹,留下的山水散文有《重建湘南楼记》《龙隐岩题记》《西山题记》《还珠洞题记》等。

宝祐六年(1258)李曾伯修筑静江府城池,《重建湘南楼记》即记载重修桂林湘南楼之事。湘南楼始建于北宋崇宁元年(1102),当时的广南西路经略安抚使程节修建此楼后并命名,有李彦弼《湘南楼记》为之记。在湘南楼建成的100多年之后,李曾伯决定重修湘南楼,原因是湘南楼年久失修,"中间支倾补坏,历时久厥,栋桡廪廪将覆压。又以静江军楼,前经帅增高倍壮,而湘南对峙,颓阘弗称,瞻望系焉,不容置而弗为"[①],于是重新修建湘南楼,落成之后的湘南楼呈现出新的面貌:

> 高摩岭云,下瞰漓水,雄据列雉,平揖诸峰,遂为桂之伟观矣。槃槃会府控制百蛮,组练之所聚管,梯航之所辐凑,新美斯宇,凌虚镇浮,亦足以壮我弹压。使过之者,目异神耸,不敢睨视,固非侈大规画,牢笼风景,徒为南中登览地也。他日疆场宁谧,藩条暇整,墉壑固,井里熙,岭客凭高眺远,阴晴朝暮,千状万态与境会,将尽于斯楼得之。[②]

---

① [清]汪森编辑,黄盛陆等校点.粤西文载校点(第二册)[M].卷三十一,李曾伯.重建湘南楼记,南宁:广西人民出版社,1990:405.
② [清]汪森编辑,黄盛陆等校点.粤西文载校点(第二册)[M].卷三十一,李曾伯.重建湘南楼记,南宁:广西人民出版社,1990:405.

写出了重建后的湘南楼恢宏、雄伟的气势,并设想登临江山汇景的情形,确实显得大气磅礴。这篇文章首句"桂林山川甲天下"在未发现独秀峰下王正功诗句时,曾一度被认为是"桂林山水甲天下"的最早出处。

《龙隐岩题记》《西山题记》《还珠洞题记》均为摩崖石刻。《还珠洞题记》记录了李曾伯屡次游览还珠洞,表现出他对还珠洞的喜爱,"徘徊竟日,令人起清斯濯缨之想,不知身在飞鸢跕跕堕水处也,盖簪山带水胜纪天下,而此洞又居簪带之胜",对还珠洞的评价极高。

三、元代寓桂地方官的山水散文

咸淳七年(1271)忽必烈建立元朝,咸淳十二年(1276)阿里海牙攻破广西政治中心静江城,广西州郡皆处于元统治之下。元将全国划分为3个中书省、11个行中书省,广西属于湖广行中书省,设宣慰司治静江,至正九年(1349),改广西两江道宣慰司为广西等处行中书省,成为广西统一政区版图的雏形。元朝统治下的广西社会矛盾激化,起义连绵不断,农业、手工业停滞不前,商业活动萧条,文化上更是无可言之处,留下的山水散文作品屈指可数。

(一)郭思诚的《新开西湖之记》

郭思诚,元淇州(今河南淇县)人,元惠宗至元元年(1335)任广西廉访司经历时,曾编《桂林郡志》,在桂期间,曾游览桂林山水,修建瑞莲亭、尧庙,多有石刻题咏,有文《新开西湖之记》《归复唐帝庙田碑》等。

《新开西湖之记》作于至元三年(1337),记录了桂林西湖荒废历史及新开西湖的经过,摩崖石刻在桂林西山,文入《粤西文载》卷十九。南宋张维修浚西湖,鲍同有《复西湖记》,范成大、方信孺修朝宗渠,补充西湖水量。《新开西湖之记》中说:

此湖绵亘数顷,天造地设,非人力穿凿所就。宽可维舟,深可为渊,宣泄风土郁蒸之气,润泽城廓。地接资庆兰若,号为五峰。龙脉所聚,为一郡山川形胜。①

文中说,静江城归附元朝后,西湖渐渐荒废,"曩岁宣宪二司,蓄养鱼,利甚博,以助公用",当时的宣慰司和宪司在西湖里养鱼,贴补公用。后来一个姓周的狡猾之徒,"蒙蔽上下,夤缘邑史,请佃湖面为由,垒石塞源于流杯池,开渠泄水于阳桥江,芟荷莲而长莳菲,筑堰坝而围田塍,掩为己产,立券售于市户曾、唐、李、王、杨五姓,岁收禾利肥家",以谋私利。所以西湖湮塞,地下水断流,地脉枯竭,地气郁结,西湖也失去了以前波光千顷的美态。然后文中记录了郭思诚因编《桂林郡志》,遍访桂林近城的山川岩洞,了解此处不该是田,于是命刘宗信踏勘核实,塞渠疏源,撤垒锄堰,追索伪立契据,报告官府。几个月后,西湖恢复了旧貌,当年夏天,"芙蕖荇藻复生,远迩人皆欢喜"。文章开头说天下很多叫西湖的,虽然不指一处,但都有同样的名字,而叫西湖的多半都是胜景所在,还提出"桂林为郡,山有余而水不足",很好地概括了桂林城内山水之状,也成为后世景观营造时常注意的问题。

(二)潘仁的《刘仙岩记》

潘仁,生平不详,曾任广西道肃政廉访司,至正四年(1344)在桂林访南溪山刘仙岩,留下山水散文《刘仙岩记》,摩崖石刻存于桂林南溪山刘仙岩内,文入《粤西文载》卷十九。

《刘仙岩记》记录了宋绍明等人在初夏时节游览南溪山、寻访刘仙岩的事。文章先是评价了桂林山为岭南之最,并以比喻点出桂山之特点"皆平地拔起,望之亭亭玉立,或森若剑戟",且山多有洞,岩洞也是幽深莫测,冥搜不尽,千姿百态、巧夺天工,任何绘画都无法绘出。然后再比

---

① 杜海军.桂林石刻总集辑校[M].北京:中华书局,2013:401-402.

较桂林的岩洞,更赞叹的是刘仙岩和白龙洞,可称为奇观,因为离城稍远,所以游览的人也不多。再写在五月初,桂林的天气是时雨新霁,山中有云雾缭绕在山间,爽气清新,于是徒步攀登陡峭的山岩,观洞穴,抚石刻,寻访刘仙遗迹,追随古人脚步;游毕放目四周田园,勾起对耕作于此的百姓的怜悯,又"仰俯古今,怅然兴怀";后又过白龙洞,仰观山之绝壁,神爽飞扬,感觉十分愉悦。

第三节 宋元时期广西贬谪官员的山水散文

一、北宋时期广西贬谪官员的山水散文

(一)邹浩的山水散文

邹浩(1060—1111),字志完,号道乡,人称道乡居士,常州晋陵(今江苏常州)人,有《道乡集》40卷存世。元丰五年(1082)进士,调扬州颍昌府教授。宋哲宗朝为右正言,上疏言事深中时弊,章惇独相用事,浩露章数其不忠,又上疏反对立刘后,被削官除名,羁管新州。宋徽宗时又复为右正言,崇宁元年(1102)又因立刘后之事被蔡京陷害,以伪疏治罪,责授衡州别驾,永州安置。崇宁二年(1103)正月被蔡京列入元祐党籍,此时正在永州的邹浩再次被除名,编管昭州居住。

邹浩第二次除名到达昭州是在崇宁二年(1103)三月,至崇宁四年(1105年)十一月自昭州移汉阳军居住,实际上在昭州居住了不到3年时间。他在昭州是属于被编管的犯官,但他其实过得还不错,受到当地官员与人民的善待和礼遇,王氏乡绅给他住拾青阁,并为他创造了良好的生活环境,昭州太守王藻对他十分敬重,为邹浩居住的拾青阁更名为"来仙阁",对他的崇敬之心可想而知。在昭州与邹浩交往的人除了王藻,还

有张云立、王文甫、王子正等,邹浩在梅园与友人品茶、喝酒、赏梅,远离纷争,过了一段相对平和的日子。但昭州在当时毕竟为远恶之地,邹浩也为瘴毒的可怖而痛哭流涕,最后也是死在瘴疾上。邹浩在昭州创作了很多诗文,多为表达北归之思和想念亲人之情,或是通过静心修佛获得安慰,其中也有不少山水散文,如《翙风亭记》《清华阁记》《梅园记》《得志轩记》《拱北轩记》《留题昭平王氏来仙阁》《感应泉铭并序》等,多数都表达了北归之心、忠君之心和等待明君召回的期盼。

《翙风亭记》记载了邹浩初来昭州荒僻之地,无处可居,得到了当地乡绅王氏的拾青阁居住,地理位置和自然环境之好是邹浩始料不及的,且王氏还为邹浩在山腰松竹最深处"筑亭以避暑",邹浩给此亭取名为"翙风亭"。《清华阁记》前半部分虽然也脱不开"忠不忘君"的表白,但"物外之清华"的议论及最后引用老子"知我者希,则我贵矣",确实还是有些禅理新意的。《清华阁记》后半部分写景抒情也较出色:

  余之寓兹阁也,乐川清写于前,仙岭高拥于后,越王、佛子、龙岳、魏坛,峰峦百千,森耸而周围之。日月之晦明,云烟之舒卷,朝朝相寻乎空旷寥廓之中。而江山气象,变化无穷。此邦之人,仕者效官,居者营业,虽深好其景,而不暇游;樵者执柯,渔者布网,虽深造其景,而不能赏。惟余栖息其间,越一年矣,妙万物而常新,贯四时而独见,殆真宰以此宽余恐惧,修省君亲之念而不余秘也。昔之隐君子有以泉石为清华者,余尝爱其言,遂以名之耳。①

写了清华阁所在的位置靠山面水,越王、佛子、龙岳、魏坛等群山环绕,写出了此处观景的奇妙:日出月落、云卷云舒,自然变幻,江山寥阔,

---

① [清]汪森编辑,黄盛陆等校点.粤西文载校点(第二册)[M].卷三十.邹浩.清华阁记.南宁:广西人民出版社,1990:379.

气象万千,四时景物万端变化。而昭州官员不暇游,昭州本地人也因生活劳作,不把这些当作美景来观赏,邹浩在独赏美景的同时感受到昭州山水对自己情感上的抚慰,"宽余恐惧,修省君亲之念"。"这段文字句式长短参差,多具变化;写景动静互生,色彩相间。章法气象宏大,包容天地……"①,是邹浩在昭州创作的不可多得的山水散文作品。

《梅园记》写邹浩所居的王氏屋后的半山腰一株数尺环抱、几丈高的梅花树。由于无人懂得欣赏,又因主人担心影响风水不愿对它进行营建和改变,所以当梅花开时,邹浩只能自己独自流连欣赏,而想请朋友来坐饮一杯也苦于"竟无班草处"。后来好不容易有机会劝说主家对梅树周围的环境进行营造:

> 谕使辟路而回之,撤篱而远之,视丛篁榛棘而芟夷之。环数百步,规以为囿,曾不顷刻而梅已颙颙昂昂,拔立乎云霄之上。如伊尹释耒而受币,如吕望投竿而登车,如周公别白于流言而衮衣绣裳。西归之日,前瞻龙岳,回瞩仙宫,左顾魏坛,右盼佛子,其气象无终穷,悉在梅精神之中矣。夫天地,昔之天地也;山川,昔之山川也,而俛仰之间,随梅以异,梅果异邪?果不异邪?梅虽无言,余知之矣。昔之晦,非梅失也,时也;今之显,非梅得也,时也。人以时见梅,而梅则自本、自根,自古以固存。②

将道路绕过梅树,撤掉篱笆,砍掉杂木丛竹,在梅树周围数百步的范围划出一个园子,凸显梅树的形貌精神,再与周围龙岳、仙宫、魏坛、佛子等山融为一体,自然界的万千气象都融进了这株梅花的精神中。文章最

---

① 张明非主编.广西古代诗文发展史(下卷)[M].桂林:广西师范大学出版社,2012:108.
② [清]汪森编辑,黄盛陆等校点.粤西文载校点(第二册)[M].卷三十,邹浩.梅园记,南宁:广西人民出版社,1990:380-381.

后发表议论,将梅花与时运联系起来,道出梅花是不变的客观,只是时运不同的人看它有了不同的感受,颇有禅理之味。

《得志轩记》是为在昭州的友人张云立的轩起名而作的文,写出了张云立之居的山水环境:"仙宫岭下,有塘数十顷,曰木梁塘。塘外有峰数千仞,曰龙岳峰。面峰枕塘,有屋数楹,则一国之善士张云卿梦立之居也。……是时碧岫归云,青天飞鹭,莲芳极目,鲜风郁然。"①在这样优美的环境之下,邹浩与张云立相视而笑,不知谁是宾谁是主了。在昭州有这样惺惺相惜、心有灵犀的朋友可谓是乐全而得志了。《拱北轩记》记的是邹浩所居对面的小轩,因其与昭州其他房屋的朝向不同,独自朝着正北方向,邹浩给它起名为拱北轩,邹浩解释说是拱圣之意,也是其忠君的表白。《留题昭平王氏来仙阁》记述了邹浩对自己居住的来仙阁四周亭轩因主家有风水之忌讳而未成的遗憾,认为建成后会是昭州一个供人登临赏景的胜地。《感应泉铭并序》写邹浩在昭州所居住的乐川之上仙宫岭之下的一道泉水,甘凉莹澈,他称饮后无瘴疾之忧,并给泉水命名为"感应泉",不离忠君感应天地之意。

邹浩在昭州时诗文作品虽多,但其诗文在宋代文学史上并不出众,王士祯《居易录》评价其诗文:"受学程门,而特嗜禅理,诗文多宗门语。"②邹浩的不少诗文富有禅理,是其特点。邹浩不以文著称,而是以其直言忠耿的人品历来为人称道,其对广西的影响也是在这方面,如汪森在《粤西丛载》之《粤俗》中所言"邹浩之正气行乎昭",邹浩对广西风俗之美是有贡献的。③

(二)黄庭坚的山水散文

黄庭坚(1045—1105),字鲁直,自号山谷道人,又号涪翁,入桂后自

---

① [清]汪森编辑,黄盛陆等校点. 粤西文载校点(第二册)[M]. 卷三十,邹浩. 得志轩记,南宁:广西人民出版社,1990:381.
② [清]王士祯撰,张鼎三点校. 居易录[M]. 卷十二,济南:齐鲁书社,2007:3904.
③ [清]汪森编辑,黄振中、吴中任、梁超然校注. 粤西丛载校注[M]. 卷十七,粤俗,南宁:广西民族出版社,2007:703.

称八桂老人,洪州分宜(今江西修水)人。北宋时期著名的文学家、书法家,江西诗派的创始人,与张耒、晁补之、秦观并称为"苏门四学士",与苏轼并称为"苏黄",与苏轼、米芾、蔡襄并称宋代书法四大家。治平四年(1067)进士,曾为叶县尉、北京国子监教授、校书郎、《神宗实录》检讨官、起居舍人等。《宋史·黄庭坚传》记载因章惇、蔡卞等新党言其修《神宗实录》"多诬"而被贬为涪州别驾,黔州安置。宋徽宗即位,崇宁二年(1103)被蔡京等人列入元祐党籍,毁文集,且遭赵挺之上书称其所作《荆南承天院记》有幸灾谤国之意,将黄庭坚除名,羁管宜州。崇宁三年(1104)四月自全州往宜州,五月到达宜州。崇宁四年(1105)徙永州,但还未接受任命就死在宜州。

黄庭坚从崇宁三年(1104)四月从全州经过桂州,五月到达宜州,到崇宁四年(1105)年九月卒于宜州,在广西停留一年多。他在桂州停留时间存疑,并没留下过多的文字,仅留下了《到桂州》一首诗歌,据苏勇强考辨,黄庭坚到达桂州大概为崇宁三年(1104)五月初三,由于当时蔡京派王祖道为广南西路经略安抚,黄庭坚担心因言得祸,在桂州停留时间不超过7天,也不见诗文①。黄庭坚大概在五月中旬到达了宜州,在宜州停留时间不到一年半。黄庭坚在宜州时年届六十,在宜州的生活和境遇可以分为两个阶段,崇宁三年(1104)五月中旬至十二月下旬为严格看管期,崇宁四年(1105)年初及之后,以其兄黄元明来看望黄庭坚起在宜州为受尊敬阶段②。黄庭坚到宜州的第一年里被严格监管,居所选择不自由,受到各种居住的限制,先后迁移了多处住所,住宿条件差,"上雨傍风,无有盖障,市声喧愦";行动不自由,不能随处走动游玩;生活困苦,"尝书手帖货钱米于人"③。由于对元祐党的忌讳,地方官对黄庭坚严加

---

① 苏勇强.黄庭坚桂林行踪及诗文考辨[J].北京社会科学,2015(10):60-67.
② 吴政、邱翠云.黄庭坚在宜州生活始末新考[J].沧桑,2012(3):50-52.
③ [清]汪森编辑,黄盛陆校点.粤西文载校点(第五册)[M].卷六十七,迁客小传一百七十二则:黄庭坚,南宁:广西人民出版社,1990:132.

看管，当地人也不敢与之往来，唯宜州倅俞若著为他经理馆舍，敬遇不怠，并叫两个儿子拜黄庭坚为师从学，还有出身蜀中富家的侠义之士范寥不远万里来到宜州与黄庭坚作伴，成为生死之交。黄庭坚在宜州所受精神痛苦可想而知，但还能做到胸中恢廓，浩然自得，泰然豁达。在宜州的第二个年头，黄庭坚开始得到尊重、照顾，时宜州知州党明远在拜访黄元明时顺便看望了黄庭坚，并在日后解决了黄庭坚的困难，使其住宿条件得到了改善，还经常送礼物表示关心。黄庭坚此时走动也自由了，终于可以在宜州城散步游历了，山水散文创作大致是在此期间。黄庭坚文学成就以诗歌为主，散文之名在其诗名之后，苏轼称赞他"瑰伟之文，妙绝当世"，可见其散文也颇有特色。黄庭坚在宜州创作的山水散文并不算多，有《游龙水城南帖》及在宜州的日记体散文《乙酉家乘》中的一些与友人游山玩水的日记。

《游龙水城南帖》是黄庭坚在宜州的书法作品之一，但没有存世，仅见其文，主要内容是记与范寥、欧阳襄、邵革兄弟等友人聚会、游览龙隐洞的事。此文作于崇宁四年(1105)六月十六日，六月正是广西地区雷雨多发的季节，文中写出了六月大雷雨后作者纵马游历山水所感受到的宜州清新的田园风光，如"溪壑相注，沟塍为一，草木茂密，稻花发香"，也道出了雷后雨晴不定的宜州六月天气情况。接着写了五人游洞的情景，他们点着蜡烛进洞中："石壁皆霜湿，道崖险，路绝，相扶将上下。"看到岩壁还是湿漉漉的，道路险绝，游览时只能是小心翼翼地走。接着写了出洞之后友人们在一起的各种活动：黄庭坚与邵彦明下棋，欧阳佃夫弹琴作贺，琴声如清风般清朗激越，范寥心血来潮向佃夫学琴，久久才得奏出几句。虽然笔墨不多，但也让人浮想联翩，在山水尚好的地方几个志同道合的朋友相处和谐而有趣，特别是范寥学琴，写得极为生动，范寥为侠客，豪气之人却学女儿般地抚琴状，还极为认真，良久才得数句，让人想起来就忍俊不禁。还写了洞南的植物木威，谈及木威的用途又涉及宜州的饮食习俗和服饰习俗。此文看上去写得十分随意，但能凸显出作者的用意，突出与友人同游山水的乐趣，文章叙写起来也很有层次，将宜州的气候、山水、风俗与朋友情谊熔为一炉，读之很有趣味。

《乙酉家乘》是黄庭坚在宜州的第二年所写的日记，这部日记未收入山谷全集，却是黄庭坚人生最后的记录，是一部独具匠心的日记体散文。日记时间从崇宁四年(1105)正月初一到八月二十九日，其中六月无，五月的日记在流传中散落了36行，大概共有600多字。《乙酉家乘》共229篇，长短不一，以实录为主，如范寥在《宜州家乘序》中所说："围棋诵书，对榻夜语，举酒浩歌，跬步不相舍。凡宾客来，亲旧书信，晦月寒暑，出入起居，先生皆亲笔以记其事。"①其中不难看出主题多是兄弟朋友间的情谊之事，其中涉及了在宜州与兄弟朋友的山水游历，如正月与兄黄元明漫步宜州城：

> 元明次公会食罢，步出晓南门，西过龙水县，道遇崇宁道人文庆。
> 予独步至安化门，得黄雀数十。
> 从元明步至管时当莫疎亭。
> 从元明步自小南门绕城观，四面皆山而无林木，历西门北门东门正南门，复由旧路而还……
> 从元明步出小南门，西入慈恩寺，又西入香社寺，乃折而东入植福寺，略龙水乡而归。
> 从元明步出小南门，访崇宁道人文庆，卧于庆公之室，紫堂山人王渐僧惠宗实同行。
> 夜从元明步出东门，上高寺入天庆观，乃至崇宁寺，僧从广自融

---

① ［宋］黄庭坚撰.宜州乙酉家乘(据知不足斋丛书本排印)[M].北京：中华书局，1985：1.

州回。

夜从元明步至崇宁寺。

自南门步向东城,过望仙楼,复至小南门而归。①

"四面皆山而无林木"是对宜州城的观感,宜州城所在地区是广西的岩溶石山区,此处的描述表现出了宜州城的地貌特征和荒僻的特点。这些文字中虽然对宜州城的描述文字不多,但可见宜州城的主要道路、寺庙等城市景观。在《乙酉家乘》中有两处记录了黄庭坚与兄友游览宜州南山和北山的段落:

于高山寺,借马从元明游南山,及沙子岭,要叔时同行。入集真洞,蛇行一里余,秉烛上下,处处钟乳蟠结,皆成物象,时又润壑,步行差危耳,出洞。②

从元明游北山,由下洞升上洞,洞中嵌空,多结成物状,又有泉水清澈,胜南山也。③

崇宁四年(1105)正月二十日黄庭坚接到了平安家书兴致勃发,与兄黄元明、友叔时同游南山寺、沙子岭,日记中写了进入集真洞的情形,洞中钟乳石生长活跃,他看到了洞内的滴水活动,由于湿滑,行走小心缓慢。二十八日黄庭坚与黄元明游宜州北山,游览了白龙洞,文字不多,但写出了白龙洞玲珑多窍、洞中有洞的特点,洞中还有清澈的泉水,黄庭坚认为景胜于南山。黄庭坚写两洞的景物都十分简短、清晰、准确。《乙酉家乘》用实录的史的笔法,写得简洁凝练,无抒情与议论,但读者却能感

---

① [宋]黄庭坚撰.宜州乙酉家乘(据知不足斋丛书本排印)[M].北京:中华书局,1985:1-2.
② [宋]黄庭坚撰.宜州乙酉家乘(据知不足斋丛书本排印)[M].北京:中华书局,1985:2.
③ [宋]黄庭坚撰.宜州乙酉家乘(据知不足斋丛书本排印)[M].北京:中华书局,1985:3.

受到作者的情绪和情趣。

总之,黄庭坚在宜州所作已经属于其晚年作品,在经受了沉重的政治打击和晚年倾心于佛法的背景之下,作品中不见议论与抒情,对景物和游历经过的描写文字简洁却能抓住要点,随笔而作却生动有趣、澹而有味。

二、南宋广西贬谪官员的山水散文

(一) 李邦彦的《三洞记》

李邦彦,字士美,宋代河内(今河南沁阳)人。宣和年间(1119—1125)拜少宰,靖康时升为太宰。李邦彦名声不好,建炎元年(1127)以主和误国,责授建武军节度副使,浔州安置。他曾在桂林龙隐岩、兴安留下题刻,建炎三年(1129)在兴安乳岩留有散文《三洞记》,此文摩崖石刻原题为《大丞相李公书三洞记》。兴安乳岩又称乳洞岩,位于兴安县城南董田村盘龙山上,为唐宋时期著名的游览胜地,有"湘南第一洞""绝胜南州"之美誉。《三洞记》先点明了乳岩所在的位置,对盘龙山有"列嶂如屏,飞泉巨石,喷玉扫黛,松萝蔓翳,秀色可掬"的描绘,后详写下、中、上三洞的特色,以"喷雷""驻云""飞霞"分别名之。文末从三洞之景得到启发,在山水中涤荡俗尘,忘记烦恼:

> 若夫撷幽花之素香,荫修篁之柔阴,濯玉溪之清波,步宝坊之净界,则身世尘劳,一洗俱尽,不独可以释羁怀而摅滞思,搜奇玩幽之士,宜不能忘也。①

(二) 汪应辰的《桂林馆记》

汪应辰(1118—1176),字圣锡,宋代玉山(今江西上饶)人。绍兴六

---

① 曾枣庄、刘琳主编.全宋文(第154册)[M].上海:上海辞书出版社,2006:291.

年(1136)状元及第,绍兴八年(1138)反对秦桧与金求和,遭贬黜,出任建州通判、靖江府通判,《粤西文载》记:"流落岭峤十有七年。桧死,始还朝。"①汪应辰在桂林所作散文有《桂林馆记》,"馆"即传舍,是古代为行人提供的休息食宿之处,据清代金铁主修的《广西通志》记载,桂林馆在府治西,已经不存,遗迹不可考。此文主要是通过写桂林馆的修葺来说明地方的治理不在于大,而在于细微之处。文章将桂林"崇墉复宇,显敞壮丽,通衢之广衍,阛阓之阜盛"的都会景象与传舍的破败作对比,又将新旧传舍作对比,"门之大,可以方轨,庭之广,可以合乐",赞美陈公的细致明察。

第四节 宋元时期旅桂文人的山水散文

除了贬谪官员和非流黜寓桂地方官外,宋代广西山水散文的作者群体还有一些游历广西的文人,如尹穑、杨万里、罗大经等。

一、尹穑的山水散文

尹穑,字少稷,宋代兖州(今山东兖州)人,绍兴三十二年(1162)与陆游同为枢密院编修官,同赐进士出身。据明代张鸣凤《桂故》中记载,尹穑年少时"尝侍其父于桂官廨",也就是说他在建炎年间曾随父亲尹温叔在桂林居住了一段时间,在此期间作散文《仙迹记》《仙李铭并序》《桂州谯门记》等。

《仙迹记》在清代嘉庆年间谢启琨所修的《广西通志》、光绪重刊嘉庆原修本《临桂县志》有载,原摩崖石刻在桂林普陀山栖霞洞,于绍兴五年

---

① [清]汪森编辑,黄盛陆校点.粤西文载校点(第五册)[M].卷六十七,迁客小传一百七十二则:汪应辰,南宁:广西人民出版社,1990:138.

(1135)刻,碑已毁不存,有拓本。此文记载了唐代郑冠卿入栖霞洞遇见日华、月华二君,出洞赠诗的传说,这是一个流传较早且影响较大的与桂林山水有关的传说。《仙李铭并序》原摩崖也在栖霞洞内,亦不存,《粤西文载》卷六十有载。《仙李铭并序》之序记载了绍兴六年(1136)经略安抚使李弥大与众人游览栖霞洞时,有感郑冠卿遇二君的传说,将栖霞洞易名为仙李洞的事。铭曰:

> 七星骈罗俯漓水,腹藏空明纳千趾。老仙遗祠邈谁如,后继来之李复李。异枝同根隆福祉,巨画更镵垺前美。紫气临关西未止,强留著书繄尹喜。末系铭焉适当尔,附名崖端永不毁。①

明代张鸣凤《桂胜》中评价此文:"尹穑仙迹记辄剡去之,其铭特以清警存。"②

二、杨万里的《全州皆山阁记》

杨万里(1127—1206),字廷秀,号诚斋,宋吉州吉水(今江西吉水)人,绍兴二十四年(1154)进士。曾任太常博士、广东提点刑狱、尚书左司郎中兼太子侍读、秘书监。与范成大、陆游、尤袤并称"南宋四家",有《诚斋集》传世。杨万里是否到过广西,《宋史》有"为赣州司户,调永州零陵丞"③的记载,据周启成考证,杨万里在任赣州司户与零陵丞之间,曾任全州丞,据《诚斋集》卷七十八《书吕圣与零陵事序》中有"侯尝为零陵宰,予尝为丞全州"语,其在全州任职大概是在绍兴二十八年(1158)至绍兴二

---

① [清]汪森编辑,黄盛陆等校点.粤西文载校点(第四册)[M].卷六十,尹穑.仙李洞铭并序,南宁:广西人民出版社,1990:300.
② [明]张鸣凤著,杜海军、闫春校点.桂胜 桂故[M].桂胜卷六,北京:中华书局,2016:107.
③ [元]脱脱撰,中华书局编辑部点校.宋史[M].卷四百三十三,列传第一百九十二,儒林三,杨万里,北京:中华书局,1985:12863.

十九年(1159)之间,《宋史》失载①。可见杨万里到过全州,但其于绍兴三十二年(1162)应全州县令安侯圭所托遥记的散文作品《全州皆山阁记》,以神游的方式,通过文章的巧妙构思赞美全州皆山,却不是亲临之作。

三、罗大经的《游南中岩洞记》

罗大经,字景纶,号儒林,又号鹤林,生平事迹不可考,有《鹤林玉露》16卷传世。根据《鹤林玉露》中的文字推测,罗大经曾为容州法曹掾,曾在桂林、容州有过游览活动,其文《游南中岩洞记》便记录了游览桂林岩洞和勾漏洞之事。

《游南中岩洞记》是罗大经游桂林岩洞和容州勾漏洞两段游记的组合,开头引韩愈、柳宗元、黄庭坚、刘叔治对桂林山的形容,说明前人未能形容广西溶洞的神奇瑰怪,接着写了自己游览桂林栖霞洞的经历和感受,后段是游勾漏洞的情形。这篇游记写得十分有趣,如写到游栖霞洞:"余尝随赵季仁游其间,列炬数百,随以鼓吹,市人从之者,以千计。已而入,申而出。入自曾公岩,出于栖霞洞。入若深夜,出乃白昼,恍如隔宿异世。"②游栖霞洞时举着火把演奏着音乐,还有千人跟随,出洞之后恍若隔世。再如写游勾漏洞,乘着小舟,拿着火把,曲径通幽,"行一里许,仰见一大星炯然,细视乃石穿一孔,透天光若星也。"③岩石上的孔洞如同天星,增添了游览的趣味。此文通过描写游览不同岩洞的不一样的审美体验,比较了桂林岩洞与容州勾漏洞的不同,文字简洁却饶有趣味,令人回味。

---

① 周启成.《杨万里传》补订[J].文献,1988(4):53.
② [清]汪森编辑,黄盛陆等校点.粤西文载校点(第二册)[M].卷十九,罗大经.游南中岩洞记,南宁:广西人民出版社,1990:89-90.
③ [清]汪森编辑,黄盛陆等校点.粤西文载校点(第二册)[M].卷十九,罗大经.游南中岩洞记,南宁:广西人民出版社,1990:90.

第五节　宋元时期其他广西山水散文

一、宋代广西本土作家的山水散文

宋代广西本土文学得到了发展，散文作家已有十几位，如覃昌、王元、翁宏、唐仁杰、区革、张亚卿、王之才、陆蟾、谢洪、谢泽、王安民、廖邃明、谢士夔、张仲宇、张茂良、赵崇模等人，可惜多数诗文不传[①]。其中较为重要的如张仲宇，字德仪，临桂人，南宋绍兴年间人，著有《桂林盛事记》，富有文名。总的来说，宋元时期广西山水散文多数为流寓广西的文人所作，本土作家作品少见。另外北宋时期僧人契嵩（1007—1072），俗姓李，字仲灵，自号潜子，宋仁宗封号"明教大师"，藤津（今广西藤县）人，著有诗文集《镡津文集》22卷和《辅教篇》等宗教理论著作。他是北宋的古文大家，被称为广西古文创作的先驱，颇受欧阳修称许。《镡津文集》有散文173篇，不乏佳作，是广西散文的第一座高峰。其中表现了广西山水的有《送浔阳姚驾部叙》，此篇为送姚公入浔的序文，摘其片段：

> 潜子南人，习知其山川风俗颇详，姑为公言之。岭外自邕管之东，潮阳之西，桂林之南，合浦之北，环数千里，国家政教所被，即其霜露雪霰洽已繁，瘴疠之气消伏不发。秀民瑞物日出，其风土日美，香木、桂林、宝花、琦果，殊名异品，聊芳接茂，而四时不绝。若梧、若藤、若容、若浔，凡此数郡者，皆带江戴山，山尤佳，江尤清，有神仙洞府，有佛氏楼观，村郭相望，而人烟缥缈，朝暾夕阳，当天地澄霁，则其气象清淑，如张画图然。[②]

---

① 张明非主编.广西古代诗文发展史（下卷）[M].桂林：广西师范大学出版社，2012：98-102.
② [清]汪森编辑，黄盛陆等校点.粤西文载校点（第三册）[M].卷四十七，僧契嵩.送浔阳姚驾部叙，南宁：广西人民出版社，1990：355.

文中契嵩以广西本地人的经验来告知姚公广西的山川风土,如数家珍,充满了对家乡的热爱。

二、宋元时期其他山水散文

(一)《粤西文载》中所录

据《粤西文载》,宋元时期涉及广西山水的散文作品统计如表 3-1 所示:

表 3-1 《粤西文载》所录的宋元时期山水散文

创作时期	作　者	作　品	表现内容	文　体
北宋	许申	《柳州待苏楼记》	柳州待苏楼	记
北宋	王禹偁	《送柳宜通判全州叙》	全州山水	序
北宋	曾巩	《送李材叔知柳州叙》	柳州山水	序
南宋	易祓	《融县真仙亭赋》	融县真仙亭	赋
南宋	吴曾	《湘水记》	湘江	记
南宋	林岊	《柳山记》 《碧梧台记》 《柳山书堂记》 《玉髓泉说》	全州柳山、湘山碧梧台、柳山书堂、玉髓泉	记 记 记 说
南宋	刘宰	《竹磵记》	清湘竹磵	记
南宋	张孝忠	《甲亭记》	湘山甲亭	记
南宋	赵师邈	《三相亭碑记》	柳州驾鹤山三相亭	记
南宋	管定夫	《俟德亭记》	桂林潜洞俟德亭	记
南宋	蔡光祖	《登临怀古亭记》	横州怀古亭	记
南宋	朱春	《郁林纪瑞亭记》	郁林纪瑞亭	记
南宋	邓均	《全州皆山亭记》	全州皆山亭	记
南宋	林寿公	《近民堂记》	近民堂	记
南宋	江万里	《灌阳四友堂记》	灌阳四友堂	记
南宋	吴泰	《湘春楼记》	全州湘春楼	记

续　表

创作时期	作者	作品	表现内容	文体
南宋	刘受祖	《海棠桥记》	横州海棠桥	记
南宋	韩璜	《甘棠桥铭》	桂林甘棠桥	铭
南宋	张澂	《龙隐岩铭》	桂林龙隐岩	铭
南宋	陈孔硕	《卦德亭铭并序》	桂林隐山卦德亭	铭序
元代	唐福	《文会堂记》	阳朔文会堂	记
元代	罗咸	《庆远城池记》	宜州山水城	记
元代	费克忠	《藤县浮金亭记》	藤县浮金亭	记
元代	虞集	《明远楼记》	桂林明远楼	记
元代	吴琼	《增筑藤县城垣记》	藤县山水城	记
元代	镏如孙	《阳朔县署东向记》	阳朔山水城	记
元代	曹师孔	《阳朔县鼎建西城记》	阳朔山水城	记
元代	邹鲁	《修筑贵州城记》	贵州山水城	记
元代	杨子春	《桂州新城记》	桂林山水城	记

（二）广西石刻所刊

北宋广西已经成为游赏山水的胜地，从当时留下的摩崖石刻题记可窥见一斑。笔者根据所见的各种资料，辑出广西石刻所刊的宋元时期山水散文，如表 3-2 所示：

表 3-2　广西石刻所刊的宋元时期山水散文

刊刻时间	作者	作品	表现内容	文体
宋熙宁五年（1072）	李惟德	《真仙岩游记》	广西融水真仙岩	记
宋崇宁五年（1106）	郭晔	《三海岩记》	广西钦州灵山县三海岩	记
宋政和二年（1112）	裴□□	《纪游仙弈岩》	柳州马鞍山仙弈岩	记

续表

刊刻时间	作者	作品	表现内容	文体
宋政和七年(1117)	李昂宵	《冷水岩铭》	桂林屏风山曾公岩	铭
宋政和七年(1117)	李坦	《龙隐二桥维新记》	桂林龙隐洞	记
宋宣和五年(1123)	吕伟信	《七星岩游记》	桂林七星岩	记
宋靖康元年(1126)	丘允	《仙弈山新开游山路记》	柳州仙弈山	记
宋靖康元年(1126)	蒋燮	《碧云岩记游》	富川碧云岩	记
宋绍兴二年(1132)	王安中	《新殿记》	柳州马鞍山	记
宋绍兴十一年(1141)	莫奭	《应诚庙碑记》	桂林阳朔应诚庙	记
宋绍兴十八年(1148)	赵愿	《游真仙岩记》	广西融水真仙岩	记
宋绍兴十九年(1149)	郭显	《南溪卜居铭》	桂林南溪山	铭
宋绍兴二十年(1150)	宋景通	《龙隐岩记》	桂林诸景游程	题记
宋隆兴元年(1163)	王过	《王过七星岩记》	桂林七星岩	记
宋乾道四年(1168)	刘铎	《题融水真仙岩记》	广西融水真仙岩	记
宋乾道九年(1173)	僧祖华	《僧祖华撰修造福缘寺记》	桂林中隐山佛子岩福缘寺	记
宋淳熙三年(1176)	朱熹	《虞帝庙碑》	桂林虞山虞帝庙	记
宋淳熙六年(1179)	赵郡贾	《融州新复棠阴桥记》	广西融水棠阴桥	记
宋淳熙十四年(1187)	詹仪之等	《酌招隐亭记》	桂林隐山北牖洞	记

续 表

刊刻时间	作 者	作 品	表现内容	文体
宋淳熙十四年（1187）	陈 邕	《海洋山神侯爵记》	广西桂林灵川海洋山	记
宋绍熙五年（1194）	张釜等	《水月洞题记》	记桂林诸景游程	题记
宋嘉泰三年（1203）	赵师邈	《三相亭诗并记》	柳州驾鹤山三相亭	记诗
宋嘉定二年（1209）	易 祓	《真仙岩亭赋》	广西融水真仙岩	赋
宋嘉定四年（1211）	易 祓	《真仙岩亭赋并跋》	广西融水真仙岩	赋跋
宋嘉定十二年（1219）	杨幼舆	《题安灵庙》	广西融水真仙岩	记诗
宋嘉熙二年（1238）	唐 容	《游真仙岩记》	广西融水真仙岩	记
宋嘉熙二年（1238）	韩休卿	《真仙岩游记》	广西融水真仙岩	记
宋淳祐十二年（1252）	黄应德	《宜州铁城记》	广西宜州	记
宋宝祐四年（1256）	佚 名	《宜州铁城颂》	广西宜州	记
宋咸淳六年（1270）	章时发	《静江府修筑城池记》《修筑桂州城图并记》	桂林城池	记记
元至元十七年（1280）	杨 璧	《全真观记》	桂林普陀山全真观	记
元至元十九年（1282）	张良金	《南宁府城隍庙碑》	南宁城隍庙	记
元大德四年（1300）	燕帖木儿	《重修南山寺记》	广西贵港南山寺	记
元至大二年（1309）	刘 跃	《重建灵文庙记》	柳州柳侯祠	记
元延祐三年（1316）	范 椁	《海角亭记》	广西合浦海角亭	记

续 表

刊刻时间	作 者	作 品	表现内容	文体
元延祐四年(1317)	伯 颜	《海角亭记》	广西合浦海角亭	记
元泰定三年(1326)	赵鼎新等	《刘仙岩题记》	桂林南溪山刘仙岩	题记
元天历二年(1329)	屈少英	《记元文帝御书南山寺碑》	广西贵港南山寺	记
元天历三年(1330)	马宗成	《庆真阁记碑》	桂林叠彩山碧霞洞	记
元至元六年(1340)	必申达儿	《普陀岩题记》	桂林栖霞洞	题记
元至正五年(1345)	妥妥穆尔等	《叠彩山题记》	桂林叠彩山	题记
元至正五年(1345)	宋思义	《真仙岩题记》	广西融水真仙岩	题记
元至正十五年(1355)	黄 裳	《灵济庙记》	桂林兴安灵渠四贤祠	记
元至正二十一年(1361)	杨舜民	《撰修城碑阴记》	桂林城	记
元至正二十三年(1363)	刘 杰	《帝舜庙碑》	桂林虞山舜庙	记
元至正二十六年(1366)	俺普等	《叠彩山记》	桂林叠彩山	题记

  石刻中的题记内容多为题名和简单记录游览经过,也有少量记事、写景、抒情。比如,绍兴二十年(1150)宋景通《龙隐岩记》抒发了离思之情。绍熙五年(1194)张釜等《水月洞题记》记众人泛舟龙隐、过訾家洲、访水月洞、登慈氏阁,竟日而归后感叹:"桂林山水之胜,冠绝西南,易节来此,虽去乡益远,而公余登览,心开目明,归思为之顿释。"元泰定三年(1326)赵鼎新等《刘仙岩题记》写了春天南溪山"草木葱蒨,日光水影"的美景。元至元六年(1340)必申达儿《普陀岩题记》,记录与众人游览栖

霞洞之事，发"日月易迈，山川不磨"的感慨。

第六节　宋元时期广西山水散文的特征

宋元时期广西山水散文的主题与情感抒发继承了唐代的传统，如开发景观、为新建和重修景观建筑作记、赞美山水等，在此基础上又有了新的特点，而且宋人的游览自觉性更高、游兴更浓，山水散文的数量也有大量的增加。

宋代随着中原对广西的开发和经营，流寓文人，特别是有名的文人因贬谪、任职、游历等各种原因进入广西者更多，其中很多人在桂都留下了山水散文，且从纯粹的记游、写景、山水景观开发重建拓展到山水辨说、山水政论、山水传说、行旅日记、山水笔记。

范成大《桂海虞衡志》和周去非《岭外代答》虽然写作目的各有不同，但都具有地方博物志性质，专记地方名胜、古迹、风土、习俗，其中涉及山水的部分是广西山水笔记散文的集中展示。

宋元时代广西山水散文的情志表达与当时特殊的社会环境和文化环境分不开。北宋时期的政治环境恶劣，党派之争、文字狱迫害，在一定程度上可能影响了文人的创作和情感抒发。如元祐党人黄庭坚到宜州后留下的山水散文抒情极少。更重要的影响因素是理学的兴起和发展，宋人推崇理学，用理学的哲学思想来欣赏山水，领略山水与人生的关系，格物致知、明心见性、注重理趣。宋代古文运动与宋人理性精神推动了"哲人游记"的形成[①]，以哲理性、思辨性的眼光来观看自然，审视人生，将景物、议论和说理熔为一炉，在山水中寻求理趣，洞见人生宇宙之智慧。

---

① 梅新林、俞樟华.中国游记文学史[M].上海：学林出版社，2004：121.

总体来说宋代山水散文缺少了唐代山水散文恢宏豪迈的气势、注重感情的表达，多有愉悦之感的流露，情感抒发平易自然。

模山范水在继承唐代的基础上出现了新的角度，宋代广西山水散文中也有大量的山水描写，如写山景描摹山形山势、写其动态，写岩洞也是描其形极尽形容之词。而广西山水散文中写山水在唐代以写山为主，到了宋代对水景的关注加强了许多。唐代也有对广西山环水绕的情状的概述，但都比较泛化。

宋代广西山水散文中对具体河流的来龙去脉有了交代，如柳开《湘漓二水说》、李师中《重修灵渠记》、周去非《岭外代答·广西水经》中都有记载；同时突破了唐代写漓江以"青罗带""环山洄江""萦纡若带"等泛化的以形似为重点的写法，开始出现写水的新角度。有对水质的关注，如写漓水之清澈：

> 而漓江逶迤，自城之北转而东，以达于南，清洁可鉴。其源发于兴安，与湘江同本而异派，故谓之漓，而以水媲之，凡境内之水皆汇焉。①
>
> ——张栻《尧山漓江二坛记》
>
> 有嵌屃颜，中淙涨湍，水清石寒。②
>
> ——范成大《复水月洞铭并序》

有从山水相依的角度来写，如写水月洞映出的一轮满月，光影穿映：

> 水月洞，在宜山之麓，其半枕江，天然刊刻作大洞门，透彻山

---

① [宋]张栻撰，邓洪波校点.张栻集[M].长沙：岳麓书社，2009：574.
② [清]汪森编辑，黄盛陆等校点.粤西文载校点(第四册)[M].卷六十，范成大.复水月洞铭并序，南宁：广西人民出版社，1990：302.

背。顶高数十丈,其形正圆,望之端整如大月轮,江别派,流贯洞中。①

——范成大《桂海虞衡志》

又如写夜游江赏月,月光水影,水天一色,境界迷蒙:

归舟列炬,同游仅二十人许,下水上天,月行其间。水月之光,滉漾太虚,水澄之光,妆严色界。②

——林岊《柳山记》

下水如同上天,天上月亮如在水中,水至清才有如此审美效果,凸显了水在赏景中的价值。

宋元时代人们开始注意到了桂林"山有余而水不足"的劣势,开始营建水体景观。其中桂林城西的西湖几经兴废,成了文人散文的描写对象,可见桂林西湖曾经水光山色、湖光潋滟的美态:

未几水遂盈衍澶漫,若潭若池。横径将数十亩,望之,苍茫皎澈,千帆影落,霁色秋清、景物辉煌,转盼若新。③

——鲍同《西湖记》

泛舟西湖,荷花虽未盛开,水光清净,自足销暑。④

——廖重能、詹仪之、张栻《隐山题记》

---

① [宋] 范成大著,胡起望、覃光广校注.桂海虞衡志辑佚校注[M].成都:四川民族出版社,1986:14.
② [清] 汪森编辑,黄盛陆等校点.粤西文载校点(第二册)[M].卷十九,林岊.柳山记,南宁:广西人民出版社,1990:92.
③ [清] 汪森编辑,黄盛陆等校点.粤西文载校点(第二册)[M].卷十九,鲍同.西湖记,南宁:广西人民出版社,1990:89.
④ 杜海军.桂林石刻总集辑校[M].北京:中华书局,2013:224.

广西摩崖石刻中的宋代题记作品为历代最多,摩崖题记文字虽然不多,但体现了内蕴丰富的旅游内涵,宋人的游览方式、游览的体验以及山水景观的组合方式都在其中。

另外,宋元时期广西山水散文的作者以流寓文人为主,本土文人很少。宋元时期虽有一些广西本土文人,如张仲宇、张茂良,但几乎都没有山水散文留存。

第四章 明代广西山水散文的发展

第一节 明代广西山水散文发展的背景

一、明代旅游活动为历代最盛,促进了山水散文的发展

中国各历史朝代中,明代的旅游风尚可谓登峰造极。明初,明太祖强化了中央集权,到明成祖时期,国家幅员辽阔、国力强盛。明初的官方旅行多是一些外交活动,如有郑和下西洋的壮举、陈诚等人5次往返西域的旅程等。而到了明中叶以后,大众旅游到了空前绝后的程度。明中后期特别是晚明,一方面是皇帝多不理朝政,导致宦官当权,官场黑暗,政治腐败,士大夫力求挣脱官场和科举,无意仕途或谢职归里,走向自然山水;一方面是商品经济发展,社会思想领域发生了重要的变化,王学兴起,打破朱程理学的束缚,后王学左派发展到李贽、张扬个性、肯定人欲的流行,影响到了各个领域,旅游活动的风行也是在这一背景下产生的。

明天启年间张岱偶至苏州,描绘葑门外荷花宕游人如梭、纵情游乐的情景:"见士女倾城而出,毕集于葑门外之荷花宕。楼船画舫至鱼艓小艇,雇觅一空。远方游客,有持数万钱无所得舟,蚁旋岸上者……宕中以大船为经,小船为纬,游冶子弟,轻舟鼓吹,往来如梭。舟中丽人皆倩妆淡服,摩肩簇舄,汗透重纱。舟楫之胜以挤,鼓吹之胜以集,男女之胜以溷,歊暑熏烁,靡沸终日而已。"①张瀚描写了明代杭州清明、霜降二时节的游人游览西湖之盛:"阖城士女,尽出西郊,逐对寻芳,纵苇荡桨,歌声满道,箫鼓声闻。游人笑傲于春风秋月中,乐而忘返,徘徊烟水,真如移入画图,信极乐世界也。"②晚明著名旅行家王士性在《广志绎》中说:"都人好游,妇女尤甚。"③可见明人好游成痴,"面对山光水色,表现出如醉如痴的极端状态。这是前所未有后所罕见的现象"④。明中叶后游山玩水是人们的一种生活方式,并产生了旅游的四大审美模式:休闲享乐、猎奇探险、文化采风、科学考察⑤。文人更是将游山玩水当作一件清雅的乐事,认为山水之游可以舒心怡情、涤荡俗肠,谢肇淛称"夫世之游者,为名高也"⑥,认为山水之游可使人获得较高的社会地位。不仅如此,游览的行为与功名的获取成了对立或并列的人生价值的体现,如方鹏《游张公洞记》中说:"烟霞泉石之趣,功名利达之怀,虽清浊雅俗不同,其癖一耳。"⑦李开先在《游龙藏洞记》中说:"予自韶年游庠序,即欲窃仁智之好,而轻仕进之心,将激清流以灌缨,蹑高冈而振响。"⑧公安派袁宏道则有"抛却进贤冠,作西湖荡子"⑨之说。文人还可以"怡情山水之胜,游心翰

---

① [明] 张岱. 陶庵梦忆[M]. 卷一,葑门荷宕,北京:中华书局,1985:5.
② [明] 张瀚著,盛冬铃点校. 松窗梦语[M]. 卷七,时序纪,北京:中华书局,1985:137.
③ [明] 王士性著,吕景琳点校. 广志绎[M]. 卷之二,两都,北京:中华书局,1981:18.
④ 周振鹤. 从明人文集看晚明旅游风气及其与地理学的关系[J]. 复旦学报(社会科学版),2005(1):74.
⑤ 滕新才. 明朝中后期旅游文化论[J]. 旅游学刊,2001(6):69.
⑥ [明] 谢肇淛撰,江中柱点校. 小草斋集(上)[M]. 卷之五,福州:福建人民出版社,2009:98.
⑦ 四库全书存目丛书编纂委员会编. 四库全书存目丛书·集部六一[M]. 济南:齐鲁书社,1997:564.
⑧ [明] 李开先著,路工辑. 李开先集(中)[M]. 闲居集之十一,游龙藏洞记,北京:中华书局,1959:679.
⑨ [明] 袁宏道著,钱伯城笺校. 袁宏道集笺校(全二册)[M]. 卷十一,解脱集之四——尺牍,上海:上海古籍出版社,1981:479.

墨之场"①,在游玩山水之中获取写作素材和灵感。明代文人的山水之好促进了山水文学的发展和繁荣。

二、明代涌现出一批大旅行家,促进了山水散文的繁荣

明初官方的遣使之旅频繁出发,出现了郑和、陈诚、李暹等旅行家。明中后期,思想禁锢的解锁、个性解放的倡导,一方面强化了世俗享乐,一方面也改变了人们传统的思维模式。王学左派强调了自然之美与世俗之趣,王学右派则强调以"动"求知,倡导实践,于是人们走出书斋格物穷理。在山水游览的行为上也是如此,明人对山水游赏达到了如痴如醉,甚至成痴成癖的状态,出现了一部分在世俗、自然中尽情享乐、吟咏山水的旅游者,如田汝成、张瀚、袁宏道、袁中道、谢肇淛、曹学佺、张岱等;也出现了一些不惜金钱、不论偏远、不顾寒暑、不惧危险、刻意远游、寻找科学真理的旅行者,如李时珍、王士性、徐霞客等;其中田汝成、张瀚、谢肇淛、曹学佺、徐霞客、王士性足迹已至广西。这些旅行者在游览过程中留下了丰富的杂记文、游记文,使得明代山水散文的发展达到了高潮,并出现了山水文学上的新特征。

田汝成于嘉靖十七年(1538)任广西布政使司左参议,守龙州、右江,在广西作《炎徼纪闻》《行边纪闻》等。辞官后曾浪迹西湖,穷游名胜,作《西湖游览志》24卷及《西湖游览志余》26卷,负有盛名。张瀚于隆庆元年(1567)督两广军务,辞归故里后著《松窗梦语》8卷,追忆平生见闻,其中《南游纪》《商贾纪》《两粤纪》有少量记广西的文字。谢肇淛曾游历四川、陕西、两湖、两广、江浙的山水名胜,著作颇丰,他于天启元年(1621)任广西右布政使,力除积弊,有政绩,在广西任职时著有笔记《粤西风土记》。曹学佺于天启二年(1622)任广西右参议,著有《广西名胜志》。王

---

① [明]魏文焕.石室秘抄[O].卷五,桂林杂纪序,明崇祯刊本.

士性与徐霞客是晚明旅行家中的杰出代表,他们将山水之好升华为对科学的追求。王士性喜好游历,倡导以广游获得学问,他借在各地任官的机会游历全国,游踪遍及除福建外的两京十二省,对所至之处进行了细致的考察和认真的分析,并研究地理环境与民俗的关系,是中国人文地理之先行者,著有《广游志》《五岳游草》《广志绎》。《五岳游草》卷七有对广西桂林山水的描述,《广志绎》对广西的地形、河流、地貌、交通、历史、政治、经济、军事、民族关系等方面有详备的记录和理性的思考,视角独特、有见地地观察自然与社会,具有很强的思想性。徐霞客是明代最著名的大旅行家,22岁出游,足迹遍及大半个中国,崇祯十年(1637)闰四月进入广西,开始了行程3000多里的广西之游,崇祯十二年(1639)三月取道南丹至贵州、云南,结束了广西行程,写下了《粤西游日记》,约占《徐霞客游记》1/3的分量,是其重要的组成部分。徐霞客以科学之态度、生花之妙笔写了广西的山水名胜、地理风俗,对广西自然山水中的岩溶地貌进行了详细的考察和记录。

三、明代旅游书籍、旅游指南、游记文学大繁荣

明人好游的风尚和明代雕板印刷的发展,直接带来了旅游类书籍的繁荣,各种旅行指南如雨后春笋般大量涌现。其中《大明一统志》是明代官方主持修编的地理总志,内容详尽,是明代较为全面的旅行指南书籍。此外还有不少专门的旅行指南书。如交通是旅行中必不可少的一环,明代出现了一些交通指南书籍,如明代商书中的交通图程路引,虽然是为经商所用,但对明代的旅行者同样具有作用。隆庆年间徽商黄汴所撰的《天下水陆路程》与《一统路程图记》是有代表性的关于水陆路行程的交通指南书。《一统路程图记》8卷,成书于隆庆四年(1570),辑两京十三省水陆路引共144条,除了图程路引,还涉及水马驿站、行程里距、山川险夷、名胜古迹、风土人情等方面的内容,并配有交通线路图,此书在当时

影响颇大。此类商书还有万历四十五年(1617)商浚的《水陆路程》8卷、壮游子的《水陆路程》,天启六年(1626)程春宇的《士商类要》,崇祯八年(1635)李晋德的《新刻客商一览醒迷天下水陆路程》等。明代还有一些日用类书中也有交通指南,如《五车万宝全书·地舆门》《路程宝镜》记载了从全国各省到京城的路程,此类的还有《龙头一览学海不求人》卷二《地舆》中的《天下路程玉镜》《新刻天下民家便用万事全书》卷二《地舆门》中的《天下路程宝镜一览》《新刻群书摘要士民便用一事不求人》卷二《地舆门》中的《路程节要》等。

除了交通指南书籍之外,介绍天下山水名胜的书籍也十分丰富,成为人们游涉山水的指南。名胜志是具有汇编性质的山水景观介绍,当中有一些配图,其中有某一山水名胜和旅游诗文的汇编,如田汝成《西湖游览志》、徐表然《武夷志略》、谢肇淛《太姥山志》等;也有某一区域的山水名胜和旅游诗文的汇编,如曹学佺《大明一统名胜志》208卷,其中《广西名胜志》10卷,何镗、慎蒙《名山胜记》,王圻、王思义《三才图会·地理》等①。另外明代的旅游指南书籍中还有一些专有门类,如明代戏曲家、养生家高濂的《遵生八笺》中有《游具》一节,列举了明人出游的器具52种,明代戏曲家屠隆《考盘余事》中有《游具雅编》一文,总结了明代旅行中使用的游具14种,成为明人出游前准备工作的指导性书籍。

明代游记文学也发展到一个高峰,其一是游记数量惊人,周振鹤从明代文集中检索明代游记有450篇左右,明正德以前稍少,嘉靖年间明显增多,至万历、天启、崇祯年间游记数量超过了300篇②,可见晚明游记文学异常繁荣。其二是游记文学在继承前人的基础上出现了新的变化,晚明的游记小品文以"童心说"为哲学基础,以"性灵说"为文学理论,以

---

① 任唤麟.明代旅游地理研究[M].合肥:中国科学技术大学出版社,2013:112.
② 周振鹤.从明人文集看晚明旅游风气及其与地理学的关系[J].复旦学报(社会科学版),2005(1):73.

真、俗、趣为审美基调,出现了公安派、竟陵派成员和张岱等经典游记小品的代表作家,将山水之美与游玩之趣结合,具有风俗画般的俗艳美和情趣美,成为中国散文史上审美趣味的一次重大转变①。明代游记最重要的一个变化是由王士性、徐霞客等人带来的,王士性《广志绎》和徐霞客《徐霞客游记》是具有科学考察性质的地理游记,是游记的特殊升华②。其三是游记文学在篇幅上有了新的突破。晚明出现了单篇上万字的游记,如袁中道《东游日记》《南归日记》。《徐霞客游记》的篇幅更为巨大,字数达60多万字。其四就是游记的集成化③。其中有不同作者的游记选集。最早将与游记相关的文章挑选成集的是南宋时期的陈仁玉编《游志》,但已不传,元末明初的陶宗仪《游志续编》对《游志》辑佚并补充,存2卷,其中收录了唐宋元以来的游览之作。明代以来,山水游记的集结开始出现高潮,一是编纂他人的游记作品,一是选编自己的游记创作作品。④ 有编撰他人作品的,如明代何镗的17卷《古今游名山记》是影响最大的移步山水游记集,慎蒙在此基础上改编成16卷《天下名山诸胜一览记》,无名氏又在此基础上扩成48卷《名山记》。有同一作者的游记集成,呈现为游记专集的,如王世懋《名山游记》收入其游记8篇,王士性《五岳游草》收录他自己游历神州的游记。明中叶以后,游记专集日增,具有较高的艺术价值,其中最具有代表性的就是《徐霞客游记》。

图程路引、游具指南、山水名胜介绍、游记文学等旅游类的书籍文献,为明代人出行和游览起到了极大的指导作用,也为明代山水文学的繁荣打下了坚实的基础。

---

① 程小林. 试论晚明游记小品文[J]. 牡丹江大学学报,2007(4):24.
② 周振鹤. 从明人文集看晚明旅游风气及其与地理学的关系[J]. 复旦学报(社会科学版),2005(1):72.
③ 梅新林、俞樟华主编. 中国游记文学史[M]. 上海:学林出版社,2004:216.
④ 王立群. 中国古代山水游记研究[M]. 北京:中国社会科学出版社,2012:270.

四、明代广西在社会经济、城市的发展对山水散文的影响

明统一全国后,加强了对广西的统治。洪武元年(1368)年攻占广西后设置了布政使司、提刑按察使司、都指挥使司分管广西各项大权,设立两广总督,建立布政使司、府、县三级行政制度,实行卫所制度控制广西军事,发展土官制度控制广西少数民族,分封靖江王等,这一系列措施加强了朝廷对广西的统治,与此同时广西的交通、社会经济和城市建设也有所发展。

明代广西的水陆交通发达,以梧州为中心,北上至湖南,西入云贵,南入北部湾,东出大海,可谓四通八达。桂林兴安湘江、灵渠、漓江、府江、桂江沟通了长江水系和珠江水系,是南来北往的水路交通要地。因水路交通发达,广西沿江河增设了不少水驿站,如明永乐四年(1406)黄福出使安南,其《奉使安南水程日记》中记载,从灵渠至太平府,经过了南亭驿、古祚驿、昭潭驿、广运驿、昭平驿、龙门驿、龙江驿等 26 个水驿[①]。除了水驿还有马驿,据《明太祖实录》卷二三四:"广西水驿五十三,为里四千四百六十。马驿六十四,为里四千二百六十五。"[②]黄现璠等《壮族通史》记载,明代广西的水驿、马驿共计 97 处,分布于南宁府、桂林府、柳州府、庆远府、浔州府、平乐府、思恩军民府、太平府、广西西部直隶州、廉州府。[③] 发达的交通提高了广西的可进入性,水路航行也成了广西山水的游览方式之一。

明王朝设立的卫所制度带来了大批汉族移民。卫所制采取亦军亦民的世袭兵制,实行军士家属同守的方式,平时耕作驻守一地,战时听命

---

① [清]汪森编辑,黄振中、吴中任、梁超然校注. 粤西丛载校注(上)[M]. 卷三,入粤纪程之黄福,奉使安南水程日记,南宁:广西民族出版社,2007:101-109.
② 明太祖实录(第5册)[M]. 卷二百三十四,洪武二十七年八月庚申,台北:台湾"中研院"历史语言研究所影印,1962:3425-3426.
③ 黄现璠等编著. 壮族通史[M]. 南宁:广西民族出版社,1988:402-403.

于朝廷，一般卫所军士不与当地人通婚。明代广西的卫所基地是桂林和柳州，这部分汉族世袭屯兵占据了广西北部地区，在其后的发展中以其与中原经济文化交流的便利条件和语言优势占据了广西汉族文化的强势地位。这也使得广西北部和中部地区文化融合向纵深发展，使中原人对其可接近性也增强了。

明代广西的城市建设得到进一步发展。桂林山川秀美，又经过了唐、宋、元各朝代的开发经营而贴近中原文化，同时也有与明王朝藩王府的关系，桂林的地位和影响力进一步提升，特别是在山水名胜方面，成为全国知名度最大、景观最多的旅游胜地。据任唤麟的《明代旅游地理研究》统计，明代全国的山水名胜主要分布在长江流域及其以南地区，并形成"北京—西安—成都"与"南京—杭州—桂林"两大景点资源带。其中，景点旅游资源主要集中在桂林府，桂林府的知名景点达45个之多，排名第一。① 明代桂林仍处于广西省会的中心位置，且山水名声在全国进一步扩大，桂林成为好游之人必选之地。明代广西其他城市也得到了发展，柳州成为广西中部地区人物繁盛、百货辐辏的重要城市。南宁进一步得到开拓，人物繁庶，"小南京"的称号得以形成。梧州曾是两广总督所在地，地位提升，商业繁华，且地理位置重要，是为两粤都会。城市的繁荣势必引来游人，游风兴盛，则带来了山水文学的繁荣。

五、广西本土作家崛起对山水散文创作的影响

明代广西接受中原汉文化教育的情况更普遍，明人魏濬《诸夷慕学》说："粤西学臣敕内，独有教习僮童一款，令州县立社置傅，岁以所成者闻。颇谙文理者，收之黉序，雍容济楚，不异中华。"② 说明广西少数民族

---

① 任唤麟. 明代旅游地理研究[M]. 合肥：中国科学技术大学出版社，2013：77-78.
② [清]汪森编辑，黄盛陆校点. 粤西文载校点（第四册）[M]. 卷六十一，魏濬. 诸夷慕学，南宁：广西人民出版社，1990：337.

也进入了中原文化教育体系。明代广西文化虽然总体水平与其他省份相比还较为落后,但已经渐渐向中原文化靠拢。明代广西官学教育得到了前所未有的发展,表现在官学数量和地域分布超过各朝,学校规模大、教学功能齐全,官办儒学教育体系完备①。明代广西府学有10所,州学13所,县学42所②,因此通过科举考试被录取的广西进士、举人也有所增多,吴宣德《明代进士地理分布》中统计明代广西进士有209人③,郭培贵认为减除"崇祯十三年特"8人,明代广西进士为201人④。据谢启昆《广西通志》,明代广西进士有212人,举人有4634人⑤,科举人才的总体人数虽然落后于全国,但也有科举人才相对集中的几个地区,如桂林府最多,其次是柳州府、梧州府。在科举制度的推行下,对于中原文化的认同得到加强,明代广西出了一批本土文人,如蒋辑、杨宗盛、傅惟宗、秦谦、陈钦、毛麟、吴渊、李堂、李麟、张策、陆舜臣、唐元殊、张烜、张腾霄、屠楷、冯承芳、戴钦等,其中著名的有全州"同登一榜进士"的蒋冕、蒋昇兄弟,特别是蒋冕曾任明代内阁大学士,是广西历代在朝廷任职最高的人,他也是广西著名的理学思想家,文学成就颇高,著有《湘皋集》。宜州人李文凤,著有《月山丛谈》《千顷堂书目》《越峤书》。还有临桂人张鸣凤,博雅能文。一生游历广、著述丰,有《西迁注》《羽王先生集》《桂胜·桂故》及诗作传世,其文学素养极高,曾得王世贞、吴国伦等人的赞许,吴国伦称:"羽王发西粤,弱冠称绣虎。"王世贞以"桂林初见一枝来"来形容他在广西文学中的先驱地位,张鸣凤是明代广西文学中最早崛起,且文学成就最高的代表人物。这些广西籍的作家为广西本土文人文学的崛起拉开了序幕。

---

① 蓝武,施丽丽.明代广西官学教育的发展研究[J].贺州学院学报,2013(3):40-41.
② 钟文典主编.广西通史(第一卷)[M].南宁:广西人民出版社,1999:397.
③ 吴宣德.明代进士地理分布[M].香港:中文大学出版社,2009:59.
④ 郭培贵,赵丽美.明代广西进士人数及其地理分布考述[J].教育与考试,2010(4):25.
⑤ 钟文典主编.广西通史(第一卷)[M].南宁:广西人民出版社,1999:400.

另外,明代出自广西本土的靖江王也创作了山水散文作品。明代桂林是靖江王府所在地,靖江王是明初朱元璋分封的藩王之一,从朱元璋侄孙朱守谦起到明末靖江王传了11代,共14个藩王,靖江王虽是明皇室旁支宗室,血统与皇室沾亲带故,但其一脉在桂林延续生活了近280年,早已与桂林的土地血肉相连了,也可算作广西本土人。靖江王府就设在风水极佳的独秀峰下,以独秀峰为中心建了王城。根据朱元璋分封的规定,靖江王是属于"分封而不锡土,列爵而不临民,食禄而不治事"①的藩王,因而靖江王过着明代皇帝赐予的优越闲适的生活,且自小受到较好的教育,有一定的文化素养,平日里无所事事,加上占据了独秀峰这桂林最好的风水宝地和山水名胜处,登临观赏、休闲游憩、吟诗唱和就是其常有之事了。从独秀峰留下的明代摩崖石刻看,历代靖江王及其宗室、臣僚留下的题字、题诗、题记也不少。第五代靖江王朱佐敬、第八代靖江王朱约麟、第九代靖江王朱经扶、第十代靖江王朱邦苧经常在独秀峰及太平岩中流连忘返,以山水为家,留下了一些山水文学作品。靖江王将自南朝颜延之以来就闻名的独秀峰据为己有,一般外人无法自由进入,独秀峰成为靖江王的私家山水园林,所以明代能与独秀峰亲密接触并将其作为山水文学作品描写对象的,恐怕只有靖江王。明代藩王与广西某一山水的专属凝视和书写是绝无仅有的。

第二节 明代广西籍作家的山水散文

一、蒋冕的山水散文

蒋冕(1462—1532),字敬之,号敬所,又号湘皋,全州(今广西全州)

---

① [清]张廷玉撰,中华书局编辑部点校.明史[M].卷一二〇,诸王列传,北京:中华书局,1974:3659.

人,成化十三年(1477),蒋冕 15 岁即举广西乡试第一,成化二十三年(1487),25 岁时与兄蒋昇同榜登第,入翰林院,选庶吉士,任编修。蒋冕一直在京为官,正德十一年(1516)升礼部尚书,兼任文渊阁大学士,参预内阁机务,正德十二年(1517)改武英殿大学士,加太子太傅,属从一品。嘉靖三年(1524)出任首辅,两个月后辞官还乡。蒋冕为人正直,不畏权贵,敢于直言,在朝为官历经明宪宗弘治朝、明孝宗成化朝、明武宗正德朝、明世宗嘉靖朝四代,正是明朝由盛转衰的时期,皇帝昏庸无道,特别是明武宗正德皇帝最为荒淫昏庸,蒋冕能"主昏政乱,持正不挠,有匡弼功",《明史》评价他:"清谨有器识,雅负时望……论者谓有古大臣之风。"①蒋冕虽为京官,但关心家乡的发展,以诗文鼓励到广西任职的官员。辞归后,他看到家乡遭遇灾害,百姓痛苦不堪,于是写下请赈书请求赈济。他关心家乡的教育,为地方修建学校、修路架桥撰写记文,为《广西通志》作序。蒋冕是著名的理学大臣,信奉"穷则独善其身,达则兼济天下",为官时匡扶救济,为民请命,有兼济天下的胸怀;辞归乡里后,过着"独善"的平淡生活,与兄弟遍游林泉,在山水中吟诗唱和。蒋冕有诗文集《湘皋集》32 卷,文集中收有其在朝为官时的奏折、奏疏、奏对以及序、记、书信、颂、赞、志、考、辨、说、录、铭、题跋、墓志、墓表、墓记、行状、祭文、策问等,其中的一些文章是其考证地方沿革、忘情山水的典雅之作,可算是广西山水散文。

蒋冕在政治上的名声要大于文学上的名声,被称作政治文学家,从《湘皋集》中的散文的内容看,政论文等实用性文章占了相当大一部分。蒋冕在朝中身居要职,又是理学名臣,散文创作表现出正统的儒家思想倾向,受"唐宋派"影响颇大("唐宋派"是明代散文的散文流派,创作主张文道合一,文风自然平和,语言平易朴实,情感真挚感人,文章风味超

---

① [清]张廷玉撰,中华书局编辑部点校.明史[M].卷一九〇,蒋冕传,北京:中华书局,1974:5043、5045.

然)。他的《送僧正某归湘山序》《府江三城记》《白沙江广济桥记》《飞鸾桥修造记》《拱极楼记》《游龙岩志》《洮水考》等篇涉及广西山水,文笔颇有可观之处。

《送僧正某归湘山序》是蒋冕在京为官时遥想家乡山水而作之文,描述了湘山寺的一个和尚到京城补全州空缺的僧官职位,作一寺之主持,谈及要以搜罗湘山历来的文人骚客的碑刻为己任,让蒋冕感动而怀念家乡山水的事。文章虽然并未写游山,却有全州湘山寺的景物描写和赞美之词:

> 湘山寺在吾郡之西郭,仅二里许。冈峦秀拔,岩壑瑰诡。云泉竹树之雅,楼阁亭台之胜,为湖南兰若甲。远迩之间,幽人、胜士、方袍、宿衲来游来止者,盖岁无虚日。①

文末还有对自己告老还乡后畅游湘山的情形作了遥想:

> 予且不日得告南归,蹑屐游兹山,登甲亭,步云归庵,倚栏而立,拊槛而歌,穷远目于江山云物之表;或卧苔石,或濯涧流,招白云而讯之,抚松篁而延伫;求某所搜访者而尽读之,据纸上陈编,寻山中遗迹,以一洗胸中尘土之思,庶几纡徐容与之兴幽寻胜赏之趣,厌饫乎平生。斯时也,不知某肯扫松花、瀹茗碗,来陪我杖屦否?②

此处见蒋冕对家乡山水的感情深厚,及对游山寻幽、搜访古迹等风雅生活的向往。

《游龙岩志》是蒋冕回乡后的游记作品,记嘉靖丙戌年(1526)十二月

---

① [明]蒋冕著,唐振真、蒋钦挥、唐志敬点校.湘皋集[M].卷十七,南宁:广西人民出版社,2001:173.
② [明]蒋冕著,唐振真、蒋钦挥、唐志敬点校.湘皋集[M].卷十七,南宁:广西人民出版社,2001:173.

朔日与郑德甫、陈邦俔、宋卿同游全州龙岩的事。此时蒋冕已经年过六十,忧戚衰病,行路蹒跚,需要人扶着走,所以对其颇为推崇的全州名胜龙岩的游览无法曲尽游玩之趣,浅尝辄止。整篇游记写得平实朴素,风格自然庄重,趣味稍淡,但情感真挚,别有风味:

> 岩在城北十余里,深数百丈。前后虚明,中尤邃杳,广如大屋三数百楹。洞水从西南石罅中流来,数十折北去,珊珊作环环佩声。中有石乳、石果、石米,而石田尤奇:高下小大,栉比麟次,塍径粲然,亩异其形,多至数十亩,无一同者。石田上数步,有一石,可坐三四人,状如蟠龙,烟云缭绕。德甫欲以"云龙"名之,予与宋卿皆谓为然,觞咏其上甚适。自岩口十余步后至此,非束薪燃火则莫能行。时积雨新霁,高低乱石中洞水出没其间。老病足蹒跚,行颇不易,两童扶掖之乃能缓步。云龙石旁别有一小洞,旧传行十数步寒凛莫前。是日从隶中有谓:先是数年曾有二野叟,由此前行出城西村落者。其言之信否未可知。予视其中窅然深黑,未能二三步,遽怅然而返。还坐石上,再经石田,所至缘石磴上下,摩挲古今石刻,且诵且行。望岩南口益轩豁。顾峭壁巉岩,茅竹蒙翳,不可行,乃循旧路出。徘徊岩口,见前知州顾璘华玉所题先兄姓字,凄怆久之。缘涧回至普润寺,寺废已久,有二三残碑纵横草莽中。命僳从拂拭苔藓,辨认数过,漫笔书四绝句,二客皆次韵句后。出益奇。①……

其中有对龙岩地理位置和洞内外景观的描述,流水声响、洞内石乳石田奇景都在笔下,由于作者年迈,游兴不浓,所以并没有深入洞中,以民间传闻和自己无法进入的遗憾来从侧面渲染龙岩的奇险。作者不能

---

① [明]蒋冕著,唐振真、蒋钦挥、唐志敬点校.湘皋集[M].卷二十二,南宁:广西人民出版社,2001:233-234.

尽游而是摩挲古今石刻，边诵读边行走。当看到顾璘与其先兄游览过的痕迹，看见先兄的姓字在岩口的石壁上出现，突然充满了伤感——此年蒋冕之兄蒋昇刚刚过世，物是人非，所以"凄怆久之"，表达了对自己兄长无限的怀念之情。

《府江三城记》并非专写山水，而是应人所托，记府江三城的废兴过程，体现了作者对明统治者的维护。文章从府江的自然景观写起，将漓江与府江的关系交代清楚，文中的府江江流湍急、乱石横波、两岸青山林箐荫郁深密，这样的自然环境为附近土人据险出没作乱提供了条件。而其中要害有三，即广运、足滩、昭平。文章主要写的是这三堡建城垣的经过，赞美了修建者筑城平寇、造福一方的功绩。《拱极楼记》讲述了拱极楼的修建、命名，并由此抒情议论，回顾曾在岭南有过功绩的前人，赞颂他们的勋绩，也体现对皇帝的忠诚。《白沙江广济桥记》和《飞鸾桥修造记》分别是应人所托为全州广济桥、飞鸾桥的重修新建而作的文，蒋冕对于文字应酬往往是谢绝的，而对于关乎家乡建设和人民福利之事却十分热心，这样的事请他作文，常常有求必应，这说明了蒋冕对家乡的关心和对家乡人民的深厚感情。《洮水考》是对地方历史地理考证的文章。总体而言，蒋冕并不以文名，但文章文道合一，平易自然，"正大平实，舒台阁之气，挽敦朴之风，超轧茁之习。……不假安排雕饰，而天巧自在，不可及也"①，正如黄佐对其德业文章的评价："如有源之水，流行阡陌间，洫达于浍，浍达于川，沛乎其不可遏。"②

二、张鸣凤的《桂胜》

张鸣凤，字羽王，世居桂林漓山，所以自号漓山人，临桂（今广西桂

---

① ［明］蒋冕著，唐振真、蒋钦挥、唐志敬点校.湘皋集[M].吕调阳.原序一，南宁：广西人民出版社，2001：30.
② ［明］蒋冕著，唐振真、蒋钦挥、唐志敬点校.湘皋集[M].黄佐.原序一，南宁：广西人民出版社，2001：28.

林)人,是明代有名的文学家和地理学家。其生卒年无可考,大概历经明嘉靖、隆庆、万历三朝。嘉靖三十一年(1552)举人,曾多处为官,仕途坎坷,曾任雷州府推官,后改黎平,谪六安判官,再迁应天府通判,再到京兆府判,被弹劾下狱,后到江西兴国司马,又被贬谪至四川利州,最后弃官归家,回桂林后与漓山为伴,享山水之乐。张鸣凤宦海沉浮,官场并不得志,但他是广西最早扬名的、文学成就颇高的本土作家,文学上颇得世人称许。张鸣凤回乡后避客著书,一生著述颇丰,创作了大量的诗歌、散文作品,有诗集《浮萍集》10卷、《东潜集》1卷等皆不存,有《羽王先生集》和《桂胜》《桂故》存世。张鸣凤以散文的成就为高,主要存于《羽王先生集》中的《西迁注》和《桂胜》《桂故》。《西迁注》是张鸣凤谪官利州时往返京蜀所作,记录沿途山水名胜、碑刻、见闻,文字优美,被王世贞称赞为"辞甚修","文极尔雅,便觉郦道元、江文通为赘,知复沿檄金陵,稍与其山水人物相接,差足舒吐,以为过柳宗元甚远"[1]。而《桂胜》《桂故》的流传,更使得张鸣凤闻名,这是最能体现其文学成就的两部书,既是记载详细、引证丰富的地志作品,又是具有浓厚文学风味的山水散文,《四库全书总目》对其评价很高,其独创的体例也成了后人写志书模仿的对象。

《桂胜》《桂故》是由官府牵头、由张鸣凤执笔,凝聚着当时各方社会力量而编成的志书,所以称其是与前代《桂林风土记》《桂海虞衡志》等不同的官修书[2]。万历年间两广总督刘继文初到桂林,见山水名胜集中,且幽丽奇崛,"色色象象,总命曰山川之胜,而丛聚于桂林,即吴山、武夷、匡庐当不少让。顾彼三胜者,炳炳图志中,而桂独无有,窃为山灵怏怏"[3],由此有了编桂林志书以导桂林山水名胜的想法。此时张鸣凤辞归故里,与刘继文有交,张鸣凤是地道的桂林本地人,且"素称博雅",成为刘继文

---

[1] [明]王世贞.弇州四部稿续稿[O].卷二百三,影印文渊阁《四库全书》本.
[2] 苏洪济、邓祝仁.桂林人创编的第一部旅游著述——桂林古代旅游文献述评之四[J].社会科学家,2003(9):107.
[3] [明]张鸣凤著,杜海军、闫春点校.桂胜 桂故[M].刘继文序,北京:中华书局,2016:4.

物色担当此任的最佳人选。张鸣凤在各方力量的配合下,开始了这项浩大工程,从桂林摩崖石刻入手,动用了大量的人力物力进行了实地考察,调动了很多本地士人到桂林各山水名胜搜抄碑文石刻,作为编书的前期准备。经过各方努力,撰笔人以精益求精的态度和出众的文学才华,从万历十六年(1588)春到第二年秋,历时一年多,《桂胜》《桂故》终于成书,两书使得桂林"古迹之几于沉晦者,至是悉显",且游人可以"按图揽胜""见与闻合",使未游之人也可以"不出户则可以神游",且能"撷拾前闻,补苴遗事""弥缝吾桂之阙"。

《桂胜》《桂故》两书有合刻本24卷,两书内容独立,但可以互作补充参考。《桂故》8卷,考证桂林历史、人文,《桂胜》16卷,"原本山川,采辑题咏",卷一至卷十五叙桂林独秀峰、伏波山等21处名山,卷十六记桂林漓江、阳江等6条河流和洲渚。《桂胜》每卷都由山水景点的介绍,与景相关的诗、文、题名及"漓山人曰"5个部分组成,自然景观与人文景观交相辉映,又有张鸣凤的点评,内容充实而文章灵动,张鸣凤的文学素养也体现其中,《四库全书总目提要》称其:"于地志之中最为典雅。……详人所略,略人所详,其书乃博赡而有体,是又鸣凤创例之创意欤?"[①]

《桂胜》各卷中第一部分的山水介绍和第五部分的漓山人语是张鸣凤原创文,体现其山水散文的风格、特色和成就。每卷第一部分主要是对山水的名称、方位、特色、人文胜迹的记述,但与其他地志不同的是,除了一般性的介绍,还有对山水的描绘,且加入了作者的游览和观景的体验,已如山水游记。所以《桂胜》中这些简单的山水介绍并不显得呆板,而是文意甚佳,如桂林山水般清新秀美。如写漓山:

阳江西来,东入漓水,魁然起据南皋之端,是为漓山。横障江

---

① [清]永瑢等撰.四库全书总目[M].卷七十,史部二十六,地理类三,桂胜十六卷、附桂故八卷,北京:中华书局,1965:618.

口,引犇澜东注,有北招伏波,南与斗鸡、雉山,并力扞江之状。洞曰"水月",门出水上,其高俸阙。夏秋之交,移舟入中,游鱼千百,瀺灂几席间。洞朗潭澈,光相映烛,滨水诸岩洞不能及也。南溪诸山列戟山阳,阳江余波出雉山者亦回合于前。故宋提刑方公信孺即南壁下建精舍以居,曰"云崖轩",轩废已久。①

此段不落俗套而又能面面俱到地交代象山在漓江与阳江交流处的位置、水月洞最富特色的游览体验,春夏之交水丰时是水月观赏最佳时期,泛舟于上,江水清澈,可见一群群的鱼在游动,夜游时水光、烛光相互辉映,十分美妙。

南溪山景也写得好,"诸峰回合,四壁峭,悬烟翠黝苍,着衣如染",描绘南溪山之景苍翠如画。随着笔墨作者带游人同游南溪山,将历史、传说融进了游程之中,还有南溪山观景的感受,文辞十分优美。

卷五写伏波山的景色,还写了伏波山还珠洞,陈述还珠洞名称的不同说法,再写伏波山周围的情形,说到可群饮其上的石龙,却在距离山里许的木龙洞。这样的写法显得十分的跳跃而具有了灵动之美。其中说游还珠洞是"非舟莫达",与今天的游览方式完全不同了。

诸如这样的景物描绘和游览体验在《桂胜》各卷中比比皆是,如卷三写雉山"翀翀然欲起"揽云观涛的审美体验,卷九写叠彩山登至山顶看江山会景的观景体验。卷十六写漓江更是美不胜收:

桂川曰漓,与湘同源。出兴安阳海山,至县之北,酾为二流。漓则经灵渠南出,缭绕桂城东北,城之西南带以阳江,从漓山下,入于漓,水波宽广,为桂金汤之固。岸旁数山或扼其冲,或遮其去,故间

---

① [明]张鸣凤著,杜海军、闫春点校.桂胜 桂故[M].桂胜卷二,北京:中华书局,2016:19.

有乱石及沙潭处。清浅为滩,湛碧为潭,余虽深至一二丈,其下石杂五色,草兼诸种。所有游鱼群嬉水面,间没叶底,停桡少选,种状可尽别,以此水最清,洞澈无翳,飞云过鸟,景不能遁。南中人士自祓禊之外,良辰吉日,浮舟宴集,乃其故俗。观宋之问三月三日诗,自唐为然矣。至宋诸公,或有乘月泛游,播之歌咏,良以清景娱人,且无风涛之恶故也。①

写出了漓江动静相宜的美景,可谓是将漓江的美描绘殆尽,两岸青山随水转,山因水而活。而描写漓江水之清澈最是传神,先是写漓江水底的石头、水草在深水中依然可见,又写水中群鱼自在游乐,再写水清澈平静无痕,飞云过鸟,倒影于漓水之中,以动显静,衬托出了漓水之清、之静。又写漓江的人文景观,当地人有在平静的漓江上浮舟宴集的风俗,可见自古以来桂林人士纵情山水的悠闲。这些描绘都框成了一幅漓江山水画,美轮美奂。

每卷后的"漓山人曰"是张鸣凤自述的话语,表明他自己的一些态度和看法。其内容或是对此处山水名胜中石刻现状的介绍,或是记录自己的感触,或是对历史人物或事件的评鉴,或是对材料取舍的交代等。② 其中卷十六的"漓山人曰",评价漓江的功用时对作为自然景观的漓江进行了评价,桂林自古以来都是以山闻名、以山中奇特的岩洞闻名,而前代山水散文中对水的关注度是不够的,张鸣凤认为桂林的山如果缺少了漓江水,则"不但气之盘郁,无所宣泄,而山亦偏枯,何所丽",认为漓江可以增加桂林山水之清韵。这是前代山水散文中所难见到的。

总之,张鸣凤的《桂胜》既是桂林地志、游览指南,也是明代广西山水

---

① [明]张鸣凤著,杜海军、闫春点校.桂胜 桂故[M].桂胜卷十六,北京:中华书局,2016:231.
② 参考王真真.张鸣凤及其《桂胜》研究[D].桂林:广西师范大学中国古典文献学专业硕士学位论文,2008:31.

散文的精品,对后世影响极大。

三、靖江王的山水散文

靖江王是朱元璋分封的藩王,为明代皇室旁支宗室,靖江王府设在桂林独秀峰下,靖江王于桂林传 11 代共 14 王,从朱守谦洪武十年(1377)就藩至顺治七年(1650)孔有德攻破桂林,除去朱守谦至朱赞仪就藩前 33 年中仅在桂林居住 3 年时间,靖江王在桂林居住延续了 243 年,可算是有着皇室血统的桂林人。由于明代严格的宗室制度,藩王无封地、无兵权,也不可干涉当地行政事务,甚至未经皇帝允许,不可离开其居住的王城,但皇帝让他们坐食厚禄,给他们不愁吃穿的好日子。靖江王无事可做又养尊处优,精神空虚是自然的事,所以流连于山水,寄情诗画,信奉佛教。独秀峰是桂林山水文学的始发地,在明代这里又被看作是最佳居室的风水宝地,生活在此地的历代靖江王将一般游人拒之门外,如张鸣凤《桂胜》所言,独秀峰虽然景色美,但为"禁御间地""人鲜得至者"。独秀峰是历代靖江王私家后花园,是他们无趣、空虚、压抑生活的释放之处,他们经常在独秀峰休憩、避暑、吟诗作文。历代靖江王的游迹在独秀峰的摩崖石刻中有所体现,如第五代靖江王朱佐敬、第九代靖江王朱经扶、第十代靖江王朱邦苎都留下了游览的诗、文、记等摩崖石刻。

朱佐敬,第五代靖江王,朱赞仪庶长子,永乐九年(1411)袭封,在位 58 年,谥号庄简,是在位时间最长的一位靖江王。他"书史无所不读",爱好书法,善楷书,虔心佛道,有《游独秀岩记》《独秀岩西洞记》《独秀岩记》等游记散文刻于独秀峰。《游独秀岩记》摩崖石刻在读书岩外,刊刻于正统九年(1444),此文以对独秀峰的赞美开头,先是以桂林诸山的位置来衬托独秀峰"据岭表之胜,控藩国之雄"的地位,说它在桂林群山的中心位置,"盖八景之奇无出其最者"。接着赞美独秀峰的秀丽和气势,又引出独秀峰自唐宋以来的人文胜迹以凸显独秀峰的文化气息,再说明靖江王府落脚独秀峰的历史。然后是写游程:"登于岩之幽邃,获睹宋颜公篆扁洎,先圣鲁司寇像,并诸诗颂。"有感于独秀峰既具有山水之奇趣,又有石刻人文之美,抒发了"名山秀水,必自人而后显"的感叹。《独秀岩西洞记》是记载朱佐敬为独秀峰西面的岩洞立神著文之事,"独秀岩西有洞,屋如幽邃衍迤,旁则竹树丛郁,灵羽翔集。前则宫垣叠带,后则涟漪濯秀",写洞内之形与洞外之环境十分贴切。因视太平岩为神灵汇聚之地,所以"命工巍创珎塔,峙于洞前,盖所以尊其法而祀之。洞之内塑以哪吒等神,洞之岩继以玄帝,与夫雷祖天师,岩之左又以观音、普庵等像",再次发出"不立之以神,著之以文"则何以为胜境的感慨。

《独秀岩记》是其作于正统十二年(1447),文章开头就是对靖江王府和独秀峰的赞美,对独秀峰景色之美、风水之好作了一番描述:"府在独秀山前,其地为广西甲胜之最,一峰堃插霄汉,四时林木荣辉,下涌流泉,潭如新月,巍然上下绝秀,丽乎龙飞凤舞之胜。爰居斯地,患无终废,皆因地利也。"①但本篇文章重点是记叙了在承运门接见从湖北来的云水僧常澍,请常澍作世子老师,并请他为自己及王妃、儿子、女儿起法号,惊奇于常澍虽未到过桂林,但所取的法名道号与前代哲人之名符合,使得文章有了神异色彩。独秀峰的山水记录了靖江王在空虚无聊的生活中对佛、道等宗教的热衷和虚幻的精神寄托。

朱经扶,第九代靖江王,朱约麒嫡长子,正德十三年(1518)袭封,在位7年,谥号安肃。朱经扶喜学问、爱读书、常登高远眺,有诗文,带动了王府宗室崇尚文学,是靖江王中在独秀峰留下摩崖石刻最多者,有题字、诗、文,如正德元年(1506)《观雪诗》,正德二年(1507)《独秀峰诗》,正德

---

① 杜海军.桂林石刻总集辑校[M].北京:中华书局,2013:435-436.

九年(1514)《独秀峰题诗》，正德十四年(1519)《造石盆记》《中秋诗》《塑仙像记》《书清闲快乐》，嘉靖二年(1523)《论尧舜之道并诗》。其中《造石盆记》刻于独秀峰之南，文字简单，记为游人建造石方盆以方便洗手之事，据说朱经扶定期开放独秀峰供人游览，是比较开明的靖江王。

朱邦苎，第十代靖江王，朱经扶庶长子，嘉靖六年(1527)袭封，在位46年，号澹仙道人、味玄道人，谥号恭惠。其《和庄简王太平岩诗序》《太平岩供奉玄帝记略》都记载了自庄简王后太平岩久废之事。《和庄简王太平岩诗》摩崖石刻在太平岩，刊于嘉靖十二年(1533)，其序写复开西洞见到先祖庄简王的佳作后，文思涌动。《太平岩供奉玄帝记略》记录了嘉靖癸巳孟冬，朱邦苎命人重新开辟湮没已久的西岩，因得一枚"太平通宝"钱币而以"太平岩"为洞命名的事。

明代广西本土作家的山水文还有李文凤的笔记《月山丛谈》，其中涉及广西山水和奇闻异事。还有包裕的《重建怡云亭记》《永济桥记》等。

第三节　明代广西流寓作家的山水散文

一、田汝成的山水散文

田汝成(1501—?)，字叔禾，号豫阳，钱塘(今浙江杭州)人，嘉靖五年(1526)进士，曾在南京、广东、安徽、贵州、广西、福建多地为官，嘉靖十七年(1538)迁广西布政使司左参议，分守右江和龙州。他在广西任职期间颇有政绩，其中较为重要的有：配合当时广西按察司副使翁万达镇压了作乱的龙州土官赵楷和凭祥土官李寰，平定龙凭之乱；与翁万达镇压大藤峡瑶、壮民起义，并提出"善后七策"。嘉靖十九年(1540)，田汝成迁福建提学副使,后辞官还乡,游迹山湖,潜心著书,一生著述甚丰,著作有160多卷。① 其中有游记散文《西湖游览志》《西湖游览志余》,两书影响甚大;有十分丰富的边地题材杂记,如《炎徼纪闻》《行边纪闻》《龙凭纪略》《辽记》《九边志》;有诗文别集《田叔禾集》12卷(由其子田艺蘅所编);有记游题材的《西粤宧游记》1卷见《千顷堂书目》,文未存世。田汝成著作中涉及广西山水散文的有《炎徼纪闻》中的部分文章以及收录于《田叔禾集》卷八的《桂林行》《觐贺行》中的一部分。

  田汝成一生著述中《炎徼纪闻》4卷较受关注。《炎徼纪闻》成书于嘉靖三十七年(1558),是记录田汝成在广西、贵州等西南边疆地区任官时的见闻整编而成,卷一记广西田州、归顺州、龙州、凭祥州、思明府的各土官之事,卷二记广西大藤峡起义及征剿安抚措施,卷三记贵州土官之事,卷四记云南土官之事及西南少数民族的情况,《四库全书总目提要》评价其"所载较史为详"。每卷末都仿《史记》体例评论事件、阐发见解。该书是研究明代西南地区土司制度、西南民族历史的珍贵文献。《炎徼纪闻》卷二记述了大藤峡的地理形势、民族风俗及土民反抗斗争的历史和镇压大藤峡起义的过程,虽不是专写山水之文,但其对大藤峡的自然环境、地理状况的描述也可补上过去广西山水文中极少提及的少数民族地区的未开化的自然景观。文中将大藤峡的地理位置和形势写得十分清楚,先是描述大藤峡"埼矗几排,滩泷汹濞。两岸万山盘礡六百余里",接着对大藤峡地区的地理状况层层剥开,说力山之险是大藤峡的三倍,而罗运比力山更险,"谽谺岧峣。沉云昼结,悬磴回绕,绝壁临溪,手挽足移,十步九折"②,主要凸显了大藤峡"倚江立寨,四塞难通",地形复杂、闭塞、险要的情状。在附近的万山之中居住的都是少数民族,在大山上艰难开

---

① 莫乃群主编.广西历史人物传(第七辑)[M].南宁:广西地方史志研究组编印,1985:74.
② [明]田汝成撰,欧薇薇校注.炎徼纪闻校注[M].卷二,南宁:广西人民出版社,2007:39.

垦,"山多缦土,沃而敏树,诸瑶皆侧耕危获,不服租庸"①,而少数民族民风未开化,民俗奇异、好斗轻生,匪寇为患,使大藤峡成为百姓眼中可怕的地方。

田汝成的广西山水散文更集中的是在《桂林行》和《觐贺行》中。《桂林行》收入《田叔禾集》卷八,清人汪森《粤西丛载》卷三《入粤纪程》也收入此篇。《桂林行》是嘉靖十七年(1538)田汝成接到广西布政使司左参议调令后,于是年七月初七自家乡钱塘出发至广西赴任途中所记。此次行程田汝成自钱塘走水路,经溯钱塘江而上至常山港,改陆路至江西,自江西大余,越过梅岭至广东,由广东转溯西江至漓江,历时60余天,于九月十三日到达桂林。田汝成一路行程广览山湖,遍游名胜,因此《桂林行》类似范成大《骖鸾录》,可看作是日记体游记。据《桂林行》"甲子,过封川……去此十里许,过清江口,即广西省界矣。是夕五更,抵苍梧",田汝成达到广西的时间是八月二十四日,由此开始描写广西山水,如至平乐看到"山愈高水愈急,顽矶漫诸,隐见波中",平乐以下山水平平。

进入广西境后,沿西江而上,田汝成感受得最明显的是天气的变化无常。刚到苍梧正直八月秋高气爽的季节,却是大雨不断,八月二十八日到龙江还出现了雷雨,九月一日宿于鳌洲,繁星满天,雷电不彻,郁蒸之气,无异伏中。九月二日到昭平又急剧降温,深感气候难测。九月九日,在桂林感受到了桂林最惬意的秋天,"时秋雾风清,桂花盛发,香气馥郁,冉冉自岩谷中来",秋风清明,桂花飘香,给田汝成留下了美好的印象。其中还有对山水环境的描写,如漓水三百六十滩中有五十四滩都是少数民族出没之地,至龙门,山高水深林密,是盗匪的天然屏障。作者至昭平后终于看到了广西山水画卷的明秀之美:

---

① [明] 田汝成撰,欧薇薇校注.炎徼纪闻校注[M].卷二,南宁:广西人民出版社,2007:39.

两岸诸山参差骨立,色若积铁,状若植戟,又如卧虎蹲狮,不可射弹。草木郁蓊,聊厓委谷,岐岐嶷嶷,茂若禾麦,秋冬不零。贾舶鱼贯水浒,一月九关,非军麾导卫,不敢径度,猿狖夜啸,虎豹昼行。数日之间,不见人烟者二百余里,虽险隘已极,而山明水秀,恍若画图,亦岭外绝景也。①

而至平乐,则叹山水之奇：

诸山皆离离落落,似断复连。兀突平原,若雕若琢,环状诡态,不可殚论。令人左送右迎,惟恐一奇之失也。平乐已下,山川又不足羡矣。②

田汝成入桂林后,九月十日游穿山,称穿山"有穴通透,望之如月轮挂空也",九月十三日接任署印,正式到任广西布政使司左参议。

镇压大藤峡起义后,皇权得以巩固,明世宗大喜,赏赐有功之臣,田汝成得皇帝召见,于是喜不可言地上京觐见,途中有了游山玩水的闲情逸致。《觐贺行》就是嘉靖十八年(1539)润七月初一,田汝成及其子从广西左江出发至京城见闻的记录,《田叔禾集》卷八收入此篇,汪森《粤西文载》卷二十《山川记》中将《觐贺行》中涉及广西桂林段的行程截出,题名为《觐贺将行游广西诸山记》,嘉庆版《临桂县志》也截出此段文字。田汝成七月十四日抵达桂林,开始了桂林之游,对游览桂林的叠彩山、虞山、隐山、七星山、水月洞、龙隐岩、伏波山、还珠洞、逍遥楼、斗鸡山、白龙洞等桂林诸景有较详细的述说。他在游览桂林山水时并非只写景,而是将

---

① 新文丰出版公司编辑. 丛书集成续编(第一百一十六册)[M]. 田汝成. 田叔禾小集,台北：新文丰出版公司,1988；322.
② 新文丰出版公司编辑. 丛书集成续编(第一百一十六册)[M]. 田汝成. 田叔禾小集,台北：新文丰出版公司,1988；322.

游览过程、与人交游的娱乐方式、游览趣味融入其中。如写游瞻鹤洞的经历：

> 导出东门,还集风洞。径山中,有二穴高数十丈,仰望闐然。予曰:"其韬怪物者耶?"披茅而上,可十数步,峻绝无蹊,便弃履蹑之入。初穴宛转,达于高层,倚穴下瞰,掉眩欲坠。洞中有石板横施,可容两榻,遂命之曰"巢云洞"。①

这个洞是以前的游人很少到的,所以具有探险的意味,田汝成将它写得十分生动。田汝成认为其子艺蘅年纪小,"乌知山水之情",并未与之同往,当他将游览感受与艺蘅分享后,又激起了艺蘅游桂林岩洞的兴致。艺蘅游过之后对桂林的岩洞做出了评价:"天巧有余,而人力不足,移置苏杭之间,当绝品矣。"②这也透露出了明代广西山水以自然美为主,与苏杭这些文化昌盛、风物繁华的地区还有差距。最后田汝成总结桂林岩洞的特点:

> 大抵桂林岩洞,爽朗莫如龙隐,邃奥莫如栖霞,而寒冽寥寂,兼山水之奇,莫如甘岩之胜。③

甘岩即桂林冠岩,以往少有游记对之描述,田汝成称其寒冽寥寂而兼山水之奇,确实很好地概括出了它的特点。田汝成的桂林诸山游记文笔洗练、饶有趣味,颇有文采。

---

① 新文丰出版公司编辑.丛书集成续编(第一百一十六册)[M].田汝成.田叔禾小集,台北:新文丰出版公司,1988:324.
② 新文丰出版公司编辑.丛书集成续编(第一百一十六册)[M].田汝成.田叔禾小集,台北:新文丰出版公司,1988:324.
③ 新文丰出版公司编辑.丛书集成续编(第一百一十六册)[M].田汝成.田叔禾小集,台北:新文丰出版公司,1988:325.

田汝成还有一些散篇的山水文,如《南游赋》《三友堂记》等。

二、董传策与吴时来的山水散文

董传策(1530—1579),字原汉,号幼海,又号抱一山人,松江华亭(今属上海)人。嘉靖二十九年(1550)进士,授刑部主事,因弹劾严嵩六罪下狱,后谪戍南宁。明穆宗时即位复官,后因言官弹劾,被罢免归乡,最后为家奴所害。嘉靖三十七年(1558),董传策、吴时来、张翀三人从狱中出来被发配边陲,董传策被贬到南宁,是年八月中旬到达广西全州,至隆庆元年(1567)年官复原职离开广西,在广西居住10年之久。在此期间董传策带着被贬的耻辱之心和落寞之感,深入广西民间,了解人民疾苦,遍游广西山水,与青山为伴,将贬谪生涯当成人生的奇游。他经常找被贬横州的吴时来一同游玩畅谈,"邕横人士多从者",在一定程度上促进了广西的文化教育。他徜徉广西山水间,"探幽题咏殆遍",陶然以乐、作诗写文,创作了大量的广西山水文学,专写山水的诗文数量之多是以往旅桂士人所不及的。他有诗集《采薇集》4卷、《幽贞集》2卷、《邕歈集》6卷,其中《奇游漫记》是其广西山水游记的代表作品。

《奇游漫记》是董传策于嘉靖三十七年(1558)从京城至戍所途中见闻、在广西游历的游记散文集,借用苏轼诗句"老死南荒吾不恨,兹游奇绝冠平生"之意为书命名。此书有明万历刻8卷本(附录1卷)和明万历二十九年(1601)刻4卷本,两本前4卷相同,分别为《出戍道经》《楚南结潭》《粤檄征次》《行役载途》,8卷本后4卷为《编管寄适》《羁旅栖迟》《沧屿寓指》《韶江五述》共计40篇文,内容主要是述行记游、表现山水理趣、借山水抒发情感。卷三《粤檄征次》、卷四《行役载途》、卷五《编管寄适》、卷六《羁旅栖迟》、卷七《沧屿寓指》多有山水篇章,描绘了秀丽的广西风光。以桂林之游为始,有《游桂林诸岩洞记》,从开始不相信前人记载到亲历后认为无以表达桂林山川之奇美,对桂林诸名山名洞的写法与人无异,结尾处发表的议论则表现出董传策对文化相对落后的少数民族边缘地区的开明态度：

> 夫山川草木,夷裔之主,非其人谁当焉？又安知八桂诸岩洞之间,异时不有贤豪士出,而剪除荒秽,兴起斯文,与天壤相终始也！①

此处董传策用辩证的、发展的眼光来看待广西,认为事物的好坏在于人以什么样的眼光来看它,还奉劝好游之人不应鄙夷广西落后。这种思想显然是进步的、值得肯定的。《奇游漫记》中很多广西游记主要描绘了水路的险和荒,如瘴气弥漫、草木奇异、天气变幻无常、少数民族群挟戈戟、水急滩险、江中乱石触船等。其中写瘴气的很多,写广西天气转瞬即变的也不少,如：

> 自苍梧来,郁蒸不异盛暑,至不可衣单衣,而摇橹人裸裎袒裼,犹汗流浃背。至是,忽雷声震烈,雨大作如注,顿觉瘴气疏爽,人至穿夹袄子云。②
> ——《渡左江诸泷记》

> 岭表气候靡常,雨旸倏换。谚云："四时都是夏,一雨便成秋",又云："一日借四时之气"是已。是日曙色依微,浮云旋合。仆夫方索雨具,忽捲云,露日光,炎风飘扬,瘴烟乍爽。余辈骑者、舁者、笠而负持者,冉冉出林塘上,大为荒裔添景概云。③
> ——《游钵山记》

---

① 四库全书存目丛书编纂委员会编.四库全书存目丛书·史部(第127册)[M].济南:齐鲁书社,1996:707.
② 四库全书存目丛书编纂委员会编.四库全书存目丛书·史部(第127册)[M].济南:齐鲁书社,1996:709.
③ 四库全书存目丛书编纂委员会编.四库全书存目丛书·史部(第127册)[M].济南:齐鲁书社,1996:716.

两处引文一写秋天、一写夏天。写广西天气一日三变不足为奇,前人已有,而作者将在变化无常的气候中的不适应隐藏起来,发现变化之中给人的感觉上带来的美感,如瘴气乍爽的感觉。《游钵山记》这一段引文更是将广西五月云卷云舒的天气特征描绘得十分真切,还将自己的活动与景物框成一幅景观图,颇有意趣。

董传策还善于用广西山水景色来表达贬谪的悲戚及随缘寄适的心境,如以山水衬托寂寥之心,以下引自《渡漓江记》:

> 四野箐篁邃蔽,鸟栖绝少。时有二三水鸢堕而前,昔人所称,仰视飞鸢沾沾堕水中,盖实景也。柳诗:"千山鸟飞绝,万径人踪灭。"又添岚、泷、徭三苦云。①

以漓江上人迹荒芜、所见凄清的景物以及柳宗元的诗歌来寄托被谪后清寒料峭的心境,也给整篇游记的风格烙上了凄清的风格。又如《渡左江诸泷记》:

> 时风雨犹飒飒不止,秋气萧然。江中悄无行船,岸多丛蒿,其路通诸蛮洞。虽逆流不可挽缆,惟以篙橹施中流焉。暮泊石龙冈,猿声清凄,孤舟雨夜,不能不揽离人臆也。……
>
> 于时,鹧鸪倒挂,诸异鸟啼声彻耳,老榕蟠肿祠畔,令人益增悲歌感慨之思焉。②

左江上秋风秋雨的萧瑟之气、两岸清凄的猿啼、夜雨中的孤舟、倒挂

---

① 四库全书存目丛书编纂委员会编.四库全书存目丛书·史部(第127册)[M].济南:齐鲁书社,1996:708.
② 四库全书存目丛书编纂委员会编.四库全书存目丛书·史部(第127册)[M].济南:齐鲁书社,1996:709.

的鹧鸪、盘亘的老榕等这些景物都引发了董传策的漂泊之感。除了悲戚,在贬谪的境遇下,董传策还有纵情山水、随缘寄适的心态,这在《游钵山记》中也有所表现。董传策经常到横州找与他同时被贬的吴时来眺游山水。在游横州钵山时,董传策见到海棠祠,谈论宋代贬客秦少游,感叹其"醉乡广大人间小"、随缘寄适的胸襟。游玩了一天,至夜未归,流寓之人聚集一堂,歌酒风流,"众散露坐,则月华方满前堰,漪竹参横,万籁俱寂,望之银河,朗朗相络照",因为看到了广西平时难以看到的夏日明月而自我满足。这也表现出了董传策以纵情的方式化解仕途坎坷、理想幻灭的痛苦,在广西蛮荒的山水间找到释放自己的方式,以宽阔的胸襟面对人生的不如意。

董传策在广西期间感情最深的大概是南宁的山水,在谪居南宁的9年里,他最爱的是青秀山,不仅经常游览青秀山,还创作了大量的山水诗文,其中散文有《青秀山记》。该文描绘了青秀山的秀美,记录了董传策对青秀山的开发之功,他发现了"清若水晶,甘若露凝"的混混泉(后人改名为"董泉"),并在混混泉附近自筑白云台以登高揽胜(后来徐浦、方瑜两人在台上建"白云精舍",成为青秀山名景),还无意间发掘了绝壁顶上的天窟。

《奇游漫记》中还有董传策在广西山水中获得游趣并发表议论、表现理趣的一些山水散文。如他在游贵县南山作的《游南山记》中写道:"复与山人箕坐江边老木上。木中空穴,宛肖岩状,遂名之焉'木岩'。余顾陆山人曰:'假令蜂蚁攒游其中,宁不类吾辈游南山夸奇乎?'"[1]体现出董传策善于细致地观察自然,即便是一根不起眼的空木也能从中获得游玩的乐趣。董传策是善游者,能看到游览山水的真境界,总结山水美学道理,他在《罗秀山游谈记》中说:"胜不在山水,在游山水人,故山非能胜

---

[1] 四库全书存目丛书编纂委员会编.四库全书存目丛书·史部(第127册)[M].济南:齐鲁书社,1996:711.

也,人好游山者胜之。……夫人有包罗万象之怀,以览睹山之青青者,又奚小乎?"①这段话充满了辩证的色彩,山不在乎大小,关键在于个人的感受,在于是否有发现山水之美的心,不同的人对美景的感受也不同,文人骚客在山水中触发情思,有志之士在山水中寻找真理,人的心中有什么才能看到什么样的美,从山水中看到个人的本性,才生出了美感。他在《雷埠石壁记》中又说道:"石无奇不奇,人奇之即奇;苟不奇之,亦不奇。"亦有异曲同工之妙。《游山说》还将形游、神游进行评说,形游小而神游大,以游山和游人来说明"善游山者,去山障;善游人者,去人障"的道理。《伶俐水说》则以郁江之滨的伶俐说来说明所谓的智与憨都是相对而言的道理。

总之,作为迁客的董传策将广西山水作为寄适之处,他在广西的活动,使得处于僻荒处的山水也有了思想和深度,他的才华与广西山水碰撞出了精彩的文思,也积淀了丰富的游览经验。

吴时来(1527—1590),字维修,号悟斋,仙居(今浙江仙居)人,嘉靖三十二年(1553)进士。为人磊落正直,敢于弹劾贪官,初为松江府推官,后升为刑科给事中,以直谏名震于朝,不畏权势,与董传策、张翀一同上呈弹劾严嵩的奏章而被严嵩诬陷受人指使陷害严嵩,明世宗将三人打入大牢,严刑拷打,最后吴时来与董传策一同被贬入广西,董传策贬南宁,吴时来贬横州,历10年。吴时来有万历十六年(1588)自刻本诗文集《横槎集》10卷,卷一至卷五为诗歌,卷六至卷十为散文,散文又分为序、记、碑、书、杂著各1卷,其中大量诗文写游玩山水,其中山水散文有《游三岩册序》《南游册序》《游北山记》《游钵山记》《登高岭记》《祷钵山记》《寻乌石山记》《空洞岩记》《凤凰岩记》《游天窟岩记》《游宝华山记》《快活园记》《混混亭记》《自得斋记》《得山亭记》《寄水亭记》《伏波庙碑》等,描写了横

---

① 四库全书存目丛书编纂委员会编.四库全书存目丛书·史部(第127册)[M].济南:齐鲁书社,1996:719.

州山水之美,表现了吴时来在横州贬谪期间的耻辱和各种感悟、人生哲理,以及与友人纵情山水之乐。

三、魏濬的《西事珥》《峤南琐记》

魏濬(1553—1625),字禹卿,号苍水,松溪(今福建松溪)人,自幼聪慧过人,有"闽中二溶"之称。万历三十二年(1604)进士,历官户部观政、河南清史司主事、山西省郎中、广西提学佥事、江西按察副使、湖广按察使等。魏濬万历三十七年(1609)为广西提学佥事时主持修造桂林学宫礼器,创办思恩州学。魏濬是有名的清官,政绩显著,同时诗文也负有盛名,著述丰、涉猎广,有《易义古象通》《武略》《世略》《纬谈》《西事珥》《峤南琐记》《东粤事文摘》《方言据》《峡云阁草》《太乙括元》《黄领膈》等著作传世,其中在广西为官时所作《西事珥》8卷、《峤南琐记》2卷。

《西事珥》之"西事"指粤西之事,"珥"有随时记录、写作的意思。此书类似于地理笔记,内容庞杂,包括广西的山川地理、名胜古迹、物产气候、风土人情、人物典故、历史传说、少数民族等。《西事珥》对广西气候的描绘,除了对"瘴"的关注外,还有"腊月多雨""春半如秋""重雾报晴天"等,抓住了广西气候的独特之处,是作者真切的感受。

《西事珥》卷一在写山川地理时有不少作者的游记和感受,如《松阴月色》《峰峦洞壑之异》《阳朔道上诸峰》《独秀山》《栖霞两洞口》等,其中《松阴月色》颇有意境:

入西界,夹道长松落落,皆千寻合抱。予行雨中,四十日始抵境,过全湘,将至兴安,时暮春六日也。是日晚烟乍收,夕空渐出,而篝火者群导于前,车从喧阗愈甚,意殊不怿。所谓松间喝道,兼之月下点烛矣。因令篝火者远去,遂下车步行,从骑及舆人俱稍后,止以二三人自随。时雨初止,地尚湿,间有积水未落。月从枝梢间透光而下,清阴晻霭,宛如行翠幄中。而枝柯盘纠飞舞,若欲下搏人者,影历落纵横地上。林外诸峰,微吐尖杪,皆苍翠欲滴。有白气横拖其足作银色,望之如在户外。涧泉漱石,淙淙有声。①

描绘了刚入兴安境时所见景色,作者喜欢清静,但遇到一群篝火者,觉着喧闹。行文先抑后扬,作者起初在嘈杂的环境中无法感受美景,所以说"松间喝道""月下点烛"大煞风景。人散之后,意境渐出,暮春三月雨后清新的夜晚,月光从树枝间透出,林外诸峰苍翠欲滴,林间溪流淙淙水声,都是沁人心脾的美景。

《西事珥》卷一记山水时有不少对地名、山名的考证,如《五岭考》《牂牁》《愚溪钴鉧潭》《虞山尧山》等。

《愚溪钴鉧潭》认为《一统志》中永州、全州俱载有钴鉧潭是不对的,全州、灌阳虽然是古零陵之地,但既然分了,就不属于零陵,而对不属于本地的山水是不应该记载的,这充分显示了魏濬治学的严谨。《虞山尧山》认为《史记》中所说舜死于苍梧之野的"苍梧"并非是广西之苍梧,又引《吕氏春秋》《孟子》,认为桂林虞山、尧山之名多有附会之意,但也认为地方以虞舜为山水命名说明在偏远的夷乡,有三圣精神流传,即便是附会也有其意义所在。还有《武侯祠》中说桂林宝积山、灵川大象山都有武侯祠,思恩州还有关于诸葛亮的传说,而作者考证诸葛亮从来没有到过广西,猜测武侯对广西影响的原因,引思恩县令萧鸣盛所说诸葛亮曾在中州城门村屯田,而中州与灵川接壤,估计是这个原因。北流的勾漏洞因葛洪曾任勾漏县令而名气大增,《葛稚川未至句漏》主要是说明葛洪其实未曾到过北流的勾漏洞的事实。

---

① 四库全书存目丛书编纂委员会编.四库全书存目丛书·史部(第247册)[M].济南:齐鲁书社,1996:759.

《西事珥》写山水时附有大量传说,如《泉呼即应》写富川犀泉、思恩县婆娑泉、浔州白石山漱玉泉等呼之即应的神奇传说,《揽龙》中写宾州马潭神祠以虎头祭祀而得风雨的传说。但作者对传说是以考证来辨真假,态度比较客观,他并不相信山水的附会传说,尝试寻找真相。如《火山》一文中,梧州火山每至三五夜就会出现,传说水中有珠宝,或是赵佗藏剑于山中才会有这样的奇景,而作者以自己曾游历泰山的经历和《物类相感志》《素问》等书籍中的记载来说明火山之火并不稀奇,认为"凡积则火生焉,野火,草木之积,阳焰,水之积也。土积成山,自宜有之"①。

总之,考证是《西事珥》的鲜明风格,《四库全书提要》称:"其考订颇不苟,叙述亦为雅洁,无说部沓杂之习。"②

《峤南琐记》是归于魏濬名下的明代粤西笔记,《四库全书提要》言其:"不著撰人名氏。卷首有万历壬子湛卢山中人题词云,汇箧中所录西事,见大荒经所载神人有珥蛇者。珥,耳饰也,一曰瑱。又蚕弄丝于口亦曰珥。因以珥名。录竟,尚有碎事及续闻者百余种,因复理而存之,命曰峤南琐记。考万历中闽人魏濬曾作西事珥八卷,述粤西风土,已别著录,以题词证之,此书盖亦濬作矣。"③《西事珥》为地志类,而《峤南琐记》大多记杂事,风格稍有不同,记叙简洁,不作考证。《峤南琐记》记录了独具粤西风情的风物,比如广西独特的植物,像梧州察院仪门外墙地上的烛草、湘竹和厅事前的大椿树、邕州道署的桄榔树都成了作者观赏不厌的对象;写景部分较简单,其中自定理西行的一段行记写了广西山之绝险和当地行者的习俗:"行人过者必从山下携石一块置此,祝云愿增脚力。"

---

① 四库全书存目丛书编纂委员会编.四库全书存目丛书·史部(第247册)[M].济南:齐鲁书社,1996:758.
② [清]永瑢等撰.四库全书总目[M].卷七十七,史部三十三,地理类存目六,杂记,西事珥八卷,北京:中华书局,1965:672.
③ [清]永瑢等撰.四库全书总目[M].卷一百四十三,子部五十三,小说家类存目一,峤南琐记二卷,北京:中华书局,1965:1223.

四、邝露的《赤雅》

邝露(1604—1650),字湛若,号海雪,广东南海(今广东广州)人。年少负才,傲岸不群,工诸书体,曾以真书、行书、草书、篆书、隶书五种书体答考题,惹怒督学,置五等,邝露大笑而去,不复应试。崇祯七年(1634)邝露因得罪南海县令被革去功名,离开家乡,亡命广西,流连于广西山水,历岑、蓝、胡、侯、檗五姓土司之境,做客于云弹娘山寨。之后泛洞庭、涉九江,纵游吴、楚、燕、赵,诗名远播。崇祯十二年(1639),南海县令获罪,邝露得以还乡,崇祯十五年(1642)供职于史馆。南明时期,邝露追随唐王任中书舍人,唐王败死,又追随桂王朱由榔至桂林,顺治七年(1650)清兵攻陷广州城,他在其居所"海雪堂"从容就死。游历广西期间,邝露足迹遍及漓江、浔江、桂江、左右江,深入少数民族地区,将粤西各地山川地貌、名胜古迹、民间传说、民俗风情、奇珍异兽、趣闻轶事述于笔端,汇成《赤雅》3卷,此书是粤西山水散文中的奇作,同时也是研究古代广西山川、古迹、传说、少数民族的珍贵文献资料。

《赤雅》中的"赤"为火之颜色,炎热之意,代表了属火的南方,"雅"是雅言,注疏训诂为雅,取名"赤雅",就是作者希望做一部南方山川风物的注疏、训诂的书。《赤雅》卷一共60条,为土司及所属各部落、部族的制度与风俗;卷二共54条,为广西山川、名胜、古迹、道路;卷三共80条,为广西物产、珍禽异兽。此书一部分是邝露游历广西的见闻,一部分是古籍文献的大汇合,从先秦的古籍到明末的文献都有涉猎,其中涉及了大量的南方少数民族民间传说、神话、传说、异闻、诗、词的组合,充满了浓郁、奇异的浪漫主义色彩,且文辞华美、汪洋恣肆、文学色彩浓厚,因此也被称为明代的《山海经》,不过其绘声绘色的夸张手法和荒诞怪异、匪夷所思的讲述,让人真假难辨,如对关于"飞头獠"的记述,因而受人诟病。但无论如何,作为文学作品,《赤雅》还是充满魅力的,其中也有不少篇章是邝露本人亲身经历后作的游记。

《赤雅》中写山川，有些条目十分精练简短，或是从前人古籍中直接录用，辅以传说、诗词增添色彩，如《崇山》《石人山》《昆仑关》《二壶城》《李白岩》《何侯山》等，或是对广西某些景观的概括，如《粤西入安南三路》《容州三洞天》《七究》《桂林三峤》等。以《石人山》为例，虽然文字极少，但十分传神：

>　　石人山，下枕藤水。三两对坐，举指兴会，丰姿朗然。招之不来，方知其为石矣。①

先写山之形，平淡无奇，后面的写法则显得颇具新意，不仅说明了山形神似人形，还将山写活了，寥寥几笔把石人山描绘得栩栩如生，且让读者觉得趣味横生，产生无限想象的空间。

邝露写山水景物往往只有几笔，却精练出色，如写鬼门关渲染其阴森可怖："日暮黑云霾合，阴风萧条。苍鹮啼而鬼镖合，天鸡叫而蛇雾开……行数武，有一大石瓮，中有骷髅骨五色，肠皆石乳凝化。"②让人毛骨悚然的景如在眼前。又如写兰麻道之险：

>　　自理定西行兰麻鸟纱峰，峰刺天，仅容足，又极险隘。无间道，每过岭擘天直上，至绝顶又悬空而下，连绵不穷，闻之飞云九折，尚能服牛乘马，方之筏如矣。③

在他笔下兰麻鸟纱峰的险变得飘逸飞扬，令人神往。又如写柳州立

---

① [明] 邝露著，蓝鸿恩考释. 赤雅考释[M]. 南宁：广西民族出版社，1995：60.
② [明] 邝露著，蓝鸿恩考释. 赤雅考释[M]. 南宁：广西民族出版社，1995：60.
③ [明] 邝露著，蓝鸿恩考释. 赤雅考释[M]. 南宁：广西民族出版社，1995：66.

鱼岩之形与色也非常出彩：

> 岩在柳城西南数里，山小而锐，似鱼怒升之状。腹间有洞，石分红白二色，若珊瑚枝架白玉楼。①

这些山水描写虽然文字简短，但精准到位，如在眼前，应该是邝露亲临山水观察之后才有的感受。

《赤雅》还有一些篇幅较长的文章，或是论广西山川的形势，如首篇《山川论略》，或是冠以"记"或"游记"之名，或者不以记为名，但内容有明确的游程描写。这些文章大概是邝露真实游览过之后有自己独特感受而作，如《阳塘记》《游桂林招隐山小记》《叠彩山》等。邝露的山水游记文辞极美，如《阳塘记》：

> 濑桂皆山，濑桂皆水也。漓江、阳江、弹丸、西湖、白竹、䟫城、郭匡月城，姑未暇论。即城中揭帝、梓潼、华景、西清，色色入品，惟阳塘最胜。阳塘东西横贯，中束以桥。东曰杉湖，西曰莲荡。征蛮幕府，镇守旧司，南北相望。演漾若数百亩。临水人家，粉墙朱榭，相错如绣。茂林缺处，隐见旌旗。西枕城闉，阳水入焉。予先一日忆吾家花田游舸，有诗云："芙蓉叶烂不还乡，五月玄岩尚怯霜。梦入花田看越女，手擎丹荔倚斜阳。"及游阳塘，风开翠扇，水泛红衣，杜若芳洲，不减花田珠海。红蕖白苣，不减丹荔素馨。纨绮王孙，不减三城侠少。词郎佳句，不减水部风流。金谷佳人，不减海边素女。至如玉山紫黛，金削芙蓉；倒蘸冰壶，天光上下，则吾家之所无也。昔人谓楚南山川，造化以慰夫贤而辱于此者。予虽非其人，而所慰

---

① ［明］邝露著，蓝鸿恩考释．赤雅考释［M］．南宁：广西民族出版社，1995：67．

倍多于人。观其所慰,而天地之情见矣。①

把桂林城中之景写得诗情画意,美不胜收。文中插入作者家乡花田游舸的诗歌,睹景思乡本是人之常情,而作者还以此将桂林作比,盛赞桂林美景和人物与家乡相比确实不相上下,而且山水相依、奇峰倒影、水天一色却是家乡无法比拟的。文末还以"造化以慰夫贤而辱于此者"进一步赞美了桂林的自然景观,也点明了桂林山水的人文特色,同时看到桂林明秀山水使人心情舒畅,邝露背井离乡的心情也同样在山水中得以释怀。

在山水中抒发类似情感的还有《叠彩山》:

> 桂城北重门夹山,东曰叠彩,西曰西清,状如石城玉叠。山麓曰寿圣寺,寺后有穴,自然生风。丹陆赫而含冻,乌鸢堕而清暑,名曰风洞。风洞左折曰叠彩洞,奇石堆垛,灿若琼珉。其后则尧山蔽天而下。前眺漓水,斗鸡白雉,巨象骆驼,若驮经听法之状。其左一峰曰平越,右一峰曰四望。浮云淹日月,长江亘终古。水落潇湘,寂寞长迈。北人至此,多轸乡情。元长侍构奇云亭其上,志思也。予旅游寡情,乡思已绝,笑读亭记,谓未必尔。有顷,见独秀山金碧辉煌,溪径历历。忆去年残腊,与乔生、宋生,同凭一几看小李将军画,宛然在目,作诗寄之。朗吟之间,不觉落泪,嘳然叹曰:"古之人不予欺也。"于是循岭而下,游混沌岩。明月已举,见蟾鹤于越诸峰,石纹横布,纯为紫黛,真巨灵之鸿彩也。徐步过华景洞,入岩光亭。亭后雉堞四垂磊砢多石,篆曰"西清宝积山"。闻秦城角声而返,时夜将半。②

此处先描绘了叠彩山的景致和登山而有的北归之思,邝露是从家乡

---

① [明]邝露著,蓝鸿恩考释.赤雅考释[M].南宁:广西民族出版社,1995:107.
② [明]邝露著,蓝鸿恩考释.赤雅考释[M].南宁:广西民族出版社,1995:74.

落荒而逃来到广西的,所以称自己是"旅游寡情,乡思已绝",本以为对于前人看山水而抒发的感情是不可能感同身受的,却突然被看到的景色勾起了故乡往事,不觉落泪,才发现前人所思真切不虚,也表明了与叠彩山景水景已达到了天人合一的审美状态。

《赤雅》中最大的特点是用大量古代典籍或民间流传的神话、传说来点缀景物,使之神奇化。其中源自古代典籍中的神话,如:《崇山》中"放欢兜"的传说。早在《尚书·舜典》中即有"放欢兜于崇山"的记载,《山海经》中也说舜将凶兽欢兜放逐至崇山。《何侯山》引《梧州府志》中尧帝时期何侯者的传说,说何侯者隐居苍梧山,两百余岁,五帝赐之药一器,家人三百余口同升。《查浦》引《博物志》《荆楚岁时记》中仙槎横于江边的传说,言道至唐宋后此传说移植到横州,横州因此由原来的宁浦而改名。还有大量民间传说神奇,比如:《李白岩》提到了李白流放夜郎的传说,据蓝鸿恩考释,李白流放路线并未路过广西,所以是民间传说的附会之说①。《火山》说火山下埋着南越王的神剑,又说"下有宝珠,月星皎洁,冷光烛天,如峨眉、洛伽、南岳圣灯之状"。《绿珠井》《杨妃井》将井水附会广西古代著名美女的传说,如"汲(一本作吸)此井者,诞女必丽""饮之美姿容",显示其与众不同。《犀泉》之"观者呼之,应声即出,须臾盈科",《婆娑泉》之"饮者呼之,渴尽(渴尽一本作消渴),则止",《漱玉泉》之"每钟鼓动,则踊跃而来,声歇随缩",这几处泉水都因为奇闻而增添了神奇色彩。类似神话传说的引用在《赤雅》中比比皆是。《赤雅》中不少条目都直接从魏濬《西事珥》中择出,不一样的是,邝露不对传说进行考辨,而是力图让人信以为真。

《赤雅》内容虽然庞杂,但足见作者之才华,《四库全书总目提要》评价其:"所记山川物产皆词藻简雅,序次典核。不在范成大《桂海虞衡志》

---

① [明]邝露著,蓝鸿恩考释.赤雅考释[M].南宁:广西民族出版社,1995:68.

第四章 明代广西山水散文的发展

之下,可称佳本。"①清人鲍廷则称《赤雅》"环奇藻丽",写山水如行云流水、简而出神,繁而见情,具有很高的审美价值。

其他一些笔记还有:谢肇淛《百粤风土记》是其在任广西右布政使期间"取风土之耳且目者,次第笔焉"②,辑撰广西见闻而成的笔记,有广西山川、物产、民族、历史、社会等内容。曹学佺《广西名胜志》概述广西历史沿革,记录了桂林府及各县、平乐府、梧州府、柳州府、庆远府、思恩府、浔州府、南宁府、太平府、左江土司、右江土司等9府11州、46县、49司的历史沿革和山水名胜,是广西形胜的重要著作。岳和声《后骖鸾录》是其出任庆远府知府,仿范成大《骖鸾录》所作的纪行日记,对广西少数民族风俗多有记载。黄福《奉使安南水程日记》是永乐四年(1406)其出使安南的行程日记,七月二十二日入广西段,经过全州、兴安、桂林、阳朔、平乐、昭平、梧州、藤县、平南、浔州、贵县、横州、永淳、宣化、太平府、龙州等地。王济《君子堂日询手镜》编汇横州山川风土而成。曾伟芳《西行草》为万历年间其谪宾州时所作之杂文。

五、其他作者的山水散文

明代广西山水散文作品很丰富,《粤西文载》中的明代广西山水散文如表4-1所示:

表4-1 《粤西文载》中的明代广西山水散文

时期	作者	作品	表现内容	文体
明	富礼	《梧州南薰楼赋并序》	梧州南薰楼	赋
明	颜晖	《重修灵渠赋并序》	桂林兴安灵渠	赋

---

① [清]永瑢等撰.四库全书总目[M].卷七十一,史部二十七,地理类四,外纪,赤雅三卷,北京:中华书局,1965:633.
② [明]谢肇淛撰,江中柱点校.小草斋集(上)[M].卷六,百粤风土记自序,福州:福建人民出版社,2009:146.

续　表

时　期	作者	作品	表现内容	文体
明	胡荣	《芝轩赋并序》	苍梧芝轩	赋
明	黄宣	《游花石岩赋》	花石岩	赋
明	方昇	《灵渠赋并序》	桂林兴安灵渠	赋
明	袁袠	《送远赋》 《游桂林诸山记》 《游乳洞记》	记游感 桂林诸山 乳洞	赋 记 记
明	俞安期	《游中隐山赋并序》	桂林中隐山	赋
明	顾璘	《送远赋》	记游感	赋
明	陈洙	《漫泉亭赋并序》	梧州漫泉亭	赋
明	陈琏	《还珠洞辨疑》 《沉香潭辨疑》	桂林伏波山还珠洞 全州沉香潭	辨 辨
明	顾璘	《完山记》 《郡圃秋佳轩记》 《露胜亭记》 《应泉说》	全州完山 全州秋佳轩 全州露胜亭 全州柳山应泉	记 记 记 说
明	彭清	《容县龙坟山记》	容县龙坟山	记
明	李棠	《尧山谒尧庙记》	桂林尧山尧庙	记
明	孔镛	《重修灵渠记》 《桂林诸葛亭记》	桂林兴安灵渠 桂林诸葛亭	记 记
明	桑悦	《仙岩记》 《开邃岩记》 《桂山草堂记》	融水真仙岩 融水邃岩 桂山草堂	记 记 记
明	王济	《游古钵山记》 《游湴塘岩记》	横州古钵山 横州湴塘岩	记 记
明	潘恩	《太平岩碑记》 《懋德堂记》	桂林独秀峰太平岩 桂林懋德堂	记 记
明	茅坤	《太极洞记》	阳朔太极洞	记
明	周宗正	《柳山飞来石记》	全州柳山飞来石	记
明	张瀚	《冲宵山记》	梧州火山	记
明	张佳胤	《游贵县南山记》	贵县南山	记

续表

时期	作者	作品	表现内容	文体
明	张一清	《游水月岩记》	玉林水月岩	记
明	胡直	《游龙隐岩》 《游隐山六洞记》 《游七星岩记》 《游还珠洞记》	桂林龙隐岩 桂林隐山六洞 桂林七星岩 桂林伏波山还珠洞	记 记 记 记
明	罗黄裳	《迎仙洞记》	平乐迎仙洞	记
明	龙国禄	《浔州白石山记》	桂平白石山	记
明	张所望	《瑞泉记》	玉林瑞泉	记
明	杨于陛	《游水月岩记》	北流水月岩	记
明	张以宁	《知愚斋记》	南宁知愚斋	记
明	周鲁奇	《阳朔读书楼记》	阳朔读书楼	记
明	解缙	《素位轩记》	兴安素位轩	记
明	何自学	《平乐昭文楼记》	平乐昭文楼	记
明	蔡云翰	《明秀亭记》	平乐明秀亭	记
明	叶盛	《漫泉亭记》	梧州漫泉亭	记
明	梁全	《重修梧州府谯楼记》	梧州谯楼	记
明	韩雍	《友清书院记》	梧州友清书院	记
明	夏时正	《芝轩记》	梧州芝轩	记
明	黄鹏	《容县灵钟亭记》	容县灵钟亭	记
明	汪溥	《阜民亭记》	宜州阜民亭	记
明	包裕	《重建怡云亭记》	桂林龙隐岩怡云亭	记
明	汪渊	《宝贤亭记》	桂林宝贤亭	记
明	宗玺	《拱辰亭记》	桂林拱辰亭	记
明	欧阳旦	《叠彩楼记》	桂林叠彩楼	记
明	邵宝	《蒋氏横厅记》	全州蒋氏横厅	记
明	邓炳	《太平府钟楼记》	崇左钟楼	记
明	严逾	《丹崖精舍记》	河池丹崖精舍	记
明	程文德	《高明亭记》 《浮金亭记》	梧州高明亭 藤县浮金亭	记 记

续 表

时 期	作 者	作 品	表现内容	文体
明	徐 浦	《南宁最高台记》《白云精舍记》《孤鹤亭记》	南宁最高台南宁青秀山白云精舍南宁孤鹤亭	记记记
明	方 瑜	《青山亭馆记》	南宁青秀山	记
明	王大经	《清风馆记》	南宁清风馆	记
明	谢 忠	《重建上林县西楼记》	上林西楼	记
明	苏 濬	《君子亭百字碑记》	梧州百花亭（君子亭）	记
明	熊养初	《瑞泉亭记》	玉林瑞泉亭	记
明	方 玭	《梧州府浮桥记》	梧州浮桥	记
明	吴 玉	《万里桥记》	兴安灵渠万里桥	记
明	傅惟宗	《藤县永安桥记》	藤县永安桥	记
明	张 琎	《浔州清平桥记》	浔州清平桥	记
明	周孟中	《郁林安远桥记》《郁林瑞泉亭铭并序》	玉林安远桥玉林瑞泉铭	记铭
明	宋 澍	《庆远兴县桥记》	宜山兴县桥	记
明	周进隆	《成顺桥记》	桂林成顺桥	记
明	赵成安	《庆远府洛黄桥记》	宜州洛黄桥	记
明	杨 芳	《重修横桥记》	桂林横桥	记
明	龚一清	《雀巢志》	雀巢	志
明	乐明盛	《粤西浔江郡双获铜鼓滩记》	浔江铜鼓滩	记

石刻文献中的明代广西山水散文如表 4-2 所示：

表 4-2　石刻文献中的明代广西山水散文

刊刻时间	作 者	作 品	表现内容	文体
明正统七年（1442）	唐 復	《点翠亭记》	平乐县点翠亭（印山亭）	记
明正统八年（1443）	柳溥等	《柳溥田真游虞山题名记》	桂林虞山	记

续　表

刊刻时间	作　者	作　品	表现内容	文体
明景泰五年（1454）	李　骏	《合浦还珠亭记》	合浦还珠亭	记
明景泰六年（1455）	林维翰等	《林维翰等六人游风洞记》	桂林叠彩山风洞	记
明成化七年（1471）	韩　雍	《府江滩峡记》	平乐漓江龙门峡（松林峡）	记
明弘治元年（1488）	王　政	《南溪山白龙庵记》	桂林南溪山白龙洞	记
明正德六年（1511）	欧阳旦	《游风洞记》	桂林叠彩山风洞	记
明正德八年（1513）	徐　淮	《增建玉皇阁记》	桂林伏波山玉皇阁	记
明正德九年（1514）	方良永等	《七星岩题记》	桂林七星岩	题记
明正德十年（1515）	陈　彬	《游龙隐岩赋》	桂林龙隐岩	赋
明正德十年（1515）	陈　彬	《月牙山记》	桂林月牙山	记
明正德十三年（1518）	傅　伦	《游风洞山记》	桂林叠彩山	记
明正德十三年（1518）	吕　环	《七贤太平岩记》	永福太平岩	记
明嘉靖六年（1527）	蓝　渠	《三海岩赋》	灵山县三海岩	赋
明嘉靖七年（1528）	陈志敬	《回春岩命名记》	忻城白虎山回春岩	记
明嘉靖十三年（1534）	姚世儒	《重修虞山庙记》	桂林虞山庙	记
明嘉靖十九年（1540）	王　钜	《游南山龙隐洞记》	宜州南山龙隐洞	记
明嘉靖二十年（1541）	陶　弼	《题三海岩》	灵山县三海岩	记

续 表

刊刻时间	作者	作品	表现内容	文体
明嘉靖二十一年(1542)	翁溥等	《游三海岩记》	灵山县三海岩	记
明嘉靖二十二年(1543)	陶珪	《碧山记》《碧山亭记》	桂林屏风山	记记
明嘉靖三十六年(1557)	张煊	《奇田山记》	宜州奇田山	记
明嘉靖三十七年(1558)	林篪	《许东山六峰山开路记》	灵山县六峰山	记
明隆庆二年(1568)	张佳胤	《游贵县南岩记》	贵港南岩	记
明万历五年(1577)	朱子清	《读元祐党籍题记》	桂林龙隐岩元祐党籍碑	题记
明万历五年(1577)	罗黄裳	《迎仙洞记》	平乐迎仙洞(珠岩)	记
明万历七年(1579)	曾应榮	《开辟曾公岩记》	桂林曾公岩	记
明万历八年(1580)	夏希元	《游虞山记》	桂林虞山	记
明万历八年(1580)	叶赞等	《重修泗洲岩佛像记》	桂林南溪山泗洲岩	记
明万历八年(1580)	王尚文	《虞山题记》	桂林虞山	题记
明万历十三年(1585)	佚名	《柳州鱼峰山题记》	柳州鱼峰山	题记
明万历十四年(1586)	管大勋	《府江开路记》	平乐漓江	记
明万历二十五年(1597)	储英	《重修接龙桥记》	桂林木龙古渡	记
明万历二十六年(1598)	龚文选	《谒柳州柳子厚祠赋》	柳州柳侯祠	赋
明万历三十年(1602)	张邦教	《重修伏波庙碑记》	横县乌蛮滩伏波庙	记

续 表

刊刻时间	作 者	作 品	表现内容	文体
明万历三十一年(1603)	唐世尧	《龙矶堤记》	平乐龙矶堤	记
明万历三十三年(1605)	曲迁乔	《游龙岩泉题诗并序》	灵川青狮潭龙岩泉	序
明万历三十五年(1607)	王 法(本地人)413	《重建鲍公亭记》	融水真仙岩鲍公亭	记
明万历三十八年(1610)	翁汝进	《开辟府江险滩碑文》	平乐县漓江龙门峡（松林峡）	记
明崇祯八年(1635)	郭 巩	《游三海岩》	灵山县三海岩	记
明（具体时间不详）	镏 暹	玉融八景诗序	融县八景	序

明代广西的摩崖石刻总数量较前代增加了不少,但题记类的石刻较唐宋少了很多。

第四节　明代地理学家的广西山水散文

一、王士性的《五岳游草》《广游志》《广志绎》

王士性(1547—1598),字恒叔,号太初,又号天台山元白道人,临海(今浙江临海)人,是我国明代末期伟大的人文地理学家、旅行家。王士性天资聪颖且好学,以诗文名于天下,于万历五年(1577)考中进士,开始官宦生涯,先后出任确山知县、吏部给事中、四川典试、广西布政司参议、云南澜沧兵备副使、河南提学、山东参政、都察院右佥都御史、鸿胪寺正卿等。王士性好游历,在其20多年的官宦生涯中伴随着对山水名胜的自然、人文考察,足迹遍及除福建省之外所有的中国大地,所到之处都进行了实地考察,对山川名胜、风物风俗一一记录考订,具有独到的眼光和理论探索精神，写成《五岳游草》12卷、《广游志》2卷、《广志绎》5卷流传于世，其中有许多精彩的游记文学作品。万历十七年（1589）王士性调任广西布政司参议，以任职的便利游历了广西山水，《五岳游草》卷七《滇粤游上》写广西游记的有《桂海志续》，主要是写了桂林的诸景；《广志绎》卷五《西南诸省》中广西排在四川之后。

王士性在万历十六年（1588）奉朝廷之命典试四川，次年转任广西布政司参议，在蜀中山水中流连忘返，而后转到广西。在《桂海志续》序中王士性通过与范成大的对比交代了写作缘由和与范成大《桂海虞衡志》的联系。王士性和范成大都曾因公务而到过四川与广西两处，都是从一个山水佳处到另一个山水佳处，都是在对一个地方流连忘返、意犹未尽的情形之下又到了另一个地方，不同的是范成大是先入桂再入蜀，王士性是先入蜀后入桂。王士性说自己"自蜀改粤时，犹恍惚行巫山、锦水中也，亦为刻入蜀三记于郡斋，是何与范先生易地而同思耶。其后范镇蜀，未知志蜀山川否？余乃为《粤游志》"①，表明了他即便是对蜀中山水念念不忘，也没忘记给广西山水作志。王士性在跋中对桂林山水给予了很高的评价：

> 桂林无山而不雁宕，无石而不太湖，无水而不严陵、武夷。兹特就人所已物色者而志之，余言说不能穷矣，柳之立鱼，融之仙岩，亦皆得其一隅，而阳朔江行，抑又过之。谭粤胜者每云：藉令巨灵六甲可移于吴、楚间，不知游履何如？噫！何渠知其不终而为吴楚耶？②

王士性不仅对广西山水给予赞美，还以发展的眼光看广西的发展。

---

① ［明］王士性著，周振鹤编校. 王士性地理书三种［M］. 五岳游草：桂海志续，上海：上海古籍出版社，1993：133.
② ［明］王士性著，周振鹤编校. 王士性地理书三种［M］. 五岳游草：桂海志续，上海：上海古籍出版社，1993：138.

明代不少人都认为桂林山水虽美,但落入蛮荒,多少有些土气,如果以此山水移到江南地区就能成为难得的胜景,王士性则认为广西"何渠知其不终而为吴楚耶",确实是难能可贵的见解。

《桂海志续》主要是王士性对在桂林游历的独秀山、叠彩山、宝积山、七星岩、省春岩、漓山、隐山六洞、龙隐岩、伏波山、白龙洞、虞山、尧山、訾家洲的描写,其中还体现了王士性在桂林的应酬和交游,如在靖江王府参加王宴,在叠彩山与张大将军同饮,与藩臬大夫饯别张阃帅,与臬副李君同游七星岩、同登尧山之巅,与张鸣凤相约游隐山六洞、伏波山。

《桂海志续》篇首写独秀山,独秀山在靖江王府中,不是一般人可以自由出入的,比起较他稍后的徐霞客,王士性是幸运的,徐霞客想尽了办法想登独秀山都没法办到。王士性入桂的这一年趁着参加靖江王宴的机会,登上了独秀山,山不高,他却写出了独秀山的险峻,将独秀山视为城中最胜之景,突出了独秀山的地位。

王士性写景笔墨不多,但清新淡雅,文学色彩浓厚,比如叠彩山之景写得甚好:

> 叠彩山旧在八桂堂后。八桂堂今不知何地矣,惟郡城直北重门夹山,东行石纹横布,五色相错,故图经以叠彩名之。唐元常侍晦三记堪读。一洞屈曲穿山之背,南北两向如提连环,土人又名为风洞。洞左小山曰干越,右小支戟立曰四望。余以赴张大将军饮,初至南望,日轮当午,独秀在前,绣闼朱甍,映带城郭。比酒阑北眺,尧山积翠,又与漓水俱来。及东循而坐四望亭,则夕阳返照,间以残霞,石山飞动,片片,如上人衣上。亭榭人绘,溪山地绘,云物天绘,何直叠石称彩焉已耶?既乐而忘归,遂卜其夜。①

---

① [明]王士性著,周振鹤编校.王士性地理书三种[M].五岳游草·桂海志续,上海:上海古籍出版社,1993:134.

他从正午到黄昏在叠彩山上见景而醉,乐而忘归,将叠彩山及周围的环境作为一个整体,重点写了叠彩山上所见四周之景,最为特别的是用了夸张的手法写夕阳映彩霞,石山如飞动起来落在人衣上,别致地刻画了叠彩山黄昏美景,并总结出叠彩山不仅仅应该是因山以石纹横布而得名,而是它所涵括了人绘、地绘、天绘之美,这是以往写叠彩山很少提及的,角度很新颖。

《广志绎》是一部全国性的地理笔记,共6卷,记录了两都、河南、陕西、山东、山西、浙江、江西、湖广、广东、四川、广西、云南、贵州的情况。其中卷五《西南诸省》四川之后是广西。写广西的部分主要有地形、河流、土官、纳税、交通、物产、名胜、民族、民俗等内容,形成较完备的人文地理的体系。王士性先写了广西的水系,经过了实地考察后他将广西的河流走向摸得很清楚。接着写了广西山脉的走势,特别写了灵川至平乐的山的特点:

> 自灵川至平乐皆石山拔地而起,中乃玲珑透露,宛转游行。如栖霞一洞,余秉炬行五里余,人物飞走,种种肖形,钟乳上悬下滴,终古累缀,或成数丈,真天下之奇观也。广右山多蛇虺,独不藏匿,洞中极其清洁。若舟行阳朔江口,回首流盼,恐所称瀛海、蓬莱三岛不佳于是。①

王士性写玲珑剔透的溶洞、丰富多彩的钟乳石、青山绿水的景致,将桂林、阳朔、平乐一带岩溶地貌很精确地加以记录,而又不失风韵文采。王士性还理性分析了广西的山从鉴赏者和风水大师的视角来看是不一样的:

---

① [明]王士性著,周振鹤编校.王士性地理书三种[M].广志绎卷五,上海:上海古籍出版社,1993:376.

第四章 明代广西山水散文的发展

广右山川之奇,以赏鉴家则海上三神山不过,若以堪舆家,则乱山离立,气脉不结。府江两岸石阜如枪、如旗、如鼓、如鞍、如兜鍪、如叠甲、如兰锜,无非兵象,宜傜僮之占居而世为用兵之地也。江南虽多山,然遇作省会处,咸开大洋,驻立人烟,凝聚气脉,各有泽薮停蓄诸水,不径射流。即如川中,山才离祖,水尚源头,然犹开成都千里之沃野,水虽无潴,然全省群流总归三峡一线,故为西南大省。独贵州、广西,山牵群引队向东而行,并无开洋,亦无闭水,龙行不住,郡邑皆立在山椒水溃,止是南龙过路之场,尚无驻跸之地,故数千年暗汶,虽与吴、越、闽、广同时入中国,不能同耀光明也。①

从观赏的角度看是奇秀天下,蓬莱、瀛洲、方丈三山都有不及,但若是从风水的角度看,则是"乱山离立,气脉不结",从风水学角度比较广西与江南、四川的山水之风水不同,分析了为什么四川能成为西南大省,为什么与江南同时纳入中央版图的广西,到明代发展还是远远落后于江南的原因。这种分析在以前的确不多见。

《广志绎》还涉及广西民族与移民的很多问题,如疍民就是"渔民""船家"或"水族",多为"濒江而居""以舟为宅",世代以船为家,以捕鱼为业的水上人家。广西疍民主要分布在西江流域沿江及北部湾沿海一带,王士性提到疍民的广东移民,还说到了疍民的习俗:

三江蜑户其初多广东人,产业牲畜皆在舟中,即子孙长而分家,不过为造一舟耳。婚姻亦以蜑嫁蜑,州县埠头乃其籍贯也,是所谓浮家泛宅者。吴船亦然,然多有家在岸。②

---

① [明]王士性著,周振鹤编校.王士性地理书三种[M].广志绎卷五,上海:上海古籍出版社,1993:378-379.
② [明]王士性著,周振鹤编校.王士性地理书三种[M].广志绎卷五,上海:上海古籍出版社,1993:377-378.

还写到了广西的民族分布情况及少数民族村落和耕田情况:

> 桂平、梧、浔、南宁等处,皆民夷杂居,如错棋然,民村则民居民种,僮村则僮居僮耕,州邑乡村所治犹半民也。右江三府则纯乎夷,仅城市所居者民耳,环城以外悉皆傜僮所居,皆依山傍谷,山衡有田可种处则田之,坦途大陆纵沃,咸荒弃而不顾。①
>
> ……
>
> 瑶僮之性,幸其好恋险阻,傍山而居,倚冲而种,长江大路,弃而与人,故民夷得分土而居,若其稍乐平旷,则广右无民久矣。②

说出了广西少数民族依山而居的居住特点。

另外王士性还对两粤进行了比较,如说广东人精明,善于经商,而广西人只是坐食而已,所以粤东繁华于粤西。王士性善于总结和分析,对广西发展比不上中原的原因从自然环境、人文环境等方面进行了理性的分析,有一定的道理。

《广游志》是王士性的地理著作,是其遍游天下后的理论心得。如其中有对各地山水的特点比较:"天下名山,太华险绝,峨眉神奇,武当伟丽,天台幽邃,雁宕、武夷工巧,桂林空洞,衡岳挺拔,终南旷荡,太行透迤,三峡峭削,金山孤绝";"水则长江汹涌,黄河迅急,严陵清俊,漓江巧幻"③。《广游志》中的《龙江客问》,有关于广西的山水、气候、民俗等情况的描绘。

---

① [明]王士性著,周振鹤编校. 王士性地理书三种[M]. 广志绎卷五,上海:上海古籍出版社,1993:381.
② [明]王士性著,周振鹤编校. 王士性地理书三种[M]. 广志绎卷五,上海:上海古籍出版社,1993:383.
③ [明]王士性著,周振鹤编校. 王士性地理书三种[M]. 广游志卷下:杂志,上海:上海古籍出版社,1993:220.

二、徐弘祖的《粤西游日记》

徐弘祖(1586—1641),字振之,号霞客,江阴(今江苏江阴)人。自幼好读奇书、少负奇气、生有游癖,陈函辉《徐霞客墓志铭》说他:"特好奇书,侈博览古今史籍及舆地志、山海经以及一切冲举高蹈之迹,每私覆经书下潜玩,神栩栩动。"①徐霞客出生的家庭从徐父开始形成了追求自由、无意仕途、不近权贵的家风,徐父常携子出游,徐母也认为男儿志在四方,鼓励徐霞客周游名山大川。在这种家风熏陶之下,徐霞客的游癖得到了精神的支持。徐霞客也曾顺应时俗参加科举,失败之后挣脱科举枷锁,过自己想要的"问名于名山大川"的生活,漫游天下,搜奇山访异水,终于在自己喜好的领域创出了辉煌成就。徐霞客在读典籍时产生了疑惑,于是决定要进行实地考察。从 22 岁起至去世的 30 多年中,徐霞客游历了江苏、浙江、山东、河北、山西、河南、安徽、江西、福建、广东、湖南、湖北、广西、贵州、云南等地。徐霞客不以任何政治、宗教为目的,没有任何经济资助,完全凭借一腔热爱,以毕生的精力,进行游览和地理考察活动,"凡屐齿所到,模范山水,积记成帙,积帙成书"②,写成 60 万字的《徐霞客游记》,篇幅之长、记叙之详是以往的游记无可比拟的。《徐霞客游记》既是地理学著作,也是文学游记,被称为千古奇书,《四库全书总目提要》说:"宏祖耽奇嗜僻,刻意远游;既锐于搜寻,尤工于摹写,游记之伙,遂莫过于斯篇。"③在旅行期间,徐霞客曾 3 次遭遇盗贼,4 次粮绝,几经丧命,仍不顾安危长途跋涉,《徐霞客游记》季孟良序称徐霞客与之别后出游,"归而两足俱废",从此只能在榻前与之谈游事,可见徐霞客是以生

---

① [明]徐弘祖著,褚绍唐、吴应寿整理.徐霞客游记(下)[M].卷十下:霞客徐先生墓志铭,上海:上海古籍出版社,2011:1190.
② [明]徐弘祖著,褚绍唐、吴应寿整理.徐霞客游记(上)[M].上海:上海古籍出版社,2011:徐序.
③ [清]纪昀等.四库全书总目提要[M].卷七十七,史部三十三,地理类存目六,石家庄:河北人民出版社,2000:1909.

命在游,不惜牺牲身体健康来进行旅行实践,惊世骇俗,称得上千古奇人。

经过长期周密的准备,徐霞客于崇祯十年(1637)年闰四月,从湖南进入广西,开始了伟大的西南之行,次年三月,取道南丹至贵州。他在广西停留了近一年时间,进行了细致的科学考察,写成《粤西游日记》,成为《徐霞客游记》重要的组成部分,其对广西山川源流、地形地貌作了详细的考察,留下世界上最早的岩溶地貌的考察记录,与现代科学的探测数据相差无几,也对广西的山川、名胜、物产、民俗进行了记录。《粤西游日记》有4部,《粤西游日记》(一)是粤西北部游记,自黄沙铺经全州、兴安至桂林,畅游漓江至阳朔;《粤西游日记》(二)是广西北部和东南部的游记,主要游迹在永福、洛容、柳州、柳城、融县、象州、武宣、浔州、郁林、北流、容县、贵县、横州、永淳、南宁;《粤西游日记》(三)是记游沿左江西行,过新宁州、太平府、太平州、安平州、恩城州、龙英州、雷州、武州、隆安,再返回南宁;《粤西游日记》(四)是记游南宁、宾州、河池、南丹,从南丹入贵州境。《粤西游日记》最大的贡献是在地理上对广西岩溶地貌进行了精准描述,准确生动地描绘广西的地理情况,如徐霞客在桂林期间两次考察七星岩,第一次对洞内的形态有生动的描述,第二次则体现了科学考察的精准,查清了七星岩15个洞的准确位置,与现代科学探测出的结果相差无几。

徐霞客在桂林停留时间较长,从崇祯十年(1637)闰四月二十八至六月十一,有一个半月之久,其间去了阳朔,又回到了桂林城,两次游览七星岩,3次游览雉山,在桂林城里来回兜转,东南西北的城门都几乎遍及,还进入了靖江王府的后花园,有较详尽的桂林城市的描述。桂林城是今本《徐霞客游记》中记得最详细的城市,如刚到桂林市就描写了北边的5座城门,记载了桂林城东面临江而建的城门,从城北隅往南至浮桥就有5道城门。还写了桂林城市街道布局的情况,记载了都司署、按察司及桂林靖江王城,桂林城依山水而建的城市特点表露无遗。《粤西游日记》(一)在记述城市的情形时还生动记载了明代桂林市民生活的图景,如奇怪的饮食习惯,又如韭菜馅肉包子是甜的,稀粥拌鸡肉当早餐,水果荔枝皮绿核大肉薄、上市时间特别短,还有酸甜的黄皮果,以及桂林人用岩洞当马厩,在岩洞里建房子。还描写了桂林端午节时官方禁止赛龙舟,但还是阻止不了老百姓要划龙舟的热情,地方不同风俗却相同,勾起了徐霞客的思乡之情。徐霞客在桂林时正逢桂林暴雨季节,雨倾如注,他在六月初七的日记中说道,雨下了一个晚上没停,第二天水腾涌如决堤,街市如同无船的河一般。他还写了靖江王搭建高台礼佛念诵经文《梁皇忏》、设栏上演《木兰传奇》时的热闹场面,透露出靖江王府对外界的森严防备和靖江王祭灵活动的排场。

徐霞客善于写景,路之所见的山川、村落、城镇、寺庙道观、断垣残碑一一记录,绝不遗漏。而且他都能把景物写得惟妙惟肖,描写优美风景时,语言清丽、流畅,在写壮丽景观时,语言雄奇、峻洁。[①] 文中少有重复和人云亦云,比如在《粤西游日记》(三)中写广西左江两岸的山水之壮丽:

> 水入江处,有天然石坝横绝水口如堵墙,其高逾丈,东西长十余丈,面平如砥,如甃筑而成者。水逾其面,下坠江中,虽不甚高,而雪涛横披,殊瀑平泻,势阔而悍,正如钱塘八月潮,齐驱下坂,又一奇观也。……西岸一崖障天,崖半有洞东向。始见洞门双穴如连联,北穴大,南穴小,垂石外间而通其内;既而小者旁大者愈穹,忽划然中剜,光透其后。舟中仰眺,碧若连云驾空,明如皎月透影,洞前上下,皆危崖叠翠,倒影江潭,洵神仙之境,首于土界得之,转觉神州凡俗

---

① 梅新林、俞樟华主编. 中国游记文学史[M]. 上海:学林出版社,2004:317.

矣。……又北一里,东岸临江,焕然障空者为银山。劈崖截山之半,青黄赤白,斑烂缀色,与天光水影互相飞动,阳朔画山,犹为类大者耳。①

写响源天然石坝横断水口,河水从石坝上流过,又落到江中激荡起雪白的浪花,如同瀑布倾泻而下,像钱塘江大潮一样壮观。左江上两岸风景叠出递换,处处奇异。写得最好的是到江西岸一处山腰上的洞穴时,随着船在江上行走,徐霞客移步换景,从不同的角度写这处洞穴给人带来的审美感受,从船上仰视,洞中的岩石在阳光的照射下,也如云彩飞动起来,在四处绿树的掩映之下如同仙境,其他地方的美景与之相比都变得俗不可耐。徐霞客在游阳朔时就觉得阳朔山水壮丽无比,而到了左江,与阳朔山水作了对比,觉得左江山水更显大气质朴。

《粤西游日记》除了写山水,还以日记的形式展现了在广西的生活,曲折离奇,富有情节感,引人入胜,人物的刻画也栩栩如生。如辰山的发现充满了探险的趣味。又如在平塘街徐霞客被当地人误认为是伏在草丛中的强盗,为了解释自己只是行人,解衣给人查看,才得以解脱,也颇具传奇性。徐霞客因两件事情耽误了行程,在桂林多逗留了几日。一是徐霞客想登独秀山,通过熟人关系联络了靖江王礼佛坛的主持绀谷,希望疏通关系申请登独秀峰。绀谷答应等忏礼结束后,帮徐霞客启奏王爷,并约定了登山的时间是十二日,至初十日时绀谷又改约十三日,十三日又不见绀谷,只得请其弟子转告,从阳朔回来再来此地。等从阳朔回桂林后,绀谷却一再拖延登独秀山的日期,到六月初一,绀谷明确告知因祭灵之事与靖江王有不快,且当时王城正处在戒严期,徐霞客才放弃了登独秀峰的愿望,这成为他桂林游中最遗憾的事。二是徐霞客在桂林拓

---

① [明]徐弘祖著,褚绍唐、吴应寿整理.徐霞客游记(上)[M].卷四上,上海:上海古籍出版社,2011:461-462.

碑也遇到了不愉快,去阳朔之前,拓碑人承诺等他从阳朔回来便可取,回来后被工匠不断拖延,《水月洞碑》每行少拓两个字,六月初四所见碑帖少拓了尾一张,又推次日,初六日到拓工家发现他根本没去拓,以各种理由推脱,到初七日,是同伴静闻和顾仆一同去拓,且被索要了钱财,才算结束。静闻六月八日开始生病,病情越来越重却带病上路,徐霞客对他的照顾,到后来他去世时徐霞客的悲痛,都穿插在徐霞客的游记中。其中六月十八日徐霞客在柳州时所记一段十分真实生动,寺庙和尚拿了徐霞客的钱却不给买米,而是用豆芽菜和鲜姜做菜给静闻吃,还不断要钱,徐霞客害怕和尚不给买米,所以没给钱,而静闻因久病脾气不好,说徐霞客只在乎钱而不在乎他的性命,徐霞客体谅他是在病中说了疯话气话。九月二十三日静闻在南宁崇善寺去世,徐霞客悲痛欲绝,遵其遗愿,将静闻的遗骨及血书经文安于鸡足山。这些文字十分感人,深见二人生死不渝的情谊。

《粤西游日记》洋洋洒洒近20万字,时如汪洋大海,时如涓涓细流,将广西山水进行了全面点染,山川风俗记叙详细,文采飞扬,"其笔意似子厚,其叙事类龙门,故其状山也,峰峦起伏,隐跃笔端;其状水也,源流曲折,轩腾纸上;其记遐陬僻壤,则计里分疆,了如指掌;其记空谷穷岩,则奇纵胜迹,燦若列星;凡在编者无不搜奇抉择,吐韵标新,自成一家"[①]。《徐霞客游记》可谓是集众家之长,摹景精细准确,叙事曲折生动,情感率真自然,因而它不仅是伟大的地学著作,也是足以流传千古的文学著作。

第五节 明代广西山水散文的特征

明代广西山水散文在内容上的特点与前代相比并无太大差异,其特

---

① [明]徐弘祖著,褚绍唐、吴应寿整理.徐霞客游记(下)[M].卷十下,旧序·校勘:奚又溥序,上海:上海古籍出版社,2011:1269.

征主要表现在形式上。

一、粤西笔记大量涌现

明清是中国古代笔记文发展的顶峰时期,笔记之多不可悉数。在此背景下这一时期广西笔记文也十分丰富,以广西见闻为主的随笔和日记纷纷涌现,多为山水散文作品。明以前广西笔记较有名的是《桂林风土记》《桂海虞衡志》《岭外代答》,明以后广西笔记数量增至前代的几倍。其中述写广西山水风土的有明代魏濬《西事珥》及《峤南琐记》,《西事珥》分述广西地理、山川、文物、历史沿革、气候、民间习俗、民间信仰、动植物、人物轶事等,《峤南琐记》是对《西事珥》的补充。明末邝露《赤雅》,内容与《西事珥》《峤南琐记》大致相似,只是因作者个人的才情使《赤雅》更具文采,文学性很强。明代曹学佺《广西名胜志》、谢肇淛《百粤风土记》,记录广西历史沿革、山川洞穴、名胜古迹、人物事迹、民俗风物等。专写桂林的有明代广西本土文人张鸣凤《桂胜》《桂故》,这两本被称为地志中最典雅者。专写广西横州的有明王济《日询手镜》,辑录横州山川风土之尤异者。专以记行程和游程的笔记,如明代董传策《奇游漫记》、王士性《桂海志续》、徐霞客《粤西游日记》。还有田汝成《炎徼纪闻》《行边纪闻》记粤西土司之事。广西明代笔记不仅为后人提供了游览山水的经验,也成为广西特定历史时代的文献资料。

二、出现了大旅行家的游记作品

旅行家的出现以明代为主,明人好游成风,文人更是好游成痴,特别是明中后期以后,王学左派强调了自然之美与世俗之趣,王学右派则强调以"动"求知,倡导实践,于是人们走出书斋格物穷理。社会思想的宽松环境、个人个性解放的倡导,强化了世俗享乐,也改变了人们传统的思维模式。于是明代涌现出了不少以旅行家为名的人物,他们行游天下,留下著述,如田汝成、谢肇淛、曹学佺、王士性、徐霞客都是曾在广西驻足过的明代旅行家。其中最能代表明人率性而为的大旅行家为王士性和徐霞客,一位被称为人文地理学的开创者,一位是中国古代最伟大的旅行家。王士性足迹遍布全国除福建以外的各省,而徐霞客则游迹数万里、踯躅三十年。他们旅行纯粹是个人爱好,率性而为,如王士性为了出游,对"霜雪惨烈,手足皲瘃,波涛撼空,帆樯半覆,朝畏岚烟,夜犯虎迹"[①]等恶劣环境都无所顾忌。徐霞客则披奇掘奥,"登不必有径,荒榛密箐,无不穿也;涉不必游津,冲湍恶泷,无不绝也。峰极危者,必跃而踞其巅;洞极邃者,必猿挂蛇行,穷其旁出之窦。途穷不忧,行误不悔,瞑则寝树石之间,饥则啖草木之实,不避风雨,不惮虎狼,不计程期,不求伴侣,以性灵游,以躯命游"[②],几经遇险也在所不辞,以生命在游,以性灵在游。

王士性的《五岳游草》为游记作品,其中写广西的部分为《滇粤游上》中的《桂海志续》;《广游志》中的《龙江客问》,描绘了广西的山水、气候、民俗;《广志绎》被称为人文地理著作,其写广西部分从自然环境、人文环境等方面对广西进行了理性的分析。《徐霞客游记》更是一部盛誉高悬的游记著作,在篇幅字数上前无古人后无来者,既是名副其实的地理游记,也是情文并茂的文学游记,钱谦益称其为世间"真文字,大文字,奇文字"。而其中《粤西游日记》亦有 20 万字左右,占《徐霞客游记》的 1/3,为广西山水散文留下了宝贵财富。

三、本土作家开始崛起

唐宋时期中央王朝对广西的经营开发包括对广西本土居民民智的开发,教育的兴起、书院的兴办,使广西文教得以开化。明代广西地区教

---

① [明]王士性著,周振鹤编校.王士性地理书三种[M].上海:上海古籍出版社,1993:28.
② [明]徐弘祖著,褚绍唐、吴应寿整理.徐霞客游记[M].潘来序,上海:上海古籍出版社,2011:1268.

育进一步发展,虽然其整体水平还是低于全国其他地区,但其向中原文化靠拢的趋向是十分明显的,广西部分少数民族接受了汉文化教育和科举考试的体制。明代广西官学教育发展迅速,明代广西府学、州学、县学数量增加,明代广西通过科举考试被录取的进士、举人也有所增多,在桂林、柳州、梧州等地,科举人才相对集中。在此背景下,明代广西本土文人开始崛起,蒋冕、张鸣凤、蒋辑、杨宗盛、傅惟宗、秦谦、陈钦、毛麟、吴渊、李堂、李麟、张策、陆舜臣、唐元殊、张烜、张腾霄、屠楷、冯承芳、戴钦、包裕等一批本土文人活跃起来,其中最有名望的是全州蒋冕和桂林张鸣凤。蒋冕官至明代内阁大学士,是历代广西在朝为官者职位最高之人,蒋冕也是广西著名理学家,文学著作有《湘皋集》,文学上开一代先风。张鸣凤才华横溢,博雅能文,其《桂胜》《桂故》颇见文学功底,堪称经典之作,从王世贞、吴国伦对其"羽王发西粤,弱冠称绣虎""桂林初见一枝来"的评价看,张鸣凤确是广西文学的先驱者,为广西本土文人文学的崛起拉开了序幕。

第五章 清代广西山水散文的发展

第一节 清代广西山水散文发展的背景

一、清代游步山河的风尚和文人山水文学的演变

清代是我国最后一个封建王朝,多民族统一,疆域极为辽阔。清军入关后,曾遭到汉人的强烈反抗,清王朝在对反抗者进行镇压之后,开始思考不能光靠武力来统治中国,所以开始改变统治策略,一方面大兴文字狱,一方面积极推崇朱程理学,使自己的统治与以往朝代在思想文化上保持一致性。通过各种努力,出现过军事强盛、政治稳定、经济发展、国内各种矛盾暂时缓和的"康雍乾盛世",到清后期封建统治者日益腐朽,西方列强入侵,国家开始衰败。清代经历了民族矛盾从激化到缓和、国家从强到弱、文化从传统到近代的转型。在这样的历史背景之下,清代人的游览活动类型繁多,具有特色,如清代帝王的巡游活动空前绝后,从祭祖谒陵到亲临狩猎,从多次游西北下江南,再到修皇家园林为避暑之用;文人的游山玩水从清初寓志于游,到清中叶寓乐于游,到清末寓变

于游；地方商帮商贸旅游和民间庙会、节庆、宗教旅游活动，还有中外交流的旅游活动等等。

　　这其中以文人的游赏活动最具有代表性和典型性，且文人的游山玩水常常还留下文字记录，可以作为后人了解其心态的资料。文人将游览名山大川的游兴、游趣与个人的理想结合起来，他们的个人才华也通过带有感悟性的游记、诗文得以展现，成为他们人生的闪光点。清前期的顾炎武、黄宗羲、王夫之等遗民文人，因为有易代之痛的反思，所以以山水写文也有时代特色，尤其是以朴学精神为基础，如顾炎武《五台山记》、黄宗羲《匡庐游录》、王夫之《小云山记》，开了清代学人游记之先风，重学术、重考证，辨别源流、审核名实。清初的学人山水文学与反抗清朝统治有关，而随着统治者在文化上的控制，民族对立的情绪弱化，以袁枚为代表的、向晚明公安派回归的"才人游记"迎合了部分盛世文人的需求，加上桐城派游记的兴起，使得清代山水文学发生了转向，主要是向地方志演变，并且借鉴笔记体日记的优势，随意挥洒表现学养，将考证作为点缀。① 清中叶山水文学的创作文人以袁枚为代表。袁枚曾在朝廷为官，后来辞官，他爱游山水，足迹遍及安徽、江西、广西、湖南，遍游名山大川，留下了不少山水之作。其诗歌主张是"性灵说"，在山水散文创作上继承了明代公安派的"真、俗、趣"，延续晚明"独抒性灵"的精神，也受到王士祯"神韵说"的影响，同时还强调"灵机"、提倡"天籁"，在行文结构上注重巧妙灵巧，语言自然流畅、富有变化。而桐城文人的山水文学具有十分重要的地位。桐城派是中国文学史上持续时间最久、影响最深远的文学流派，以方苞、刘大櫆、姚鼐为创始人，该派在清代文学中占据了大半个江山。桐城派是清代文人爱好游山玩水的代表产物，而将游览山水与古文创作结合起来，也是桐城派的特色之一。首先桐城派产生的地点就是

---

① 梅新林、俞樟华主编.中国游记文学史[M].上海：学林出版社，2004：338.

中国山水佳处。戴名世称："余性好山水,而吾桐山水奇秀,甲于他县。"①方东树称："而桐城于地势尤当其秀,毓山川之灵独多。"②桐城的好山水孕育了桐城文人,赏玩山水成了他们的爱好,也给了他们源源不断的创作源泉,山水与古文创作结合,形成师法自然的创作手法和雅洁的文章风格。桐城派诸家都有纪游散文,从戴名世、方苞、刘大櫆到姚鼐,再到桐城派的其他人物都长于写景。桐城派山水文学以道统、学统、文统为基础,实现文、道、学的平衡,记述、考证、抒情、议论结合在一起,写山水多有传神之作,词丰境清、妙笔生花,笔墨淡雅、境界独出,描物达意不乏情趣,章法严谨不伤灵性,十分具有美感。

二、清代广西山水名胜的定型、园林景观的营建、四大城市的兴起为广西山水散文提供了素材

经过了从唐代到明代的发展,广西山水从被发现、开发、营建,到了清代已经形成了一批成熟的、具有一定影响力的山水名胜和人文景观。如桂林山水依然是广西山水的代表,早期开发的桂林七星岩、龙隐岩、龙隐洞、叠彩山、伏波山、象山、独秀山、南溪山、虞山、隐山六洞、屏风山、雉山、漓江等经过长期的发展和文人的吟咏描绘,成为十分稳定和具有代表性的山水景观。此外,清代桂林府所属阳朔的山峰,兴安灵渠、乳洞,全州柳山、湘山寺、覆釜山,灵川灵岩,平乐府昭山,南宁府昆仑关、马泡泉、青秀山、邕江,柳州府柳侯祠、石鱼山、仙弈山,融县真仙岩,象州温泉,庆远府白龙洞、南山,梧州府系龙洲、冰井、火山,浔州府白石山、西山,北流勾漏洞,容州都峤山,灵山三海岩等山水景观已经具有了一定的知名度,成为文人山水文学中常用的素材。

---

① [清]戴名世撰,王树民编.戴名世集[M].卷十,数峰亭记,北京:中华书局,1986:283.
② 南开大学古籍与文化研究所编.清文海(第六十六册)[M].方东树.刘悌堂诗集序,北京:国家图书馆出版社,2010:123.

在清代广西山水文学中写山水开发的较少，原因大概是到了清代，经过了前代的山水开发和营建，广西山水名胜逐渐定型，而对景区的修缮和营建则相对多了，从清代广西山水散文和石刻中可以找到相关印证。如对山水名胜处佛寺、道观、庙宇的重修和兴建，康熙年间的临桂知县龙嘉德有文《重建刘仙岩寥阳殿记》，写的是在桂林南溪山刘仙岩重建道观，还有广西石刻中的陶宗《重建华景洞铁佛寺碑记》、戴玑《重修罗池庙记》、戴朱纮《重修罗池碑记》、俞品《重修龙王庙伏波祠碑记》、王用霖《重修诸葛武侯祠记》、潘瑚《重建云峰寺碑》、吕炽《重修普陀山观音殿碑记》、鄂昌《重修龙王庙碑记》、杨仲兴《重修分水龙王庙碑记》、卫哲治《重建定粤禅林碑记》、黄体正《重修宾山寺碑记》、魏笃《重建镇江慈云寺记》等都可以说明清代在广西山水名胜处重建寺庙的风气很盛。又如对灵渠的修缮，范承勋《重修兴安灵渠碑记》、陈元龙《重建灵渠石堤陡门记》、梁奇通《重修兴安陡河碑记》、杨应琚《修复陡河碑记》、赵慎畛《重修陡河记》、陈凤楼《重修兴安陡河碑记》等都表现了对灵渠的修缮。再如对山水景观设施的修缮，如清代嘉庆年间的祁墫《增修独秀山记》、张联桂《重修独秀峰石路记》分别是写对独秀峰山上设施的修缮和登山道路的修缮，朱椿《重修南薰亭记》写对虞山南薰亭的重建。还有对山水中人文景观的整理，如李世杰《重新风洞遗刻记》是写作者看到风洞摩崖石刻大都被风雨剥蚀，请人对摩崖石刻进行清洗、补刻和校订。

清代广西山水园林的营建也比较突出。在桂林杉湖、榕湖的云水之间，有不少清代园林别墅，如著名金石书画鉴藏家李宗瀚的故宅湖西庄和拓园、桂林著名画家罗辰故居芙蓉池馆、桂林著名词人王鹏运祖业杉湖别墅、"杉湖十子"酬唱聚会的补杉楼，等等。从清代的广西山水散文中也可见园林要素，如写亭台楼阁的修建的比比皆是。

清代广西以桂林、梧州、南宁、柳州为主的四大城市形成，山水景观进一步拓展到了城市景观。桂林在清代是广西省城，为当时广西政治文化中心,虽然不及其他省份的省会城市繁华,但也因其悠久的文化和优美的自然风光尽显城市特色,城市景观也呈现出了省城较为正统的形象,城市布局以前明藩王府所在独秀峰为中心,向四周扩展,另外,山川风景兴盛、文化活动昌盛、环城商铺繁盛、文人辈出,也是桂林城市景观的特点。梧州是清代广西商业最为繁荣的城市,由于广西的主要河流都在梧州汇入西江,该地是古今出广西至广东的必经之路,有"梧州咽喉""八桂门户"之称,所以梧州的城市景观是舟船云集、屋宇栉比、夜夜笙歌的繁华景象。南宁在左右江汇流处,是通往越南和云南、广州、湖南的中转站,城市景观也以繁华的商业景观为主,有"小南京"之称。柳州也是广西的主要大城市,城市店铺林立,街道完善。这些城市使山水散文的素材更加丰富,拓展到了人文和风俗。

山水名胜的固定、山水园林的兴建、城市景观的形成为清代广西山水散文提供了更多的书写素材,丰富了广西山水散文的内容。

三、清代广西文化教育的兴盛、本土散文名家辈出、山水散文的创作主体和主要成就偏向了本土作家

清代广西的文化教育在前代基础上有了很大发展,各地增加了不少书院,如清代在桂林新增秀峰书院、桂山书院、榕湖书院,还有很多书院在兴安、全州、柳州、平乐、梧州、浔州、南宁、新宁州、太平府等广西各地兴办,可谓是遍地开花。为了表彰科举成名,凡中式举人都要为他们"建坊"以炫耀乡里。① 教育的发展和科举的影响,清朝广西人参加科举考试的成绩颇为突出,嘉庆二十五年(1820)桂林府陈继昌科考中获得清代屈指可数的三元及第,道光年间桂林府龙启瑞高中状元,光绪年间桂林府又出了张建勋、刘福姚两名状元。清朝广西也出了不少知名文人,主要

---

① 钟文典主编.广西通史(第一卷)[M].南宁:广西人民出版社,1999:488.

集中在当时的省会桂林,如一代名臣陈宏谋,晚清四大词人的况周颐、王鹏运等。同时还出现了很多文学家族,文学创作繁荣,特别是在广西壮族聚居区的武鸣、上林、宁明出现了一些文学家族。清朝政府以优厚的待遇鼓励少数民族进入以汉文化为主的科举考试体系中,不少少数民族士子也参加了科举,如"广西少数民族比较集中聚居的庆远、太平、思恩、镇安、泗城等五府,中式举人共计312名,占全省中式举人总数的6.2%"①。清代广西三江县有贡生10人,侗族占2人;廪生40人,侗族占13人;庠生370人,侗族占184人②。汉族以外的其他民族也可以通过习汉文化而得到一些优待,加上当时科举决定了人的地位和成就,少数民族士子乐意接受四书五经的教育,因而清代也出现了韦天宝、郑献甫等在汉文化体系中出名的壮族知识分子。

在广西本土文人兴起的清代,广西散文创作也得到了极大的发展,与唐代至明代不同的是,构成清代广西文学主体的,以广西籍作家为主,而不是外来的宦游、谪居的作家。清代广西散文的发展脉络大概经历了从清初"三大家"到"桐城派"的转变。③ 清初粤西三大家是谢良琦、谢济世和陈宏谋,他们开了广西古文之风气,在他们的散文创作中有一些善于描摹景物、议论精辟、语言雅洁、感人至深的山水散文。桐城派在整个清代势力强大,影响深远,在清嘉庆、道光时期,全国各地涌现出了诸多的桐城派追随者,形成了地方的桐城派,如江西、广西、湖南等地的桐城派。早年广西武宣人陈仁在方苞门下从师10年,后来永福人吕璜遇吴德旋,亲聆桐城义法,成为桐城嫡派。吕璜回乡后,在榕湖、秀峰书院讲学,以自己的藏书充实书院,宣扬桐城义法,以桐城古文理论培养人才,出现了朱琦、彭昱尧、龙启瑞、王拯等优秀学生,他们先后入京问业于梅

---

① 梁精华.广西科举史话[M].南宁:广西人民出版社,1993:71-72.
② 郎樱、扎拉嘎主编.中国各民族文学关系研究(元明清卷)[M].贵阳:贵州人民出版社,2005:441.
③ 张明非主编.广西古代诗文发展史(下卷)[M].桂林:广西师范大学出版社,2012:174.

曾亮,得到了梅曾亮特别的栽培和关注,加快了广西桐城派作家的成长。广西桐城派的整体性特征具有影响力①,最终形成了广西的桐城派"岭西五大家"(吕璜、朱琦、彭昱尧、龙启瑞、王拯),他们是桐城派薪火相传、群体效应的代表,广西也因此成了当时国内古文创作活跃和成绩显著的地区。桐城派以"义法"为散文创作的中心,"义理、考据、辞章"三者相济,言之有物,文以载道,风格雅洁。桐城派山水散文创作活动十分活跃,常有佳作,"岭西五大家"的诸位也是写景的高手,创作出清新幽美、晶莹澄澈、情感真挚的山水散文作品。除了"岭西五大家"外,还有不宗一派、特立独行的郑献甫。郑献甫学养深厚,是壮族文人中的佼佼者,写文章注重才情、才学、真情三者合一。郑献甫创作的以广西山水为内容的散文也不少,特点是从学者的角度来看山水,常常将考据融入文中,文章韵味醇厚。还有全州蒋氏家族中的蒋励常、蒋启敭、蒋琦龄等,也是清代广西散文创作的主要作家,他们的山水散文创作往往能突破模山范水的局限,或表现历史,或展现情怀,或讲述道理,言之有物,令人回味。

清代广西山水散文的发展与广西本土作家散文创作数量的丰富和质量的提高有关,出现了不少可以代表清代广西山水散文水准的作品。

四、清代广西方志繁荣、笔记文丰富

清代是我国方志与笔记文的繁荣期,方志与笔记的繁荣对山水散文也有重要的影响。方志,又称地志、地记或图经,是记录一国或一地的历史沿革、地理疆域、山川形胜、名胜古迹、风俗物产、城市建筑、人文教育、人物著作等方方面面的史志类作品。方志自古有之,名初见于《周礼·地官》,大概形成于秦汉至魏晋南北朝时期,经过唐宋元明的发展,至清代发展到了鼎盛时期。在清统治者的倡导下,清代各地方志的编撰

---

① 张维、梁杨.岭西五大家研究[M].南京:江苏古籍出版社,2003:18-20.

得到发展,在体例、数量上都有了很大的突破。清代广西方志的编撰也取得了巨大成就,清人编撰的《广西通志》就有4部,分别是康熙二十二年(1683)郝浴、王如辰编《广西通志》40卷,雍正十一年(1733)金𫓧编《广西通志》128卷,嘉庆五年(1800)谢启昆编《广西通志》279卷,道光年间苏宗经编《广西通志辑要》17卷①。嘉庆版《广西通志》是谢启昆在总结了前人的经验后在前有的基础上编撰而成的,体例完备、内容翔实,成为一部水平较高、颇具影响力的省志。除了省志,广西的各府、州、县都有地方志的编撰。如清道光到宣统年间,有桂林府志7部、柳州府志2部、南宁府志2部、梧州府志3部、平乐府志7部、浔州府志5部、庆远府志2部、思恩府志5部、太平府志5部等②,州、县志也为数不少。方志中包含了很多地方山水、游览的资料,为旅行者所重视,对掌握当地的地理、交通、历史、文化、古迹、风俗都有很大的作用,还常常成为旅行指导,清代广西方志编撰的连续性也为旅行展示了山水的新变化。清代广西方志所记山川、名胜、古迹十分详细,成为旅行者关注的文本,也成为文人山水散文的参考文献。

清代是笔记集大成的时代,各种笔记都在前人述作的基础上进一步发展③。清初笔记多为明代遗民所作,在改朝换代的背景下多有故国之思和失国之痛的反思,较有名的如黄汝成《日知录》、屈大均《广东新语》等。清中期出现盛世,经济文化繁荣,文学被政治压制,考据兴盛,笔记文也呈现出时代特色。清代的粤西笔记也有相当多数量,多是纪行、游览、见闻之类,清初瞿式耜之孙瞿昌文的《粤行纪事》记录粤西之行和瞿式耜殉国后作者种种遭遇;闵叙的《粤述》、陆祚蕃《粤西偶记》、张祥河《粤西笔述》、林德钧《粤西溪蛮琐记》、沈日霖《粤西琐记》记录广西历史

---

① 钟文典主编.广西通史(第一卷)[M].南宁:广西人民出版社,1999:495.
② 钟文典主编.广西通史(第二卷)[M].南宁:广西人民出版社,1999:691.
③ 刘叶秋.历代笔记概述[M].北京:中华书局,1980:167.

沿革、山川洞穴、名胜古迹、人物事迹、民俗风物等;张心泰《粤游小志》、张维屏《桂游日记》、金武祥的《漓江杂记》和《粟香随笔》记录了游览广西的所见所闻。同治十一年(1872)杨翰游历广西作《粤西得碑记》称"其所得者,皆我又深契,故记其得之时游览风景并遗闻轶事,使缥阅之下山川踪迹一一在目,即以得碑记作游山记可也",可见是一部边游览山水边寻访广西石刻的笔记。这些清代粤西笔记形式多样,其文本身就是广西山水散文的一部分,同时也给后人提供了很多游览的经验。

五、清代广西作为越南北使的必经之路,留下了大量汉文燕行文献,丰富了广西山水散文

968年(即我国宋开宝元年)以前,越南本属于中国封建王朝下的一个郡县,968年,丁部岭建立"大瞿越国",自称为王,结束了越南"北属时期",成为独立的封建国家,在这之后的900多年时间里,越南朝廷定期会向中国进贡。虽然从宋代开始越南向中国进贡,但其作为中国一个真正的附属国始于明代,明太祖钦定海外十五不征国,安南国和占城国(今越南北部和南部)为其中之二,在朝贡和出使中也伴随贸易活动。到清代越南依然与中国保持着宗主国和藩属国的关系,除了进贡和朝觐,越南新皇帝登基需得到中国皇帝册封,皇帝驾崩要向中国皇帝汇报。越南受中国影响是很早就开始的,在北属时期,地方官吏推行汉字,实行汉文化教育;独立后依然保持着与中国文化的关系,政治制度、经济制度以及与教育相关的科举制度,几乎都是从中国移植过去的,且汉字在越南曾有过很长的独尊时期,后来才慢慢推行民族文字——喃字,因此以汉文创作的文学一直是古代越南的主流文学。越南朝廷派遣出使中国的使臣,是经过精挑细选的,往往都是汉文水平高、文学素养好的人,越南朝廷也需要他们将北行所见所闻记录下来。所以越南使臣北使途中留下了大量的汉文燕行诗文和图像记录,或抒发情感、描述见闻,或详细记录每日行程和外交活动。他们多用汉文或部分喃字来进行文学创作,对中国和越南的古代文学而言都具有重要价值。在越南藩属于中国的历史时期,越南使臣创造了北使诗文,推动了越南古代文学发展的同时促成了域外汉文学向母体的回流,展现了中越古代文学的密切关系。①

清代,大概对应越南的黎朝后期、西山朝、阮朝前期,越南维持了与清廷政权的宗藩关系,在中法战争后中法条约签定前,越南每年都派使臣来朝觐,上交岁银贡品。清代中越经济、文化的交流得到进一步发展,越南使臣出使活动是中越交流的纽带。越南使臣进京路途遥远,由于广西与越南临界,其首站多是广西,越南使臣北使和南归大都经过广西,或从南关(今凭祥友谊关)入关,至宁明登舟,顺左江、邕江、郁江而下,转桂江、漓江,经灵渠出湘江,若灵渠水枯时,从灵川走陆路至全州后再行水路,入湖南后再进京;或是在南宁走陆路,经昆仑关、上林、迁江(今广西来宾)、柳州、永福,再转漓江水路;或从梧州东下广东,转江西再北上;只有少数从越南走海路至广东,再沿珠江上梧州再转桂林等。② 而穿过广西地域后,从湖南沿湘水进入长江,经过南京,上山东,再进京,或在汉口过长江,过黄河,经河南、河北,再入京③。越南使臣在行程中留下了大量的汉文文字,2010 年复旦大学出版社出版了《越南汉文燕行文献集成》25 册,辑录了藏于越南的自元至清 53 位越南使臣的 79 部作品,从中可见现存最早的越南使臣汉文燕行文是中国元代(当时越南为陈朝)阮忠彦的《介轩诗集》,越南汉文燕行文献中为数最多的是中国清朝时期的越南使臣的作品,以散文形式出现的,只有清朝的越南使臣的作品。由于广西地处中越边界,不少的使臣对广西的关注要高于中国的其他地区,有些越南使臣的汉文创作的文集中写广西的篇幅占了整部作品的大部分,

---

① 刘玉珺. 越南使臣与中越文学交流[J]. 学术研究,2007(1):141-146.
② 黄权才辑. 古代越南使节旅桂诗文辑览[M]. 桂林:广西师范大学出版社,2015:整理前言.
③ 复旦大学古籍整理研究所、章培恒先生学术基金编. 域外文献里的中国[M]. 上海:上海文艺出版社,2014:55.

其中涉及广西山水、名胜、古迹、风俗,可以算作广西山水散文。这些山水散文出自越南人士,有与中国国内作家不同的欣赏视角,且文中多有对广西风俗的记录,丰富了广西山水散文的内容。清代越南使臣燕行文献不仅有利于广西山水散文的全面整理,也是清代中越文化交流的见证,对清代广西的地理、文化研究都具有重要的文献价值。

第二节　清代广西籍作家的山水散文

一、谢良琦的山水散文

谢良琦(1624—1671),字仲韩,一字石臞,号献庵,全州(今广西全州)人,生于全州谢氏书香世家,于明崇祯十五年(1642)19岁时中举,因天下大乱还乡,清顺治六年(1649)任淳安令,后又任蠡县令、常州通判等职。他是清初广西最有影响的文学家,诗词文兼擅,尤其是古文创作名重一时,开广西古文风气之先,有《醉白堂文集》行世。他的古文创作一般认为是桐城派一脉,是"岭西五大家"的开路先锋,其古文理论强调"以文为道""以气为主",认为古文应该具有"格高""气厚""议论雅正""法度严密"等特点。其古文创作主要有论说文、书序、记传等,以记叙文和人物传记见长,尤其是记游类散文更显特色。谢良琦在《程昆仑文集》序中提出了其对记游类文的标准:除了得江山之助外,最重要的还是人之性情,以性情肆于山水间,他认为没有性情,则"山水者于文章无补",他自己的山水散文确实也注重性情之抒发。谢良琦一生各地为官,写广西山水的篇章并不多,其抒发性情多是思乡之情,即便是写家乡风物也往往通过遥想或回忆的方式完成。如《江树阁记》是记在福建做官时所建之阁的文章,在阁上远眺江山如画,抒发了悠然自乐的山水之趣,文后说:"然余家桂林山水奇崛甲天下,异日者归而立乎湘山之上,旷望绵邈,则斯阁虽远,要不越红云碧落之外,倘临风而读斯记,或可呼而出之。"设想日后登临家乡山水来回味江树阁的风景,这种写法曲折婉转,作者所设想的情景似乎不可思议却又合情合理。其《适庵记》《醉白堂记》《湘春楼记》《三石山记》等记文写的是家乡之风物,但也多是遥想和回忆。

《适庵记》是为董长岭在"湘水之南"所筑房舍适庵作的记,"湘水之南"的具体位置未明确,从文中回忆董长龄少时的样子,推测董长岭为谢良琦家乡的朋友,适庵应为董长岭在家乡所建。整篇文章并未有对适庵的描述,而是就这个房舍的名字进行发挥,道出人生真谛:

> 天下之物,有所不适而后见其适。辟之日月,苦其阴翳者乐其清明;辟之山林,厌其烦嚣者耽其幽静。至于人生,优游以无事至逸豫也,然必阅历乎出处进退、生死、穷达之间,而融炼于荣华、知遇、憔悴、流离、悲忧、愉佚之变,而后其淡泊而无所凝滞。①

所谓的"适"和"不适"是相对的,人生只有经历了从穷到达再到穷的过程才能真正体会云淡风轻和拥有开阔的心胸。

《醉白堂记》是谢良琦36岁时回忆家乡醉白堂而作。醉白堂是其父取的名,蕴含了父亲对孩子的殷切期望,文中对醉白堂的描写仅有某一次回乡所见:"视其乡向之醉白堂者,已荆榛荒芜,不可寻识。"醉白堂已荒废,而在谢良琦的心中却是挥不去,因为少时的记忆和父亲的教诲还历历在目。文章先说想念醉白堂,不禁落泪,接着讲醉白堂之来历、父亲的教诲,后来说醉白堂被修葺翻新,谢良琦设想有一天得归乡里,登斯堂来告父亲之灵,情感真挚动人。

谢良琦有很多文章都表达了在他乡时对家乡的怀念,常叹年少不经

---

① [清]谢良琦著,熊柱等注释、点校.醉白堂诗文集[M].南宁:广西人民出版社,2001:169.

事,还不懂欣赏家乡的山水,而在有了一定时间和空间的距离后,忆起家乡山水的美,感慨颇深,《百尺台记》和《湘春楼记》就表达了这样的情感。《百尺台记》写登台观望了北方气象万千的景致后,发出"人生不出户庭观天地,不知山川朝暮变幻若此"的感叹,又怀想起自己少时登临桂林山水的感受:

> 因忆吾家桂林山水奇秀,峰峦耸削,少时常与同辈登宝顶峰头,见日月震荡,尔时志气舒,遂不以为异。及今婴世纲,尘务纠结,偶登临极目,未尝不叹为奇绝也。①

文章写的虽然是立于百尺台上观看北方的风云变幻,却是充满了对家乡的怀念,如其歌曰:"维桂山之所在兮,白云重重。"

《湘春楼记》是对家乡湘春楼的追忆,湘春楼是江山会景之处:

> 湘春楼,余郡城南楼也。郡城三面依山,独南一面临水,对后壁耸峙,三华、白宝,诸峰远近,缥缈映带。登斯楼也,则江山之胜皆若列之几席之上。稍下为三江口,三江者,湘、灌、罗也。灌、罗之水从此会归于湘,故谓之口。湘、罗之流皆自西来,中有渔家洲间之,平沙一片,两江帆樯上下,凫、雁、鸥、鹭翔集。登斯楼也,则其景又皆收之履舄之下。②

这大概是谢良琦回忆中的湘春楼,因为"自吾不游此于今二十年矣"。文章构思奇妙,并没有就楼写楼,而是托出一段今昔对比的往事,文章的层次马上丰富起来。先写少时多次与当时郡守马公游此楼,当时

---

① [清]谢良琦著,熊柱等注释、点校.醉白堂诗文集[M].南宁:广西人民出版社,2001:174.
② [清]谢良琦著,熊柱等注释、点校.醉白堂诗文集[M].南宁:广西人民出版社,2001:175.

马公请他赋诗,他婉言谢绝,称马公的家乡才是自己仰慕之地,他日若能与公游姑苏虎丘,定为公赋。不想这一天真的来了,在姑苏虎丘石上说起湘春楼和这个约定,马公怅然,时光荏苒,激起了往事之思,当初为虎丘作赋的承诺不需要兑现,只想要为湘春楼作记。在湘春楼的时候,作者想着天下其他的美景,而在虎丘时,马公亦怀念着湘春楼,感叹道:"君子之游,必思其乡,既归则又思其所游,此人之情也。"这种他乡、家乡、景物、人物与情感的错位和重合,充满了人生的迷茫,又让人念想万千,回味不尽,这是这篇文章感人的地方。

谢良琦的山水散文景物描摹细致,语言雅洁醇厚,格局委婉曲折,构思精妙,不同凡俗。空间和时间经常在其文中穿越,他乡的景物和家乡的回忆也经常在文中跳跃,让人突然忘记身在何处,也感染了淡淡的乡愁。文中写景、抒情和揭示人生道理、感人感悟相结合,有浓厚的文学意味。

二、谢济世的山水散文

谢济世(1688—1756),字石霖,号梅庄,全州(今广西全州)人,出生于全州谢氏书世家,为谢良琦同族曾孙。康熙四十七年(1708)举乡试第一,康熙五十一年(1712)中进士,任翰林院检讨。雍正四年(1726),任浙江道监察御史,到任不久被革职下狱,后充军新疆,流放西北。雍正七年(1729)又被卷入注书案,成为清代文字狱的受害者,险些丧命。乾隆即位后被重新启用,恢复官职,任江南道御史,乾隆七年(1742)又因为民除贪官得罪湖南巡抚许容而被诬陷下狱,几经波折得以平反,至乾隆九年(1744)终老还乡。有《梅庄杂著》传世,文有疏、辨、解、说、考、书、记、序跋、碑志、祭文、杂文、史评等,涉及广西山水的有《广西三江考》《梅庄记》《庚午再游龙隐岩记》《福寿桥记》等。

《广西三江考》是一篇考辨广西三条江水本支原委及名称的地理性

散文。明代已有类似的考辨文,如明代魏濬《三江考》、高辑《三江考》,而谢济世的《广西三江考》有不同之处,如在文后发表的对左右江名称的议论尽显文人本色,与前面地理考察的严谨不同,提出的见解、发出的疑问虽然不可改变三江之名,却也让人思索:

> 今按府江自北而南,象江自西北而东,郁江自西南而东,无所谓左右也。若据一省之大势,由梧溯洄而上,郁为左,则府为右,而象为中,亦不得为右也。左右江其因浔得名者乎?呜呼,世未有舍一省之左右而以一府之左右为左右者也!虽然,自古及今,无其实而冒其名,举世相沿不考者多矣,右江犹有因者也。①

他认为广西三条江的名称未以一省左右为左右是不合理的,又联系古往今来因为习惯而不去考证,导致冒名无实者多矣的情况,这可算是考辨之后的议论。

《梅庄记》写谢济世先祖留下的梅庄,是以谢家的祖孙几代的故事为线,以此来显示梅庄对谢家的重要,以及谢济世对梅庄的感情,可读性很强。从文中可以了解到很多谢济世幼时的趣事,他的聪明、刚直、不善言辞都呼之欲出。梅庄承载着谢家几代人的传统与希望,庄中老梅也被认作是给家族带来幸运的吉祥之花,当老梅发芽开花时,祖父谢明英、叔父谢赐履同时考中举人,祖父谢明英还中解元,后来梅花在一个枝上开出了重台花,以为是叔父进士及第的征兆,虽然叔父最终"下第归",但这一年谢济世出生了,祖父赐名"瑞梅"。祖父多年未见,以四恩府教授上京应考时便道还家,谢济世与堂弟拜见祖父,当祖父问谁是当年的瑞梅时,口吃的谢济世不能对,而背诵《四书》《周易》《毛诗》《庄子》时却得心应

---

① [清]谢济世著,黄南津等校注.梅庄杂著[M].南宁:广西人民出版社,2001:56.

手,得到祖父的称赞,叔父给谢济世取别号梅庄。这一段故事最显出家庭温情,充满了欣欣向荣的希望。一晃34年过去了,当时的情景还历历在目,却已经物是人非:

> 呜呼!父子、祖孙、伯叔、兄弟聚首一堂,依依如昨日也。而今吾祖父、吾父不可见矣。自余襁褓离此庄,迄今三十有四年。顷奔父丧归里,安厝既毕,巡视田土,始得至焉。问我梅,老干枯矣,幸孙枝竟茁,摩挲久之。佃人导余出庄,指点某段某邱。行至莲堂山,余彷徊不能去。叹曰:"此即我首邱地矣。生于斯,小名于斯,别号于斯,若以祖父之灵,保首领以殁,又得藏体魄于斯,我于斯其有始有卒矣乎?"①

老梅树也如同代代人生,老枝枯萎,新枝茁壮生长,谢济世期望从这里来最终又回到这里。谢济世一生经历各种坎坷和颠沛流离,追想家乡的梅庄和梅庄中曾鲜活的家人,以及家人曾给他的爱,不禁泪流涔涔。这篇文章生动感人,文随情感自然而出,所以即便是平实的语言,也因感情真挚牵动人心。

《庚午再游龙隐岩记》是谢济世乾隆十五年(1750)与家族兄弟游龙隐岩后的感想。文章可分为两部分,第一部分介绍了龙隐岩的形成和山石险峻的形态,称在所游的诸岩洞中,最魂牵梦萦的就是龙隐岩,因"以其为吾村右臂,少小熟游之故",从中又引出了家族历史,将"科第人物几甲于一州"归功于先祖"以忠孝开基,蓄之久,故发之盛",否定了风水先生说的是山水和这个岩洞显灵,告诉大家不要忘记了祖宗的德泽。第二部分讲述了清明扫墓后与家族兄弟同游龙隐岩,喝酒话旧,追忆儿时趣

---

① [清]谢济世著,黄南津等校注.梅庄杂著[M].南宁:广西人民出版社,2001:65.

事。因有些兄弟已离开人世,大家在怆然的同时,又引发出了深层次的对生命宇宙的认识,如"无知长存,有觉必敝",没有感觉的东西可以长久,而有知觉的东西终将破败。有人说是不是这个龙隐岩就可以长久,而谢济世认为:"有觉固敝,有形亦未能不敝。"以西北地震、东南地陷作为例子,最后道出,所有的一切终将化为乌有,别说这有形的岩洞,就是城郭村庄也如同海市蜃楼,而人也不过如蝼蚁,相对于宇宙而言人是渺小而微不足道的,因而所经历的痛苦、欢笑、生死、荣辱也都是微不足道的。这篇文章构思奇特,思考人生宇宙的角度新颖,不是像一般的游记那样写游程、绘景致,而是从景入手阐发作者对大自然和人生的思考,有辩证色彩。人在面对强大的不可抗拒的自然时感受到了渺小,在壮阔的审美中忘记人生痛楚,传统中国古代文人常常在静谧中获得心理的平衡,在优美的山水中抛开尘世的烦忧,而这种山水的审美理解在中国古代散文中还是比较少见的,不得不说是谢济世的独到之处。

谢济世的山水散文不以写景为主,而是以回忆往事、抒发感情、阐发道理为主,看似平铺直叙,其实内藏玄机,构思经过深思熟虑,语言平实而生动,行文流畅自然,具有很深厚的古文创作功底。

三、高熊徵、陈宏谋的山水散文

(一)高熊徵的山水散文

高熊徵(1636—1706),字渭南,广西岑溪(今广西岑溪)归义镇谢村人,顺治十七年(1660)庚子副贡。康熙十三年(1674年)吴三桂叛乱,高熊徵拟《讨吴三桂檄文》《平滇三策讨逆檄文》,并组织乡兵与官军讨伐入岑叛军,斩叛将。康熙十七年(1678)任梧州署团练同知,康熙十八年(1679)六月补浔州府教授。高熊徵一生著述丰富,文集有《�雪斋全集》传世,其中有策、檄、呈、条陈、详文、议、启、书、说、序、记、祭文、墓志铭等文体,其文风格被称为"朴茂笃实",由于名声不如其他作家,所以知道其人其文的较少。

高熊徵曾在广西多地任教,任桂林府教授时作《韩泉记并颂》,这是其代表性的山水散文,其中写秋初傍晚的景色:

> 明月在天,山空树静,四望如画,水声潎潎然。而独峻岭悬崖,无从取汲,顾而乐之,已而叹曰,清溪在望,而取汲无从,岂非憾乎?①

文公书舍和韩泉都是以韩愈名字命名的,可见其作为教授力劝兴学、激励后进之心。文章首先描绘了书舍附近秋夜清静秀美的自然环境,俨然一幅山水画,加上水之潎潎声,画面灵动起来,衬托出了书舍是个求学的好地方。而清溪在望,无法汲取,又引发了大家的探索之心。又记作者与门人共同披荆斩棘、探寻泉水水源的经过,充满了乐趣。泉水就在书舍的附近,在描写泉水时作者从触觉、视觉、听觉、味觉等角度加以全方位的描绘,泉水如在眼前。后面发出议论,这一眼泉水一直没被人发现,而今是他们得之,想必一定是文公之赐。文章写景凝练、记事生动、抒情自然,亦是不错的山水散文。

(二)陈宏谋的山水散文

陈宏谋(1696—1771),字汝咨,号榕门,临桂(今广西桂林)人。雍正元年(1723)春乡试中解元,同年秋闱中进士,入庶常馆为翰林院庶吉士,又改授吏部郎中,先后历任12省知府、布政使、巡抚、总督等职,乾隆十八年(1753)回京任职吏部,晋太子太保衔,乾隆十九年(1754)命协办大学士,乾隆三十二年(1767)授东阁大学士兼工部尚书。其一生为官颇有政绩,也是广西为数不多的朝廷大官,有"岭南大儒"之称。陈宏谋重视

---

① [清]高熊徵.郢雪斋全集·前集[O].卷下,康熙二十三年本.

教育,因而陈氏家族在科举考试中取得了显著的成绩,据统计自陈宏谋起的190年间,陈氏家族科举上出过状元1名、会元1名、进士4名、解元2名、举人26名、贡生9名、翰林2名,[①]特别是其曾孙陈继昌科举考试连中三元,传为佳话。陈宏谋著述颇多,古文创作多见于《培元堂文集》10卷,有序、跋、传、铭、记、箴、赞、颂、赋、哀词、策问、说等。文多尚名教而不重文辞,因而务实质朴,文采稍逊,以说理见长,描写刻画较少。其中《重修横山大堰记》写陈宏谋家乡的大堰重修之事,文章先介绍了横山村大堰毁坏多年无人修理的情况,又提到父母临终前对家乡大堰的惦记,嘱托作者一定要修好大堰。接着写作者回到乡里后与家人、父老商量重修之事,大家有钱出钱有力出力,齐心协力很快完成了重修工程的事。然后赞美横山乡民勤劳朴实,风俗和美,老百姓生活蒸蒸日上,大堰修好后,乡里的粮食定能多产,生活变好。于是作者又提出自己的期望,希望优秀者要加强读书和学习,朴者要安分种庄稼。文章充满了对已故父母的怀念之情、对故乡的期望和对乡亲们的仁爱之心,情感在行文中自然流露,真挚感人。从修缮横山大堰出发最后又回到劝人向学而事诗书,也体现了陈宏谋散文的基本特点。

四、岭西诸家的山水散文

清代桐城派经由方苞创始,经刘大櫆、姚鼐的发展壮大,到清乾嘉间形成了一套完整的古文理论体系,桐城派也成为中国古代文学流派中声势最为浩大、持续时间最长、影响地域最广的文学流派,拥有最多的追随者。到了嘉靖道光年间,桐城派重心开始南移,"桐城派突破了地域的限制,在南方的一些地区,如江苏、湖南、江西、广西等地,确立起'正宗'的地位,形成了新的古文创作重心"[②]。在广西吕璜作为先导,传播"桐城家

---

① 王德明.清代粤西文学家族研究[M].桂林:广西师范大学出版社,2013:139.
② 张维、梁杨.岭西五大家研究[M].南京:江苏古籍出版社,2003:2.

法",培养后学,终于出现了"文章其萃于岭西"的局面,形成了广西桐城派代表——"岭西五大家","岭西五大家"除吕璜之外,还有其后学朱琦、彭昱尧、龙启瑞、王拯。桐城派的记游类散文中颇有佳作,能将江山美景妙笔传出,该派文人多是写景高手,岭西诸家中不少作家都有山水散文传世。

(一)朱琦的山水散文

朱琦(1803—1861),字濂甫,一字敬庵,号伯韩,临桂(今广西桂林)人,为"岭西五大家"和"杉湖十子"之一。道光十一年(1831)乡试第一,道光十五年(1835)中进士,历任庶吉士、翰林院编修、给事中、监察御史等职,官场不得志,道光二十六年(1846)告归乡里。任桂山书院山长,协助梁章钜编《三管英灵集》。咸丰二年(1852)太平天国起义中朱琦团练乡兵守城有功,议叙道员,再入京师,后到江苏、杭州,咸丰十一年(1861)总理杭州团练局,守清波门,被太平军攻破而亡。朱琦早年曾随吕璜学习桐城古文义法,后在任职京城之际,跟随梅曾亮学习古文之法,深得桐城嫡派真传。朱琦著有《怡志堂文集》,朱琦崇奉"义法",恪守桐城文论,其古文创作"挥斥万有,晖丽掩雅,变而不离其宗,善叙事而能自成一家"[①]。其文多体现为政之道和治学思想,论说文多具有雄滔奇辩、说理精辟、文风雄健之特色,其所作山水散文擅长景物描写,风格优美清新。

朱琦经常与志同道合的朋友在杉湖边上的补杉楼吟诗唱和、游赏园林,有"杉湖十子"之称,因而朱琦应该是十分喜欢桂林杉湖的,其文《杉湖别墅记》记下了他的感受:

>吾粤山水幽邃,省治居万山中,湖水绕之,傍城处处可庐,然城西杉湖为胜。

---

① 杨怀志.桐城文派概论[M].合肥:安徽美术出版社,2011:101.

> 环湖而园者数家：湖以东为李氏故宅，宅后有临水看山楼；其西则湖西庄，负郭面湖，缭以短垣，亦李氏故圃，旧有老松十余株，春湖侍郎所手植也。稍折而南，为画师罗星桥芙蓉池馆，囊赏爱而葺之。然其地小偏，亭榭半颓，李氏园近亦废，故余喜游杉湖别墅；又其子弟多余门下士。主人正先筑楼三楹，吟啸其间，尤酷爱古碑名画及寺观遗迹，百方罗致，自是人知有王氏园矣。
>
> 楼前累石作小山，循山径而下，为半舫，后改为横楼，意弗惬，爱于楼西拓地数弓，为小阁，窗户虚敞，花竹翳然，中凿小池，莲叶新茁如盎，游鱼跳水面，每登眺，则城西诸峰隐见烟树间。其左榕楼遥峙，独秀峰适相直。每天气晴霁，云雾敛净，空翠欲落几席。
>
> 一日，余往游。侵晨微阴，已而，风雨忽作，汹涛崩豁，小屋濛濛如舟，恍惚在江上，意以天下之奇无有过是者。①

文章先赞赏了广西山水之清幽，而广西省治桂林居于万山之中，湖水萦绕，处处宜居。朱琦是从本地居住者的角度，说出了桂林城在山水中，处处适宜居住的特点，特别是桂林杉湖一带景色优美，宜游宜居，很多名人故居都在杉湖周围，如清代著名书法家、收藏家李宗瀚故居，清代著名画家罗辰故居，晚清词人王鹏运故居。李氏湖西庄和罗辰芙蓉池馆几近颓败，朱琦喜爱芙蓉池馆，将其购下，重新修缮，改名为籍园，成为朋友聚会赏景的地方。朱琦最爱王氏杉湖别墅，王氏尤其酷爱古碑名画及寺观遗迹，藏品丰富。文中描述了杉湖别墅周围景致：主楼前用石累成小山，顺着小山而下，有一由半舫改建成的横楼。又在西筑一小阁，可登临远眺，城西诸峰、独秀峰、榕楼等四周景色皆见，景色怡人。特别是晴

---

① 张家璠、张益桂、许凌云译注.古代桂林山水文选[M].桂林：漓江出版社，1982：123.

日,每当天气晴和,坐席间绿意葱葱,风雨大作之时,小屋有如在汪洋湖中飘摇的小船,审美感受十分奇特。醉人的湖光山色,文雅的书卷金石气息,加之王氏子弟多是朱琦的学生,这一切使得朱琦常常到杉湖别墅游赏,喜爱它超过了自己的籍园。

《杉湖别墅记》将杉湖的景致写得幽静雅致,也将桂林园林之美表现得淋漓尽致,移步换景、动静相宜、晴雨瞬变,字里行间表现出作者对杉湖和杉湖别墅的喜爱之情。

(二) 王拯的山水散文

王拯(1815—1874),字定甫,号少鹤,别号龙壁山人,马平(今广西柳州)人。道光十七年(1837)中举人,道光二十一年(1841)中进士,授户部主事,充军机章京。同治三年(1864)因直谏被薛焕诬陷弹劾,次年归乡,在桂林榕湖经舍、秀峰书院讲学。王拯在古文上先学于吕璜,后在京城师承梅曾亮,深得器重。他为文淬厉精洁,雄直有气,而出以平夷纡徐,能自达其所欲言,使人得其妙于欲言文字之外,意味深长。[1] 有《龙壁山房文集》存世,其中山水记游类文章较突出,受柳宗元影响明显,对柳宗元既有继承又有发展,在表达情感方面又与柳宗元有极大不同。[2] 写广西山水的有《游石鱼山记》《待苏楼记》等。

《游石鱼山记》是道光二十六年(1846)王拯从京师告假回到家乡,临走前与友人同游立鱼峰后所记:

  石鱼山在柳州城隔江二里余,牂江绕城如带,南岸皆山。登城南楼望之,天马正南最巍特,甑山、驾鹤、四姥、东台、仙弈左右森然若屏障,独西南一峰稍小而蔚然隐秀,蒙茸草树,若常有烟云缭绕之者,乃石鱼也。山腹三洞,若联环通。缘山东南麓,登石级数十,砑

---

[1] 杨怀志.桐城文派概论[M].合肥:安徽美术出版社,2011:103.
[2] 张维.清代广西古文研究[M].桂林:广西师范大学出版社,2008:159.

然深邃者,为前洞。中广袤十数丈,四壁乳泉,垂缩异状,时或玱玲作水乐声。由洞东逾石门,豁然虚敞者,为后洞。出洞有麓,回眺郡城,烟火江帆苍然若无际。前洞西上又一石门,若小而高,数级以登得横洞,数十武,下砥平,而上深黝。北有石牖,天光临之洞然。又西,石径仅容一人,而中暗若漆,荦确殆不可游。山南之半,石出若厂。凿石出磴,有阁翼然,祀大士像。前对仙弈之山,群树虬蟉绕檐际,灵泉縠鸣在其趾。阁左磴曲,亭曰"跨鲸亭",右崖侧阁曰"洞宾",游人于此皆憩息焉。①

这篇文章记游写景十分有层次,先远观,描述了石鱼山在柳州诸山中的位置和不同,柳江周围的群山天马巍峨,甑山、驾鹤山、四姥山、东台、仙弈山环绕其左右,如同屏障,只有西南面的石鱼山是一座小山,虽然不高,却是郁郁葱葱,隐隐透出秀色,山上植被繁盛、常有云烟缭绕,有形有色,这是从外观上看到的石鱼山的形式美,还有云雾缭绕的动态之美。接着把人的视线拉近,细致地看其山中之岩洞,石鱼山的岩洞连环相通,细写了山中的三个岩洞:前洞洞口大而深邃,中洞宽阔,四周岩壁上挂满了奇形怪状的钟乳石,还伴随着滴水声,后洞豁然开朗,宽敞开阔。移步换景,表现出柳州石鱼山诸洞的七窍玲珑、相互连接的特点。走出后洞眺望郡城,苍茫无际,忽然又从前洞转出,过石门,又有横洞,往西走,石径仅一人可过,漆黑一团,不可游。又到南半山,似乎又是岩洞,从石头上凿出登山石阶,上有亭阁供奉着大士像,在跨鲸亭上可以看到迷人的山水景观。接下来是作者有感而发的抒情和议论,"依然少小游钓之区,不相见者且十年矣",作者过去常常在石鱼山上游玩,面对今昔的对比,发出了过去时光不再回来,而今后也不知道还有没有机会再游

---

① [清]王拯.龙壁山房文集[M].台北:文海出版社,1970:262-263.

此地的感叹。文末通过对柳宗元文中的柳州山水的议论发出了时光转变、沧海桑田,世事无常之叹。柳文中仙弈山记得详细而洞穴却不复存在,石头棋盘只有传说也没人见过,而石鱼山虽然记录有洞,却不详细,柳文中还说石鱼山不蕃草木,而今却是草木葱郁,由此王拯发出了"又千百年而后之视今,其与吾今之视子厚者又何如耶"的疑问。这是面对自然和人生最迷茫的问题,虽然无解,却引人遐思无穷。这一篇看似传统的游记文,写得清淡自然,耐人寻味。

《待苏楼记》写的是柳州待苏楼。宋代许申曾在柳州州治城上建楼,取意杜甫诗句"春生南国瘴,气待北风苏",将楼命名为待苏楼,并作了记。后来待苏楼没有保存下来。明代嘉靖年间柳州增筑外罗城,并在其间开了留照门、拱辰门、宾曦门,北面的拱辰门尤为雄伟壮观。清道光三十年(1850),在明代嘉靖年间增筑的旧基上重修柳州外城,按明代旧样建门,知府哈问梅于北面的拱辰门上新建一楼,也以"待苏楼"为之命名。《待苏楼记》是咸丰三年(1853)王拯应邑人请,为家乡的待苏楼作的记文,记录了待苏楼兴建的始末,写了柳州城的城景和特殊的位置、当年狄青平侬智高起义后所筑的将台及登楼所见之景:

> 柳山郡也,牂江抱城东西南面如带,江之南岸,天马、石鱼、东台、四姥诸峰列焉,西之深峨,东之桃竹,左右对峙,而城北鹊山特起,为郡主峰,粤地极南而处下,柳尤为郡于诸苗蛮错出之间,前邕后桂,控郁引黔,军门提兵为重镇焉。
> ……
> 登斯楼者,击汰牂流,历揽石鱼、天马诸峰之奇秀,对鹊山之巍,回视将台遗构……①

---

① [清]王拯.龙壁山房文集[M].台北:文海出版社,1970:241-243.

文章表达了柳州以一个蛮苗错杂的少数民族地区要走向开化,确实需要廉吏"待苏民困"的感叹。

(三)彭昱尧的山水散文

彭昱尧(1809—1851),字子穆,初字兰畹,自号阆石山人,平南(今广西平南)人,生有轶才,倜傥权奇,生平矜尚名节,为世人推崇。道光十五年(1835)受知于广西学使池春生并带入桂林,进入幕府。道光二十年(1840)中举人,后屡试不第,放弃功名,归于故里,流连放情于山水。彭昱尧是"岭西五大家"之一,亦是"杉湖十子"之一。彭昱尧是"岭西五大家"中唯一未做过官的,但悉心读书、求学、作文,曾向吕璜学习古文之法,后又师承梅曾亮,尽得古文义法。彭昱尧著述颇丰,有《致翼堂诗集》《致翼堂文集》《致翼堂文钞》《子穆诗钞》《彭子穆先生词集》等。其古文创作"学博气伟,神韵极似归有光","其文奔腾浩瀚,一屏材气,委蛇绳尺,得于天者独异"[①]。彭昱尧广西山水散文作品主要有《碧漪堂记》《石塘文昌阁记》。

《碧漪堂记》写平南彭昱尧先祖所创的供家族孩子读书学习的碧漪堂:

> 自平南陆行四十里有屋十余楹,曰碧漪堂。余曾王父创之以课子侄也。旧日植桂,余以山水故,更今名。苍碧绕环,嶙峋抱互,方塘潆漾前后,春雨注涧,流水涓涓从屋底出,屈曲穿于树根,而汇于池。楹前两乌桕大可合抱,积溜剜腹,洞然中空,磐柯压檐而上,婆娑覆垂,轩槛皆绿。余幼孤废学,年十三始读书其中。列几南荣,树阴掩映卷轴,据案而嘻,意气乐甚。有都养者,年六七十矣,尝服役先君子读书执火者也。指谓余曰:"昔者而爷位于斯,榻于斯,而叔读书误,先生挞于斯。"又曰:"而爷寒夜读书,渴,蹴余寐求浆,此吾

---

① [近]刘声木撰,徐天祥点校.桐城文学渊源撰述考[M].卷六,合肥:黄山书社,1989:223.

所热炉煮茗者也。"余聆之而泣,叶卷起立。至今忽二十余年矣。尘壒鞅掌,中堂之风漪树荫,劳人痦思也。①

文章先交代了碧漪堂之来历,再说自己将其名称由"植桂"改为"碧漪堂"是因为其处于青山互抱、方塘潆绕的山水处。接着对碧漪堂周围的景色进行了细致而清晰的描写,山环水绕、房屋十余间、屋前两棵老树,自然风光宜人,充满了野趣和绿意。然后写作者自己少年时代在绿树掩映的案几上读书、玩乐,是十分快乐的时光。再以家中侍奉先君读书的仆人所言的三两事来写对亲情之思念,甚是感人。此文是彭昱尧回忆碧漪堂所作,在为尘世纷扰繁忙之时,家乡碧漪堂的"风漪树荫"成为永远的记忆。此文叙事、写景、抒情融为一体,通过小事来表达思乡、思家、思亲之情,颇有归有光散文之风神,读之畅然。

《石塘文昌阁记》写彭昱尧家乡的文昌阁,文章开头先是写了石塘附近几条河流的关系,石塘即是在其中一条默默无闻的小河"深步水之右"的一个村子,再通过描绘石塘村周围之景,托出了文昌阁:

其西之磅礴绵亘者,为柏岘崖。其南之岙丛蔚秀者,为思岩山。辰岭高矗,其东阆石麒麟,诸山遥峙,其北村之东,乔松数十百梃,有阁翼然,高出于松杪之上者,曰文昌阁。②

平南阆石山曾是出过状元梁嵩的地方,说明此地有文化传统。文昌阁即科举文化的象征,作者在引出文昌阁时,特意渲染了环境,将其高高托起于数十百梃乔松之上。可见虽然彭昱尧屡试不第,但渴望功名之心仍是有的,文中所提的深步水是条名不见经传、无人关注到的小流,"潆

---

① [清]彭昱尧.致翼堂文集[O].卷二:碧漪堂记,岭西五家本.
② [清]彭昱尧.致翼堂文集[O].卷二:石塘文昌阁记,岭西五家本.

涎鼎渗淫遥迤,岂料其能至于海乎",表达了即便是偏僻之处的无名小流,只要"蓄深者""源远者"即能"达厚""流长"的道理。

(四) 龙启瑞的山水散文

龙启瑞(1814—1858),字辑五,号翰臣,临桂(今广西桂林)人,道光二十一年(1841)状元及第,授翰林院编修。后任湖北学政、江西布政使,为官清廉、政绩卓著,亦重视教育,培养了众多人才。在学术上,龙启瑞涉猎广博,在音韵、文字、目录学、文学等方面都有造诣,是"岭西五大家"中博学多才的一位,有《经德堂文集》6卷、《文别集》2卷,写有近200篇古文,各体兼备。散文创作宗桐城派,注重"义法",同时主张"文章虽末艺,贵于情性俱。真性苟一漓,千言亦为虚"[①],其古文尽显桐城派文之本色,被称为"至中至醇之文","深入理奥,撷宋五子之精而衍其传真"。朱琦曾说:"吾粤号能文,颇数龙与王。"其中"龙"即龙启瑞。龙启瑞的山水散文多是一些杂记文,寄情于景,情感真挚,韵味醇厚,清新洗练,可称佳作,如《月牙山记》《东乡桐子园先茔记》。

《月牙山记》是收录于《经德堂文集》卷三《内集》的杂记文,是其清明扫墓后在桂林月牙山观游后所写,文章不长却峰回路转,景物描写简练却让人如身临其境,语言平易却雅洁,情感流露清清淡淡却如涓涓细流沁人心脾,真挚感人,体现了龙启瑞记体文的风格:

> 忆二十年前曾一游山中,时冻雪初晴,山溜之凝为冰柱者,宽可数尺,长几丈,如是者五六,宛然玉龙垂髯。下瞰窗户,正心摇目眩,铿然落其一抵石上,若碎大瓮。寺之檐角陷焉,归而魄动者弥日。今岁月屡易,景物非故,江干桃李芬馥可爱,无复向者恫心骇目之观。而余适以清明上冢归,偶一流憩薄暮。坐阁上,视花桥人影如

---

① 吕斌编著.龙启瑞诗文集校笺[M].长沙:岳麓书社,2008:46.

蚁。循去径下,恍然若寤,益恻然霜露之感也。①

文章先写月牙山地理位置,又写周边环境优美宜人及月牙岩的奇险。然后笔锋一转回到了 20 年前冻雪初晴的月牙岩,作者经历了一次惊心动魄的体验,从侧面烘托了月牙岩之奇险。再对比此时风和日丽的春天,月牙岩显出了柔美的一面,桃花李花开得娇艳,春天温暖的气候让人昏沉恍惚,又加上扫墓归来,难免有想念已故亲人的凄恻之心。文章跌宕起伏,一会儿冰雪晶莹,一转眼恫心骇目,一会儿柳暗花明,一低头又念亲而感伤,真是牵动人心。岁月的流逝、景物的改变及人生各种出人意料的际遇和情感,虽未言明却是让人回味无穷。

《东乡桐子园先茔记》写龙氏家族的桐子园墓地是块风水宝地,文章先是描绘了桂林尧山的景色:

> 桂林近郊多石山,惟漓江东北之尧山负土而特大,江行百里外皆见之。山平起为两峰,迤逦南行,作叠浪纹者六七,则高峰簇起,嵯峨万状,伟如神人自天而下,仪从俨然,有植如笏者,卓如笔者,坦如委裘坐者、行者、顾者,势皆自北而东。至其南,山势将变,则右出为两峰,而以东峰之余势,衍为冈阜。反顾而右环之,而吾高祖母易太孺人之茔实当其址。②

此段写了尧山与桂林诸山的与众不同,一是土山,一是特别大,再写了尧山周围的山势,渲染尧山周围是一个风水宝地。而后写家族从甚微到渐渐显达得益于高祖母的墓地,抒发了对先德的感恩。

---

① 吕斌编著.龙启瑞诗文集校笺[M].长沙:岳麓书社,2008:406-407.
② 吕斌编著.龙启瑞诗文集校笺[M].长沙:岳麓书社,2008:407.

五、壮族文人的山水散文

到了清代,广西涌现出了一批壮族文人、学者,其中较为有名并留下了山水散文的有刘光定、刘定逌、郑献甫等。

（一）刘光定的《象云说》

刘光定,生卒年不详,清雍正、乾隆年间广西象州人,幼时为当地著名的壮族神童,乾隆三年(1738)中举人,以教授为业,诗文俱佳,好作古文,打破当时八股文的死板套路,开一代文风。①留下的散文作品不多,《象云说》是山水散文的作品,以说辩的形式来说明象州名称的由来,认为象州名称由来是"郡有山,山有云,云类象",其中写"象云"之景非常出色：

> 仲夏八日,日午初斜,清风不作,予避暑其上。倏然彤云密布,阳焰无光,雷鼓为之施威,天公于焉舒笑。滂沱蔽野,林木滋垂。已而天开霁色,波净沙澄,四山之烟光荡漾,瀑布飞空。予方凭栏骋目,心旷神怡,而山腹中之祥光隐跃,瑞蔼毕呈,纷纷缦缦,秉扶日之姿,蕴从龙之态。其质白以洁,其体高而庞,不金羁,不锦襜,若舞若拜,俨然长鼻柱蹄,自南递北,度陌越阡而上者十数队,队列分列成形,不相牵杂,求之他山,概无有焉。②

描绘了夏天的午后象州的一场太阳雨,将云的形态描绘得层次鲜明,将云与雨的变化、天空的色彩表现得淋漓尽致,然后写出了云的形态,"群象"出现,天空中数十队的大象"长鼻柱蹄",既壮观又形象。景物

---

① 欧阳若修、周作秋、黄绍清等编著.壮族文学史(第3册)[M].南宁：广西人民出版社,1986：679.
② 欧阳若修、周作秋、黄绍清等编著.壮族文学史(第3册)[M].南宁：广西人民出版社,1986：679.

描写十分的细致、神形毕现。

(二)刘定逌的山水散文

刘定逌(1720—1806),壮族,字叙臣,一字叔达,号灵溪,武缘(今广西武鸣)人,出身书香世家,自幼博闻强记,14岁考中秀才,乾隆九年(1744)乡试第一,乾隆十三年(1748)中进士,授官翰林院编修。后因不愿磕头得罪和珅被弹劾归乡,回乡后潜心于穷理尽性之学,授徒教学,在广西多地书院教书,在当地较有声望,至今还有关于他的民间故事在乡里流传。有《灵溪文集》《四书讲义》等文集,张展鹏在《峤西诗钞》称其"殚精四子书及先贤语录文章,卓然成家"①,可惜文章多散佚,存《重修灵水庙碑记》《移建葛圩隘碑记》《重修武缘县学碑记》《重建武缘县忠义祠碑记》《罗衣古寺碑记》等碑记文,显其特色。其中《重修灵水庙碑记》是篇较好的山水散文:

> 灵水,境之最奇者也。踞灵水上游有庙焉,祀真武神。邑长长吏岁祭之,其详不可得闻已。康熙壬子,前令庄公振徽,修其故宇,大书特书,以为武邑第一境庙。然灵水距城南方二里许,友人卒罕至。近百年庙复颠颓,碑且漫漶不可读。……予曰:庙有废有兴也,灵水千百世无恙。吾钓游于斯数十年,每携良朋浮小艇荡漾波心,仰俯上下,恍有所得。谈笑间复自失之,竟至今莫能名其状。万古江山,茫茫何极。辟饮者冷暖自知,将以任夫游人之自得之也。②

灵水为广西武鸣县胜境,灵水庙祀真武帝,后亦成为游人玩赏、休憩的去处。文章简单介绍了灵水及灵水庙的兴废,又写重修灵水庙之经过,赞美修筑者之功劳,文后主要是抒发了作者对灵水的感情。状灵水

---

① 莫乃群主编.广西历史人物传(第七辑)[M].南宁:广西地方史志研究组编印,1985:94.
② 王德明.清代粤西文学家族研究[M].桂林:广西师范大学出版社,2013:12.

之奇主要是通过灵水给作者的感受表现出来，作者曾在这里垂钓数十年，在灵水上作者与友人荡小舟，谈人生，心有所得无法用语言来形容，表达了作者对灵水的熟悉和深爱之情。

（三）郑献甫的山水散文

郑献甫（1801—1872），壮族，原名郑存纻，字以行，别号小谷，又自号识字耕田夫，象州（今广西象州）人。道光五年（1825）中举，道光十五年（1835）中进士，任刑部主事，后辞官归田，建补学轩专心读书治学，在柳州、宜州、广州、象州、桂林等地书院讲学，培养人才。郑献甫具有深厚的学术修养，曾是名扬两广的大儒，也是清代最有名的壮族学者、文人。蒋琦龄评价道："其为学姿禀超绝，强记博览，自谓于物无所好，唯于书如鱼之于水也。既绝意进取，益贯综六经诸子百家，于经义、史论、古文、诗词、四六骈体皆精之。"[①]郑献甫古文创作反对派别之说，在当时桐城派统领广西文坛的情形之下自成一派，其古文创作有自己的特色，有《补学轩文集》留世。《补学轩文集》中的广西山水散文数量颇丰，其中散体文山水记有《桂林诸山别记》《象州沸泉记》《游铁城记》《游丹霞岩九龙洞记》《忻城县新修龙隐洞记》等，亭台楼阁记有《杨秋圃镇军新建影湖楼记》《西笑亭记》《修建立鱼峰亭宇记》《重建象州南楼记》等，地理现象记有《壬申五月桂林城东东江村观地陷记》，铭有《热水铭》，骈体文有《游白龙洞记》。这些山水散文基本都能体现郑献甫为文的思想与主张，所谓"有真才、有实学、有至情，则意度波澜，风神标格，自然流溢于外，读者未必尽知，作者并不自知也"[②]。他认为作文应该首先要通经史子，否则都是空谈，"为古文则只序宴记亭，而不能持论"，写山水散文若没有积累的学识作铺垫，就可能流于词藻的堆砌，因此写好文章是才情、才学、真情合一。郑献甫好游山水，常作山水散文，但多是从学者的角度来看山水，引

---

① ［清］蒋琦龄著，蒋世玢等校点.空青水碧斋诗文集[M].南宁：广西人民出版社，2001：174.
② ［清］郑献甫.补学轩文集续刻　散体卷二[M].台北：文海出版社 1975：1837.

发感悟。他的广西山水散文或为游记,或为亭台楼阁记,都能显示出其深厚的学养,常常将考据融入文中,显得内容充实而富有醇厚韵味,这是郑献甫山水散文的最大特点。

除了自己的家乡象州,郑献甫停留时间最长的地方是桂林,前前后后断断续续有12年,但在桂林留下的文章并不多,散体文《桂林诸山别记》算是代表。以往写桂林山水的文章很多,对前代的史地掌故郑献甫都了如指掌,所以下笔就显得非同凡响。《桂林诸山别记》并非一般的游记,整篇几乎没有游程和景物描绘,几乎都在议论,主要是从文化的角度来观山水。文中先提出桂林山多奇,但"官斯土者,困于簿书期会之谋,不能游也。至斯土者,溺于干谒衣食之役,亦不暇游也",一些好古之士并没有亲身游历,总是抄袭《名胜志》《寰宇记》或《虞衡志》等书来搜奇炫异。作者通过自己亲自考察发现了桂林山水的游览活动后世不如前代的奇怪之事:

> 然窃怪摩崖题名、勒石题咏少,远则国初人有之,近人无有也。又稍远则明人有之,今人无有也。又稍远则惟宋人游之,并明人亦无有矣。……乃若东之龙隐岩,宋时泛舟至壁,有洞门鼓棹可入。今则距江水已远,平沙积砾,堵塞其半。南之南溪山,宋时官司作筏于此,置酒勒诗,犹存壁间。今则积水一泓,荒山半壁久已,为车马所不到。是前人所视为几案间者,今亦付之荆棘矣。①

从桂林山水从宋代到清代的荒废说起,又引经据典地驳邹衍"五帝以来,治不及远"之说,认为其是以井底之蛙的见识来观天和海,也说明了以个人浅薄的知识来推断事物是不可取的。因此凡事需要亲力亲为

---

① [清]郑献甫.补学轩文集·散体文[M].台北:文海出版社,1975:819-820.

才能知道究竟,否则就是欺人欺己,渐渐地就如同这山水后代所及不如前代。郑献甫自己的游览作文实践也是在这种思想指导下进行的,所以虽然在桂林住了12年,他吟咏桂林山水之文也并不多见,他在渊博的知识基础上,来回多次跋涉山水,反复观察才能发现别人发现不了的东西。在写广西其他地方山水时,郑献甫也同样引经据典、反复登临才有佳作。

郑献甫曾在宜州的德胜书院、庆江书院教书,《游铁城记》《游丹霞岩九龙洞记》和《游白龙洞记》都是其在宜州时所写。《游铁城记》记其游宜州古铁城,寻找石刻的经历,这是一次史地考证的文化寻迹之旅,听说古城可能有宋以前石刻,又想到了《铁城颂》是摩崖石刻,猜测府志上记载的《铁城记》一定也有摩崖石刻,于是开始寻找。可见郑献甫身体力行,不仅有文献积累,还不吝走出书斋,亲自实地考证。《游铁城记》写了寻访石刻的经过:

> 因命导而前,循壁东,下约半里,少迤北向,两石山参差并立,右顾石壁,间有摩崖,不甚高,谛远不辨文字。左顾石壁,上亦有摩崖而少峻,漫视不得路径。顾见其麓有干牛粪,其野树又有樵斧痕,乃扳登其右,则《铁城颂》在焉。亟回赴其左,则《铁城记》在焉。①

以纪实的手法写出了《铁城颂》和《铁城记》石刻在荒处被发现的经过。作者接着情不自禁地发出感叹:"夷以近则游者多,险以远则至者寡,凡名迹之显晦,固如是哉。"在发议论时还将《铁城颂》被发现,而多人与《铁城记》失之交臂的事追根溯源地讲述出来,并就南山寺和白龙洞少见宋元石刻的原因表述了自己的看法。其后十分自然地引出了由于远而险,古碑无人问津一时被埋没却又因此没被破坏而保存完好,不知道

---

① [清]郑献甫.补学轩文集·散体文[M].台北:文海出版社,1975:796.

算是幸运还是不幸运的感叹。文章表达的这种辩证的思想确实让人回味无穷。

《游丹霞岩九龙洞记》也是在游览过程中将传说轶事和文献记载融合在一起,考查岩内石刻,亦具有考证之风。文中有少量描写景物和游览感受的句子:"环山而南,绵亘联属,遥见洞口,口外有潭,深清无底。潭北有崖,平滑如磨,游者到此,咸肃然。"郑献甫写家乡温泉的《象州沸泉记》中,象州温泉"可以浴体,可以疗疾,可以熟物",却因为象州地处偏僻无人知道。苏轼认为天下温泉以骊山为最,杨升庵认为南中温泉以安宁为最,但这些温泉都不能熟物,所以不可与象州温泉比,而郑献甫又引《温汤铭》《华阳国志》《吴录》《幽明录》《齐地记》《安城记》等文献说明天下确实是有可以熟物的温泉的,说明了"矜矜然自奇,以为天下莫有此者,固妄也;泄泄然相怪,以为天下岂有若此者,亦妄也"的道理。

郑献甫的其他古文,如《忻城县新修龙隐洞记》《杨秋圃镇军新建影湖楼记》《西笑亭记》《修建立鱼峰亭宇记》《重建象州南楼记》都有这样的写作特点。

郑献甫写散体文的同时也不排斥骈体文,他的《补学轩骈体文》《补学轩骈体文续》中大概有100多篇骈体文,其中有一篇很有名的游记《游白龙洞记》。在其散体的山水散文中很少有写景如此详细的,而在《游白龙洞记》这篇骈体文中记游写景都十分出色:

  江荒日白,树密云青,鸥边招舟,人影半渡,犊外扶伞,山光忽来。途迤若关,磴盘在空,凡历数百级,始抵焉。薜萝在眼,云霞荡胸,树老石上,不粘寸土。风来穴中,突见丈室。喘哮少定,踊跃告行。烛奴引前,灯婢列后,凿空直下,乘间曲入。火色石色,离离目中,钟声鼓声,隐隐足下。更进百步,阳关阴合,所见益奇。石柱削下,如垂佛牙,石坎空中,定葬仙骨。同人大呼,山鸣谷应。其路如穷,回首斜行,当面横亘,有石焉,蜿蜒在地,蹴尔不起,躞跜向人,赫然欲飞。首尾相斜,鳞翼自动。①

此段游程明晰,渡河、登山、入洞,写出了众人游洞的声势,前后都有仆人点灯举火,火光映着石色,看得双眼迷离,钟鼓声像是从脚下传来,增加了神秘感,走到尽头后回头斜行,看到了白龙洞名称由来的原因所在。作者在游洞的过程中将所见之景一一绘出,天气、江景、山景、洞景都自然而出,让人如身临其境。后段又写与大家一同刬扫摩崖上苔藓寻找石刻、吃果喝酒远眺宜州秋色,"及归时回望山巅,迥出云表。城中灯火,顶上钟鱼,白云蓊然,碧宇如画,未尝不徘徊而不忍去也",将如画的风景衬托不忍离开的心情写得引人回味。

郑献甫还有一篇写广西风光的骈体文《白崖山寨记(为松如林子作)》,描绘了鹿寨独特的风光:"山当雒容之东,永福之西,高而不危,万有余仞,正以为固,四无所依,因彼金汤成,兹石砦尔,乃凿山取险,藉石为阶,循壁安门,榜岩构宇,三面拒敌,一夫当关,螺旋其间,可置百室,蚁附而上可容千人。余尝从舟中望而羡之。"②写了广西山水与当地防御建筑的结合,尽显了广西山水对当地人的意义。

总之,郑献甫的山水散文首先是以丰富的文献知识为基础的,从府志、地志、名胜志到前人的记文、笔记传闻轶事,他都了然于心,再从亲历的山水中加以印证而得出自己的见解,在观游山水时常常以新的角度去发现前人未发现的问题,引发哲理思考,具有十分明显的学人特色。

其他的壮族文人山水散文作品还有忻城土官莫景隆《黄竹岩记》《石牛山记》《翠屏山赋》,永宁刘新翰的《起凤山记》,武缘梁大川的《樗李洞

---

① [清]郑献甫.补学轩文集·骈体文[M].台北:文海出版社,1975:1283-1284.
② [清]郑献甫.补学轩文集·骈体文[M].台北:文海出版社,1975:1291.

记》,潘成章的《春山赋》,上林张鹏衢的《上林八景》等都是清新可读的山水散文作品。

六、蒋励常、蒋启敫、蒋琦龄的山水散文

(一)蒋励常的山水散文

蒋励常(1751—1838),字道之,号岳麓,全州(今广西全州)人,出生于书香门第蒋氏家族,有较好的文化传承。蒋励常早年追随父亲宦游,足迹遍及大半个中国,乾隆五十一年(1786)中举时已36岁,嘉庆六年(1801)补融县训导,后为保清节,愤而辞官,回归故里,主讲清湘书院。蒋励常注重对家族后辈的教育,培养出蒋启徵、蒋启敫、蒋琦龄、蒋珣、蒋实英等人,他们不仅均取得了功名,还形成蒋氏家族的文学活动群体。蒋励常多有散文创作,暗含桐城派的义法,著有《岳麓文集》8卷。蒋励常的记体文中写广西山水的有《独秀山记》《龙山神祠记》《柴堂庵石桥记》《广福桥记》《蠹风亭记》《融县重修魁星楼记》等。

《独秀山记》是蒋励常初任融县训导时与友人游览融县独秀山后所作,写独秀山之景引人入胜:

> 融城西里许,有山名独秀。颠崖峻削,崛起平坡中,盖众山之特立者。山半石台数处,邑人构屋其上,凿石通径,护以短垣,曲折以登。其中为佛堂。循崖而西为大士阁。佛堂东附崖筑小亭,东上近颠,则文昌阁也。屋仅数区,布置天成,雅饶逸趣。山之外群峰环峙,若拱若揖,远近无虑千百。而其东南,则环以融水,山色波光,遥遥辉映。所以登高而远视,游目而骋怀,真胜境也。①

---

① [清]蒋励常著,蒋世玢等校点.岳麓文集[M].南宁:广西人民出版社,2001:27.

写出了独秀山与周围景观的和谐,山光水色交相辉映,也写出了独秀山自然景观与人文景观的融合,虽由人作却宛自天开的山上园林建筑令人向往。而后是一段与友人遍历诸胜后在亭子中休息时,关于人杰地灵的对话,议论发人深思:在游山观景时蒋励常说到融县的山水不比桂林山水差,友人乘着话题说桂林人文胜况因山水而得,既然融县山水可比桂林,那是不是融县之人才也可比桂林。人们常常说"一方水土养一方人",人杰地灵就是将山水之灵与人之杰出进行比附,而蒋励常的观点是"是则在人,非山之灵也",文教才是决定地方人文兴盛的关键,国家涵濡之久和邑人勤奋之深才是人文昌盛的原因。而友人又顺着他的话劝其应该用心教导于斯,否则和这个徒具其形的山又有何异呢?通过辩论,蒋励常似有所悟,决定要尽职尽责。通过山水之游,蒋励常被巧妙地点化,正是这篇山水散文的特点。

蒋励常还有一些写亭桥楼阁的文章,短小精悍,表达了对家乡山水的关注和喜爱之情,《蓊风亭记》《柴堂庵石桥记》《广福桥记》都是这类作品。《蓊风亭记》是为全州蓊风亭作记。全州城北五里至城西门官路是楚粤重要通道,但是沿途八九里都没有可供游人驻足之所,于是作者称赞在此修筑蓊风亭是功不可没之事,在全州不可悉数的亭台馆榭中,独蓊风亭是为人雪中送炭的,"其攘而往也有所休,其熙而来也有所憩。雨淋漓可少弛,暑炎蒸可暂息"。不仅如此,蓊风亭不光只是供路人休息之所,还具有观赏的功能,作者还写了此亭上可观全州的美景,登楼远眺使人心情舒畅:

吾全山水实甲天下,而斯亭实居湘山之麓,枕鹫岭而苍凝,瞰合江而碧绕。外则盘石,以及黄花诸峰,或远接天光,或近连江色,莫不拖青拥翠,森列襟带间。而其轩然而举,奂然而华,鸟革翚飞,与山水相辉映者,非亭也耶?登斯亭者,方且骋怀游目,乐此而忘疲焉,又不独为行旅息肩地也。①

《广福桥记》也是相同的主题,广福桥的修缮便利了行人,其新桥外观之美也大大超过以前的旧桥,作者迫不及待地要到桥上去看风景:

> 桥之东石嶂千寻,其西则乔松万棵,与清溪曲屈左右相映带。憩斯桥者,顾而乐之,几不知身在道途仆仆中矣。②

这几篇散文都是以赞美家乡新建之亭桥为主。这些亭桥的修建都是在为老百姓谋福利,作者对它们的赞美和自然流露的喜爱之情,也表现了作者的仁德及对家乡的热爱之情。

蒋励常的《龙山神祠记》也比较有特色,写在圣水岩附近、龙山之麓的一石台上筑龙山神祠的事,其中有一段景物描写:

> 圣水岩洞壑幽深,迥非尘境。斯台也,高居山半,其上则石壁数丈,下瞰若承尘然,近挹林霏,远涵江色,登斯台者往往有绝尘离俗之思,倘亦仙灵之所乐驻也欤。③

写出高台是连接世俗与神圣的中介,渲染了圣水岩的灵异。另外蒋励常在《十室遗语》卷十二《杂记》中也有一些将家乡山水与灵异传说故事结合起来的杂记,如家里老仆自云为五台山土神、村南云田寨翻石山曾有人捡到龙骨、兰江垂钓老翁打喷嚏把老虎打到江中、蒋励常手种桑树于清湘书院十年成荫后得知蒋启敉考中进士等,这些传说与灵异故事

---

① [清]蒋励常著,蒋世玢等校点.岳麓文集[M].南宁:广西人民出版社,2001:27.
② [清]蒋励常著,蒋世玢等校点.岳麓文集[M].南宁:广西人民出版社,2001:26.
③ [清]蒋励常著,蒋世玢等校点.岳麓文集[M].南宁:广西人民出版社,2001:25.

虽然不一定是真的，但是增加了山水的神秘感。

（二）蒋启敩的山水散文

蒋启敩(1795—1856)，字明叔，号玉峰，全州（今广西全州）人，出生于蒋氏文学家族，其父为蒋励常。嘉庆二十三年(1818)中举人，道光二年(1822)中进士，后多在江西为官，有政绩。在古文创作方面颇有天赋，有文集《问梅轩文稿偶存》，有记、序、题跋、书信、传等文体，以记体散文为佳。其中记游全州山水的有《游覆釜山记》，其在文后自跋中评价此文：

> 观予文者，于明窗净几，风日清美之时，细阅一过，恍如深在高山深林，烟云缥缈中，则此记可作卧游之资，当不厌其辞之冗长矣。①

与前人相比，本篇文字虽然有不及处，但"触景生情，兴到笔随，不构文律，亦犹日记例耳"，且记了山后西延之胜，也算是对前人的超越。

（三）蒋琦龄的山水散文

蒋琦龄(1816—1876)，字申甫，又字石寿，号月石，全州（今广西全州）人，出生于蒋氏文学家族，其祖父为蒋励常。道光十四年(1834)乡试解元，道光二十年(1840)中进士，后历任国史馆协办、纂修、总纂、文渊阁校理、教习、庶吉士、知山西汉中府、四川盐茶道、京兆尹等职，政绩显著。咸丰四年(1854)回乡为父守孝三年，晚年教授于石鼓书院、濂溪书院、秀峰书院。其在诗文创作方面颇有天赋，文集有《空青水碧斋文集》8卷，有奏议、论、辨、考、议、传、记、书、表、跋传等文体，广西山水散文有《覆釜山堂记》《虞山知味亭额跋》等。

《覆釜山堂记》是蒋琦龄回乡后所写，与蒋启敩的《游覆釜山记》不

---

① 张维.清代广西古文研究[M].桂林：广西师范大学出版社，2008：232.

同,并不以记游为主。其写全州覆釜山和覆釜山堂,先是写了覆釜山的景色与名声:

> 全在荆楚之极南,其水曰湘水,山曰湘山。州在昔为县,曰清湘。州西蜿蜒百里者,皆湘山也,峰嶂林立,支麓散走,岩壑幽丽,泉石清奇,不可胜纪。而覆釜之峰特高,视诸山若培塿。盖自始安分脉,为湘山之主峰,唐寂照大师居之而名始著。①

再写自己与覆釜山的关系:

> 余家湘水之西,在湘山之麓,生于山,长而去其山者二十有九年,已而得告奉母还山。于斯时也,以敬避今上御名,改名曰龄,字石寿。筑堂面山而名意覆釜,因自号覆釜居士,盖将老于此山也。②

生于斯,长于斯,终老于斯,名号也与此山有关。然后再设计了客问主答的方式,说明自以覆釜山为名号并非是不自量,并引经据典从湘、釜二字的意思来说明湘、釜的关系,再以自身的经历来说明自己也算是"屡当釜之任,而未能尽釜之用",虽然"有愧于釜之湘"但"于釜之覆者义有合",所以只不过是照师不用的名字而为自己所用。又说:

> 且山川藉人以传,如照师之于兹山者固多矣。而流连名胜踪迹,偶托人之藉山以传者,亦岂少哉?况自有此山,未尝有此堂,今始有堂,而吾主之,则亦可谓自由此山,至是而终有此人,人之传山,

---

① [清]蒋琦龄著,蒋世玠等校点.空青水碧斋诗文集[M].南宁:广西人民出版社,2001:101.
② [清]蒋琦龄著,蒋世玠等校点.空青水碧斋诗文集[M].南宁:广西人民出版社,2001:101.

山之传人欤？不可得而知也。①

针对"山以人传"或"人以山传"发的议论，颇有辩证之味。文章最后说其实自己的名声传不传都不重要，只是希望借山的寿为母亲添寿。蒋琦龄曾为回乡侍奉多病的母亲多次陈情上书，这也表现出了对母亲的深情。这篇文章融写景、考据、抒情、议论为一体，表现出蒋琦龄的考据功夫和经历人生之后的回归及对家乡和母亲的感情。

另一篇山水小品《虞山知味亭额跋》则写得清新淡然：

南薰亭之傍别有小亭，翼然临菜圃，春花散金足助览。自来闻韶忘味，而咏菜花者云不可不知此味。余以为，唯知味者乃能忘味耳。先忧后乐，无二义也。因以名其亭。②

将南薰亭之雅与菜花之俗框在一个画面中，形成对比，引出哲理，十分有趣而富有韵味。

七、其他广西籍作者的山水散文

罗辰（1771—1838），字星桥，号罗浮山人，临桂（今广西桂林）人，清代桂林著名的画家、诗人，有"漓江三绝"之誉。嘉庆元年（1796）考中秀才，一直未中举人，后又参加武举考试，成为武生，可谓文武双全，曾入两广总督阮元的幕府。其主要成就在书画和诗歌，有画集《桂林山水图》和诗文集《芙蓉池馆诗草》《芙蓉池馆诗画稿》等传世。罗辰性好山水，家乡山水更是其充满深情游赏的对象，画作将桂林山水表现得十分到位，而诗作、游记也充满赞叹之情。《游隐山六洞记》是罗辰爱游、善游山水的

---

① ［清］蒋琦龄著，蒋世玢等校点.空青水碧斋诗文集[M].南宁：广西人民出版社，2001：102.
② ［清］蒋琦龄著，蒋世玢等校点.空青水碧斋诗文集[M].南宁：广西人民出版社，2001：190.

表现。

《游隐山六洞记》通过游览隐山六洞来说明山水之游的道理,本来罗辰是与龙山余盖、越下张登、桐城钱自高、崆峒贾慕由、华涧何道五人一起同游,这五人因嫌弃隐山太小认为不值得游,而只有罗辰一人慧眼独具,坚持游览,边游边和那五个走掉的同游者说说道理:"宇宙非常之观,岂尽在一望瑰伟之境哉"。这篇文章用了较多的篇幅来发表议论:

  古之人观于日用寻常之细,往往得之天人性命之微,以其见浅是深,无所往而不在也。夫高以显,则知之者众;平而隐,则知之者少。而人世至奇之境,常隐于至平之中。盖天地恒不尽露其奇特,以待有志者之深求,故有志者不随人意为进止也。既进矣,而于其奇,或有所得,或不能尽得。有所得者,天地之所以偿吾志也,即朝阳、夕阳、北牖之可以饱览余观者是也。不能尽得者,吾志尽而亦不悔也,如白雀、南华、嘉莲之未能穷其胜者是也。虽然,余独揽其胜,于五人同游不果者,又有慨焉。人生天地,如野马尘埃,一日山林之乐,皆有数存。五人有志于游,设游而果,则六洞之胜,有不分蹋之而共领之?何至让余独得其乐也哉?此学者之所以不可畏难而苟安,骛高远而忽平易。①

隐山之游和同伴的弃游给了罗辰很多的感慨,人间的奇境常常隐藏在平易之中,而平而隐的东西又是多数人所忽视的。若不是多数人因没有眼光而放弃,也不可能有不止于探寻的人的独享,大家都不重视的平易处大概是最有价值的所在,做学问也是如此。

---

① [清]王锡祺.小方壶斋舆地丛钞 22[M].罗辰.游隐山六洞记,清光绪十七年(1891)上海著易堂印行:469-470.

第五章 清代广西山水散文的发展

朱树德，字达卿，号东谷，广西桂林（今广西桂林）人，清末桂林著名的画家，工山水，善花鸟，画学石涛、八大，行笔超逸，别饶风韵，有《桂林八景图说》。叠彩山风洞摩崖石刻《桂林八景记》出自他手，这是桂林山水16个著名的景观的精练表达，作于光绪十七年（1891），"桂林八景"的概括源于元代吕思诚、刘志行诗歌，朱树德在杭州回忆家乡，续成八景，认为桂林山水并非这"十六景"能全尽的。

唐景崧（1841—1903），字维卿，灌阳（今广西灌阳）人，同治四年（1865）进士，选庶吉士，散馆授吏部主事，后为台湾布政使、台湾巡抚。后定居桂林，任榕湖书院、桂山书院山长，组织桂林春班，搭建戏台，成为桂剧最早的开创者。《补杉楼记》作于光绪二十五年（1899）小除夕，刻于碑上存于桂林福建会馆内。补杉楼是位于桂林杉湖畔的建筑，文中描写了杉湖周围的环境、建筑与自然的和谐：

> 桂城内有阳塘，塘有桥，桥东曰杉湖，西曰莲荡，闽人馆于湖之北，祠天后，宏阔清严。门以外十步而临湖，朱榭横波，玉簪绕城，风景幽夷，忘在人境。达官富贾，相率而高会，燕游最胜处也。
>
> ……
>
> 适大雪而楼成，于是月卿则置酒召宾客。晴昊回温，绮疏洞开，波斯镜棂，射映湖碧，横目四视，异景毕献。环郭而立者、卧者、锐者、平者，白雉、斗鸡、巨象、橐驼，结虿蟠螭，灵怪错出。而远者更不可偻数，穷瞩天末，蜿蜒入云际矣。岿然一峰，当楼中楹，对抗坐榻，岸额而独立，秀出于众山之表，为楼主干，太空子隐居处也，一云刘仙刘仲远也。其下为炼岩。既而夕阳坠山，晚霞明媚，风车云马，万象交驰。①

---

① 杜海军.桂林石刻总集辑校[M].北京：中华书局，2013：1233-1234.

此处写出了补杉楼被桂林群山包围,地理位置极佳、风景极好,将桂林附近山峰一一点到,写景笔触独特,不流俗套。

广西籍作者的山水散文还有乾隆年间全州谢廷瑜的《全州龙隐岩记》,是写全州龙隐岩的山水小品;光绪年间岑溪人高辑《广西三江源流考》,考证漓江、左江、右江的发源及流经地;全州人唐一飞的《漓江源流考》是湘江、漓江异源说的重要文章。唐一飞是第一个明确提出漓江的发源在越城岭主峰猫儿山的人,他提出的这一论断经后人多次考察得到了证实。

第三节 清代广西流寓作家的山水散文

一、线安国、舒书的山水散文

(一)线安国的《鼎建白龙岩纪事碑》

线安国(?—1666),明末清初人,字为山,奉天辽东人,清定南王孔有德的部将,起兵反明,归降清军。历任征剿将军、太子少保伯、广西提督、征蛮将军,封三等伯爵,统孔有德旧部驻桂林。在桂林南溪山白龙洞有摩崖石刻《鼎建白龙岩纪事碑》,刻于康熙元年(1662)。该文用较大的篇幅说了平定广西之事,建岩纪事有"不忘武功之意"。作者在戎事暇时探访桂林白龙洞,白龙洞的游览历史悠久,前人曾在此兴建园林,但经过兵戎驰逐和风雨侵蚀,年久失修破败不堪。作者言其在白龙洞因地制宜重建堂宇,以竟岩之奇观。文中有:"予观桂林万山拥簇,如旗戟戈剑罗列森严,象彼气势,实用武地;又据形象,有万马归槽之说,而此岩名曰白龙,得无有牝牡骊黄咸出于此,将腾骧而佐命者乎?"尽显征蛮将军看待山水的眼光,将山水看成是很好的用武之地。

(二)舒书的《象山记》

舒书,满族,为皇太极长子肃武亲王豪格妾出第七子,不入八分,后代皆为闲散宗室。顺治九年(1652)进士,康熙十七年(1678),受命署管定南王孔有德部下官兵,以兵部、工部郎中至桂林监孔有德部。康熙十八年(1679)春慕名游览象山,数年间以象山为知己,几乎每天都到象山。康熙二十一年(1682)作《象山记》,刻于象山水月洞。文章在比较各地奇景后认为象山为广西奇山奇石之最,在描写景物时从象山的外观形态、水月洞的变幻、漓江水拍打象山岩石的声响、周围的其他景观来凸显象山之奇及其环境的幽雅,描绘出一幅清新静怡的山水图卷,通过琴声、水流声、渔舟晚唱的声响和月生日落的自然变化表现出了象山的动态之美,使得山水立刻活起来。作者与象山建立了深厚的感情,在桂林的几年时间里,刚开始是一个月一次,到后来除了风雨阻碍几乎每天都与象山相对,相看不厌。他引象山为知己,在山水中畅怀,心灵得到极大安慰,于是有:

> 象山冷地也,余冷人也,际此世情衰薄,谁肯为顾惜而与之相往来者?自有余来以后,水潺潺为之鸣,石硁硁为之声,花鸟禽鱼,欣欣为之荣。嗟乎,象山舍余无以为知己者,余舍象山,又谁复为知己?[①]

象山何尝又是为人所独有,何尝无人欣赏呢,只是作者的本质力量对象化到了象山,象山也暂时成为其心灵的折射。山水与作者的互动互感,这是中国山水文学的一个很显著的特征。

二、乔莱的山水散文

乔莱(1642—1694),字子静,号石林,江苏宝应(今江苏宝应)人。生

---

① 杜海军.桂林石刻总集辑校[M].北京:中华书局,2013:782.

于明末,长于清初,自小聪颖好学,康熙二年(1663)中举,康熙六年(1667)中进士,除内阁中书,康熙十二年(1673)举博学鸿儒特科,名列一等,改授翰林院编修,后又任实录馆纂修,升侍读。康熙二十一年(1682),奉命主试粤西,并不畏惧人皆惮其荒远的广西,公务之余游览了桂林、兴安等多处名胜。乔莱学问优长、诗文皆工,文章古雅,留下了多篇赞美桂林山水的诗文。写其出任广西乡试考官往返的诗集为《使粤集》一卷,集后附有《使粤日记》,有《游七星岩记》《游伏波岩记》《湘漓二水记》等写广西山水的散文。

《游七星岩记》是记游桂林七星岩的文章。桂林七星岩自唐代已经成为文人游览胜地,关于七星岩的历代诗文已经十分丰富,乔莱多次游览七星岩,在写这篇游记时,言及不是自己的文字可以述尽的。乔莱记游程及描写岩洞内的石钟乳时都比较简洁,不事铺张,写栖霞洞内之景虽然文字较多,也可以感觉到对笔墨有所控制,点到为止,从西到东,逐景状写,龙门、花果山、天门、须弥山、仙人田等各具特色,写出了栖霞洞景观给人视觉、触觉、听觉的感受,他说洞内的石钟乳都具有十分酷似的某种形象,丰富得只能用无法形容来表达了。接下来写冷水岩并无太多形容语句,而是引述前人记载,通过考证来叙述,从刘谊、范成大的文章中推出此洞自曾布开辟,但到南宋时还未与栖霞洞连通,再根据潘仁《刘仙岩记》中称刘仙岩是桂林岩洞最佳处来判断,他一定也没有尽游过七星岩,否则评价会不一样,又称胡直、袁袠、董传策的文章中也无关于冷水岩的起源的说法。乔莱是通过考证的笔法来表现七星岩之胜境,表现出与前人游七星岩的不同,正如潘耒评价:"遂遍讨桂山、漓水之胜,穷幽极怪,有柳柳州、范石湖所未到者。"①乔莱这种在游记中考证的笔法也是清初学人游记运用较多的模式,《游伏波岩记》《湘漓二水记》皆如此。

---

① 南开大学古籍与文化研究所编. 清文海(第二十四册)[M]. 北京:国家图书馆出版社,2010:746.

《游伏波岩记》中对伏波岩的记写也是从对洞名来源传说的考证中开始的。桂林伏波岩又叫还珠洞，关于此洞名字的来源，其中有一种说法是当年伏波将军马援征战交趾时，朝中有人诬陷他贪污了合浦珍珠，马援将船上满载的为军中治病的薏苡倒进漓江以证清白，所以这个洞就叫还珠洞，洞中还有马援的试剑石。乔莱认为伏波岩还珠洞和马援"薏苡以谤"的故事联系在一起似乎有点牵强，这故事发生在马援在征讨五溪之后，所以怎么会在漓江上有还珠的事呢？通过刘后村的诗"昔为博德祠，今乃文渊飨"判断，这石岩上祭祀的是路博德。又引郝雪海言"粤人祀伏波如蜀人祀诸葛，其殆有不可忘者在欤"，回顾马援的一生，他虽不变忠君之心，但结局是十分凄凉的，死后不能礼葬，亲朋好友不敢吊唁，广西人民却以他的名字命名山川，历经千年不衰，这些形成了鲜明的对比，引发出的思考也耐人寻味。这篇山水散文似乎都是在说马援，只有文章开头"巨石起漓江浒，高百余丈，几与独秀峰等"和文章结尾"洞外多石矶，出没水面，清流即焉，激越漱啮而后去"有景物描写，特别是结尾处的伏波岩景的描绘显得特别有画面感和韵味，似乎看到一个游人站在还珠洞口看江水流过，又冲荡着还珠洞外临水的石头奔流而去，怀想历史，历史、人生、是非功过都如这一去不返的流水，正如这世间的人心公道应是自有它的存在空间。这篇山水散文将考证、议论、抒情不着痕迹地融入了山水之中。

《湘漓二水记》将湘江、漓江二水源头、分支的来龙去脉一一写出，文章分为两部分，前面写漓江后面写湘江。写漓江每一个流段都有详细的说明，经过36个陡门，到灵渠，流入大融江，与六洞江诸水汇合，又流经灵川，灵川至桂林为桂江，桂江又在象山与桃花江汇合，流到斗鸡山与南溪水、弹丸水汇合。到阳朔县有荔水、西溪、双月溪、东晖水、兴平水注入漓江。到平乐段为府江，与乐水汇合，有荔水、濡水、瀨水、灵溪水汇入。漓江流到梧州，与左右江汇合为郁江，进入珠江，归入大海。湘江的写法也是如此,湘水到全州,灌水注入,到永州潇水注入,再到衡山与茶陵江汇合,下湘潭,过长沙,支流 36 条,汇于洞庭湖。文中除了对湘江、漓江的分段和支流的考证之外,也融进了景物的描写,如写漓江:"桂山巉峭,多砥石,水荡击洄,啮其下,清浅为滩,湛碧为潭。"①将桂林段漓江山水风貌刻画得十分贴切。写湘江风景更佳:

  湘水亦出始安峤,东北流,苍崖翠壁,夹峙数百里不绝。其巅多枫、楠、松、栝、杉、桂;其趾多香草;其腹多藤萝下垂;其鸟多翡翠、鹧鸪、杜鹃;其村多结屋青嶂白云间,荫以篁竹,艺以兰芷,钓艇系绝壁下。其江多狠石蹲踞,穿急滩,下旋濑,顷刻百里。②

  这是一幅非常生动的山水图画,有静有动、有缓有急,不仅写了湘水两岸青山连绵不绝,还写了山上、山下的动植物种类和民居建筑、垂钓的小舟等,江水穿越险滩旋濑,瞬间流到百里之外。

  乔莱的广西山水散文能较好地将考据隐在叙述中,读起来痕迹不明显,却足见学养功夫,且其文结构清晰,绘景描摹恰到好处,语言耐人寻味,正如潘耒的评价:"虽造次点笔而文采斐然,造语肖物,能使难状之景如在目前。至于援据图经,序述风壤,撫今考古,班班可观。"③

三、陈元龙、黄之隽的山水散文

(一)陈元龙的山水散文

  陈元龙(1652—1736),字广陵,号乾斋,谥号文简,世称陈阁老,海宁

---

① [清]王锡祺辑. 小方壶斋舆地丛钞 26[M]. 乔莱. 湘漓二水记,清光绪十七年(1891)上海著易堂印行:796.
② [清]王锡祺辑. 小方壶斋舆地丛钞 26[M]. 乔莱. 湘漓二水记,清光绪十七年(1891)上海著易堂印行:796.
③ 南开大学古籍与文化研究所编. 清文海(第二十四册)[M]. 北京:国家图书馆出版社,2010:746-747.

(今浙江海宁)人。康熙二十四年(1685)进士,授翰林院编修,直南书房,康熙五十年(1711)授广西巡抚,在广西任上8年,后迁工部尚书。① 陈元龙关注国计民生,为官尽职尽责,为百姓尽心尽力,深得人心。康熙五十四年(1715),陈元龙倡导捐俸兴筑灵渠陡河石堤和陡门,恢复汉代马援、唐朝李渤的灵渠名胜古迹,另外从全州、兴安、灵川延水路至桂林,途中河滩有一些危险的岩石,损坏船只,于是又派人加以疏通,作《重建灵渠石堤陡门记》和《灵渠凿石开滩记》,碑刻现存于桂林兴安灵渠四贤祠内。

《重建灵渠石堤陡门记》主要讲述了重建灵渠石堤陡门的前因后果和兴建过程。文首对灵渠的地势、与湘江漓江的关系及灵渠通船的历史作了说明,其中还说到了湘江漓江二水的源头在海阳山,这是延续了以前湘漓同源之说,也提出了灵渠自古以来通船,陡门起到了重要的作用。之后对灵渠修建的历史进行了回顾,赞美前贤遗泽。接着讲了灵渠的重要性,指出灵渠年久失修,渠道的建筑物根基动摇,威胁到了百姓生活,于是派黄之孝加固堤岸,并亲自视察,后陡河石堤和36个陡门得以完工,还清除了灵渠沿途上损坏船只的岩石。《灵渠凿石开滩记》记的也是这件事,两篇碑记侧重不同,都记录了陈元龙修灵渠陡门和凿河中岩石的事,在文中多次强调了灵渠在南北交通上的重要性。

(二)黄之隽的《游隐山记》

黄之隽(1668—1748),字石牧,号吾堂,晚号石翁。休宁(今安徽休宁)人,康熙六十年(1721)进士,雍正元年(1723)起,历任翰林院编修、福建督学、右中允、左中允等,曾参加重修《明史》。在中进士之前,黄之隽得陈元龙赏识,康熙五十年(1711)九月随陈元龙至桂林成为幕客,中途两次回乡考科举,51岁时回乡建吾堂。黄之隽在桂林经常游览搜奇抉隐,多有山水纪游的诗文之作,其中较有名的山水散文是《游隐山记》。

---

① [清]谢昆启修,[清]胡虔纂,广西师范大学历史系中国历史文献研究室点校.广西通志[M].南宁:广西人民出版社,1988:6431.

《游隐山记》是黄之隽寻访桂林隐山六洞而作的散文。隐山自唐代李渤开发后负有盛名,但随着时间流逝,隐山几经变迁,到了清代,名已不在,黄之隽在这篇山水散文中表达了"显晦无常"的感叹。这篇山水散文结构巧妙,围绕"显晦无常"的主题组织游程的记写。作者询问当地人隐山六洞的情况,而当地人竟然未尝听闻,言城西只有老君洞。作者带着访老君洞有可能寻到六洞的想法来到了老君洞,通过宋人的诗刻,意外发现所谓的老君洞就是六洞之一的朝阳洞,这意想不到的收获,使得文章开头就达到了引人入胜的效果,让读者跟着作者一同寻找其他的五洞。如读者所期待的,其他几个洞也陆陆续续显露出来,"过之稍西,得白雀洞。……又西,得嘉莲洞……又西折而南,石愈奇峭,啮屦弗顾,得夕阳洞……又稍南,有洞曰南华……又东,即朝阳",似乎又转了回来,发现还少一个北牖洞没找着,文章到此处让人心生遗憾,到底有没有找到,又引发读者有读下去的兴趣。作者自己也称不甘心:

  余不甘独遗其一,复导朝阳,而北循旧路,环山搜之,达于南华,终不得。一田父至,急询,得之。及俯率山麓,绕石东北行,得一若洞门者,而其崖无刻识。闻隔石人语声,趋而前,则北牖洞豁然在焉。客与仆已先从他道来,伫立久矣。皆大笑,每笑,洞必答笑,于是无故愈笑。中有潭如洞广,水色浊绿,不能窥其源。洞外夷旷,可眺稻畦数百亩,周护隐山。①

又重新找一遍也未寻到,在询问了一个农夫后终于寻到了北牖洞,发现隔石有人声,客人与仆人早就从别的道到北牖洞很久了,不禁笑起来。笑声在北牖洞里的回声不断重复又给此次寻访之旅带来了新的乐

---

① [清]王锡祺辑. 小方壶斋舆地丛钞 22[M]. 黄之隽. 游隐山记,清光绪十七年(1891)上海著易堂印行:468.

趣。作者寻找隐山六洞可以说是曲折婉转,几经周折,整篇文章让人读后如同与作者一道亲临了一次搜奇探险的旅行,饶有趣味。结尾处说隐山不徒有虚名,西湖荒废成田和山不为本地人知晓,是真隐,重读唐代吴武陵和韦宗卿关于隐山六洞的文章,真是感叹世间事物显与隐真是变化无常啊。

四、查礼的山水散文

查礼(1716—1781),字恂叔,号铁桥,顺天宛平(今北京市丰台区)人。乾隆十五年(1750)补庆远同知,后历任平乐、宜州、太平知府,在广西为官8年,建丽江书院,设学政行署,督修灵渠,也曾游历山水,留下题刻。查礼善诗文绘画,著有诗文集《铜鼓书堂遗稿》32卷,其中卷二十八、卷二十九收入一些广西山水散文,有《漓水异源辩》《修复灵渠记》《海阳山湘漓水源记》《受江亭记》《榕巢记》《游逍遥楼记》《游龙隐洞龙隐岩记》《游华景洞记》《游隐山六洞记》《游宝华山拱宸洞记》等,他还曾于乾隆二十四年(1759)刊碑文《丽水神龙庙碑》。

关于湘水、漓水是否同出一源,到清代有了分歧,《漓水异源辩》和《海阳山湘漓水源记》都是围绕湘江漓江的源头来写的。《水经注》称:"漓水亦出阳海山","湘漓同源,分为二分,南为漓水,北则湘川";宋代范成大《桂海虞衡志》称:"湘漓二水,皆出灵川之海阳,行百里,分南北而下。北曰湘……南曰漓……"湘漓同源是自古一贯的说法,而乾隆六年(1741)莆田黄海任兴安知县时,对以往的说法提出了异议,认为湘漓二水本不同源,讥笑前人未亲临其地,不知漓水发源于县南之双女井,与湘水远不相属。查礼的《漓水异源辩》对黄海的说法提出了反对,他通过实地考察认为黄海所言是"乖谬甚矣",同意郦道元的说法。《海阳山湘漓水源记》是查礼进行了实地考察后对海阳山及湘水源头的描绘,其中对湘水源头的描绘比较细致,从涓涓小溪到澄澄深潭,赋予了湘水源头以灵气。

《受江亭记》写出了广西山水景物的特色：

> 既立丽水庙后,旬日度庙前隙地广,且十亩上荫古木,十数株修篁,几百竿林樾,缺处江水汩汩从南来,若可吸而潋之者,隔江之山峦,环匝苍翠,恍接眉宇。余曰:嘻,是未可以荒隘弃。于是夷其崎岖使坦,刈其秽乱使洁,临江筑亭颜之曰受江亭。之外围以短垣,于丛竹中甃石子为曲径,补红蕉、佛桑诸花于龙眼、木棉、洋桃杂树之间。亭成而游者踵相接登斯亭也。山若逶迤而有意,水若潆洄而有情,禽语虫音若嘤嘤唧唧之可听,清风袭袂,残照侵檐,俱若可观、可玩,至若四时之晴雨昏晓,天光碧而云影白,近烟横而远树浮,风帆、沙鸟、渔笛、樵歌献巧呈技,于凭眺闲者则更有变幻之不同,官斯土者,于政事之暇,携酒一壶,琴一张,与二、三俦侣低徊、俯仰、啸傲于其上,悠悠然,斯亭之景于心神耳目相谋合,致足乐也。①

把荒蛮之地的丽江山水美景写得十分出色,开头写出了丽江山水的野趣,在此因地制宜筑建园林,充分利用自然山水来营造景物,建受江亭,其园林中的植物都体现了广西风物特色。通过园林的营建,使得丽江山水从原生状态变成了具有人文情怀的情意寄托,成为可观可赏的人文景致,且表现出了山水的动态之美。文后以《邕州马退山茅亭记》中的"美不自美,因人而彰"来突出主题。

《榕巢记》很有特色,写在榕树上筑巢而居,十分吸引人,可读性很强。作者曾任太平府知府,他说太平府在广西的西南隅,与越南交界,城郭建筑都十分粗糙不壮观,但他认为山水、草木尽奇秀。有一棵老榕树

---

① 《续修四库全书》编纂委员会编.续修四库全书 1431 集部别集类[M].铜鼓书堂遗稿,上海:上海古籍出版社,1995:209.

长在池上,"榕有二干,一干偃卧池面,一干上出云霄",于是作者在其材权间架了一个"巢",称之为"榕巢","幽荫荟萃,翠蔓蒙络,天光云影浮动于几席间"。于是作者在榕巢上回忆巢父巢民之乐,在小小的榕巢中他体会到了"天地焉知不巢于巨树枝上,且人之志趣高,襟期旷……斯巢也,任其意之所在,随其寓之所安而已。"结尾说:"余居于巢,久久不出,叉手欹身,摇头曳足,日徘徊于其上,亦不自知其为何许人也。其自巢下见者,以余为上古之民也可,以余为孤飞之鸟也可。"①表示自己爱居于榕巢,不在乎别人的看法,也体现了作者与广西自然的融合,既有趣味,也有道理。

查礼还有一些游览桂林山水的散文,如《游逍遥楼记》《游龙隐洞龙隐岩记》《游华景洞记》《游隐山六洞记》《游宝华山拱宸洞记》《题独秀山左崖》等,观赏桂林山水名胜,记述游览经过,短小精悍,游程清晰,如《游龙隐洞龙隐岩记》将桂林龙隐洞和龙隐岩区分得很清楚,毫不笼统。

五、袁枚的山水散文

袁枚(1716—1797),字子才,号简斋,晚年号随园老人,世称随园先生,钱塘(今浙江杭州)人。少有异才,乾隆元年(1736),往桂林探望叔父,遇广西巡抚金鉷,赏识其才,保荐应考博学鸿词科,乾隆三年(1738)举乡试,乾隆四年(1739)中进士,任翰林院选庶吉士,知溧水、江浦、沭阳、江宁等县,后辞官侨居金陵,筑小仓山随园别墅,过着游山玩水、吟咏诗词的闲适生活。袁枚是清代诗文大家,与赵翼、蒋士铨合称"乾隆三大家",著有《小仓山房诗文集》《随园诗话》等,论诗主张性灵说,成为乾嘉时期影响甚大的性灵派代表作家。袁枚归隐后游赏山水,曾遍游天台山、雁荡山、黄山、庐山、罗浮山、桂林山水、衡山等风景名胜,多有游记,

---

① 《续修四库全书》编纂委员会编.续修四库全书 1431 集部别集类[M].铜鼓书堂遗稿,上海:上海古籍出版社,1995:210.

以才论笔、抒发灵性,成为清代文人游记的集大成者。①袁枚第一次入桂林时刚二十出头,处于人生迷茫期,正如他所说"其时年少,不省山水之乐";第二次入桂林已近古稀之年,主要是"补桂林五十年前未尽之奇",游赏桂林山水后留下了诸多诗文,其山水散文的代表之作为《游桂林诸山记》。

袁枚第二次入桂林是乾隆四十九年(1784)十月,《游桂林诸山记》是他在桂林小住半个月,游览桂林诸山后写下的游记。在游览桂林山水之际袁枚写了不少山水诗如《同金十一沛恩游栖霞寺望桂林》《游栖霞七星洞》《游风洞登高望仙鹤明月诸峰》《登独秀峰》《兴安》等,描尽桂林青山秀水。《游桂林诸山记》写作目的如袁枚所言:"今隔五十年而重来,一丘一壑,动生感慨,矧诸山之可喜可愕者哉?虑其忘,故咏以诗;虑未详,故又足以记。"这篇文章写了袁枚在桂林游览的独秀峰、叠彩山、栖霞寺、七星岩、虞山、南溪山、斗鸡山及途径阳朔见到的应接不暇的山。清代"性灵说"在诗歌创作方面提倡以才运笔,抒发性灵,不受约束,实为明代公安派"独抒性灵"的延续,袁枚在散文创作方面也高举抒发性灵的旗子,这篇山水散文就有的体现。

《游桂林诸山记》的结构十分灵巧,如王立群说:"袁枚在创作中强调'天籁',即自然之灵性,需自然而然道出,非加人力。反映在创作技巧上就是非常重视行文的灵活与巧妙,如《游桂林诸山记》,描写顿挫波澜、晓畅明白,似得之天然。"②这篇山水散文的结构在自然随意中又颇见匠心,如开篇总结桂林山水与城市相融的特点,"凡山离城辄远,惟桂林诸山离城独近",便引出饭后四处游走,随便就可以登独秀山观"一城烟火如绘";篇末又有一大段对桂林山特点的感受:

---

① 王立群.中国古代山水游记研究[M].北京:中国社会科学出版社,2012:251.
② 王立群.中国古代山水游记研究[M].北京:中国社会科学出版社,2012:251-252.

> 大抵桂林之山,多穴,多窍,多耸拔,多剑穿虫啮。前无来龙,后无去踪,突然而起,戛然而止,西南无朋,东北丧偶,较他处山尤奇。余从东粤来过阳朔,所见山业已应接不暇,单者,复者,丰者,杀者,揖让者,角斗者,绵延者,斩绝者,虽奇鸰九首,獌疏一角,不足喻其多且怪也。得毋西粤所产人物,亦皆孤峭自喜,独成一家者乎?^①

总体说来文章景物描写有详有略,点到即止,七星岩写得稍详,但文字也不多,白龙洞稍略,而独秀峰、叠彩山、虞山更略,七星山和斗鸡山一笔带过。作者的感受自然地融入景物中,所以即便是一笔带过也因自然道出而显得韵味十足。如"先登独秀峰,历三百六级,诣其巅,一城烟火如绘",充分显示了桂林山水城市的特点。而在写进洞部分时,也不仅将目光放在景物上,还将土人呈八十余色目列单也说出,显得随意自然。虽然是写桂林的诸山,但能抓住每一处景致的特点,写法不一,没有重复和呆滞之感,使人能感受到桂林山水秀丽、奇崛、诡异等丰富的自然之美。在语言的运用上也颇有特点,巧妙运用骈散结合,散文化的语言便于描绘山水,而排比句式、对偶句式增强了语言的气势和节奏感,活用陈旧的骈体语言,达到"运斤如风"的境界。② 最后对桂林的山的评价是"多且怪",提出自然环境对人的影响,发出"得毋西粤所产人物,亦皆孤峭自喜,独成一家者乎"的感概。

六、其他流寓作家的广西山水散文

(一) 张尔翮的《九日会登思陵山记》

张尔翮,清初人,陕西富平(今陕西富平)人,贡生,《广西通志》称其顺治年间曾任浔州知府,年次无考。而据张尔翮的《九日会登思陵山记》

---

① [清] 袁枚著,周本淳标校.小仓山房诗文集[M].上海:上海古籍出版社,1988:794.
② 梅新林、俞樟华主编.中国游记文学史[M].上海:学林出版社,2004:345.

中称"余自丙午秋,莅任兹土",丙午年为康熙五年(1666),可推出张尔翮是在康熙年间出任浔州知府的。其文《九日会登思陵山记》《刘三妹歌仙传》收入《古今图书集成·方舆汇编·职方典》卷一四四。《九日会登思陵山记》是记重阳节到浔州府思陵山登高游玩的事,思陵山,即西山,是浔州名山,有三清岩、乳泉等风景名胜。张尔翮初到浔州水土不服,对广西的气候风俗不适应,多感悲凉,甚至有厌恶的情绪,在《九日会登思陵山记》中有所体现,如写他开始对思陵山无游赏兴致,到重阳日迫于无奈勉强登临。在文武官员的陪同下,张尔翮登山远眺,东望浔江、西观黔水,也觉舒心,与众人作诗喝酒,十分尽兴。而游赏之外,在山中遇见两个老人带10个孩子为他表演放风筝,又体现了广西百姓的淳朴。此时,他也感觉到广西气候与北方的大不同,春秋倒序、阴阳不分,又带有几分伤感。这篇散文体现了张尔翮带着对广西的诸多不认同和流连美景、不舍离去的矛盾。

《刘三妹歌仙传》中作者清明访西山朋友,在春色怡人的仙女寨的层峦叠嶂上听见山歌,又见远处山巅上有两个相对而生的石人,引出关于刘三妹的传说和广西人爱唱山歌的习俗。此篇文章将广西山水与刘三妹的传说结合在一起,颇有奇幻色彩。

(二)章佳庆保的《景风阁记》

章佳庆保,字佑之,号蕉园,斋名兰雪堂,满族。嘉庆二十年(1815)任广西巡抚,嘉庆二十一年(1816)在桂林叠彩山风洞南口景风阁刻碑《景风阁记》,碑现已毁,留有拓本。《景风阁记》由文和诗组成。文主要是写了作者在公务闲暇之余在叠彩山游憩而抒发的广西古今变化的感想。文中写景笔墨不多,但写出了叠彩山的特点,一是地理位置好,离城近,可一蹴而至;二是幽深风清,盛夏凉爽。作者在与众人欣赏奇妙的气象时,思考了广西自唐宋以来的变化,认为唐宋贬谪而来的人,带着愁怨而来,在桂林山水中寻找慰藉,但这些愁怨却没法真正地消除,只有到了清统一全国,政治清明,广西才成为与中原一样的内地,山水欣赏者才可能从中获得真正的快乐。他认为虽然古代就有了民生安乐与国家涵煦、生息密切联系的认知,但是没有在广西得以实施,而如今已经没有人因在此为官而感到羞辱和带有愁怨之气,所以不是地方忽然的改变,而是人事变迁。这篇散文除了表现游山玩水外,还说出了岭南地位在北方人眼中的变迁,最后有为清廷歌功颂德之嫌。

(三)阮元的《隐山铭》

阮元(1764—1849),字伯元,号云台、擘经老人、怡性老人,江苏仪征(今江苏仪征)人,乾隆五十四年(1789)进士,历任山东、浙江学政,浙江、江西、河南巡抚及漕运总督、湖广总督、两广总督、云贵总督等职。嘉庆二十二年(1817)调任两广总督,6次到桂林巡视,在桂林隐山北牖洞留有摩崖石刻《隐山铭》,赞美隐山,抒发情感,行文情景交融。

(四)祁墳的《增修独秀山记》

本文记录了道光十三年(1833)对石阶缺损、短墙坍塌、祠宇颓败的独秀峰重新修缮之事。另外,张联桂《重修独秀峰石路记》记录了光绪二十一年(1895)谢光绮修独秀峰登山道之事。

清代广西的石刻文献异常丰富,石刻数量在历代广西石刻中为最多,题记和碑文中有大量的山水散文作品。除了前面提到的山水散文外,还有不少可以列入广西山水散文的作品,如表5-1所示。

刊刻时间	作 者	作 品	表现内容	文体
清康熙四年(1665)	曲尽美	《观音殿记》	桂林普陀山观音殿	记
清康熙五年(1666)	戴玑	《重修罗池庙记》	柳州柳侯祠罗池庙	记
清康熙六年(1667)	杨继先	《修建本山碑记》	桂林南溪山刘仙岩	记

续　表

刊刻时间	作者	作品	表现内容	文体
清康熙九年（1670）	陶宗	《重建华景洞铁佛寺碑记》	桂林华景洞铁佛寺	记
清康熙十年（1671）	张伟	《灵岩毓秀景清幽》	灵山县三海岩	记
清康熙十二年（1673）	翟廉	《仙岩小记》	融水真仙岩	记
清康熙十八年（1679）	毛浑	《栖霞洞题记》	桂林七星岩	记
清康熙二十一年（1682）	韩鲁	《七星岩记》	桂林七星岩	记
清康熙二十二（1683）	余忠震	《栖霞寺题记》	桂林栖霞寺	题记
清康熙二十五年（1686）	周恂	《三海岩题记》	灵山县三海岩	记
清康熙二十五年（1686）	黄性震	《重修诸葛武侯亭记》	桂林诸葛武侯亭	记
清康熙二十五年（1686）清康熙二十六年（1867）	范承勋	《大空亭铭》《七星岩题记》《重修兴安灵渠碑记》	桂林南溪山刘仙岩大空亭桂林七星岩兴安灵渠	铭题记记
清康熙三十三年（1694）	杨彪	《重修白龙洞记》	宜州会仙山白龙洞	记
清康熙三十五年（1696）	曹泰民	《玄武洞题记》	桂林南溪山玄武洞	题记
清康熙三十七年（1698）	俞品	《重修龙王庙伏波祠碑记》	兴安灵渠龙王庙伏波祠	记
清康熙三十七年（1698）	佚名	《景滁亭碑记》	融水真仙岩景滁亭	记
清康熙四十二年（1703）	徐发	《重建古经略台记》	容县真武阁	记
清康熙四十八年（1709）	黄大成	《府江险滩峡记》	平乐险滩峡	记

续 表

刊刻时间	作者	作品	表现内容	文体
清康熙五十年(1711)	张惟远	《刘仙岩记》《独秀峰题记》	桂林南溪山刘仙岩 桂林独秀峰	记 题记
清康熙五十年(1711)	黄国材	《游七星岩记》《刘仙岩记》	桂林七星岩 桂林南溪山刘仙岩	记 记
清康熙五十一年(1712)	王永霖	《重修诸葛武侯祠记》	桂林宝积山诸葛武侯祠	记
清康熙五十四年(1715)	李敷荣	《重修月牙硎岸碑记》	桂林月牙山	记
清康熙五十四年(1715)	蒋瓒	《重修陡河碑记》	兴安灵渠	记
清雍正九年(1731)	陶乐	《勾漏洞记》	北流勾漏洞	记
清雍正十二年(1734)	陶正中	《廉州府复建海角亭记》	合浦海角亭	记
清乾隆元年(1727)	吕炽	《重修普陀山观音殿碑记》	桂林普陀山观音殿	记
清乾隆九年(1744)	杨廷璋	《清虚道院碑记》	桂林清虚道院	记
清乾隆十一年(1746)	鄂昌	《重修龙王庙碑记》	兴安灵渠龙王庙	记
清乾隆十二年(1747)	杨仲兴	《重修分水龙王庙碑记》	兴安灵渠龙王庙	记
清乾隆二十年(1755)	梁奇通	《重修兴安陡河碑记》	兴安灵渠	记
清乾隆二十年(1755)	杨应琚	《修复陡河碑记》	兴安灵渠	记
清乾隆二十三年(1758)	曹秀光	《游西山记》	桂平西山	记
清乾隆二十五年(1760)	宦儒章	《白云洞记》	崇左白云山	记

续　表

刊刻时间	作　者	作　品	表现内容	文体
清乾隆二十七年(1762)	刘名廷	《吕仙楼记》	临桂五通吕仙楼	记
清乾隆三十五年(1770)	杨　奎	《宁寿亭记》	永福宁寿亭	记
乾隆三十八年(1773)	欧阳烈	《重修浮山陈王祠序数碑志》	贺县浮山陈王祠	记
清乾隆三十九年(1774) 清乾隆四十一年(1776)	康基田	《苏公遗迹记》 《西灵名山记》	合浦 灵山县六峰山	记 记
清乾隆四十四年(1779)	李世杰	《重新风洞遗刻记》	桂林叠彩山风洞石刻	记
清乾隆四十八年(1783)	朱　椿	《重修南薰亭记》	桂林虞山南薰亭	记
清乾隆五十三年(1788)	李敏纬	《重修都峤洞天文昌岩记》	容县都桥山文昌岩	记
清乾隆五十五年(1790)	刘　瀚	《游龙峰岩记》	兴安龙峰岩	记
清乾隆六十年(1795)	莫汝霖	《览胜岩题名碑》	融水老子山寿星岩	记
清嘉庆三年(1798)	温之诚	《龙山建塔记》	全州镇湘塔	记
清嘉庆三年(1798)	曾文深	《龙山建塔记》	全州镇湘塔	记
不详	□伯昌	题镇湘塔小序	全州镇湘塔	序
清嘉庆十二年(1807)	李秉绶	《摹刻刘仙像并赞》	桂林刘仙岩	赞
清嘉庆十六年(1811)	钟国雄	《重修桂花井碑》	贺州桂花井	记
清嘉庆二十一年(1816)	汤　藩	《景风阁跋》	桂林叠彩山景风阁	跋

续　表

刊刻时间	作者	作品	表现内容	文体
清嘉庆二十一年(1816)	朱方曾	《景风阁序》	桂林叠彩山景风阁	序
清嘉庆二十五年(1820)	赵慎畛	《重修陡河记》	兴安灵渠	记
道光九年(1829)	易凤庭	《泉亭记》	灵川县泉亭	记
清道光八年(1828)	俞恒泽等	《俞恒泽与李彦章等刘仙岩题记》	桂林南溪山刘仙岩	题记
清道光十六年(1836)	毛永晋	《建复登瀛桥记》	富川县秀水登瀛桥	记
清道光十七年(1837)	陈颖函	《勾漏洞钟灵亭序》	北流勾漏洞钟灵亭	序
清道光十七年(1837)	李燕昌	《重修勾漏洞天记》	北流勾漏洞	记
清道光二十年(1840)	佚　名	《榕树楼榕树复生碑记》	桂林榕树复生	记
清道光二十二年(1842)	黄体正	《重修宝山寺碑记》	桂平宝山寺	记
清咸丰二年(1852)	吴世为	《复设南津古渡序》	崇左南津古渡	序
清咸丰五年(1855)	蒋克类	《重修桂花井碑》	贺州桂花井	记
清同治元年(1862)	张荣组	《题重修西山寺李公祠乳泉亭记》《乳泉铭》《游西山记》	桂平西山李公祠乳泉亭 乳泉 桂平西山	记 铭 记
清同治三年(1864)	黄炜章	《重修陈王祠序碑》	贺州浮山陈王祠	记
清同治六年(1867)	陈师舜	《重修真武阁记》	容县真武阁	记
清同治六年(1867)	佚　名	《玉如冲桥》	龙胜泗水桥	记

续 表

刊刻时间	作者	作品	表现内容	文体
清同治十一年（1872）	魏笃	《重建镇江慈云寺记》	富川县慈云寺	记
清同治十三年（1874）	董开甲	《沂潭渡碑序》	龙胜县渡口	序
清光绪三年（1877）	叶茂松	《回风塔碑记》	宾阳回风塔	记
清光绪十一年（1885）	钟德祥	《永济桥记》	都安县镇南乡州禄村永济桥	记
清光绪十三年（1887）	林琼选	《重修白龙洞碑》	宜州白龙洞	记
清光绪十三年（1887）	李星科	《白玉洞记》	凭祥市大连城白玉洞	记
清光绪十四年（1888）	陈凤楼	《重修兴安陡河碑记》	兴安灵渠	记
清光绪十四年（1888）	任玉森	《连城玉洞丹砂记》	凭祥市大连城白玉洞	记
清光绪十四年（1888）清光绪十五年（1889）	马盛治	《凤尾岭炮台碑记》《隘口伏波庙碑记》《游连城白玉洞记》《建睦南关马援祠碑》	凭祥市凤尾岭 凭祥市伏波庙 凭祥市大连城白玉洞 凭祥市友谊关马援祠	记 记 记 记
清光绪十五年（1889）	沈秉成	《重修虞帝庙碑记》	桂林虞山虞帝庙	记
清光绪十五年（1889）	关骏杰	《大连城记》	凭祥市大连城	记
清光绪十六年（1890）	佚名	《重建慈云阁碑记》	田阳县琴华莲花山慈云阁	记
清光绪十七年（1891）	文星昭	《大滩伏波庙碑记》	横县大滩伏波庙	记
清光绪十八年（1892）	蒋兆奎	《重建柑香亭碑记》	柳州柳侯祠柑香亭	记
清光绪十七年（1891）清光绪二十一年（1895）	张联桂	《重修钵园碑记》《重修独秀峰石路记》	桂林钵园 桂林独秀峰	记 记

续 表

刊刻时间	作 者	作 品	表现内容	文体
清光绪二十年(1894)	康有为	《观元祐党人碑题记》	桂林龙隐岩元祐党籍碑	题记
清光绪二十年(1894)	全秉忠	《西山潮泉记》	柳城西山潮泉	记
清光绪二十一年(1895)	徐树钧	《书小谢亭并记》	桂林独秀峰小谢亭	记
清光绪二十一年(1895)	唐蔚清	《镇北台记》	凭祥市友谊关	记
清光绪二十一年(1895)	佚 名	《大连城白玉洞题奇观》	凭祥市大连城白玉洞	题记
清光绪二十一年(1895)	郑 标	《镇中台记》《镇南台记》	凭祥市友谊关	记 记
清光绪二十三年(1897)	林德均	《月牙山题记》	桂林月牙山	题记
清光绪二十五年(1899)	冯德恭	《游龙州小连城》	龙州县小连城	记
清光绪二十五年(1899)	黎载元	《创修邕耀滩记》	宁明县邕耀滩	记
光绪末年	萧贻龙	《白玉洞记》	凭祥市大连城白玉洞	记

第四节　清代粤西笔记中的山水散文

一、瞿昌文的《粤行纪事》

瞿昌文(1629—?),字寿明,江苏常熟(今江苏常熟)人,南明大臣瞿式耜长孙,顺治五年(1648)自家乡赴桂林省祖,顺治九年(1652)扶祖柩归里。《粤行纪事》3卷记录其赴桂见祖父瞿式耜,祖父殉难,途中历经艰难险阻,最后将祖父尸骨归葬家乡之事。卷一写由于战乱频繁,加大了行程的艰难,瞿昌文选择了一条绕远但相对安全的路程,由浙江、福建、广东进陆川、北流入广西,寻找最近的路径,经过曲折艰难才入得桂林城见到了祖父。卷二叙桂林、梧州往返之事,卷三记瞿式耜殉国后,瞿昌文避走山中,被孔有德拘捕后释放归里,返回家乡之见闻。由于特殊的时代和感情经历,《粤行纪事》有对广西山水的描述,如卷二达到桂林后对桂林山水有总体的描述:

> 顺治六年己丑六月,昌文既抵桂林。桂林灵异甲天下,文昌门之南有刘仙岩,北门外有明月洞,漓江之东有七星岩、龙隐岩,皆奇峰插天,玲珑盘折,而伏波山矗立城东,与靖江藩邸中独秀山对峙,尤为峻异。①

与其他游历的笔记不同,作者看到广西山水的感觉也不同。作者历经万难终于见到了祖父,在战乱纷繁、时局不稳的情况之下少了游览的闲情逸致,只是游览了伏波山,而且是在伏波山下的舟船中哭祖母灵柩,在船上住了一夜,第二天早上登了伏波山,参拜了关羽庙,见祖父题的匾额、对联,有浩然正气上通神明,所以作者眼中的山水加入了亲情和爱国之情。另外由于瞿昌文在广西的经历艰难曲折,所以广西山水多是其出亡、辗转、奔波的见证,他在文字中也写出了当时战乱带给广西人民的痛苦。作者在广西,跋山涉水是九死一生的经历,伴随着焦急、避险的情绪,如"跣足徒步于赤日丰草中,毒瘴弥漫,行数里,辄昏晕仆地"②,"村落烟销,山间行旅,必裹干糇以充饥腹。几百里白月青磷,寒心警目"③,"峻岭危崖,行必侧足,细雨毒雾,匍匐终日,仅行五十里"④,可见他眼中的广西山水似乎也充满了险和难。瞿昌文的《粤行纪事》是南明灭亡前后广

---

① [清] 瞿昌文. 粤行纪事[M]. 北京:中华书局,1985:11.
② [清] 瞿昌文. 粤行纪事[M]. 北京:中华书局,1985:8.
③ [清] 瞿昌文. 粤行纪事[M]. 北京:中华书局,1985:18.
④ [清] 瞿昌文. 粤行纪事[M]. 北京:中华书局,1985:19.

西山水在当时历史背景下的真实写照,因而有了更加厚重的历史感,渗透了作者对亲人和国家浓烈的情感,显得感人至深。

二、闵叙的《粤述》

闵叙,字鹤癯,号竹西,歙县(今安徽歙县)人,寓居江都(今江苏扬州),顺治十二年(1655)进士,康熙二年(1663)任广西提督学政,著有《粤述》1卷。

《粤述》是清初关于广西的笔记散文,记录清初广西历史沿革、地理形势、山川名胜、风物特产、民族风俗等。先是总述广西的历史沿革、地理形势,再分说桂林、柳州、庆远、平乐、梧州、浔州、南宁、太平、思恩、镇安府及各土司。接着记述广西山水名胜、物产、少数民族、风俗及一些山水传说。其中山水名胜部分记录了广西的自然山水和人文胜迹,如自然山水有桂林的漓江、独秀山、叠彩山、华景山、伏波岩、七星岩、龙隐岩、屏风岩、漓山、雉山、隐山、中隐山、虞山、尧山、辰山、圣水岩等,临桂的白鹿山,灵川的真仙岩、仙隐岩、华岩洞,兴安的梵音洞、草圣岩、石康岭、廖仙井,阳朔的罗汉洞,全州的湘山、柳山、覆釜山、砦岩,灌阳的九龙岩,永福的华盖山,柳州的石鱼山、仙弈山、新洞山,融县的老人岩、真仙岩,宾州的葛仙岭,上林县的五峰山,迁江县的泊舰山,庆远府的会仙山、南山,平乐府的罗山岩、感应泉,恭城县的穿岩、银殿山,富川县的穿山、石门山、隐山、犀泉,贺县的瑞云山,荔浦县的天门岩,梧州的火山、冰井,容县的都峤山,怀集县(今属广东)的朝岩,郁林的水月岩、寒山,博白县的绿萝山、将军洞、铜鼓潭,北流县的勾漏山,兴业县的铁城山,浔州府的白石山、罗丛山,平南县的阆石山,贵县的南山、东山、陆公井,横州的宝华山、月林山、凤凰岩,隆安县的金榜山,新宁州(今广西扶绥县)的狮岩,太平府(今广西崇左市江州区)的白云山、青莲山,左州(今广西崇左市)的金山、柏岭、传感山,上石西州(今广西宁明县)的白马洞。人文胜迹有桂林的逍遥楼、榕树门，兴安的秦城，柳州的壶城，左右江的铜柱，横州的海棠桥，梧州、封州(今广东封开县)的两广树，北流的鬼门关，宾州的昆仑关等。《粤述》记载的广西所属东南西北的各地山水较之以前的更全。

《粤述》中的山水描述与一般地志相差不多，条目清楚，文字简洁，能抓住景物特点，如：

> 老人岩，在融县西南，峰巘削立千仞，时有老人柱杖游憩其上。山半岩窦，划然自开，高朗轩豁。然上下皆绝壁，登者必自山后扪萝蹑石，十步一息，乃至其地。临岩俯视，毛骨洒淅。纵目天表，万山皆在几榻。①

抓住了老人岩的奇险的特点，又云时有老人柱杖而游，又让人心生好奇，十分向往能身临其境。

《粤述》中写景还善于点染山水的奇幻特色，如将当地人的民间信仰附着于山水上，产生神秘感：写覆釜山顶上的岩石有圣水"旱祷辄应"，五峰山山巅潭中有蛰物"夜光烛数里"，石康岭有神石"罅裂寸许，祷雨则以茅探罅，水随茅出，少顷云合雨至矣"，两广树"卜两粤丰凶"，等等。文中还通过民间传说来渲染山水的神奇色彩，如铜鼓潭有铜鼓，犀泉拍手呼之泉水即出。

《粤述》中的山水描述基本上都是自然山水与历史人文结合，加入一些前人行迹、评价、诗文、摩崖石刻、民间俗语、民间传说，还作了一些简单的考证。如将民间俗语、谚语融入山水描写中：

> 漓水，一曰癸水。桂林有古谶曰："癸水绕东城，永不见刀兵。"②

---

① [清] 闵叙. 粤述[M]. 北京：中华书局，1985：9.
② [清] 闵叙. 粤述[M]. 北京：中华书局，1985：4.

> 绿萝山,在博白县西,绿珠生此,有祠。其下有绿珠井,云汲此水者,生女美丽。①

还有一些对山水的考证,如桂林伏波岩,历代或民间都承认与伏波将军马援有关,还有民间传说和试剑石附会,闵叙在写到伏波岩伏波祠时就用了明代叶继熙所说此伏波祠祭祀的是路博德来对以前的祭祀马援的说法提出了怀疑。在写北流鬼门关的名字来源时,因《舆地纪胜》本是"桂门关",闵叙认为是人们因恶其名而以"鬼门关"附会。还有写昆仑山,闵叙于康熙四年(1665)从宾州出发,宿思龙驿,在前往南宁的途中经过昆仑关,亲自实地考察历史记载的狄青平侬智高叛乱时"一昼夜绝昆关"的真实性,提出了疑问:"然由宾至关,则山径逼仄,上下崎岖,安得三更宴客,五更度关,如此神速耶?"认为是叙事失实,是好事者的附会。因而《四库全书总目提要》称赞闵叙:"其辨狄青取昆仑关一事,核以地理,足订宋史之误。"②闵叙还对广西诸山"石骨嶙峋,绝无树木"的疑问及考证等。

此外《粤述》还有关于广西少数民族与山水关系的描述,他认为山水是广西少数民族的生存空间和生活资源:

> 生猺皆栖止山岩,每无定居,种芋而食,种豆易布,今岁此山,明年又别岭矣。
>
> 猺人椎髻跣足,衣斑襕布,采竹木为屋,覆以菁茅,种禾黍山芋为粮。岭磴险陀,负戴者悉着背上,绳系于额,偻而趋,上下若飞。③

---

① [清]闵叙.粤述[M].北京:中华书局,1985:12.
② [清]纪昀等.四库全书总目提要[M].卷七十七,史部三十三,地理类存目六,石家庄:河北人民出版社,2000:2053.
③ [清]闵叙.粤述[M].北京:中华书局,1985:18.

将瑶族与大山的关系描绘得很准确,瑶族历代迁徙,从平地到山谷,从山谷到深山老林,砍山结茅是瑶族生活的特点。又有犵佬族:

> 又有犵獠二种,依山林,无酋长版籍,射生食动,凡虫豸皆生啖之。①

还有广西疍民:

> 又有蜑人,水居无土著,捕鱼为食,自为婚姻。②

可见山水是广西土人的生存空间和衣食住行的来源。

竹筒分泉是广西少数民族的一种生存智慧,将竹筒分架在山道上,从深山洞口将水引到需要的地方用以灌溉或饮用,形成一道特有的风景,《粤述》中也有对它的描绘:

> 竹筒分泉,最是佳事,土人往往能此,而南丹锡厂统用此法。以竹空其中,百十相接,蓦溪越涧,虽三四十里,皆可引流。……盖竹筒延蔓,自山而下,缠接之处,少有线隙,则泄而无力。又其势既长,必有楂阁,或架以竿,或垫以石。读此六句,可谓曲状其妙矣。又《赠何殷》云:"竹竿袅袅细泉分",远而望之,众筒纷交,有如乱绳。然不目睹,难悉其事之巧也。③

除了生活空间和生活资源,《粤述》中还描述了少数民族在山水中的

---

① [清]闵叙.粤述[M].北京:中华书局,1985:19.
② [清]闵叙.粤述[M].北京:中华书局,1985:20.
③ [清]闵叙.粤述[M].北京:中华书局,1985:23.

精神体验,如描写广西壮族在山水间唱山歌愉情悦性,还将刘三姐的传说与道教名山白石山联系起来。刘三姐是广西少数民族甚至汉族都认可的歌仙,唱山歌是广西各民族百姓主要的精神愉悦方式,山歌本身就是少数民族与山水关系的体现,刘三姐是广西各民族山歌文化的代表,是广西山水给予少数民族的精神灵感和寄托。

三、陆祚蕃《粤西偶记》的广西山水描述

陆祚蕃,一名陆胤蕃,字武园,平湖(今浙江嘉兴)人。康熙十二年(1673)进士,曾任登莱青道、云南道御史,康熙十六年(1677)任广西按察使司副使,督学广西,后为贵州贵东道。在广西督学期间著有《粤西偶记》1卷,记载了其在广西所见所闻,涉及广西山川、气候、物产、民族风俗等。从《粤西偶记》的文字看,作者对广西山水的愉悦审美极少,字里行间都带着对广西土地贫瘠、文化落后、少数民族野蛮的厌恶,看到的山水也有诸多的不满意:

> 桂林山俱青黑色,不生树木,巉削直上,不可登陟,形如笔床,琐碎险恶之状,无所不有。中多窍,每风起,洞中作声,殊不耐听。其余诸郡,则崇岚叠嶂,绝无平地,舆马无所施,每遇峻岭,必步行,颠而踣者屡矣。①

> 来宾、南宁、浔州一带,江水腥浊,从交趾诸山流出,皆孔雀之所粪也,巨蟒之所浴也。水色时而碧,时而红,秽恶不可近。舟行百里无井,不得已以矾澄之,加以雄黄然后饮。中毒者或泄泻,或作闷,十人而八九矣。②

---

① [清]陆祚蕃.粤西偶记[M].北京:中华书局,1985:1.
② [清]陆祚蕃.粤西偶记[M].北京:中华书局,1985:2.

其中对广西山水的描绘着重凸显奇和怪的特点,如写梧州界鸳鸯江之"水红白各半";柳州卫公台下小鱼跃出水面成飞鸟;有人入桂林栖霞洞,烛灭不出,第二年与游人一同出来;泗州城的骂泉"拍手顿足,泉即流出,饮毕即竭";永淳古辣泉,用以酿酒,埋到途中,取出后酒色浅红。

《粤西偶记》是广西历史地理笔记,但在记述的系统性上略显不足,如《四库全书总目提要》中所言:"是编多述其督学广西时道路艰阻之苦及为守土有司所不礼事。大抵皆琐屑细故,不足载者也。"①

四、赵翼的《檐曝杂记》

赵翼(1727—1814),字云崧,号瓯北,阳湖(今江苏常州)人。乾隆年间著名诗人、学者,与袁枚、蒋士铨并称"乾隆三大家"。乾隆二十六年(1761)进士,授翰林院编修,乾隆三十一年(1766)年十一月,40岁的赵翼奉命到广西镇安任知府,次年七月到镇安,乾隆三十三年(1768)五月调赴云南参军,乾隆三十四年(1769)归任镇安,乾隆三十五年(1770)三月调守广州。在广西边境两三年时间,赵翼革弊除害、安边抚民,有一定的政绩。赵翼著述甚多,在广西也写了不少诗歌,其笔记《檐曝杂记》6卷汇集了赵翼一生为官的见闻,卷一、卷二多为在京为官所闻见,涉及朝廷政事如军机处和木兰围猎之事,卷三、卷四主要是广西见闻,有广西边境山水、民俗的描写。

在赴任途中,赵翼感受到了广西滩峡之险:

> 余初至桂林,由水路赴镇安任。先是大雨十七昼夜,是日适晴。巳刻自桂林发舟,日午已至平乐。舟子忽椓杙焉。余以久雨得晴,

---

① [清]纪昀等.四库全书总目提要[M].卷六十四,史部二十,传记类存目六,石家庄:河北人民出版社,2000:1755.

方日中何遽泊,趣放舟,而不知其下有峡之险也。舟子不得已,乃发舟。山上塘兵亟呼不可开,而舟已入峡不能止,遂听其顺流下。但见满江如沸,有数千百旋涡。询知下有一石,则上有一涡,余始怵然惧,然已无如何。幸而出峡,舟子来贺,谓:"半生操舟,未尝冒险至此也。"余自是不敢用壮矣。①

作者亲身经历了险境,写得十分惊险而动人心魄。他写镇安水土,对传闻中的"瘴"并无觉察,对"水"之清奇则感受颇深:

惟水最清削,极垢衣荡漾一、二次,则腻尽去,不烦手搁也。是以不论贫富皆食豨脂以润肠胃。余尝探其水源,在城西三十里,地名鉴临塘。水从山腹中出,有长石横拦之,长三十余丈。水从石上跌而下作瀑布,极雄壮。城中望之,不啻数百匹白练也。汇而成川,绕城南而过。川皆石底,无土性,故鱼之肉甚坚而无味。又东流,亦从山腹中出左江。②

写出了岩溶地区水的特性,清澈、洗净能力强、泥沙少,还写出了"水从山腹中出"变成跌水瀑布的奇特。镇安位于广西西南部,距离安南(今越南)近,为广西与安南的边境地带。镇安是僮人(壮族)的聚居区,民风淳朴,《檐曝杂记》对当地少数民族民俗如歌圩、不落夫家及语言、民族性格都有记述,对广西自然、风俗的记录很有价值。

五、张维屏的《桂游日记》

张维屏(1780—1859),字子树,号南山,别号松心子,晚号珠海老渔,

---

① [清] 赵翼. 檐曝杂记(清代史料笔记丛刊)[M]. 北京:中华书局,1997:44.
② [清] 赵翼. 檐曝杂记(清代史料笔记丛刊)[M]. 北京:中华书局,1997:45-46.

番禺(今广东番禺)人,嘉庆九年(1804)年中举,道光二年(1822)中进士,历任湖北长阳、黄梅及江西泰和知县,湖北襄阳、江西袁州及南康知府。善书法,有诗名,作品颇丰。张维屏辞官归里后,受桂林画家李秉绶之邀,于道光十七年(1837)赴桂林,遍游诸山,留下多处题记,作日记体游记《桂游日记》3卷,记录自家乡番禺启程游历桂林山水,再返程归家的途中见闻。

《桂游日记》内容从道光十七年(1837)二月十八日从番禺出发开始,到当年五月九日返家为止。张维屏溯西江而上,途经广东佛山、肇庆和广西梧州、平乐、阳朔,由于溯江而上,正值暴雨季节,行程缓慢,三月二十七日才到桂林,在桂林停留一个多月,探访亲友,游山涉水,多有记广西山水的诗篇和随笔。《桂游日记》卷一主要是从番禺至桂林途中的日记,途中遭遇狂风暴雨,加上漓江滩险石多,数里一停,行程艰难,张维屏曾记雨中行船的不适:"不能开篷,甚觉郁闷,风狂雨急,床席漏湿。"更记下了三月二十一日行舟遭遇的危险:"午过枫木滩,水急桨断,舟人与桨俱堕水中,流去数丈。幸抱桨得活,舟亦无恙。停船修桨,良久乃行。"可谓是一路行一路惊,张维屏盼望天气放晴,也不忘欣赏风景,十七日还在为暴雨滩石多无处泊舟而烦恼,说"粤西川路始知难",十八日就是不一样的风景了:

> 十八日阴,阅《说文》,辑《经字异同》。连日山色甚佳,试分状之。树多则绿,烟多则碧,草多则青,合树与烟与草而一之则翠。至于翠而其色葱葱,其气蓬蓬,其影濛濛。吾不能拟诸形容,然犹未尽翠之妙也。忽烟消日出,而翠愈浮动欲活矣。黄大痴《浮岚暖翠图》,浮字中有烟光,暖字中有日气。晚泊昭平县城外。①

---

① [清]张维屏著.桂游日记[O].卷一,道光丁酉七月听松庐藏版.

此处写舟中所见两岸山水,善于抓住景物的细微特征,表现出漓江两岸风光的特点。写景突出山色,把暮春时节漓江两岸青山的颜色描写得十分细致入微,先分写山因树而绿,因烟而碧,因草而青,写出了春天两岸深深浅浅绿的层次,也写出了漓江烟雨的美色。而后又总写树、烟、草给山带来的翠色,再加上了骤雨初歇、日出烟散后,山色浮动,更显生气,是多样统一的和谐的美。还以元代画家黄公望的《浮岚暖翠图》来对照欣赏和体味,更凸显了漓江山水的画意和诗意。

《桂游日记》卷二开始记录张维屏在桂林期间与友人的交往,与李秉绶、李宗潮、李宗瀛、梁章钜、吕璜等人交游,记录游览桂林山水,写景简洁明了,以诗歌抒情。卷三是从桂林返乡途中的日记,有考据西水的文字,并有《西水歌》。总之,《桂游日记》的特点是散文和诗歌结合,"全书散韵交错,诗文相衬,生动活泼,变化多样,别有一番风采"①。书中写山水、记名胜、叙风俗、作考证、抒情感,笔法灵活多变,不拘一格,笔触轻巧灵动,文风潇洒自在、清新可人、不拘一格。同行朱凤梧序中称"余见先生握管即书,风来水面,自然成文。其中有记叙、有辩论、有考证,名理清言层见叠出。吾知是编,他日必与《骖鸾录》《入蜀记》《客杭日记》诸书并存"。

六、张心泰的《粤游小志》

张心泰,字幼丹,广西巡抚张联桂之子,同治九年(1870)至光绪九年(1883)侍父随任两粤,将记闻写成《粤游小志》,这是具有游记性质的两粤游踪和风土人情之作。

《粤游小志》写两粤气候、名胜、水道、方言、物产、民居、饮食等,将两粤混在一起写其特点,也比较粤东和粤西之差别,如先是比较了粤东粤

---

① 丘振声编著.桂林旅游山水诗话[M].南宁:广西教育出版社,1992:221.

西的气候特点,写粤东粤西的气候特点是风多、潮湿、炎热,桂林由于地势较长沙、番禺高,所以"风起时,拔木飞瓦,昼夜不息",粤东之风有飓风和台风之别;两粤气候炎热,特点是晴则夏雨则冬,仅有桂林"岁岁尚可得雪",因而四季树木常绿,五谷不香,百花无春,花木不应气候而生。

《粤游小志》中写景物通常是写山水,并讲传说,写广西景物主要以桂林、阳朔为主,而称"桂林山水多奇特,石湖谓可纪者三十余,所惜余幼,未能遍游"。张心泰游了七星岩、伏波山、古南门、王城、独秀峰等,写七星岩最为详细,将洞中岩溶景观一一道出,还写了写伏波岩状元石、古南门榕树、王城内的建筑等,在游阳朔时写了山、水、云、雨的动态美和朦胧美。

书中写广西水道也有不错的景物描写:

余由桂林至全州过此,岸南北皆榕树,荫十数亩,倒卧交柯于江上,若长虹然,船往来其下,蜿蜒夭矫,丹青家不能状也。由桂林而上皆漓江,至平乐县有乐水来会,乐水由恭城县绕平乐城与漓水合。平乐东南六十里,有榕津,通志云,榕津渡在榕津埠,即指此。水如带萦绕村墟,沿溪榕数百树,枝干离奇,碧荫清波如画,津阔五六丈许,又古榕两柯,不知历几百岁,势若蟠龙,隔岸连理,纠结津上,密叶圆覆,中洞如城门,上横亘如桥,可人渡,较大榕江之榕,尤夭矫欲飞矣。①

在写湘水和漓水时,还提到了灵渠的分流作用,以浮竹片的方法证六分水东北流入湘水,四分水东南流入漓水,显得十分有趣和说服力。

---

① [清]王锡祺辑.小方壶斋舆地丛钞 48[M].张心泰.粤游小志,清光绪十七年(1891)上海著易堂印行:298.

七、金武祥的《漓江杂记》《粟香随笔》

金武祥(1841—1924),字溎生,号粟香,又号菽乡、陶庐,别署一厈山人、水月主人等,江阴(今江苏江阴)人,多次参加乡试未中,曾以捐班入仕,至广东候补。光绪八年(1882),金武祥奉两广总督差委,查勘广西边防,查看广东西宁、广西岑溪两邑争界,游广西风景名胜,有笔记《漓江杂记》和《粟香随笔》记广西山川风物。

《漓江杂记》成书于光绪八年(1882),是金武祥在桂所记的漓江沿岸的地理、物产、风景名胜、风土人情等,共60多条,约12 000字。其中记漓江流域的山水最为详尽,有漓江至桂林里数、滩数、沿途风景,"漓水,自桂林、平乐而来,至梧城西"①,所记山水主要是漓江所流至的桂林、阳朔、平乐和梧州,如隐山六洞、七星山、栖霞洞、曾公岩、龙隐洞、象鼻山、水月洞、訾家洲、虞山、薰风洞、木龙洞、独秀山、叠彩山、伏波山、穿山、逍遥楼、江南会馆、榕树楼、阳朔城、帜山楼、兴坪、螺丝岩、画山、碧崖阁、平乐城、昭山、感应泉、览胜亭、梧州火山、鹤冈、冰井寺等。《漓江杂记》中写景笔墨十分出色,如写平乐胜景:

> 小春望日,归舟泊平乐,月下泛舟而西,一点昭山,中流宛在,荒藤危磴,登眺无从。乃至其西,入令公庙,殿宇轩敞。焚香瀹茗,依槛澄观,月印波心,觉练影珠光,空明上下。而滩声清越,寒风峭然。回视城郭山川,都笼烟霭,惟见渔灯数点,明灭于荒芦浅渚间。清寒之境,正值三更三点水晶宫也。②

---

① 新文丰出版公司编辑.丛书集成续编(第二百三十六册)[M].金武祥.漓江杂记,台北:新文丰出版公司,1988:380.
② 新文丰出版公司编辑.丛书集成续编(第二百三十六册)[M].金武祥.漓江杂记,台北:新文丰出版公司,1988:383.

月夜、江水、山峰、渔火共同营造出了漓江清幽的意境,十分具有画面感,漓江山水的情韵凸显出来。写阳朔山水,道出了"桂林山水甲天下,阳朔山水甲桂林",也将阳朔山水、田园的画意表现得十分贴切:

> 漓江江水澄碧,不独阳朔为然,而山则自平乐以上,皆拔地而起,巉削奇诡,真如玉笋、瑶簪,森立无际。亦有岩隙竹树丛生者,葱郁玲珑,益饶古趣。村落、畦畛,交错林壑间,樵笠、渔蓑,俱含画意。秋日泛舟至此,所见胜于所闻,可为观止矣。①

展示了阳朔段漓江的绿水、青山、翠竹、村落、渔舟构成的一幅山水田园画卷,展现出漓江天人合一的美态。

除了和谐静怡的漓江画卷外,还写了兴坪段漓江的山水给人带来的不一样的感受:

> 江岸山石凹凸参差,以人力堆垛者,无此空灵雄厚也。兴坪上有一峰,傍水陡立,根已半空,俯瞰如崖。舟过其下凛凛然,似欲倾压。再上廿余里有画山,削壁千寻,石色黄白处,相传有九马形。……
>
> 大抵自平乐以上,山形奇诡,不可思议。欲作诗比拟,前人多已言之,惟得句云:"形态各肖万象包,一一雕镌运神斧。"……盖此邦之山,皆巉削突然而起,戛然而止,孤峭特立,惟少情韵。拈放翁句以忆江南,实各有其长,非有所轩轾也。②

---

① 新文丰出版公司编辑.丛书集成续编(第二百三十六册)[M].金武祥.漓江杂记,台北:新文丰出版公司,1988:384.
② 新文丰出版公司编辑.丛书集成续编(第二百三十六册)[M].金武祥.漓江杂记,台北:新文丰出版公司,1988:385.

此处写的兴坪山峰是秀美漓江画卷中显得壮美的部分,所以用了"空灵雄厚"来概述,用舟过其下"凛凛然"来表达游赏感受。而对画山的描绘用了传说和《方舆纪要》的记述,后面的诗文也增加了此处山水的人文气息。

金武祥十分注重人文景观,所游之处都寻访前人遗迹,同时他也能跳出自然和人文,关注当地人与自然山水的关系,看到了自然山水是当地百姓的生活资源,并将当地人的生活图景融进观赏的图景之中,让它们相得益彰,增加了自然山水的美感。比如:

> 漓水澄碧见底,鱼以竹鱼、虾鱼为多,而无虾、蟹。竹鱼状似青鱼,虾鱼肉白而丰。渔人就岩洞结舍,或以船为家,晚间燃竹木炬,执叉于浅滩横截之,或以竹簰载鸬鹚捕于波心,常得大尾。①

漓江水上人家的生活与漓江密切相关,渔人以岩洞为居、以船为家、以渔为生,而这又成了外来游人欣赏的画面,漓江渔火、鸬鹚捕鱼也成了漓江上最具诗意的生活画面和最富有人情味的自然美。

还有对岩洞观赏价值和实用价值的描写:

> 沿江岩洞有极宽者,避乱时容数百人,亦有辟小龛以供佛者,或土人结屋为习静读书之所。桂林山水之奇,半指岩洞。然沿途数处,皆非著名之所。②

外人眼中桂林岩洞奇特,富有观赏价值,而对于当地人来说,岩洞是

---

① 新文丰出版公司编辑.丛书集成续编(第二百三十六册)[M].金武祥.漓江杂记,台北:新文丰出版公司,1988:382.
② 新文丰出版公司编辑.丛书集成续编(第二百三十六册)[M].金武祥.漓江杂记,台北:新文丰出版公司,1988:385.

与他们朝夕相处的环境，不仅可以用以栖息、避乱，可以供奉佛像寄托精神信仰，还能作为读书学习场所，这体现了作者独特的观察眼光，也体现了跳出自我、从当地人的角度来观看山水的转变。

总之，金武祥的《漓江杂记》写漓江山水颇有些文学价值，如胡玉缙《许庼经籍题跋》评价："是编系于役桂林而作。桂林山水甲天下，其游踪所历，雅善刻画，笔致逌峭，颇近柳州，间及时事，亦通达治体。"①

《粟香随笔》是金武祥仿南宋洪迈《容斋随笔》体例写成的，共8卷，后续有《粟香二笔》《粟香三笔》《粟香四笔》《粟香五笔》各8卷，其内容丰富多彩，颇具文献价值，对广西山水的描写散见于《粟香二笔》《粟香三笔》《粟香四笔》《粟香五笔》。其中《粟香四笔》中有较多写广西山水名胜的内容，如漓江三十六险滩、铜钟、铜鼓、宝元洞、白沙洞、都峤石刻等。

清代其他的粤西笔记如道光年间广西布政使张祥河《粤西笔述》、光绪年间杨瀚《粤西得碑记》、林德钧《粤西溪蛮琐记》、沈日霖《粤西琐记》、江德中《西粤对问》、范端昂《粤中见闻》、朱国淳《粤西纪程》、梁鸿勋《北海杂录》等，也有一些对广西地理、山水、物产、民族、风俗、名人轶事等的记述。还有专志类的如徐泌《湘山志》、僧浑融《栖霞寺志》、刘玉麟《桂林岩洞题刻记》等。

第五节　清代越南使臣燕行文献中的广西山水散文

越南燕行汉文文献中最早的是元代阮忠彦的诗集，到清代才有文集，其中写山水的主要文集有阮辉㻕《奉使燕京总歌并日记》、潘辉注《𨏵

---

① 胡玉缙撰，吴格整理.续四库提要三种[M].许庼经籍题跋卷二，上海：上海书店出版社，2002：576.

轩丛笔》、李文馥《使程志略草》、阮文超《如燕译程奏草》、阮思僴《燕轺笔录》等。

一、阮辉僅的《奉使燕京总歌并日记》

阮辉僅(1713—1789),越南河静省罗山县人,后黎朝时期人,因有口才于乾隆三十年(1765)受命为正使,出使清廷入岁贡,自升龙(今越南河内)至燕京(今北京)。有汉文燕行诗文集《奉使燕京总歌并日记》《北舆辑览》传世。《北舆辑览》参考中国地理风俗书籍,内容从《名胜全志》编撰而来。《奉使燕京总歌并日记》有北使沿途见闻及诗篇,阮辉僅于乾隆三十一年(1766)正月启程,在广西的行程是:从南关入境,至宁明乘舟,过三江口至太平府,到南宁,至梧州,过平乐、阳朔、灵川、桂林、兴安、全州。乾隆三十二年(1767)归程,于是年八月初四日回到桂林城、八月十五到平乐府、八月二十五日驻藤县、九月初十回到南宁府、九月二十二日到太平府、十月二十六日过南关归国。此书记录了整个行程。"全书以日记提纲挈领,缕叙沿途风光、接待规格、公务诸事,而于名胜古迹、风土人情记叙最详。……本书整体上富于文学色彩,但随所见闻,仍有各种史料可供采撷。"①

对广西的风景名胜记录详细,从出镇南关开始每行一处必记,在广西所经过的地方有凭祥、宁明、太平府、南宁、横州、平南、梧州、昭平、平乐、阳朔、桂林、临桂、灵川、灵渠、兴安、全州,特别是表现了中越边境地区的边关风景和风情,从镇南关到凭祥、宁明都属于中越边境地区,其山水风物及人们的语言风俗都有千丝万缕的联系,在此处也有所体现。作者一边观赏风光一边与本国进行比较,寻找联系。值得注意的是阮辉僅在此处写到了广西的花山岩画,这是中国古代文人诗文中极少提及的山

---

① 中国复旦大学文史研究院、越南汉喃研究院合编.越南汉文燕行文献集成(越南所藏编)第5册[M].上海:复旦大学出版社,2010:3.

水景物。

《奉使燕京总歌并日记》中还有对广西都会的描绘,写南宁商业繁华:"三十六街,香分酒店,凉回梵家,锦堆云罽广纱,行商居贾,山车水船,人凑集,屋蝉联,实为两越一大(天)码头。"①又说南宁"商货盈积,无所不有"。②写梧州为山水城市:"山川凑会,城郭宽广。……城二面枕山,一面临河。"③写桂林集山水、人文、繁华于一身,是广西政治、经济、文化中心:

省城一面流江,三面回山,有巡抚、布、按、道、镇、府、县,分区而居,九街三市,商货大聚,瓦屋万余家。自此入长沙,可一千六百里。旧部至此,始晒芙蕖叶入京。城西有榕树,自唐以来,岁久跨门外,盘错至地,生成门状,车马往来,径其下,今号"钟鼓楼"。④

桂林的地理、地势、山水、民居、街市等城市特征都显现出来了,从中也可以看到在阮辉僜看来出了桂林才是使北行程的开始。

阮辉僜的日记中每到一处都关注土人的生活和习俗。他在永淳城见到:

其地民淳事简,趁圩、田作皆妇女为之。⑤

---

① 中国复旦大学文史研究院、越南汉喃研究院合编.越南汉文燕行文献集成(越南所藏编)第5册[M].上海:复旦大学出版社,2010:9-10.
② 中国复旦大学文史研究院、越南汉喃研究院合编.越南汉文燕行文献集成(越南所藏编)第5册[M].上海:复旦大学出版社,2010:33.
③ 中国复旦大学文史研究院、越南汉喃研究院合编.越南汉文燕行文献集成(越南所藏编)第5册[M].上海:复旦大学出版社,2010:47.
④ 中国复旦大学文史研究院、越南汉喃研究院合编.越南汉文燕行文献集成(越南所藏编)第5册[M].上海:复旦大学出版社,2010:61-62.
⑤ 中国复旦大学文史研究院、越南汉喃研究院合编.越南汉文燕行文献集成(越南所藏编)第5册[M].上海:复旦大学出版社,2010:36.

在横州城见到:

> 苍头采薪于山,女婢负米于市,服饰亦同京师。①

还写到了疍民:

> 府有蛋人,世世以舟为宅,惟捕鱼供食,取鱼者曰"鱼蛋",取濠者曰"濠蛋"。②

在戎圩津见到:

> 江次多泊竹槎,中建一房,方似一间大,上盖以茅,系广东人来卖栗子。圩上家居千余,商贩粟米瓮盎杂物。津次架筏为家,有数十座。③

在从梧州到昭平的水路途中,见到土人的生活习俗和生计模式:

> 人家多以大石磨面,架以沙牛,终日牵曳,不劳人力。或者不用磨碓,以长木槽,内实谷穗,三人对舂,自成精米,如本国蛮民所谓刻陇者。又有积机穴地作臼,以决水舂米。渔人多养鹭鹚,或至数十多只,每放使捕鱼,泊入水中,人乘竹槎从之,大小悉得。④

---

① 中国复旦大学文史研究院、越南汉喃研究院合编.越南汉文燕行文献集成(越南所藏编)第5册[M].上海:复旦大学出版社,2010:37.
② 中国复旦大学文史研究院、越南汉喃研究院合编.越南汉文燕行文献集成(越南所藏编)第5册[M].上海:复旦大学出版社,2010:42-43.
③ 中国复旦大学文史研究院、越南汉喃研究院合编.越南汉文燕行文献集成(越南所藏编)第5册[M].上海:复旦大学出版社,2010:46.
④ 中国复旦大学文史研究院、越南汉喃研究院合编.越南汉文燕行文献集成(越南所藏编)第5册[M].上海:复旦大学出版社,2010:49.

在桂林又见：

俗皆以山石烧灰，散布田中，云可杀蚓去草。①

阮辉㑰从燕京回国到广西是原路返回，时间短，对广西的描写也不再重复，十月初一在中越边境时收到了家人送来的槟榔，在舟行至邕湾渔村时，守隘家人黄高就船请安，呈递了家属送来的槟榔，体现了越南的礼仪习俗。

总之，阮辉㑰《奉使燕京总歌并日记》在途经广西段时记录了广西的山水名胜、风土民情，将汉文化与越南文化很好地结合起来，对研究当时广西的文化和中越文化有一定的价值，同时此书并非是公文性的行程记录，从文后快归国时收到了家人送来的槟榔这一描述，可见是作者私人的随笔，也富有文学色彩，具有一定的文学价值。

二、潘辉注的《𫐈轩丛笔》

《𫐈轩丛笔》本无作者署名，越南汉喃研究院图书馆目录、国内王小盾等编《越南汉喃文献目录提要》均著录作者为裴文禩，《越南汉文燕行文献集成》第11册，王亮在《𫐈轩丛笔》整理前言中说综合推考，作者应为潘辉注②。潘辉注（1782—1840），越南阮朝时期诗人、著名学者，曾编著了越南第一部百科全书《历朝宪章类志》，道光五年（1825），受命为副使出使中国，有北使诗集《华轺吟录》和笔记体《𫐈轩丛笔》。

《𫐈轩丛笔》记载出使中国行程，与前面的使者行程大同小异，也是从南关入境，在广西经宁明、新宁、南宁、横州、贵县、浔州、南平、藤县、梧

---

① 中国复旦大学文史研究院、越南汉喃研究院合编.越南汉文燕行文献集成（越南所藏编）第5册[M].上海：复旦大学出版社，2010：65.
② 中国复旦大学文史研究院、越南汉喃研究院合编.越南汉文燕行文献集成（越南所藏编）第11册[M].上海：复旦大学出版社，2010：3.

州、昭平、阳朔、桂林、灵川、兴安、全州。书中多记录行程途中的山水、城市、风土、人情,写景物时穿插典故、传说、人事、风俗,也见文采,如:

> 新宁城在江右岸,古树浓阴,石矶戏水,望之极觉幽雅。左岸上群山错落,民居村坞,半在流泉深树间,景致尤寂。仆来时泊舟左边,偶一登岸,舒览信乐,缘溪过垂杨深处,有一簇人家,门宇闲静。老叟望见使客,欢喜出邀,请人款茶。阿叟年七十余,意象朴厚。户内男读女织,各令执业以见。觉幽居趣味,春风蔼然。移时出门,回盼云林郁岑,想此山翁受用,自有无限快活。尘外寻幽,亦一观风雅话也。①

不仅写了新宁的景致,还以当地民居习俗来衬托幽雅景致,作者亲自参与了与当地山水的交流,与当地的人家进行了互动,也表现了新宁城民风淳朴、慕文向儒,作者在与山水、人家的交流中找到了文化认同,也获得了审美愉悦。

《辀轩丛笔》写广西山水,也有将写景与议论、抒情结合起来的地方,如写五险滩之险:

> 五险滩,两岸连山,重叠巉岩,满江石根攒列,十里间水流奔曲,舟行实属艰险。但来时春水方盛,滩流宛转,江面随湍而行,霎时过险,不甚可畏。直待冬回浅涸,水落石出,然后嵌崎奔吼之状,始觉惊人耳。然自此上泝漓江、泛潇湘、过洞庭、浮江汉,五千里外水程,跋涉其间,湍风之所冲撞,波涛之所惊动,盖由率然之险,而可怖可惧,直十百于是者,岂独挂蛇转兔,此五滩而已哉!唯其顺命以动,

---

① 中国复旦大学文史研究院、越南汉喃研究院合编.越南汉文燕行文献集成(越南所藏编)第11册[M].上海:复旦大学出版社,2010:13.

奚险不夷,易曰:"坎山亨,行有尚。"夫何爱何惧?①

写五险滩之险用了对比的手法,描述了丰水期和枯水期对人的心理所造成的不同感觉,又联系一路行程经过的水路,感叹凶险不可测,可能就在一瞬间发生,所以只能是"顺命以动",做到心中坦诚才可以通达,才能有所前进。

《辎轩丛笔》中作者感叹黎朝正和以前,从梧州顺流下广东再出三湘,无沂流之艰,且粤东人物膏华,从此行觉得很爽适,而正和以后,从梧州走漓江逆流而上,行程艰难而又枯燥,所以"虽桂林诸山,幽奇堪玩,而跋涉亦劳攘矣"②。在写桂林山水时,虽然笔墨颇详,但因为只是使程经过,"故不能穷搜岩壑",只是选择了离城近的名胜登览,已经觉得"奇胜之状,应接不暇",说"其地之巉岩在望,盖亦可以目击而神游矣"③,估计也是人云亦云的部分较多。对桂林城市状貌的描绘可能还比较客观,说出了桂林的城市特点:

桂林山川佳胜,而风物转逊诸省会。《说龄》云:"桂林地薄民穷,不事力作衣食,上取给衡永,下取给岭南。城中江右楚人乔寓者十之九,横竹为庐,贸易不过鸡鱼羊豕之类,锦绣文绮、明珠象贝,实产粤东,此间无有。"验诸物产诚然。但今承平日久,人们渐属稠饶,虽不及粤东繁华,而环城铺宅,百货贸迁,景色亦自不恶。④

---

① 中国复旦大学文史研究院、越南汉喃研究院合编.越南汉文燕行文献集成(越南所藏编)第11册[M].上海:复旦大学出版社,2010:17.
② 中国复旦大学文史研究院、越南汉喃研究院合编.越南汉文燕行文献集成(越南所藏编)第11册[M].上海:复旦大学出版社,2010:23-24.
③ 中国复旦大学文史研究院、越南汉喃研究院合编.越南汉文燕行文献集成(越南所藏编)第11册[M].上海:复旦大学出版社,2010:28.
④ 中国复旦大学文史研究院、越南汉喃研究院合编.越南汉文燕行文献集成(越南所藏编)第11册[M].上海:复旦大学出版社,2010:38.

桂林是典型的南方小城,景色怡人,商业、实业不足,繁华稍逊,但城市居民能自足自乐,自有它的特色。

三、李文馥的《使程志略草》

李文馥(1785—1849),越南阮朝时期人,字邻之,号克斋,河内永顺人,祖籍中国福建,先祖移居越南,到李文馥已经第六代。他曾多次赴广东、福建等地,也作为使臣出使燕京,汉文作品丰富,有《闽行杂录》《粤行吟草》《三之粤集草》《仙城侣话》《镜海续吟草》《周原集咏草》《使程遗录》《使程志略草》《使程括要编》等。道光二十一年(1841)正月,李文馥受命以正使身份带领17人使团赴清朝告以"国孝事"。润三月初十日过南关,取道广西,出湖南,至湖北、河南进京,《周原集咏草》《使程遗录》《使程志略草》《使程括要编》是其出使的汉文作品集,有诗有文。其中《使程志略草》以时间为序,记录出使的行程。

《使程志略草》记录了使程中的沿途山水景物,如行至幕府公馆时:"自过关至此,连山错落,行路崎岖,惟此地稍开旷。"[1]过浔州府时见:"城沿江岸,沿江有天然石砌以为之护。"作者到了每一处风景名胜都会提及,其中有对左江沿岸花山的描绘:

> 对岸有大花山,山腰石色如丹,有人马旗鼓之状,俗称黄巢兵马山,舟行至此,初认之,如画工描写者。第自水面至山腰,高二十丈许。山势如壁,山形如覆,恐人力无所施功。况所画朱色,安能久而不变?再认之,石质本红,又似乎石之筋络者,则象形酷肖,队仗整齐,段段皆然,恐造设未能如工。细询之老通事者,则云:相传黄巢败走时,所至辄剪纸为兵马旗鼓之形,用飞符散粘于空壁间,一咒

---

[1] 中国复旦大学文史研究院、越南汉喃研究院合编.越南汉文燕行文献集成(越南所藏编)第15册[M].上海:复旦大学出版社,2010:14.

念,皆为神兵。未及咒者,遗形至今尚在。①

花山岩画在中国古代的文献中绝少提及,而在越南使臣的文字中却频繁出现,而《使程志略草》的这段描写是最为详细的一段文字。此处李文馥对左江花山的千古之谜提出了疑问:花山上的人马旗鼓是人工画上的还是天然形成的?如果是人工所为,在高二十丈许的崖壁上又是怎么样实现的呢?图案的颜色为什么历久不变?它蕴含着怎么样的寓意?这些谜题至今未解,仍是很多研究者的课题。而李文馥最后用当地流传的黄巢兵马的传说来解释,又显出了其颇有文学意味的特点。

与其他越南使臣的文献一样,除了沿途风景外还有对风俗的描绘,如谈到中越边陲的居民之间互通的密切关系,如在宁明时看到此处的本地人与越南本国谅山很像,货币可通用,可见中越边民互通往来、文化认同是十分自然的事。

《使程志略草》还记录了越南使团出关的场景和中越风俗:

昼时,内地官设祭关门之神,放炮开关。使部并候命官、谅按官,各具大朝品服,逢迎国书,扈随龙亭。……内地官员分班侍立,仪卫整肃。使部与候命官、谅省官趋庭行三跪九叩礼。……遂命候命官、谅省官作揖为别,率行随人员,饬扛箱台过关。内地换扛辆夫、抬夫进行,放炮过关。时两国官兵各于关邦山上张旗执戒,两相对,凡三四百夫。关既闭,各虚放鸟枪为别,例也。时南北民人观者如堵,其从来未见像象形者,尤聚观焉。②

---

① 中国复旦大学文史研究院、越南汉喃研究院合编.越南汉文燕行文献集成(越南所藏编)第15册[M].上海:复旦大学出版社,2010:18-19.
② 中国复旦大学文史研究院、越南汉喃研究院合编.越南汉文燕行文献集成(越南所藏编)第15册[M].上海:复旦大学出版社,2010:13.

可见越南使臣出关场面大、礼仪繁、围观者众，成了一道风景。从出关礼节看，是兼顾了两国礼俗的。

《使程志略草》中还记录了越南使臣在广西的各种祭祀活动，有对宁明江神的祭祀：

> 为文祭宁明江之神。舟由水程进发……有赞唱，二跪六叩三献酒……①

有在伏波庙祭祀伏波将军：

> 未刻至伏波庙津次，暂备办祝文、礼品，具常朝服诣祷。②

还有过兴安龙王庙祀关公、祭龙王、祀海阳王、祀伏波将军：

> 过张刘李三墓，至竜王庙。仍具祝文礼、香帛八礼。庙第一进，祀关圣像；第二，祀竜王像。庙左祀海阳王，右祀伏波。委随行人分拜。③

从其中祭文看，都是祈求诸神护佑行舟的安全，与越南使臣入燕京多走水路有关，因为走水路不是那么一帆风顺，充满了惊险，在异国他乡为了获取心理的安全感而进行了祭祀活动。从《使程志略草》中看到越南使臣们沿途对广西山水的祭祀活动中，"羊猪礼品，由州官办，给之银，

---

① 中国复旦大学文史研究院、越南汉喃研究院合编.越南汉文燕行文献集成（越南所藏编）第 15 册[M].上海：复旦大学出版社，2010：16 - 17.
② 中国复旦大学文史研究院、越南汉喃研究院合编.越南汉文燕行文献集成（越南所藏编）第 15 册[M].上海：复旦大学出版社，2010：27.
③ 中国复旦大学文史研究院、越南汉喃研究院合编.越南汉文燕行文献集成（越南所藏编）第 15 册[M].上海：复旦大学出版社，2010：49 - 50.

不受。自此所过祠庙,所祷告者,礼品各由地方官办给,银皆不受",①说明中方对越南使臣的态度很好,招待周全,其祭祀仪式是中越文化都能接受的,也体现了中越精神信仰文化的互相认同。

《使程志略草》除了记录使臣行程、仪式、山水、风俗以外,也从侧面反映了当时的历史,如四月初一,在梧州,"时广西巡抚梁章钜以广东有洋警,现在梧州驻扎,当即具帖,请就辕次谒见。寻据复称,途间潦草,未便接见"。② 李文馥此次来华,正值第一次鸦片战争,《使程志略草》虽未提及此事,但从梁章钜因洋警驻扎梧州,婉拒了越南使臣的礼节性拜访,也隐隐透漏了紧张的气氛。③ 可见越南使臣的汉文燕行文献在叙行程、记山水的同时表达了丰富的内容。

四、阮文超的《如燕译程奏草》

阮文超(1799—1867 或 1872),越南阮朝时期人,字逊班,号方亭,河内青池金缕乡人。道光二十九年(1849)九月以副使身份出使清朝,次年春回国,汉文燕行诗文集有《方亭万里集》《如燕译程奏草》。阮文超此次出使,经广西、湖南、湖北、河南、直隶等省,《如燕译程奏草》收文共 27 篇,其中前 20 篇按行使行程写沿途山水、地理方位、形势、沿革、人文、风物,表现出了对中国山川、水利的浓厚兴趣。其中写广西山水的有 13 篇,超过了一半以上,可见其在记中国山川时对广西的格外关注。

此笔记与以往越南使臣的笔记不同的是,并不以时间为序来记录行程,而是以关键词概括了各处山水,以此提纲挈领来组织行文,在广西段有《南关山路》《太平江山》《横州大滩》《浔州名岩》《郁黔鼓滩》《南藤矶

---

① 中国复旦大学文史研究院、越南汉喃研究院合编. 越南汉文燕行文献集成(越南所藏编)第 15 册[M]. 上海:复旦大学出版社,2010:16.
② 中国复旦大学文史研究院、越南汉喃研究院合编. 越南汉文燕行文献集成(越南所藏编)第 15 册[M]. 上海:复旦大学出版社,2010:33.
③ 中国复旦大学文史研究院、越南汉喃研究院合编. 越南汉文燕行文献集成(越南所藏编)第 15 册[M]. 上海:复旦大学出版社,2010:4.

梁》《梧州咽喉》《平乐潭印》《阳朔峰石》《临桂山水》《广西大势》《临源分水》《湘江风景》共13篇。"又综览全书,阮文超记载之重点,在于沿途山川概况;而于山川之中,又尤其注重对各水系的介绍和考察。凡涉及河流之处,作者均详细标注其源头走向、流域范围,偶尔还会作一些简单考订。这应当与此行全系水路有关,但也反映了阮文超个人的兴趣所在。"①如《太平江山》写中越边境江水渊源与两国的联系:

广西太平府,江山皆自高谅来,明江源出十万山诸溪(我禄州北上思州,以是山为界。峰峦嶙峋,延袤数百里)及高平、文渊之小水源。龙江源出高平潢漼,及谅山之淇穷(高平合镇安、归顺州及太平诸水为潢漼,二江又合为一流,由那通水关出上下石、冻州,名大水源,入龙州,为龙江。谅山淇穷江,由平而水关出龙州,入于龙江),于宁明州龙江与明江合为丽江,统名左江,达于南宁府。②

还写了右江、牂牁江、邕江、郁江、黔江的关系及漓江、湘江的走向和关系等。此外《广西大势》写到了广西的地理范围,说广西东南与广东、西北与云贵、东北与湖广、南与谅山相邻,南北东西皆有近三千里,封域大,而辖区内十二府,四面八方皆山,所以地瘠民贫,还提到了柳州的少数民族众多,其中"往来省城,衣服状貌与汉人无异,独留发盘髻在前顶"描写了柳州苗族的独特服饰打扮。

《如燕译程奏草》写景较有特色:

---

① 中国复旦大学文史研究院、越南汉喃研究院合编.越南汉文燕行文献集成(越南所藏编)第17册[M].上海:复旦大学出版社,2010:4.
② 中国复旦大学文史研究院、越南汉喃研究院合编.越南汉文燕行文献集成(越南所藏编)第17册[M].上海:复旦大学出版社,2010:9.

(蒙江)婉转丛峰深树间,洲屿对出,竹松孤棲,五三烟火,渔钓相邻。其中各有幽致。①

——《南滕矶梁》

漓自阳朔北下,乐自恭城东来,二水皆急,石抗其间,左廻右转,波沫四散如鱼跃。……潭之外山,从乐江至者,连横接轸,其势若趣;从漓山来者,分青拔翠,拥簇而去。山六面环水,水三道贯山,若来若去,若离若合,而印山宛在水中央。②

——《平乐潭印》

临源贯岭而下,至分水渠,西流者,山亦西,东流者,山亦东。罗带如重城累壁。直北平田,湘江当其间,洲沚断续,水道萦纡,望若缀旒错玉。而江口左右,当渠水横氾者,级级下银流;促起,又如白马争奔,声响山谷。③

——《临源分水》

上湘滩势皆成洲沚,两岸山乍近乍远,青如叠云,赤若霞流,断续剥换,势其舒展。④

——《湘江风景》

山水描写生动,能较好地体现景物特色,点墨成画,自有意境,其中在写《太平江山》时,专写了"石骨雄峻,水合山交,峰峦变化"的左江两岸的花山岩画。

---

① 中国复旦大学文史研究院、越南汉喃研究院合编.越南汉文燕行文献集成(越南所藏编)第17册[M].上海:复旦大学出版社,2010:16.
② 中国复旦大学文史研究院、越南汉喃研究院合编.越南汉文燕行文献集成(越南所藏编)第17册[M].上海:复旦大学出版社,2010:19-20.
③ 中国复旦大学文史研究院、越南汉喃研究院合编.越南汉文燕行文献集成(越南所藏编)第17册[M].上海:复旦大学出版社,2010:28.
④ 中国复旦大学文史研究院、越南汉喃研究院合编.越南汉文燕行文献集成(越南所藏编)第17册[M].上海:复旦大学出版社,2010:30-31.

五、阮思僴的《燕轺笔录》

阮思僴(1823—),字徇叔,与黎峻、黄并三人于同治七年(1868)出使中国,三人合著了《如清日记》写出使清朝的细节,少有涉及山水部分,所以不列在此。阮思僴此次以甲副使身份出使,个人著有日记《燕轺笔录》、诗文集《燕轺诗文集》。《燕轺笔录》记录十分翔实,包括出使前越南方面的奏章、贡品清单、出使人员等公文及行程记录。书中以时间为序,行程从同治七年(1868)六月二十四日使团行望拜礼起到次年十一月初八返回宁明州,商定十三日开关回国为止,从越南的北宁省、谅山省写起,在广西的日记从《过关》起,以地名为题,分别为《太平府》《南宁府》《浔州府》《梧州府》《平乐府》《广西省城》。日记记录内容丰富,其中也有一些记写广西山水、风物、掌故的文字。在描写广西山水时,还注意对广西南北山水进行比较:

> 沿江皆山,有土山戴石者,有石山耸立者,有如列椅者,有如削壁者,有如抽笋者,有如排笏者,有如覆钟者,有如展屏者,有如锦绣帐,如挂画衣,如屯兵堆甲,如飞鸟走兽,如凤阁竜楼,如瑶台宝塔,千态万状,炫丽夺目,笔墨之所不能纪、图画之所不能尽。内通事农富有向予言:近桂林城山无不佳者,太郡诸山比之十之二三耳。披阅旧图,心往者久之。①
>
> ……
>
> 二十一日,辰牌开船。两岸青山逦迤相属,茂松修篁,苍翠欲滴。有土山上特起石峰者,有无数土山中石山三五座,屹立其间,瑶簪玉笋,马鞍鹿角,无奇不有。盖自长滩塘过府城而上,处处如是。

---

① 中国复旦大学文史研究院、越南汉喃研究院合编.越南汉文燕行文献集成(越南所藏编)第19册[M].上海:复旦大学出版社,2010:70-71.

回视太平诸山，似有精粗之别。①

广西处处好山水，但左江和漓江风光还是有区别的，阮思僩在其文中也谈到了自己的感受。如在左江时，用了一连串的排比来形容江两岸的山水，可谓是美不胜收，但又通过陪同官员的话，反映了广西山水佳处远不止此，此处山水还不过桂林山水的十分之二三，从侧面表现出了广西山水风光之美，使人通过其文带着期待与作者一同游赏。而在行至平乐府，入漓江后，将漓江山水与左江山水进行了比较，对左江沿岸的花山的形容是"色色奇肖，真异观也"，而对漓江山水的形容用了"无奇不有""处处如是"。其中两者都用了"奇"字，但侧重点却是不同的，花山更是用了"异"来说明其山水在色彩上的异幻特色，且"旧传盖好事者之言，识者勿道可也"，花山因其岩画带有浓烈的神秘色彩，漓江的奇则是从山形外观和自然变化的角度而言的。而作者言"似有精粗之别"确实是很好地总结出了漓江两岸山水与左江两岸山水的差别和特点，漓江山水小家碧玉、玲珑婉秀，左江山水神秘粗犷、古朴淳厚。

在旅程中，作者似乎对漓江山水格外喜爱，如对黄阜的景色描写得十分有层次感和画面感：

> 船行两山之间，但见绿树翠竹弥漫山谷，与白云相吞吐。辰有紫藤红叶点缀石上，远望近观，千岩万壑皆烂如锦绣。白沙绿水之中，峰阴乍隐乍现。岩下水湾，渔舟三三两两，浮竹筏泛鸬鹚，与客船若先若后。夹岸甘蔗成畦。濛濛烟雨里，辰见三五人家，茅檐竹篱，阡陌交互，鸡犬相闻。又或山麓洞壑谽谺处，因以为佛刹者有之，因设塘汛者有之。寒烟衰草，间以金碧，架岩叠石，位置清雅。

---

① 中国复旦大学文史研究院、越南汉喃研究院合编.越南汉文燕行文献集成（越南所藏编）第19册[M].上海：复旦大学出版社，2010：95.

风蓑雨笠,或在山椒,或在水涯。滩声、篷声、棹歌声,山响而谷应者,又相属也。一卷书,一茗瓯,终日笔砚其间,觉桃源去人不远。①

作者在此挑灯听雨写了漓江秋色、漓江烟雨、漓江渔火、漓江船歌、漓江边上的田园风光,有色彩美、朦胧美、声音美,这如世外桃源一般的景致,给了作者极大的惬意之感,似乎已经与山水融为一体,十分动人。此处提到了广西的民歌"滩声、篷声、棹歌声"在山谷间回荡,十分美妙。对于音乐的描述,在作者泊新宁州时也提到过:"是夜,江天微凉,明月如昼。二更后,护贡船有奏乐声,静而咱(听)之,人声与八音声,铿铿然相和。"②他听出了宽和愉悦的感情,认为是政通人和的原因。

《燕轺笔录》中还有不少对广西城市风貌与民居的描写,如写南宁府城:

两岸多土山,石埼临水间有之,无复石山。沿江民居稍密,田土亦饶,黄水牛随处而有。府城内外屋舍栉比,商贩辐辏。③

写梧州府城:

城在半山腰,半临江岸,三面水拖,体势高壮。舟航云集,屋宇栉比。濒水人家,亦有联数大舟建屋其上者。歌舞游街,昼夜不绝。人烟之盛,数倍南宁。④

---

① 中国复旦大学文史研究院、越南汉喃研究院合编.越南汉文燕行文献集成(越南所藏编)第19册[M].上海:复旦大学出版社,2010:96-97.
② 中国复旦大学文史研究院、越南汉喃研究院合编.越南汉文燕行文献集成(越南所藏编)第19册[M].上海:复旦大学出版社,2010:75.
③ 中国复旦大学文史研究院、越南汉喃研究院合编.越南汉文燕行文献集成(越南所藏编)第19册[M].上海:复旦大学出版社,2010:76.
④ 中国复旦大学文史研究院、越南汉喃研究院合编.越南汉文燕行文献集成(越南所藏编)第19册[M].上海:复旦大学出版社,2010:85-86.

由于越南使臣多走水路,所以看得较多的是江河沿岸的民居,同时也对各府城的城市景观有直接的印象。这里描绘的梧州居民在数大舟上建房屋就很有特色,也将梧州城的繁华表现出来。还提到了广西山水与民居的融合:

> 未刻过蒙江口塘,江从永康来,水极清。民居稍稠。自是以往,两岸皆土山耸立,拖脚带石,山民临水而居,茅檐土屋,虽不甚整丽,而前遍修竹,背列万松,菜畦木栈,晻霭苍翠间,固自清雅可人。江中洲渚间有可居者,亦复竹树阴翳,塘汛罗列,草洲塘山,填塞江心。①

《燕轺笔录》中还提到了祭祀江神、伏波庙的事,也说到了当地人对伏波庙前横卧古木祈祷之事。

另外清代越南使臣还有大量写广西山水的诗文,以诗歌为多,大都是对山水触景生情之作,其中有的诗也有一些记述性文字,在此不赘述。

第六节 清代广西山水散文的特征

清代广西山水散文在延续前代的基础上有了一些时代特征。

一、广西山水散文的创作主体发生改变,出现名家名篇

清代在广西山水散文创作主体上发生的最大变化是本土作家成为山水散文创作的主体。在明代的基础上,清代广西的文化教育更进一步,广西各地书院纷纷而起。清代参加科举考试的广西士人获得了很多

---

① 中国复旦大学文史研究院、越南汉喃研究院合编.越南汉文燕行文献集成(越南所藏编)第19册[M].上海:复旦大学出版社,2010:84.

荣誉,如嘉庆年间桂林陈继昌三元及第,道光年间桂林龙启瑞状元及第,光绪年间桂林张建勋、刘福姚又高中状元。清代桂林云集了一批知名文人,如一代大儒陈宏谋,晚清四大词人之况周颐、王鹏运,"岭西五大家"之吕璜、王拯、朱琦、龙启瑞、彭昱尧等。文学家族创作繁荣,如全州谢氏家族之谢良琦、谢赐履、谢济世,全州蒋氏家族之蒋励常、蒋启敭、蒋琦龄,临桂陈氏家族之陈宏谋、陈继昌等。还出了著名的壮族文豪冯敏昌、壮族文人学者郑献甫。清代广西本土文人的文学水平极大提升了广西山水散文的质量,清代广西文学的主体是以广西籍作家为主,而不是外来的宦游、谪居的作家。① 其中清初谢良琦、谢济世和陈宏谋等人的山水散文善于描摹景物、议论精辟、语言雅洁、感人至深。"岭西五大家"被称为广西的桐城派,在当时文坛上具有一定影响,对广西山水散文的贡献极大,他们的山水散文善于写景,创作出清新幽美、晶莹澄澈、情感真挚的文学境界。郑献甫学识渊博,著述丰厚,散文创作独树一帜,其广西山水散文将考据融入文中,文章韵味醇厚。蒋励常、蒋启敭、蒋琦龄的山水散文常常突破模山范水的局限,将抒情、议论融于景物描写中。

因此,清代是广西本土作家从崛起到独占鳌头的时期,他们也是广西山水散文创作的主将,其创作代表此期山水散文的成就。

另外,清代流寓作家在广西创作的山水散文数量亦不少,虽然作品并不如广西本土作家形成体系,但亦有名家名篇出现。著名文人袁枚是清代文人游记的集大成者,其倡导的自然灵性亦在其于桂林所写的《游桂林诸山记》中得以展现,该篇成为清中叶著名的游记之一。清代著名学者乔莱在推动清代学人游记的发展上起到一定的作用,他将考证融于景物描写之中,使得游山玩水具有了浓厚的学问色彩,其在桂林所作的《游七星岩记》也可算是名篇。

---

① 张明非主编.广西古代诗文发展史(下卷)[M].桂林:广西师范大学出版社,2012:174.

二、粤西笔记进一步繁荣与发展

在明代的基础上,清代的粤西笔记进一步繁荣与发展,还出现了一些日记体的游记,对广西山水风物进行了较为系统的描绘与整理。如粤西笔记有闵叙的《粤述》、陆祚蕃《粤西偶记》、赵翼《檐曝杂记》、张祥河《粤西笔述》、林德钧《粤西溪蛮琐记》、沈日霖《粤西琐记》、汪森《粤西丛载》、吴绮《岭南风物记》、范瑞昂《粤中见闻》、江德中《西粤对问》等,其内容也大同小异。清初瞿昌文《粤西纪事》记录广西之行和瞿式耜殉国后的各种遭遇,张联桂之子张心泰《粤游小志》、张维屏《桂游日记》和金武祥《漓江杂记》《粟香随笔》记录了游览广西的所见所闻。专记广西石刻的笔记有杨翰《粤西得碑记》,作者称"其所得者,皆我又深契,故记其得之时游览风景并遗闻轶事,使翻阅之下山川踪迹一一在目,即以得碑记作游山记可也",是其一边游览山水一边整理石刻碑文而得之笔记。

三、出现了域外汉文的山水散文作品

这里的域外汉文山水散文主要是指越南使臣进京进贡时留下的燕行汉文作品。中法战争前的明清时期越南保持着与中国王朝的宗藩关系,此时是越南与中国文化、经济交流频繁的时期。越南受汉文化影响由来已久,明清越南使臣都是经过精心挑选的汉文水平较高的文人,他们在北使途中留下了大量的汉文燕行诗文和图像记录,或抒发情感、描述见闻,或详细记录每日行程和外交活动。明代越南燕行汉文作品主要是诗歌,到了清代,越南使臣的北使行记作品开始出现。而广西与越南交界,是越南北上京城的首站必经之路,他们多从镇南关入关,至宁明后走水路,经左江、邕江、郁江,再转桂江、漓江,过灵渠出湘江,至湖南入长江水系后再进京。在行程中,他们观赏沿途山水名胜、风俗人情,吟诗作文,其中的行程日记可归入广西山水散文中,主要有越南后黎朝(清乾隆年间)阮辉僙的《奉使燕京总歌并日记》,阮朝(清道光年间)潘辉注的《輶轩丛笔》、李文馥的《使程志略草》、阮文超的《如燕译程奏草》,阮朝(清同治年间)阮思僩的《燕轺笔录》。

越南使臣以他者的眼光审视广西,从其燕行汉文行记中看,他们对广西地区的关注度要高于对中国其他地区的关注度,且与中国文人观察山水景物、风土人情的视角也有所不同,记录了中国文人在文学作品几乎不提的山水景物,如左江沿岸的花山在中国文人笔下难以见到,但在越南燕行汉文文献中却比比皆是。中国文人将广西山水作为观赏对象,多将广西人民生活抽离出来,孤立地欣赏山水美景,并赋予其中原文化的审美寓意。越南使臣则关注到广西山水与人民生活是一体的。所以清代大量出现的越南使臣燕行汉文行记是广西山水散文中非常特殊的一类作品,使得清代的广西山水散文有了别样的色彩。

越南使臣的汉文文献中的广西山水散文有其自身的特点:

其一,越南使臣写了一些中国文人极少涉及的山水景物。在清代越南使臣的汉文燕行作品中,几乎所有的使臣在记录广西沿途风景时,都写了左江沿岸的花山,除了文之外,更多的是诗歌,描绘了中国古代文人文学作品中绝少触及过的花山景物。按理左江沿岸风光秀美,花山特征也突出和明显,中国国内文人为何无人提及?关于花山岩画,没有确切的文献记载始于何时,但根据现代科学技术考察及专家考证,左江沿岸花山岩画是大概创造于距今2 000多年的战国至东汉时期,为古代左江流域骆越人的创作。花山,当地壮族称之为"岜莱"(花的山),主要分布在左右江流域及明江沿岸的山崖上,其间绵延200多千米。其中以宁明花山岩画最为突出和壮观,在宽200米、高约40米的临江一面的崖壁上,有尚可辨认的画像1 800多个。[①] 花山岩画风格古朴,气势磅礴,图像

---

① 《壮族简史》编写组、《壮族简史》修订本编写组.壮族简史(修订本)[M].北京:民族出版社,2008:262.

以人物为主，还有一些动物、器物和像铜鼓、太阳的圆圈图案，色彩呈赭红色。花山岩画是一个千古之谜，在临江绝壁上骆越人如何作画？作画为何颜料？为何色泽千年不褪？岩画中的图画有何寓意？是表现战争场面还是祭祀场面？都是游人好奇之处。而在中国古代的文献中很少提及花山，在花山岩画存在的1000多年间汉文献中都无人记述，直到宋代才有了简单记载，从中似乎可以猜测到为何文人不提花山的原因。宋代李石《续博物志》卷八："二广深溪石壁上有鬼影，如澹墨画，船人行，以其为祖考，祭之不敢慢。"①清代汪森的《粤西丛载》中引用明代张穆《异闻录》关于花山的描述："广西太平府，有高崖数里，现兵马持刀杖，或有无首者，舟人戒无指，有言之者，则患病。"②清代龙州人黄定宜《考辨随笔》提及花山岩画的规模："沿溪三十六峰，皆山崖壁画也。"清代嘉庆版《广西通志》卷一百五记新宁州有："画山，州东三十里，灵异变现，有仙人形。"③从中可以看出花山岩画在古人看来是神秘的符号，或称鬼影，或称灵异、仙人形，或说是当地人祭祀祖先之所，不敢怠慢，或说是行船过之的人不敢用手指，不敢谈论，否则患病。如此种种与神灵、祭祀、巫术有关，可能就是中国文人在山水散文中不写花山的原因。而越南使臣对花山风景大加赞赏，也许是由于文化相近，他们或记录所听闻的花山黄巢兵马的传说，或抄录前面使臣的文字，似乎都未有太多对花山岩画的忌讳。

其二，与中国国内文化相比，越南使臣描绘广西山水有不同的角度，中国国内文人多与广西山水交流，越南使臣则多有与广西本地风俗的交流。

---

① [宋]李石.续博物志[M].北京：中华书局，1985：108.
② [清]汪森编辑，黄振中、吴任臣、梁超然校注.粤西丛载校注[M].南宁：广西民族出版社，2007：605.
③ [清]谢昆启修，[清]胡虔纂，广西师范大学历史系中国历史文献研究室点校.广西通志[M].南宁：广西人民出版社，1988：3174.

这里所说的中国国内文人多数是中原文人,或是受到中原文化教育的广西本土文人,所以他们多是以中原文化的视角来看待广西山水,习惯以中原文化的思维来书写广西山水。比如在选择抒写对象时,他们常常选择广西山水中可以表达中原文化感情的部分来写,或者是把广西山水改造成中原文化所认可的样态,多从自身的角度在山水中发现哲理、理趣或为人处世的准则,而很少从当地人的角度来看待山水。如清代的查礼曾于乾隆十五年(1750)起在广西平乐、宜州、太平府任职长达8年,对广西的风土人情应该不会陌生,但他留下的多篇广西山水散文中,几乎都是从中原文化角度看山水,抒发自己的感情。查礼在任太平知府时写的《受江亭记》和《榕巢记》,写的本是很有广西特色的山水风物,但查礼对它们的描述是为了自己抒情。广西文化本属于弱者,是"他者",以"他者"的眼光看,广西土人的文化是落后的,其中多半是土人对中原文化的认同,而中原对广西文化的认同则难以实现,中原文人对广西文化基本是高高在上的姿态。所以在他们的山水散文中虽然也有广西当地风俗的记录,但并未出现广西当地风俗与山水的融合,也极少有与土人的交流和接触,似乎在中原文化系统之中自然而然地将广西土著文化拒之门外。

越南使臣则不一样,从他们书写汉文文献的目的看,越南使臣们有一个重要的任务是详细记录使华途中的地理、山川、风俗、风物、奇闻异事、公务诸事等等,所以几乎无一例外都要写名胜古迹、风土人情这些内容。另外他们来自中华的藩属国,对待中华的态度应该是既有敬仰也有防范,既称中华为"天朝",也会暗笑中华不好的地方,所以更能以一种平等的心态进行交往。中华国土之内文化落后的广西,即便不是他们高看的对象,也是他们平等对待的对象,因为从他们的文献中可以看到多处提到了广西山川与越南的联系、广西风俗与越南北部省份的相似等。因此在他们的汉文燕行文献中多有与广西当地人的交流,在他们的文字里是将广西山水与广西老百姓的生活和习俗融为一体的。

参 考 文 献

一、古籍类

[1] [唐] 李吉甫撰, 贺次君点校. 元和郡县图志[M]. 北京：中华书局, 1983.

[2] [唐] 沈佺期、宋之问撰, 陶敏、易淑琼校注. 沈佺期宋之问集校注[M]. 北京：中华书局, 2011.

[3] [唐] 莫休符撰. 桂林风土记[M]. 北京：中华书局, 1985.

[4] [唐] 刘恂撰. 岭表录异[M]. 北京：中华书局, 1985.

[5] [唐] 令狐德棻等撰. 周书[M]. 北京：中华书局, 1974.

[6] [后晋] 刘昫等撰. 旧唐书[M]. 北京：中华书局, 1975.

[7] [宋] 王象之. 舆地纪胜[M]. 北京：中华书局, 1992.

[8] [宋] 真德秀. 文章正宗[M]. 台北：台湾商务印书馆影印文渊阁四库全书本, 1983.

[9] [宋] 欧阳修, 宋祁撰. 新唐书[M]. 北京：中华书局, 1975.

[10] [宋] 范成大撰, 严沛校注. 桂海虞衡志校注[M]. 南宁：广西人民出

版社,1986.

[11] [宋] 周去非,杨武泉校注. 岭外代答[M]. 北京：中华书局,2012.

[12] [宋] 张栻撰,邓洪波校点. 张栻集[M]. 长沙：岳麓书社,2009.

[13] [宋] 李石. 续博物志[M]. 北京：中华书局,1985.

[14] [宋] 范晔. 后汉书[M]. 北京：中华书局,2007年.

[15] [宋] 王溥. 唐会要[M]. 上海：上海古籍出版社,2006年.

[16] [宋] 宋敏求编. 唐大诏令集[M]. 北京：中华书局,2008年.

[17] [宋] 罗大经撰,王瑞来点校. 鹤林玉露[M]. 北京：中华书局,1983.

[18] [元] 脱脱撰,中华书局编辑部点校. 宋史[M]. 北京：中华书局,1985.

[19] [明] 吴纳著,于北山校点. 文章辨体序说[M]. 北京：人民文学出版社,1962.

[20] [明] 蒋冕著,唐振真、蒋钦挥、唐志敬点校. 湘皋集[M]. 南宁：广西人民出版社,2001.

[21] [明] 张鸣凤著,齐治平、钟夏校点. 桂胜桂故校点[M]. 南宁：广西人民出版社,1988.

[22] [明] 张鸣凤撰,李文俊注. 桂故校注[M]. 南宁：广西人民出版社,1988.

[23] [明] 张鸣凤著,杜海军、闫春点校. 桂胜 桂故[M]. 北京：中华书局,2016.

[24] [明] 王士性著,吕景琳点校. 广志绎[M]. 北京：中华书局,1981.

[25] [明] 王士性著,周振鹤编校. 王士性地理书三种[M]. 上海：上海古籍出版社,1993.

[26] [明] 田汝成撰. 田叔禾小集十二卷[M]. 丛书集成续编第116册（集部）. 上海：上海书店出版社,1994.

[27] [明] 田汝成撰,欧薇薇校注. 炎徼纪闻校注[M]. 南宁：广西人民出

版社,2007.

[28] [明]邝露著,蓝鸿恩考释.赤雅考释[M].南宁:广西民族出版社,1995.

[29] [明]邝露撰.赤雅[M].北京:中华书局,1985.

[30] [明]徐弘祖著,褚绍唐、吴应寿整理.徐霞客游记[M].上海:上海古籍出版社,2011.

[31] [明]林富、[明]黄佐纂.广西通志[M].北京图书馆藏明嘉靖刻蓝印本,济南:齐鲁书社,1996.

[32] 明太祖实录[M].台北:台湾"中研院"历史语言研究所影印,1962.

[33] [明]黄汴撰,杨正泰校注.一统路程图记[M].上海:上海古籍出版社,2006.

[34] [清]汪森编辑,黄盛陆等校点.粤西文载校点[M].南宁:广西人民出版社,1990.

[35] [清]陈寿祺.左海文集[M].清刻本.

[36] [清]陈澧.陈澧集[M].上海:上海古籍出版社,2008.

[37] [清]董诰等编.全唐文[M].北京:中华书局,1983.

[38] [清]谢济世著,黄南津等校注.梅庄杂著[M].南宁:广西人民出版社,2001.

[39] [清]谢良琦著,熊柱等注释.醉白堂诗文集[M].南宁:广西人民出版社,2001.

[40] [清]王拯.龙壁山房文集[M].台北:文海出版社,1970.

[41] [清]龙启瑞.龙启瑞集[M].桂林:广西师范大学出版社,2012.

[42] [清]龙启瑞.龙启瑞诗文集校笺[M].长沙:岳麓书社,2008.

[43] [清]王拯.龙壁山房文集[M].台北:文海出版社,1970.

[44] [清]郑献甫.补学轩文集·散体文[M].台北:文海出版社,1975.

[45] [清]郑献甫.补学轩文集续刻·散体文[M].台北:文海出版

社,1975.

[46] [清] 郑献甫.补学轩文集·骈体文[M].台北：文海出版社,1975.

[47] [清] 郑献甫.补学轩文集外编[M].台北：文海出版社,1975.

[48] [清] 蒋励常著,蒋世玢等校点.岳麓文集[M].南宁：广西人民出版社,2001.

[49] [清] 蒋琦龄著,蒋世玢等校点.空青水碧斋诗文集[M].南宁：广西人民出版社,2001.

[50] [清] 瞿昌文.粤行纪事[M].北京：中华书局,1985.

[51] [清] 闵叙.粤述[M].北京：中华书局,1985.

[52] [清] 陆祚蕃.粤西偶记[M].北京：中华书局,1985.

[53] [清] 赵翼.檐曝杂记（清代史料笔记丛刊）[M].北京：中华书局,1997.

[54] [清] 王锡祺辑.小方壶斋舆地丛钞[M].清光绪十七年(1891)上海著易堂印行.

[55] [清] 张维屏著,林其宝编选校点.张维屏诗文选[M].上海：华东师范大学出版社,1992.

[56] 新文丰出版公司编辑.丛书集成续编[M].台北：新文丰出版公司,1988.

[57] [清] 金武祥著,黄刚选注.㶌生随笔[M].北京：中共中央党校出版社,1998.

[58] [清] 金武祥,谢永芳校点.粟香随笔[M].南京：凤凰出版社,2017.

[59] 南开大学古籍与文化研究所编.清文海[M].北京：国家图书馆出版社,2010.

[60] 《清代诗文集汇编》编撰委员会.清代诗文集汇编[M].上海：上海古籍出版社,2010.

[61] [清] 纪昀等.四库全书总目提要[M].石家庄：河北人民出版

社,2000.

[62][清]顾祖禹辑.读史方舆纪要[M].北京:商务印书馆,1937.

[63][清]傅泽洪辑录.行水金鉴[M].北京:商务印书馆,1937.

[64][清]永瑢等撰.四库全书总目[M].北京:中华书局,1965.

[65]四库全书存目丛书编纂委员会编.四库全书存目丛书·集部[M].济南:齐鲁书社,1997.

[66]四库全书存目丛书编纂委员会编.四库全书存目丛书·史部[M].济南:齐鲁书社,1996.

[67]胡玉缙撰,吴格整理.续四库提要三种[M].上海:上海书店出版社,2002.

[68]中国复旦大学文史研究院越南汉喃研究院合编.越南汉文燕行文献集成(越南所藏编)[M].上海:复旦大学出版社,2010.

[69]黄权才辑.古代越南使节旅桂诗文辑览[M].桂林:广西师范大学出版社,2015.

[70]张裕钊.明清八大家文选·张濂亭文集[M].上海:新文化书社,1935.

[71]冯云鹏,冯云鹓.金石索[M].北京:书目文献出版社,1996.

[72]马衡著.凡将斋金石丛稿[M].北京:中华书局,1977.

[73]叶昌炽撰,柯昌泗评,陈公柔、张明善点校.语石 语石异同评[M].北京:中华书局,1994.

[74][近]刘声木撰,徐天祥点校.桐城文学渊源撰述考[M].合肥:黄山书社,1989.

[75][民国]杨盟等修,黄诚沅纂.上林县志[M].1934年铅印本影印,台北:成文出版社,1968.

[76][民国]易宗夔著,陈丽莉、尹波点校.新世说[M].成都:四川大学出版社,1998.

[77] 王应麟撰,翁元圻注.困学纪闻[M].北京:商务印书馆,1935.

[78] 杜海军.广西石刻总集辑校[M].北京:社会科学文献出版社,2014.

[79] 杜海军.桂林石刻总集辑校[M].北京:中华书局,2013.

[80] 桂林文物管理委员会编.桂林石刻[Z].桂林文物管理委员会内部选编资料,1977.

二、学术专著类

[1] 袁行霈,陈进玉主编.中国地域文化通览·广西卷[M].北京:中华书局,2013.

[2] 钟文典主编.广西通史[M].南宁:广西人民出版社,1999.

[3] 陈柱.中国散文史[M].上海:上海书店,1984.

[4] 郭预衡.中国散文史[M].上海:上海古籍出版社,2002.

[5] 朱世英、方道、刘国华.中国散文学通论[M].合肥:安徽教育出版社,1995.

[6] 唐长孺.魏晋南北朝隋唐史三论——中国封建社会的形成和时期的变化[M].武汉:武汉大学出版社,1992.

[7] 尚永亮.唐五代逐臣与贬谪文学研究[M].武汉:武汉大学出版社,2007.

[8] 钟乃元.唐宋粤西地域文化与诗歌研究[M].北京:民族出版社,2012.

[9] 黄侃.文心雕龙札记[M].长沙:岳麓书社,2013.

[10] 章尚正.中国山水文学研究[M].上海:学林出版社,1997.

[11] 孙望.元次山年谱[M].上海:古典文学出版社,1957.

[12] 钱基博.中国文学[M].上海:上海古籍出版社,2011.

[13] 钱基博.中国文学史[M].上海:上海古籍出版社,2011.

[14] 褚斌杰. 中国古代文体概论[M]. 北京：北京大学出版社，1984.

[15] 吴承学. 中国古代文体形态研究[M]. 广州：中山大学出版社，2002.

[16] 张明非主编. 广西古代诗文发展史（下卷）[M]. 桂林：广西师范大学出版社，2012.

[17] 李德辉. 唐代交通与文学[M]. 长沙：湖南人民出版社，2003.

[18] 章士钊. 柳文指要[M]. 上海：文汇出版社，2000.

[19] [日] 户崎哲彦. 唐代岭南文学与石刻考[M]. 北京：中华书局，2014.

[20] 白寿彝. 中国交通史[M]. 武汉：武汉大学出版社，2012.

[21] 江绍原. 中国古代旅行之研究[M]. 上海：上海文艺出版社，1989.

[22] 袁行霈主编. 中国文学史[M]. 北京：高等教育出版社，2012.

[23] 曹础基. 庄子浅注[M]. 北京：中华书局，1990.

[24] 莫乃群主编. 广西历史人物传[M]. 南宁：广西地方志研究组，1981.

[25] 邓敏杰. 广西历史地理通考[M]. 南宁：广西民族出版社，1994.

[26] 郑永晓. 黄庭坚年谱新编[M]. 北京：社会科学文献出版社，1997.

[27] 韩酉山. 张孝祥年谱[M]. 合肥：安徽人民出版社，1993.

[28] 于北山. 范成大年谱[M]. 上海：上海古籍出版社，2006.

[29] 王立群. 中国古代山水游记研究[M]. 北京：中国社会科学出版社，2012.

[30] 梅新林、俞樟华. 中国游记文学史[M]. 上海：学林出版社，2004.

[31] 任唤麟. 明代旅游地理研究[M]. 合肥：中国科学技术大学出版社，2013.

[32] 吴宣德. 明代进士地理分布[M]. 香港：中文大学出版社，2009.

[33] 夏咸淳. 明代山水审美[M]. 北京：人民出版社，2009.

[34] 梁精华.广西科举史话[M].南宁:广西人民出版社,1993.

[35] 杨怀志.桐城文派概论[M].合肥:安徽美术出版社,2011.

[36] 张维.清代广西古文研究[M].桂林:广西师范大学出版社,2008.

[37] 张维、梁杨.岭西五大家研究[M].南京:江苏古籍出版社,2003.

[38] 王德明.清代粤西文学家族研究[M].桂林:广西师范大学出版社,2013.

[39] 复旦大学古籍整理研究所、章培恒先生学术基金编.域外文献里的中国[M].上海:上海文出艺版社,2014.

[40] 欧阳若修.壮族文学史[M].南宁:广西人民出版社,1986.

后　　记

"山川之美,古来共谈",大自然的鬼斧神工造就了广西得天独厚的山水美境,我对广西山水文化的兴趣有一大半是源自对故土的情怀——我是土生土长的广西人,出生于山水甲天下的桂林城。自小长在桂林山水之间,家就在山下水边,叠彩山、木龙洞是我的乐园,青山绿水,处处留下了我童年的脚印。夏日里我常坐在风洞纳凉,观察来往游客,听他们发出"愿作桂林人,不愿做神仙"的慨叹。少年时代,独秀峰下、靖江王府里的龙鳞树道是我上学的必经之路。我的青春记忆里都是王城春天的新绿和香草味道,醉人的不仅仅是春色,还有那些说不清、道不明的美丽和轻愁。每当走过状元及第、三元及第和榜眼及第的城门,风雨小城的模样总让我油然而生古典美学的想象。

桂林作为我国首批24个历史文化名城之一,入选的原因并非是因为它在历史上曾为哪朝哪代的都城,恰恰是它悠久的山水文化。桂林作为南方小城,正如越南文人潘辉注笔下所说,"虽不及粤东繁华,而环城铺宅,百货贸迁,景色亦自不恶"。城中山水养就了桂林人"小家碧玉"的悠闲之性,山水本是桂林人生存的家园,桂林人日夜与灵秀山水为伴,早已懂得如何纵情山水。我在这里生活、学习、玩耍,漓江的水、水边的山、山顶上的天空,给了我无尽的点拨和疼爱,它们的清澈晶莹和光泽明秀召唤我探取世间无尽的智慧和通明,我用灵气的文字和美妙的歌声回报它们无数次的赞美。

桂林曾出了不少文化名人,广西第一位状元就是桂林的赵观文。明代桂林有广西文学的先驱张鸣凤,清代桂林更是文人辈出,如谢良琦、谢济世、陈宏谋、朱琦、龙启瑞、陈继昌、王鹏运、况周颐等等。当代著名作家白先勇也是桂林人。桂林人常常对本地山水之美和人杰地灵引以为豪,如数家珍,也希望得到别人认可。我亦是典型的桂林人,对这片土地有很深的眷念,总想能为生养我的地方做点什么,也十分愿意为迎面而来的远方客人奉上家乡山水和故事。我学的是文学,硕士毕业后从事旅游美学和广西旅游文化的教学研究工作。2014年我在广西师范大学文学院攻读博士学位,其间了解到文学院是桂学研究的主阵地,和老师们谈及毕业论文的选题,常绕不开的就是山水,最终确定了古代广西山水散文研究的选题。唐宋以来广西的山水散文数量十分丰富,我的博士论文以大量的广西历史文献为基础,主要是以时间和空间为维度,从文学和文化的角度,形成纵横交错的研究模式来研究古代广西山水散文。本书由我的博士论文的一部分内容修改而成,希望能丰富广西山水文学和地域文化研究,为桂学研究添砖加瓦。

古代广西山水散文属于地域文学研究,地域文学因其在空间上的独特性而具有独特的审美价值。作为一个整体的古代广西山水散文不一定在文学史上有引人注目的成就,或是有过重大的影响,就个体的作品而言,其在山水文学中的影响也少有人重点关注。但不能以其为小众而忽视其价值,古代广西山水散文是中国山水文学全景不可或缺的部分。从"史"的角度可看到广西山水审美在融入中国山水文化的过程中,文人的书写起到了很重要的作用。中原文人对广西山水的态度也经历了闻之丧胆、被迫

后 记

接近、渐渐接受和欣赏的过程。唐宋时广西山水在文人的笔墨宣传下逐渐为世人所知,明清时以桂林为代表的广西山水已经成为中国国内具有代表性的风景名胜。而明清以降广西籍作家的崛起也让广西山水散文体现出主人翁意识,作者的家园感给作品带来了一种不同的气象。

  本书既关注流寓作家,也重视本土作家,希望比较全面地整理出古代广西山水散文作品的发展脉络,但显然在书中仍存在一些不足之处。其一,对"史"的梳理虽显得面面俱到,却缺少比较的视角。本书在描述古代广西山水散文发展时,还可以将代表作家与同时代其他山水散文作家作横向比较,以显示其特色;亦可加入纵向比较,对于同样的山水,不同时期、不同心态的作家在写作时有何不同。这可以成为日后继续研究的方向。其二,我对桂林较为熟悉,对桂林山水散文所花笔墨最多,对广西其他地方的山水散文的关注相对不够充足。随着相关文献挖掘整理工作的日益深入,这方面的研究大有可为。多谢上海大学出版社的各位编辑,非常专业地为本书把关,多次校对,细心认真之程度让我深感惭愧,心生佩服。本书的责任编辑农雪玲女士,既是我大学同学,又是最了解我的亲密朋友,她多次给我恰到好处的建议,有她在,心里真踏实。此外还要感谢我的导师杨树喆老师,他把我领进学术研究的大门,给我学习、提升的空间;也感谢我博士导师组的胡大雷、莫道才、王德明、杜海军、力之等诸位老师给予我的关爱和提供的宝贵意见。我是有浓厚家乡情结的人,所作研究心系家乡文化,因此毕业之时胡大雷老师赠言,希望我在桂学研究的大路上奋勇向前。种种感动,一生珍藏!

2020 年 4 月 16 日

于桂林王城